悪魔を憐れむ

西澤保彦

Nishizawa Yasuhiko

How Pitiful,
My Evil

幻冬舎

悪魔を憐れむ

Nishizawa Yasuhiko

How Pitiful,
My Evil

カバーイラスト　久保田眞由美
ブックデザイン　鈴木成一デザイン室

悪魔を憐れむ＊目次

無間呪縛　5
悪魔を憐れむ　139
意匠の切断　271
死は天秤にかけられて　347
あとがき　405

無間呪縛

ウサコこと羽迫由起子《はさこゆきこ》を紹介したときの平塚総一郎《ひらつかそういちろう》刑事の反応は、まさにどんぴしゃりと思わず自慢したくなるほど、ぼくたちの予想通りだった。

「どうもはじめまして、平塚です。えと、匠《たくみ》さんの妹さん、ですか？」

「はい」と、内心苦笑いしているにちがいないウサコもそんな素振りは微塵《みじん》も見せず、至って愛想よく深々とお辞儀する。「兄がいつも、お世話になっております」

「いえ、こちらこそ。今日はすみませんね、変なことをお願いしてしまって」

「いえいえ、どうせ夏休みですし」

というウサコの科白《せりふ》を平塚さん、さて、どんなふうに解釈したのだろう。いいとこ中学校の夏休み、あたりか。小学校という可能性も完全には否定できないが。

「どうぞこちらへ」と、平塚さん、重厚な構えの木造の門扉をくぐり、ウサコとぼくを敷地内へ案内してくれる。手入れの行き届いた植え込みと庭園灯に囲まれた石畳のスロープをゆっくり上がる。

「すごい、お屋敷なんですね、平塚さんのお宅」ウサコは眼をまん丸くしている。「うわあ。建物へ辿り着くまで、たいへん。サイクリングができそう」

「ははは。いくらなんでも、サイクリングはむりですよ」

いいや、あながち大袈裟《おおげさ》でもない。個人宅の玄関アプローチというより、公共の遊歩道並みである。初めて会ったときから平塚さん、所作といい服装といい、滲み出るような育ちの良さを感じさせたが、どうやら地元では有名な大地主の一家らしい。

「あ、こちらが」と、平塚さん、向かって左側の二階建ての洋館を示した。「いま母と、兄夫婦が住んでいる棟です。昔は離れと呼んでいたんですが、改築してからは新館で通っていまして。そしてこちらが」と、心なしか気が重そうに右側を示した。「問題の……いまは使っていないので旧館と呼んでいるけれど、昔は母屋でした」

木造の平屋である。広い庭園を挟んで、新館とは渡り廊下でつながっているようだ。たしかに新館に比べると煤《すす》けた外観だが、さほど陰々滅々としたムードではない。心霊現象に悩まされているというからには、どれほど鬱蒼《うっそう》たるお化け屋敷の如き雰囲気かと身構えていたのだが、午後九時で周囲が真っ暗なのにもかかわらず、ごくごく普通の日本家屋といった佇《たたず》まい。

「ん。あれ？　お兄さん夫婦というと、平塚さん、ご長男ではないんですか？」

「誰だってそう思いますよね、名前が総一郎だと。死んだ父が迦一郎《かいちろう》といって、ほんとうは長男の名前に一郎を付けたかったらしいんだけど、祖父の強い意向だったとかで、兄はナルヨシになったんです」

『徳善』と書くらしい。ぜひとも『徳』という漢字を孫の名前に付けたいと主張し、譲らなかったのだという。

「しぶしぶ折れた父だったが、二番目も男の子だったのをさいわい、ようやく総一郎と名づけられたというわけです」

「もしかしてお父さまは婿養子だったとか、そういう？」

ウサコのいささか不躾《ぶしつ》けな問いかけにも平塚さん、気を悪くしたふうもなく、むしろおもしろがっている感じ。

「よくお判りですね。自分の名前に入ってもいないのに、祖父が『徳』という漢字にどういうこだわりがあったのかは、よく知りませんが。ちなみに兄嫁の名前が、同じ道徳の徳に弥生の弥と書いて、ナルミなんですよ。これは別にそれが理由で交際を始めたとかそういうことでは全然なくて、まったくの偶然だったそうです。兄が結婚したときに祖父が生きていたら、喜んだかもしれませんね」

どうぞ、と平塚さんに案内され、ウサコとぼくは平屋の、通称旧館へと入った。旅館みたいに間口の広い玄関は、一度に靴を二十足くらいは余裕で横に並べられそうだ。無骨なようでいて妙にデザイン性のある沓脱《くつぬ》ぎ石が時代がかった趣きだが、板張りのデッドスペースから入ってすぐ、正面に拡がるダイニングキッチンは洋風である。ただし設備が、なんとも古めかしい。冷蔵庫なんてドアに縦型の短刀みたいな把手が付いているタイプで、いったいどこの骨董屋で見つけてきたのかと呆れるほどレトロだ。

そこのテーブルに、三人の男女が腰かけていた。正確に言うと、女性のうちのひとりは車椅子だ。

その車椅子の女性に、ぼくは思わず眼を吸い寄せられた。ふわりと和風に結い上げられた髪、すっきりとした柳眉、そして鼻筋と、バランスが計算し尽くされたかのように絶妙の曲線とフレームは、さながら一幅《いっぷく》の絵画のようである。話の流れからして当然、この五十代前半とおぼしき女性は平塚さんの母親のはずだが、なんの予備知識もなくその涼やかな双眸《そうぼう》に引き合わされていたら、往年の銀幕女優かなにかだと思ったかもしれない。それほど存在感があった。

「総一郎」と、三十代前半とおぼしき、メガネをかけた恰幅のいい男性が立ち上がった。多分これが徳善さんだろう。「そちらの方たちが……?」

「ええ。ご紹介します。匠千暁《ちあき》さんと、その妹さんの、ええと——」

「由起子ともうします」と、あくまでも神妙にぼくの妹を演じ続けるウサコである。

「こちら、ぼくの兄の徳善と兄嫁の徳弥、それから母のミワコです」

漢字は『巳羽子』と書くらしい。その巳羽子さんと比べると、平塚さんのお義姉《ねえ》さんの徳弥さんは一見、影が薄いようでいて、また別種の存在感がある。

「失礼。匠さん、ですか。その、こう言ってはなんだが、ずいぶんお若いようにお見受けしますが」

そう喋っているのはまちがいなく徳善さん本人なのだが、その背後に控えている徳弥さんの、静謐《せいひつ》ながら猫みたいに暗闇でも見通せそうな眼差しは、なぜだか妻が夫の身体を腹話術の人形の如く操っているかのような奇妙な感覚を生む。

「ええまあ。なにぶん、この三月に〈安槻《あつき》大学〉を卒業したばかりでして」

「え？　この三月……って、じゃあもしかして、お生まれは一九七〇年頃？」

「はい、そうです」

「おいおい、総一郎。ほんとに、だいじょうぶなのか。そもそも多恵《たえ》さんと京子《きょうこ》ちゃんのことがあったのは、この方が生まれたのと同じ年じゃないか。以来、二十三年も、ずっと謎のままの現象をこの方が解決できるかもしれないと、おまえ、本気で……」

　徳善さん、ふいに口籠もった。自分の後方から、すなわち母親からも妻からもいっこうに援護射撃がないことに気後れしたのかもしれない。「すみません、つい……まったく、いったいなんの因果で」と、笑ってごまかすかのような溜息をついた。「こんなことになったのかな」

　徳善さん側の事情はともかく、ぼくが「こんなこと」になってしまった経緯は極めて単純明快だ。ボアン先輩こと辺見《へんみ》祐輔《ゆうすけ》に命令されたからである。

＊

　ここで時間を半日ほど巻き戻そう。今朝のことだ。正確には一九九三年、八月十七日、火曜日の午前九時頃。ぼくはボアン先輩とふたりで飲んでいた。場所は在学中から相も変わらぬ、先輩が宴会目的優先でタダ同然に借りている一戸建てのボロ家である。昨夜《ゆうべ》からだらだら馬鹿話をしながら徹夜で飲んでいたぼくたちだが、さすがに揃ってあくびを連発するようになった。そろそろ寝るかと各々座布団を引っ張ってきて横になろうとしたそのとき、電話が鳴った。

誰だよ、ったく、こんな朝っぱらからと、ぶつくさ、仏頂面で受話器を取った先輩だったが、たちまち満面の笑み。相手が七瀬《ななせ》さんだったからである。

「あ、どーもお。おひさしぶりっす」と、いっぺんに眠気が吹き飛んだらしい先輩、当初は上機嫌であった。七瀬さんは平塚さんと同じく安槻署の女性刑事で、ぼくも某事件ではひとかたならぬお世話になった。アスリートタイプのかっこいいひとで、先輩、本気でめろめろなのである。そんな彼女から電話をもらって舞い上がらないはずがない。「はい。え？　はいはいはい。もちろんですとも。わたしでよろしければ、なんなりと。え。いまからっスか。ええもちろん、いいですよ。行きます。どこへでも行きますとも。七瀬さんのお役にたてるのなら、たとえ火のなか、月までも。はい。はいはいはい。うはははは。もちろん。お任せください」

と、すっかり薔薇色モードだったのが、途中から徐々に、「え。は？　ど。え。そ、そんな。あ、い、いえ、はあ、そ、そうなんですか……」ひょっとして心臓発作でも起こしたんじゃないかと心配になるくらい、露骨にテンションが落ちてきた。どうやら期待外れの展開だったらしい。

「わ、判りました。ともかく、すぐに伺います」

力なく受話器を置いて、どんより、完全にゾンビ状態の先輩を、よせばいいのに、ぼくは面白半分に冷やかしてしまった。「どうしたんです、先輩、冴えない顔して。これから七瀬さんとデートなんでしょ？」

「来ないんだと……」

「え？」

「七瀬さんは来ないんだよッ」八つ当たり気味に、顔じゅうを口にして喚き散らす。「七瀬さんが言うには、要するに、彼女の後輩の刑事さんの個人的な相談にのってやってもらえないか、だとさ。その後輩の実家で長年、心霊現象だとしか思えない、不可思議な出来事が続いているんだとさ。本人は別に暮らしているからまだいいが、家族がずっと悩まされ続けていて、困っているんだとさ。なんとか解決できる妙案はないものかとその後輩に相談されて、七瀬さん、閃《ひらめ》いたんだとさ。そうだ、こういう変なトラブルって辺見くんにぴったりだ、きっと彼なら強引にでも解決してくれそう、って」

「すごいじゃないですか、先輩。七瀬さんにそこまで頼りにされるなんて」

「もしも彼女も同席するなら、な。そりゃあ嬉しいとも。大いに張り切って、心霊現象だろうが心臓外科だろうが、ずばっと解決しちゃるわい。ずばっと」

「なんですか、心臓外科って」

「だけど、七瀬さん、いま忙しいから来られないんだとさ。で、その、えと、なんていったっけ、ヒラツカっていう後輩にこれから会ってやってくれ、って」はあああッと、たとえこの世が終わりを迎えても、ここまでは嘆かないんじゃなかろうかと思えるほど深い溜息をついた。「そのヒラツカって後輩が女の子ならいいよ。うん、まだいい。だけど、ソーイチローって名前だっていうんだから、どう考えたって男——」

「ヒラツカソウイチロウ？　あれ、どこかで聞いたことがあるような気が。えと。安槻署の刑事さんでヒラツカ。ヒラ。あ、そうか。あの平塚さんか」

「なぬ。知ってんのか、タック?」

「ええ、まあ。最近、ちょっと身内の絡んだ某バラバラ事件がありまして、ぼくが第一発見者だったため、いろいろお世話になって。あ。第一発見者といっても遺体じゃなくて、犯行現場とおぼしきところに行き合わせたというか——」

「なるほど、そりゃ好都合だ。タック、おまえ、行ってこい、これから」

「へ?」

「だから行ってこいって。さあ。さっさと電車に乗らないと、約束の時間にまにあわないぞ。〈ホテル・ニュー・アツキ〉の一階の喫茶室だとさ。ほら、いつぞや屋上のビアガーデンへ行ったことのある、あそこ」

「ちょ、ちょっと待ってください。七瀬さんは先輩をご指名なんでしょ? なのに、なんでおれが」

「だから言ったろ、七瀬さんは来ないんだって。来るのはヒラツカっていう後輩刑事。そのヒラツカってひと、おまえの知り合いなんだろ? だったら、おれなんかが行くより、おまえが相談にのってやったほうが話が早いじゃん。な? おれ、なにか、まちがったこと、言ってるか? ん? ん?」

「い、いえ、まちがっているとか、そういうことじゃなくて、ですね」

「これ以上に合理的な提案が他にあるというなら、きっちり反論してみろ。ん。反論できるか? できないだろ。できないできない。よし。がんばってね。てなわけでおれは、これからひと眠りします。おやすみ」

長い付き合いだ。先輩がこんなふうにゴネ始めたら、もう梃子《てこ》でもジャッキでも動かないことは骨身に染みて学習している。やむなくぼくは、しょぼつく眼をこすりながら、ボロ家を後にしたのであった。

〈安槻大学〉の構内へ裏門から入った。そのままキャンパスを抜けるのが、路面電車の大学正門前停留所への近道だ。

ほどなく電車がやってきた。朝の通勤ラッシュアワーが一段落したのか、車内は空いている。夏休みなのに、制服姿の中学生や高校生の姿も散見されるのは補習授業か、それともクラブ活動か。

座席に腰を下ろしたぼくは、なんとなくポケットに手を突っ込んだ。折り畳んでいた便箋を拡げる。数日前に封書で届いた、タカチこと高瀬《たかせ》千帆《ちほ》からの手紙だ。

同じ〈安槻大学〉を卒業した彼女が東京で就職してから、はや五ヵ月。ぼくとは定期的に手紙のやりとりをしている。いつもは互いの短い近況報告程度なのだが、今回のはちょっと長めだ。

『時間のあるときにでも、少し考えてみていただけますか』と、タカチが同僚の女性から聞かされたという、その彼女の兄の死にまつわる謎が縷々《るる》記述されている。昨夜、ボアン先輩にもいっしょに考えてもらおうと思って持参していたのに、他の四方山《よもやま》話にかまけるあまり、すっかり忘れていた。ごとごと、かたかた、電車の振動に揺られながら、読み返す。

『拝復　千暁さんへ

先日はお手紙、ありがとう。こうして遠くへ離れてみると、あなたが意外に筆まめなことに驚いています。意外だなんて言うと失礼かな？　でも、うん、ほんとに意外。

わたしのほうは東京の生活にもだいぶ慣れてきました。実家からの接触については、あなたのご指導通り、万事抜かりなく対処していますので、どうかご安心を。

あなたの予想通り、父の後援会のひとたちも入れかわり立ちかわり、なんだかんだと、ときにはそんな屁理屈、どうやって思いつくんだと呆れるしかないような口実をもうけては上京してくるけれど、いまのところ、なんとかうまくかわしています。

しかし世の中、ほんとに策士だらけね。あなたに事前に釘を刺されていなかったとしたら、わたしいま頃、まんまと先方の思う壺に嵌《は》まっていたかもしれない。自分では利口なつもりなんだけれど、相手は場数を踏んだおとな、海千山千なんだってこと、改めて肝に銘じておかないと。

いまのところは、ほんとにうまく、やっています。でも、もしもいつか、諸般の事情で抗し切れなくなって、父の地盤を継がなければならなくなったりしたら、あなた、わたしの秘書になってくれない？　あなたなら政界の魑魅魍魎《ちみもうりょう》たちとも充分互角に。なんて。冗談です。もちろん、冗談。でもほんとに、なにがあるか判らない。油断大敵。

いまのお仕事、思っていたよりもおもしろくて、毎日充実しているんだけれど、そろそろお休みをとって、安槻へ行きたいな。八月の下旬あたり、どうかなと思っているのですが、まだ全然予定がたたないので、決まったら、またご連絡いたします。

ボンちゃんとウサコにも、どうかよろしくお伝えください。

あ、そうそう。話は全然ちがうけれど。わたしと同期入社で、鮎ヶ瀬《あゆせ》はるかさんというひとがいます。彼女、安槻出身で、〈海聖学園《かいせい》〉を卒業した後、東京の私大へ進学したんだそうです。わたしが〈安槻大学〉のOGだと知って、親近感を抱いてくれたみたい。ときおり、いっしょにランチに行ったりしています。

その鮎ヶ瀬さん、ふたつ歳上の洋司《ようじ》さんというお兄さんがいたそうなんだけど、昨年お亡くなりになったんだとか。ガソリン洩れが原因の火で焼死、つまり事故ということに公式にはなっているそうなんだけど、実は恋人に裏切られたのがショックで自殺したのではないかと、少なくとも鮎ヶ瀬さんは考えているみたい。遺書は見つかっていないけど（その火で燃えたのかもしれないけど）、問題のその恋人というのが鮎ヶ瀬さん本人の同級生で仲のいいお友だちだったとかで、いろいろ複雑な事情があるみたい。その恋人は当時、外国で俳優として活躍していて、つまりお兄さんとは遠距離恋愛だった。そう聞くと、なんだか他人ごととは思えないでしょ？　なんてね。きっと誰かに話を聞いてもらいたかったんでしょう、鮎ヶ瀬さん、こちらから特に興味を示したわけでもないのに、積極的に詳細を話してくれた。

それによると、お兄さんの遺品の整理をしているとき、どうにも不可解なものが出てきたんだとか。結論を先に言っちゃうけど、お兄さん、消費者金融に多額の借金があったんだって。でも鮎ヶ瀬さんもご両親も、いったいなににそんなにお金が必要だったのか、いくら考えても判らない。お兄さん、堅実な性格で実際、独り暮らししていた東京のアパートからは高価なものとか見つかったりもしていない。ギャンブルや変な遊びにうつつを抜かしていた形跡もない。いったいどういうことなのか、と。

この問題、はたして千暁さんがどう考えるかを知りたいので、ちょっと長くなるけれど詳細を以下に記しておきますね。時間のあるときにでも、少し考――』

路面電車が止まった。ぼくは便箋を折り畳んでポケットに仕舞い、〈ホテル・ニュー・アツキ〉の最寄り停留所で降りた。ホテルの建物の正面には、運がよければ今月下旬、タカチが降車するであろう空港連絡バスの停留所がある。その眺めが、なんだか切ない。

「――あれ、匠さん？」待ち合わせの喫茶室へ行くと平塚さん、もう来ていた。ぼくの顔を見て困惑していたのが、先輩の代わりだということを説明すると、「七瀬が紹介してくれたひととお知り合いなんですか。それは奇遇だ。七瀬に相談して大正解でした。匠さんなら、いい知恵を出してくれそうだ」と手放しの喜びよう。って、いや。ちょっと待ってください。いったいなにを根拠に、そんな過剰な期待を？　困ったなあ。

「えと、なにか、心霊現象でお悩みとかってお聞きしたんですけど、ぼくなんかがお役にたてるかどうか、なんとも……」

「だいじょうぶ。だいじょうぶですとも。少なくともぼくは、もう大船に乗ったつもりでいます」

いや、だからその根拠は？　まさか、あのバラバラ事件について捜査に口出ししたことなんだとしたら、不安すぎる。

「その心霊現象が起こるのは、えと……」

「ああ、うん。ぼくの実家なんです。敷地内に、昔の母屋で、いまは誰も住んでいない平屋があるんだけど、そこの応接室でね、起こるんです。あれってなんていうんだっけ。ポルターガイスト?」

「いまは誰も住んでいない? のなら、別にお悩みになる必要はないのでは。ご心配ならば、御《お》祓《はら》いとか適当な手順を踏んで、取り壊すなりなんなり――」

「そうなんですよね。普通は誰だって、そうしますよね。ところが母が、取り壊しには頑固に反対していて」

「お母さまが、ですか。それはまた、どういうわけで?」

「それは、うーん……」

ひとことでは説明しづらそうと察して、ぼくは質問を変えた。「心霊現象って、具体的には、どういうことが起こるんです?」

「簡単に言うと、誰もいないのに、そして誰も手を触れていないのに、応接室に置いてある物が勝手に動いて、宙を飛ぶ、みたいな。そういうのを、たしかポルターガイスト現象っていうんじゃなかったかな」

「さあ。ぼくもその方面には疎いんですが、ポルターガイストって、騒がしい霊っていう意味だったような。なんていうんだっけ、ラップ音? 霊が顕《あらわ》れるとき、それといっしょに奇妙な音が鳴る、みたいな」

「そういえば、そのとき、変な音がしていたとかって話だったな」

「あのう、そもそも誰も住んでいないのに、それ、どなたが確認したんです？　平塚さんはその現象、ご自分では体験されていないんですか？」

「一度もしていない。この二十三年間、家族はその平屋に、立ち入ることが全然できないわけではないんだけれど、そこで一夜を過ごすことだけは禁じられているんです」

「それはまたなぜ？」

「……二十三年前のある夜、問題のその応接室で、幼い女の子が亡くなったからです」

平塚さんの実家の話のはずなのに『幼い女の子』という、なんだか他人行儀な表現が少し気になったが、そんな詮索など吹き飛ばすような衝撃発言が続いた。

「そのとき密室状況だったにもかかわらず、脳挫傷で。まるで霊が飛ばした物が頭に当たって死んだかのような状況だったそうです。実は未だにその事件は解決されていない。どうやらそのせいで母は、その平屋を取り壊すのに反対しているようなんです」

なんだかこの事案、確実にぼくの苦手分野へと傾きつつあるようだ。

「それは……つ、つまり、へたに取り壊したりしたら、祟《たた》りじゃないけれど、なにか不吉なことが起こるかもしれない、とか、そ、そういう？」

「じゃないか、と。しかし他の家族にしてみれば、それならそれでなおさら、一刻も早く取り壊したいわけです。なんとか取り壊しに同意して欲しいという交渉をするたびに、母はある条件を出してきて……」

「条件？」

その言葉に、ひどく違和感を覚えた。

「曰《いわ》く、あなたたちが信頼できるひとを選んで、平屋でひと晩、泊まってもらいなさい、それでなにも不可思議な現象が起こらなければ、取り壊してもいい、と」

「ははあ。で、これまでにも何人か、お知り合いにその平屋に泊まってもらったんだけれども、そのたびに……？」

「そうなんです。そのたびに、心霊現象としか思えないような、不可思議な出来事が起こっているんです」

「えーと……平塚さん、もしや、ボアン、いえ、辺見に今回お声がかかったのは、その平屋に泊まってもらうため、ですか」

「そうなんですが、それだけじゃない。ぼくたち家族もいい加減、決着をつけたいと焦《じ》れているんです。なので、ただ泊まって怪現象を体験してもらうだけじゃなくて、この問題を根本的に解決してもらえそうなひとはいないのか、と。おまえも警察官なんだから、そういう人材に心当たりはないのかと家族に突き上げられて。弱り果てて七瀬に相談してみた、というわけなんです。当初は辺見さんという方を紹介してくれるはずだったんだけれど、代わりに匠さんが来てくださったことにも、ぼくはなにか巡り合わせを感じます。どうでしょう、匠さん。ばかばかしい話だと思うかもしれないけれど、ここはひとつ、お知恵を絞ってみてくれませんか」

「もう少し具体的に判らないと、なんとも。例えば、二十三年前に亡くなられたというその幼い女の子のこととかを——」

「それについては、もうしわけないが、引き受けていただけるというお返事がないと、詳しくは説明できません」と、温和な平塚さんの表情が驚くほど劇的に強張《こわば》った。「……正直、ぼくも忘れたい件なんです。どうでしょう。やってみてもらえないでしょうか。もちろん、こちらの勝手な都合でお願いするわけだから、お礼もそれなりに考えます」

「え、えーと、ひとつ、その、確認しておきたいんですけど」独りでそんなところに泊まるのは怖いと正直に告白すべきかどうか迷ったが、怪談やオカルト全般が大の苦手なのは事実なのだから仕方がない。「それって、どうしてもぼくが独りで泊まらなければならないんでしょうか。例えば平塚さんにいっしょにいてもらう、とかは？」

「母がね、なぜだか家族の者は誰も泊まっちゃだめだ、と言うんで」

「すると、さきほどおっしゃっていた、平屋で一夜を過ごすのは禁じられているというのは、お母さまが……？」

「ええ。だから、もうしわけないけれど、ぼくは。あ。でも、匠さんのお知り合いとかと、ならば多分」

「連れがいっしょでも、かまわない？」

「と、思います。母が禁じているのは家族だけのはずなので。もしも難色を示すようだったら、ぼくが母を説得します」

「判りました。そういうことでしたら、お引き受けいたします」

「よかった。ありがとうございます」

今日はこれから平塚さん、仕事らしいが、夜の九時頃までには上がれるはずなので、その頃に直接実家へ来て欲しい、と言う。その住所をぼくがメモしていると、平塚さん、なにかを差し出してきた。なにげなしに見て、びっくり仰天である。普段は手もとには滅多に残らない、高額紙幣ではないか。しかも、三枚。「え……えと、これは？」

「匠さん、たしかお車は運転されないというお話でしたよね。九時ともなると、もう路面電車も運行していない。バスでも不便なところなので、タクシーを使ってください」

「い、いいい、いや、た、タクシー代としても、こ、これは、いくらなんでも、い、いくらなんでも、多すぎます」

「いずれお礼もしなければいけないし、そのときに改めて精算、ということで。とりあえずお納めください」

では午後九時に、よろしくお願いしますと平塚さんが立ち去った後も、ぼくはしばし、茫然としていた。ふと気がつくと、喫茶室の伝票も当然のようになくなっている。

こ、困った……これは困ったぞ。こんな一介のフリーターに、本気で対価を支払うつもりなのか？　まさか平塚さん、ぼくのことを本職の霊媒師かなにかだとかんちがいしているんじゃあるまいな。

ともかく、こうしちゃいられない。どんなかたちであれ、なにかひとつでも結果を出さないと恰好がつかないぞと、ぼくは急いでボアン先輩のボロ家へ取って返した。潤沢な資金に眼が眩《くら》み、タクシーを使いたい誘惑に一瞬、激しくかられたが、ぐっと自制して、路面電車で。

先輩、ぐうぐう、ごおごおと盛大にいびきをかいて眠りこけていた。普段ならそんな乱暴な真似はしないのだが、持ち慣れぬ高額紙幣が焦燥感を煽《あお》っていたのか、ぼくは先輩の尻を蹴飛ばし、叩き起こした。さいわい寝ぼけ眼で、自分がなにをされたのかいまいち理解していない先輩に事情を説明し、いっしょに平塚さんという方の実家に泊まってくださいと訴えた。ところが先輩、ガキの遣いじゃあるまいし、そんな阿呆な与太話に付き合ってられるかと、にべもない。

「ほれは、ねむりゃいんら」

おれは眠たいんだ、と言いたいらしい。

「いや、だから、夜の九時に行けばいいんです。それまでに睡眠は充——」

「ちがう。問題は、そんなことではない。こう見えておれは、非常に忙しいのだ」

「へ？　い、忙しい、って」昨夜もこのぼくと、のんべんだらりと死ぬほどくだらないことを駄弁《だべ》りながら飲んだくれていたはずの男が急に、なにを言い出すのだ。「いったいなにが、そんなに忙しいというんです？」

「おいおい。おれもね、もうたいがい、卒業しなきゃならないんですよ、大学を。単位を揃えるとか卒論とか。もう忙しくて、いそがしくって眼が回りそうなんだよ。だいたい、タカチもウサコも、それからコイケも、あろうことか、おまえまで、おれよりも先に、さっさと卒業しちまいやがって。お陰でおれ、独りぼっちじゃんかよ」

「去年、さあ、みんなでいっしょに卒業するぞ、おーッ、って高らかにシュプレヒコールで煽っていたのは、たしか先輩だったと記憶してますけど」

「まいにち毎日タックとつるんで、あんなに飲みまくっていなけりゃ、おれだってこの三月に無事に卒業できてたんだ」

「どの口が言いますかそれ。ひとのせいにしないでください」

「切羽詰まってるんだよ、おれは。もしもこれ以上、留年や休学したりしたら、除籍処分もぐっと現実味を帯びてくる。もう後がないんです。背水の陣とはこのことだ。なにがなんでも来年の三月に卒業するしかない。心霊現象だかチンドン電車だか知らんが、そんなくだらないことにかかずらったせいで、もしもおれが卒業できなくなっちまったら、おまえ、どう責任をとってくれるのよ？　ていうか、責任とれるのか？　え？　え？」

これから夜まで一日中、惰眠をむさぼりたいがための言い訳にしか聞こえないが、正攻法では埒《らち》が明かない。「先輩」と、ぼくは高額紙幣をちらつかせる作戦に出た。「ほら、これ、見てください。とりあえず交通費ですって。結果が出れば、これ以上の報酬も考えてくれるそうですよ。どうです？」

ちらっと紙幣を見た先輩、「くだらん」と吐き捨てるや、枕がわりの座布団に頭を戻した。「あのな、タック、見そこなうなよ。おれはね、金で動くような人間ではないのだ。断じて、ちがうんです。金じゃなくて、おれは七瀬さんが来るんだったら、まあ、じゃなくて、ともかくちがう、ほれは、ほれは、ちがうったらちがうんりゃ。うにゅ」

途中から呂律《ろれつ》が回らなくなり、あっという間に、ぐうぐう、いびきをかき始めた。やれやれ、いつもなら現金を見せたら眼の色を変えるくせに。よっぽど眠いらしい。だめだこりゃ。諦めるしかない。

どうしよう。他に頼めそうな知り合いはいないかと考えたが、どうも頭がうまく回らない。とりあえず自分のアパートへ戻り、ひと眠りすることにした。なにしろ徹夜明けである。この後、なにも予定がなければ、ぐっすり熟睡していたのだろうが、はたして平塚さんの期待に応えられるかどうかの不安が頭の隅っこに引っかかっているせいで、とろとろとろとろ、中途半端に浅い眠りに就いては覚め、覚めては就き。

午後三時過ぎ、これ以上、横になっていたらよけいに疲れそうな気がして、ぼくはアパートを後にした。そういえば昨夜から、飲むばっかりで、なにも腹に入れていない。

どこかで食事をしておこうと歩いていて、国道沿いのファミレスの前を通りかかった。すると店舗のピクチャアウインドウ越しに、よく知っている顔を見つけた。ウサコだ。彼女ひとりではない。見慣れない女の子がふたり、向かい合って座っている。私服なので断定できないが、どうも女子中学生のようだ。ウサコがいっしょだと、仲良し中学生が三人いるようにしか見えないが。

ウサコはノートのようなものを拡げて、中学生たちの話を聞き、頷いては、なにかを書きつけている。好奇心にかられ、窓を覗き込んでいたら、視線を感じたのだろう、ウサコと眼が合った。にっこり笑って、手を振って寄越す、その動作につられてか、ふたりの中学生たちもぼくのほうを振り向いた。

三人の視線に誘われるようにして、ぼくは店のなかへ入り、ウサコたちのテーブルへ行った。それが合図だったかのように、ふたりの中学生たちは席から立ち上がる。どうもごちそうさまでした、と声を揃えてウサコに頭を下げ、ぼくに軽く会釈すると、店から出ていった。

女の子たちと入れ替わりに、ぼくはウサコの真向かいに座る。テーブルには空になったチョコレートパフェの容器がふたつ。「あの子たちは？」

「ちょっとアンケート、みたいなことに協力してもらってたの。課題とかじゃなくて、個人的な興味。でも、うまくいけば論文の叩き台になるかも」

ウサコは〈安槻大学〉の心理学専攻をこの三月に卒業し、現在修士課程にいる。と、初対面の席でそう紹介して、この三つ編みにキュロット、紺色のハイソックス姿の愛らしい少女が院生だと信じてくれるひとは百人中、ひとりいればいいほうだろう。

「へえ。中学生の意識調査かなにか？」

「中学生限定じゃなくて、就眠儀式に関するリサーチ」

「就眠儀式？　というと、寝る前に難解な本を読んだり、静かな音楽を聴いたりする、あれ？ホットミルクを飲むっていうのもあったような」

「広い意味では含まれるんだろうけれど、そういう、どちらかといえば身体に直接働きかけて眠りに誘う作業とはまた別のもの。あたしが言うのは文字通り、儀式。メンタルというか、精神的なプロセスね。その行為自体が催眠効果をもたらすわけではないけれど、そのルーティンを執り行っておかないことには落ち着いて眠れない、という。例えば、翌日着る服をひと通り用意して、枕元に畳んでおかないと気がすまない、とか。戸締りがすんでいるのは判っているのに、ベッドに入る前にもう一度、全部確認して回っておかないと眠れない、みたいな」

「ふうん。でも——」

女性従業員がおしぼりとお冷やを持ってきてくれる。少し迷ったが結局、生ビールを注文した。ひさしぶりに、どかんとステーキでも食べるつもりだったが、ウサコも気軽につまめるよう、ミックスピザとフライドポテトにする。

「でもさ、そういうのって、几帳面なひとなら普通にやりそうだけどな。単なる習慣で。揚げ足をとるわけじゃないけど、儀式ってほどのもの？」

「服や戸締りは譬《たと》えだよ。眠りに就く行為って、ある意味、人間にとって原始的な恐怖を伴うものじゃないかと思うんだ」

「恐怖？　どういうこと」

「だって自分が深い眠りに落ちているあいだに、世界がどうなっているかって人間には予測できないことじゃない。大袈裟に聞こえるかもしれないけど、外の世界の変化を認識できない状態に対する人間の恐怖心て、我々が想像する以上に大きいと思うんだ。極端な例だけど、眠っているあいだに、誰かに殺されちゃったりしたらどうしよう、とか。だからあたしは、不眠症の原因って、もちろんそれがすべてではないでしょうけれど、つきつめてゆくと必ずどこかでその恐怖心や不安に行き当たる、と考えている」

「つまりウサコの言う就眠儀式とは、その恐怖心を和らげ、安心して眠りに就くための手続きみたいなものである、と」

「まさにそういうこと。てことは、ひとことで就眠儀式といっても、もっといろいろ、個人的な形態やパターンがあるんじゃないかと思って、いま調べてるの」

「たしかに、そういう手順の内容は個人的なものになって当然だろうけど、でも、それほどヴァリエーションがあるものなのかな」

「あたしがこのテーマに興味を持ったきっかけって昔、小学生のとき、とっても仲のいい友だちがいて。その娘《こ》、寝る前に必ず日記をつけてたの。どういう流れでそうなったかはもう忘れちゃったけど、家に遊びにいったとき、その日記帳を彼女に見せてもらった。そしたら、これがただの日記じゃない。交換日記なんだ」

「普通じゃん」

「そう？　でも、その日記を交換する相手とは全然面識がなかったり、極端な場合、そのひとが実在しなかったりしたら？」

「はあ？　なんだそれ？」

「その娘の場合は、当時大ファンだった女性アイドルと交換日記をしていたの。夜、寝る前に、自分が今日一日なにをしたか、なにを見て、どう感じたか、いろんなことを詳しく日記帳に書きつらねる。ただ書くんじゃなくて、その女性アイドルを相手に報告する、というかたちをとって、ね」

「報告って、でも、その娘、そのアイドルと会ったこと、あるの？」

「一度もない。実際にコンサートへ足を運んだこともない。ただブラウン管を通して、そのアイドルに憧れるだけ」

「じゃあ、日記の報告の返事は？」

「もちろんそれもその娘が自分で書くの、そのアイドルになりきって。楽しくてよかったね、あたしも嬉しいわ、とか、そんな嫌なことがあっても気にしない気にしない、とか。もっともらしいコメントを添えて」

「つまり厳密に言うと交換日記ではなくて、仮想交友録みたいなもの？」

「なるほど。仮想交友録というのは、なかなか言い得て妙だ。タック、それ、いただいちゃっていい？」

「別にいいけど。実際には一度も会ったことのないアイドルに宛てた妄想日記、か」

「そちらはまがりなりにも実在する人物だったけど、あたしがこれまで調べたなかでは、自分が想像でつくりあげた架空の相手と交換日記をする、という例もある」

「どうもよく判らない」

「そりゃあこんなの、タックには縁遠い話でしょうよ」と、ウサコはフライドポテトをつまんで、ぱくり。「なにしろ、いつもいつも飲んだくれて、酔いつぶれて眠り込むんだから。就眠儀式もくそもない」

「いや、そういう意味じゃなくて。寝る前にわざわざそういう仮想交友をするのは、もちろん効果があるからなんだろうけど、具体的にはいったい、どんなふうに作用しているのか、と。つまり、さっきの話によれば、就眠儀式というのは人間の原始的な恐怖心や不安を軽減するための手続きなんだろ？　実際には会ったことのないひとや、極端な場合、実在しない相手と妄想のなかで交友することがいったいどんなふうに効果的なのか、どうもいまいちよく判らない。それとも、ただ単に楽しいから？」

「もちろん、楽しいという要素も無視しちゃいけないけど、一面的にそう捉えてしまうと本質を見誤りそうな気がする。なにはさて措《お》いても、これは儀式である、という点がいちばん重要なの。精神的なバランスをとって、心を安定させる、メタフィジカルなエクササイズとでも言うのかな。こんなふうに説明を試みても抽象的になるばっかりなのは、百人いたら百通りの方法があるからだと思うんだよね。だからいろいろアンケートをとったりして、調べてるの、具体的にはどういうパターンがあるのかを」

「じゃあ、さっきのふたりはどういうパターンだったの。というか、あの子たち、中学生くらいだろ？　子どもでもそういう、就眠儀式って必要とするものなのかな」

「タック、そういう疑問を抱くのは悪い意味でのおとなの発想だよ。子どもだからって悩みがないわけじゃないんだから。むしろ、おとなとちがって対外的な発散の仕方をまだよく知らなかったりするから、眠りに就くために、我々には思いもよらぬ手続きをとっているかもしれないじゃない」

「そうか、なるほど」

「さっきのふたりは、心理学科の先輩が教諭をしている公立中学校の生徒で、授業中に、教科と全然関係ない創作ノートのようなものを交換しているところを見つかって、叱られたんだって。それを聞いて興味が湧いて、紹介してもらったの。で、今日した質問は、その創作ノートってどういう性質のものなのか、ということと、あと、個人的な就眠儀式の習慣はあるか否か、その二点」

「どう答えた?」

「我ながらずいぶんピンポイントな調査対象を見つけたものだと感心したけれど、授業中に交換していたそのノートって、その前夜に彼女たちがどういう妄想を抱きながら寝たのか、そのリポートみたいなものだった」

「というと、やっぱり就眠儀式に関係するものだった、と?」

「あたしの昔の友だちと同様、彼女たちは就寝前にノートに妄想を書く。そして、その就眠儀式の内容を翌日、学校で互いに報告し合うの。で、その内容が互いを刺戟《しげき》し合って、その夜の就寝前の妄想がさらにディテールを膨らませ、拡大してゆく、そういうプロセスを辿っているみたい」

「妄想って、どういう妄想?」

「実名はもちろん明かしてくれなかったけれど、彼女たち、学校に大嫌いな先生がいるんだって。どうやら男の先生らしいけど、そのひとをどうやって懲らしめてやるか、その方法の過激さを競い合っているんだって。バナナの皮ですっ転ばせよう、みたいな他愛ない悪戯《いたずら》から始まって、靴のなかに汚物を仕込んでおいてやるといった陰湿な嫌がらせまで。もちろん実行するわけじゃなくて、あくまでも妄想よ。で、翌日その成果を書いたノートを交換するわけ。あいつの車のタイヤを全部パンクさせちゃった、とか。あたしなんか、あいつを海へ突き落としてやった、とか。

このままエスカレートしていったら、いずれ妄想のなかとはいえ、その先生を殺すことになるかもしれない、なんて彼女たち、言ってたな。あっけらかんと」

「あっけらかんと、とはまた」

「彼女たちはよく判っているのよ、自分たちがいったいなにをやっているのか、を。大嫌いな先生を妄想のなかでとっちめてやることで、精神的なバランスがとれ、そして心が安定するんだ、と。自分独りでじゃなく、友だちと共同作業することで妄想が増幅され、より効果的となる。実行に移さずとも、それで充分なんだとよく理解している」

「そして、よく眠れる、と?」

「まさにね。この話を聞いて、思春期特有の情性欠如的な危うさ、モラルの荒廃を感じ取るひともいるかもしれない。一度も会ったことのない有名人や架空の人物との交友で精神的均衡を図る手法に、ある種の宗教的依存の萌芽を読み取るかもしれない。いずれも一理あるんでしょう。でも、だからこそ儀式なのよ、これは」

「悩みごとと不安だらけの人生だからな。方法の善し悪しはともかく、なにか心の浄化作用的な手順を踏んでおかないと安心して眠れない、というのは、なるほど、ありそうなことだとは思うが」

「ま、タックやボアン先輩はそんな悠長なことなんかせずに、てっとりばやくお酒をかっくらうだけだけどね」

「まあね。いま聞いていて、ふと思ったんだけど、もしかして心霊現象なんかも、そういうふうにすっきりと心理学的な説明がつけられるものなのかな」

「え。なんの話?」

平塚さんという刑事と知り合った経緯、そして七瀬さんを介しての、彼からの奇妙な依頼の内容を簡潔に説明する。

「——で、詳しいことはまだこれからなんだけど、どうやらこれまでにも複数のひとがその心霊現象を体験しているようだから、単に酔っぱらって夢を見たとか、そういうことでもなさそうなんだ」

「ちょっとちょっと、タック、本気? これから行くの、そこへ? だいじょうぶ? 独りでそんな、幽霊屋敷みたいなところに泊まれるの?」さすがウサコ、長い付き合いだ、いちいち説明せずとも、ぼくの臆病さはよく心得ている。「いまどき小学生でも怖がらないような、ちゃちな怪談でさえ顔面蒼白になって、裸足で逃げ出すくせに」

「しょうがないだろ。七瀬さんがいないから、先輩、すっかり不貞腐《ふてくさ》れて、いっしょに来てくれないんだ」

「いまからタカチを東京から呼び戻すわけにもいかないもんね。よし、判った。それ、あたしがいっしょに行ってあげよう」

「はあ? お、おいおい。そんなこと、できるわけないだろ。男友だちならともかく、今夜いっしょに泊まる連れです、なんて、いきなりウサコを紹介したりしたら——」

「一万円、賭けてもいいよ。なんの説明もなしに紹介してみ。その平塚さんてひと、きっとあたしのこと、タックの妹だと思い込むはずだから」

「そ、そうか」我ながら呆れるくらい、あっさり納得してしまった。「それもそうか」

＊

というわけで、ぼくたちの予想は見事に的中。平塚家の面々を前にして、ウサコはすっかり妹のふりを決め込んでいる。

「だいじょうぶですよ、兄さん」と、平塚さん、どこかのほほんとした口調で徳善さんに笑いかけた。「こちらの匠さん、ぼくがいつも職場でお世話になっている先輩から紹介していただいた方だから。頭脳明晰は保証付きです。きっとこの旧館問題にも、今日で幕引きをしてくださるでしょう」

って、こらこら。だから、どうしてそこまで過大評価するんですか。お兄さん夫婦やお母さんがそれを真に受けたらどうするの。期待されるってことは、結果が出せなかったとき、その倍は失望されるわけで、プレッシャーもはなはだしい。

「もちろん、そうしていただけるならば、こちらは願ったりだが……」

まだまだ疑わしげに視線の落ち着かない徳善さんだが、誰がどう考えても、こちらのほうがまともな反応というものである。

「では、匠さんと由起子さん、今夜はよろしくお願いします。母と兄夫婦はとりあえずこれで退散しますが、その前に訊いておきたいこととか、ありますか」

「えーと……」ぼくはダイニングキッチンの内装を見回した。多分、最初から洋風だったわけではなく、後から改装したようだ。「この平屋、いつ頃、建ったんでしょう？」

ふと、平塚さんの母親、巳羽子さんと眼が合った。不意打ちを喰らった気分で、どぎまぎする。まるで生まれて初めて母親とは別のおとなの女性を目の当たりにした幼稚園児のような己れの胸の妖《あや》しいざわめきが、不可解でならない。

時と場合によっては、これは恋だと思ったかもしれない。いずれにしろ巳羽子さんは、ただそこに存在するだけで、こちらの心を掻き乱す。それを魅惑的と表現するのが正しいかどうか、よく判らない。彼女の口もとにうっすらと浮かぶその色は、はたして親愛の情か、それとも嘲弄《ちょうろう》の念か。少なくとも巳羽子さんの瞳は笑ってはいなかった。

「正確には知らないけれど、多分――」と、巳羽子さんは初めて口を開いた。淡々とした嗄《しゃが》れ声なのに、よく通る。「わたしが生まれるよりも、十年ほど前ではないかしら。一九三〇年前後だったと思う」

「では、このダイニングキッチンを洋風に改装されたのは？」

「わたしが結婚した年。一九五九年」

「ということは、奥さまは――」暗算が苦手なぼくを尻目にウサコが口を挟んだ。「十九歳でご結婚を？」

「ええ。高校を卒業して、すぐに見合いをして。翌年、徳善が生まれた。ところで、あなたは

——」と、これまでぼくが抱いてきた神秘的なイメージを根底から覆すほど茶目っけたっぷりに車椅子から身を乗り出した巳羽子さん、逆にウサコに質問した。「由起子さんだったわね、匠さんの妹さんということだけど、歳はおいくつ？」

「え？　えーと……」多分、質問の内容そのものよりも、巳羽子さんがいきなり覗かせた悪戯っぽい笑みに眩惑されたのだろう、ウサコはしどろもどろ。「あ、あのう、一応、二十歳は超えています。はい」

「匠さん」と、巳羽子さん、どきりとするほど妖艶《ようえん》な上眼遣いでぼくを睨む。「この方、ほんとうにあなたの妹さん？」

「いいえ」これ以上、嘘をつくのも、なんだかめんどくさい。「ちがいます」

「え？　どういうこと？」平塚さん、きょとんとなった。「妹さんじゃなかったら、どなたなんですか？」

「すみません。彼女、ぼくの同期で羽迫由起子といいまして、いま〈安槻大学〉の修士課程に——」

「え？　ええええッ？　修士って、じゃ、じゃあ、まさか、院生？　院生なの？」

うん、やっぱり平塚さんも驚くポイントはそこなんですね、とでも言いたげにウサコは苦笑して、自分の頭を掻きかき。「童顔の幼児体型ですみません」

「い、いや、そんなことよりも、きみ、匠さんと同期って、赤の他人てこと？　それなのに、今晩いっしょに、ここに泊まるつもりだったの？」

「すみません、ぼくが彼女にむりを頼んだんです」と、結局は恥を忍んで告白するはめになるのであった。「心霊現象を独りで体験するというのも、その、不安というか、はっきり言うと、怖かったもので。はい」

「怖い？　って、あ、あのね、きみ」徳善さん、さすがに呆れ顔である。「子どもじゃあるまいし。そんなことで、ほんとに今晩、だいじょうぶなんですか」

ご心配まことに、ごもっともである。夜中に独りでトイレへ行けない三歳児並みの輩《やから》を心霊スポットへ送り込むのは、まぐれでヒットを打ったらいきなり三塁ベースへ走り出すやつに草野球の助っ人を頼むようなもので。いや、もっと役たたずかも。

徳善さんとは対照的にウサコときたら、自分だって当事者のくせに、身を折って、くすくす笑っている。無責任な。

「それにしても奥さま、よくお判りになりましたね。あたしが彼の妹じゃない、って」

「当然でしょ。こういうことを頼まれて、わざわざ自分の妹を連れてくるようなひとは普通、いませんｎ」

「なあるほど。言われてみれば。でも、なにか、こういうケースに役にたちそうな特技でもあれば別なのでは」

「そういうの、お持ちなの、あなた？」

「いえいえ。見てのとおりの大凡人でして。いやあ、ご慧眼《けいがん》、恐れ入りました」

そんなウサコと自分の母親の太平楽なやりとりを、ぽかんと見ている平塚さんに巳羽子さん、皮肉っぽく、ひとこと。

「総一郎。根が性善説なのはたいへんけっこうだけれど、職業柄、あなたのほうが先に気づかないでどうするの」

「いやあ、まったく仰せの通りです、お母さん」平塚さんも、まるでウサコの真似をするみたいに、自分の頭をぽりぽり。「一言もありません」

「おいおい、総一郎、笑いごとじゃないぞ。独りじゃ怖いからって女友だちを連れてくるような御仁《ごじん》を、おまえは――」

「兄さん。怖いと思うのは、それだけ真面目に捉えている、つまり心霊現象だからって馬鹿にしたりはしていない、ってことじゃないですか。それにね、職場でお世話になっている方に紹介してもらったと言いましたけど、それだけじゃないんです。最近、市内で起こったバラバラ事件、ご存じありませんか。殺害された若い男性の遺体が六つの箱に分けられて処分され、犯人と目された愛人の歳上の女が跳び降り自殺した、という」

「ああ、そういえば、そんな血腥《ちなまぐさ》い事件があったようだが……それが？」

「捜査本部が誤った結論を下し、解散した後で、あの事件の真相を見破ったのは、なにを隠そう、こちらの匠さんなんですよ」平塚さん、なぜだか、いまにもふんぞり返りそうなほど自慢げである。「露骨に、信用できないと言いたげなお顔ですね。なんでしたら、この件に関してはうちの署長か次長に訊いてもらってもいいですが」

「由起子さん」と、巳羽子さん、なにかを言いかけた徳善さんを遮った。「匠さんとは同期だと言ったけど、具体的にはどういうご関係？　友だち？　それとも恋人？」

「恋人？　まっさかあ」蠅を追っ払うような手つきでぼくの肩を叩き、けらけら笑い飛ばすウサコであった。「こう見えて、彼にはちゃんと相方がいますから。それも怖い、こわあああい、怒らせたら、この世でいちばん恐ろしい彼女が……あ。そうかッ」

いきなり手を打つや、ぴょんとウサギのように跳び上がって自分へと迫ってくるウサコに、さすがの巳羽子さんも少しのけぞり、戸惑い気味である。「なにか？」

「さっきから奥さまのこと、見覚えがあるような気がしてならなかったんですけど。やっと判った。その彼女に似ているんです」

「あら、まあ」興味津々といった態《てい》で巳羽子さん、ぼくに微笑《ほほえ》みかけてきた。「匠さんの彼女に？　それはそれは」

「きっとタカチも、あ、その彼女、高瀬千帆っていうんですけど、きっと将来、奥さまのようなすてきなレディに。そっか、そっか。タックったら、どうもさっきから奥さまのこと、熱っぽく見つめているなあと思っていたら、そういうことだったの」

たしかに巳羽子さんの独特のオーラにはタカチを彷彿させるものがある。が、彼女の瞳にぼくがこんなに心を搔き乱されるのは、他に理由があるような気がしてならない。

「光栄なことだけれど、それじゃどうして今夜は、その彼女が匠さんといっしょに来なかったのかしら」

「残念ながら、いま東京で働いているものですから。あたしが代理で。というわけで、彼といっしょに泊まることについては、どうかご心配なく。あたしに悪さなんかしたひにゃもう即、その怖い彼女に言いつけて、たっぷりお灸《きゅう》をすえてもらいます」

「よく判りました。じゃあ、おふたりとも、どうぞこちらへ」と、巳羽子さんが顎をしゃくると、徳弥さん、頷くでもなく、無言のまま車椅子を押し始めた。そういえば、ここへ来てから、まだ一度も徳弥さんの声を聞いていない。

平塚さんと徳善さんはダイニングキッチンから動こうとする気配はない。ウサコとぼくだけで、巳羽子さんと徳弥さんの後に続く。一旦ダイニングキッチンから板張りのデッドスペースへ出て、続きになっている応接室へと向かう。

応接室へ入る直前、ぼくはなにげなしに左右を確認した。応接室へ向かってデッドスペースの左側に、新館へと続く渡り廊下が延びている。右側もその逆向きに廊下が延びているのだが、なぜか途中で不自然な壁に阻まれているのが気になった。どうやら、本来なら別棟へと通じるはずの廊下を、後から塞いでしまったようだ。

「ここが、その応接室」

八畳ほどだろうか、お屋敷の規模からすると意外に狭い。畳の上にカーペットを敷き、その上にソファやコーヒーテーブルなどの応接セットを並べてある。見るからに年代もので、妙におままごと的にちまちまとしたサイズだ。部屋の隅っこに置いてある、正式名称は知らないが、ダイヤルのようなものを回転させてチャンネルを替える方式のテレビも、ずいぶん古めかしい。

「あの、奥さま――」

「巳羽子でいいわ、匠さん。もう主人もいないんだから、奥さまと呼ばれるのも、どうも落ち着かない」

「巳羽子さん、この部屋って、もしかして二十三年前のまま……ですか？」

巳羽子さん、頷いた。「この応接室と、それからダイニングキッチンは、ね。あのときのまま」

あのとき……とは、もしかして平塚さんが言っていた、幼い女の子の死のことか？

「道理で冷蔵庫も、あんなレトロな」

「ちゃんと動いていますよ」

ちらり、と妙に意味ありげな流眄《ながしめ》を、ぼくに送ってくる。あまり巳羽子さんには似つかわしくない、その仕種《しぐさ》のわざとらしさが、ひどく引っかかった。

「中味も適当に用意しておいたから、なんでも食べたり、飲んだりしてくださってけっこうよ。たとえ誰も住んでいなくても、掃除はちゃんとしているし、ソファのクッションなども定期的に乾《ほ》したりしているから、その点はどうかご安心を」

このとき、なぜそんな質問をする気になったのか。やはり先刻の巳羽子さんのわざとらしい仕種が気になっていたからだろう。「それ、これまでにも同じことを言ってきたんですか？」

徳弥さんに車椅子を押されて渡り廊下のほうへ向かいかけていた巳羽子さん、首を捩《ね》じるようにして、ぼくを見た。「……どういう意味かしら」

「これまでにもこちらの旧館にお泊まりになったひと、何人かいるというお話でしたが、その方たちにも巳羽子さん、同じことを言ったんですか？　つまり、冷蔵庫の中味はなにを食べても、飲んでもいい、と」

一瞬……ほんとに一瞬のことだったが、微妙な間があった。「ええ、もちろん。では、よろしく。ああ、それから。ひとつだけ。守ってもらいたいことがあります」

これまでは比較的のほほんとした物腰を崩さなかったウサコからさえも、微《かす》かな緊張が伝わってくる。それほど巳羽子さんの声音にはこちらの腹腔に染み込む、なにか重いものが籠もっていた。

「今晩、別に朝まで、ずっと起きていなくてもかまいません。お疲れになったら、いつでもお休みになってけっこう。ただし、そのときはくれぐれも、戸締りを厳重にお願いいたします」ウサコとぼくを交互に見る。「いいですか。それだけはくれぐれも、守っていただかなくては困ります」

「それはつまり、もしもなにかあったとき、外部からの侵入者による仕業である、という可能性を完全に排除しておくため……という理解でよろしいでしょうか?」

がしんと、まるで物理的な衝撃があったかのように、巳羽子さんとぼくの眼が合った。びびっているぼくを尻目に巳羽子さん、なぜか渡り廊下を挟んでダイニングキッチンにいる平塚さんに挑発的に微笑みかけた。

「いつも思うことだけど、総一郎、あなたのお友だちって、いっぷう変わった方々が多いわね」

ぼくに向きなおった巳羽子さん、デッドスペースにぽつねんと置かれた台座に載った、白い電話機を指さした。「もしもなにか緊急事態があったら、これで新館のほうへ連絡してください。ただし外線は通じないし、こちらに他に電話機はありませんので、どうかそのおつもりで。では、わたしたちはこれで――」

「お母さん、ぼくはもうしばらく、こちらにいます」と、平塚さん。「といっても泊まるわけではありません。ただ匠さんたちに、二十三年前の多恵さんと京子ちゃんのこと、詳しく説明すると約束しているので」

「詳しく……それは必要なことなの？」

「だって、この件と無関係ではないでしょ、誰がどう考えても」

「あまり遅くならないようにするのよ。匠さん、由起子さん、では、明日の朝――」

徳弥さんに車椅子を押される巳羽子さんを徳善さんが追いかけるかたちで、三人は渡り廊下を通り、新館へと消えた。

応接室の障子を開ける平塚さんにつられるようにして、ウサコとぼくも縁側へ出た。ガラス戸越しに敷地内の広々とした庭園が見渡せる。平塚さん、縁側の突き当たりを指さした。

「戸締りするときは、こちらの戸袋から雨戸を出して、閉めてください。内側から木製の閂《かんぬき》を嵌められるようになっています」

真向かいの新館に明かりが灯った。テラスへと続くピクチャアウインドウ越しに巳羽子さん、徳弥さん、そして徳善さんの三人がこちらの様子を窺っているのが、はっきりと見てとれた。

平塚さん、少しおどけた仕種で新館に向かって手を振ってみせたが、誰も手を振り返してはこない。「別にああしてひと晩じゅう、こちらを監視するわけではないので、どうかご安心を――

さて」踵《きびす》を返すと、ダイニングキッチンへ入った。「ぼくがここでひと晩を過ごしてしまうとルール違反になるので、てっとりばやく説明いたしましょう。おふたりとも、どうか気軽に聞いてください。なにかお飲みになりますか?」

レトロな冷蔵庫へ歩み寄ろうとする平塚さんを、ぼくは反射的に呼び留めた。「……すみません、ちょっと待ってください」

「ん。なにか?」

いましも短刀のような把手に手をかけようとしていた平塚さんに横に退《ど》いてもらうと、ぼくは冷蔵庫とその周囲を眺め回す。

平塚さんにもの問いたげな表情をされたのだろう、「どうしたの、タック?」とウサコが訊いてきたが、実はぼくも自分がなにをしようとしているのか、いまいちよく判ってはいない。

「いや……」

おずおずと冷蔵庫の把手に手をかけた。ガチャッと扉が開く。その音に重なり、なにか別の音が、少し離れたところから聞こえてきた。注意していないと、扉の開閉に紛れて聞き逃してしまいそうな音が。

それに続いて、ブウウンという、耳鳴りのような微かな音。たしか、さっきまでは聞こえていなかったはずの音……これは、もしかして。

「匠さん、なにか?」

「いえ……」ひとつ考えが浮かんだが、検証はとりあえず詳しい話を聞いてからだ。「平塚さんも、なにかお飲みになりますか。ビールとかいろいろ、用意してくださっているようですが」

「では、匠さんたちと同じものを。あまり長居もできませんので」

ぼくが瓶ビールを取り出し、ウサコが食器棚からコップを三つ、持ってきて、三人はテーブルについた。

「さて、やはりそもそもの二十三年前の事件からお話ししておかなければならないでしょう。あれは、一九七〇年の……」はっと口をつぐんだ平塚さん、頭上からなにか落下してきたかのように顔を上げた。「なんと、これもなにかの巡り合わせなんでしょうか。自分でお願いしておきながら、いまのいままで、まったく思い当たっていなかった。あれも八月十七日でした、二十三年前の」

「その幼い女の子が亡くなったのが?」

「ええ。正確には十六日の夜のことだったと考えられているようですが、遺体が発見されたのが十七日の朝だった。当時、ぼくは五歳で。兄が十歳、小学四年生だった。兄が夏休みだったので、父と母、そしてぼくたち兄弟の四人で、八月十六日の朝、大阪へ旅行に出かけたんです」

「大阪。で、一九七〇年の夏休み、ということは、もしかして」こぷこぷ、調子よくビールを空けながらウサコは首を傾《かし》げた。「万博ですか?」

「そうですそうです。よくご存じですね。日本初の万国博覧会がその年の三月に大阪で開幕したんです。といっても、ぼくはまだ五歳だったので、現地へは行ったものの、正直あまりよく憶えていない。いちばん印象に残っているのは、とにかくやたらと行列に並んだということですね。

展示の目玉だった月の石も、たしかに行列に並んだはずなんだけど、ちゃんと直接見られたかどうか、はっきりしない。あの頃、地元の映画館には普通の映画だけじゃなくて、オリンピックの記録映画などがよくかかっていたんですが、万博のPR映画もあって、近所の子どもたちといっしょに観にいきました。月の石とか、全身洗浄器とかの未来テクノロジー展示会など、ちゃんとまともに観たのはその映画で、だったんじゃないかなあ。いま思えば現地へわざわざ、くたびれにゆかなくても、映画で充分だったかも」

「一九七〇年か。昭和四十五年ですね。ぼくたちが生まれた年だから、どうもうまくイメージを描けない」

「日航機よど号ハイジャック事件とかがあった年だよね。三島由紀夫の割腹自殺も。平成に元号が変わったとき、某局のニュースキャスターが昭和を振り返って、激動の時代という表現をしていたんだけれど、東海道新幹線開業と東京オリンピックのあった一九六四年から一九七〇年にかけての高度成長期が、まさしくその激動のピーク時だったのかもね。特に七〇年は日本初の万博に、初めて国産の宇宙衛星が打ち上げられたりもしているし。たしか、よど号も日本初のハイジャック事件だったんじゃなかったかな?」

「由起子さん、あ、いや、羽迫さんのほうがいろいろ詳しいですね」平塚さん、少し躊躇《ためら》いがちながらも、楽しそうに笑った。「ともかくその年、ぼくたち家族は大阪へ旅立ったんです。八月十六日の朝。当時の住み込みのお手伝いさん一家に、留守番を頼んで」

「お手伝いさん?」

ひとりで」

「あちらの別棟に……」と一転、顔を強張らせて平塚さん、応接室へ行くのとは反対側の引き戸を示した。「住んでいたんです。上泉《かみいずみ》多恵さんという、当時二十八歳のお手伝いさんが。普段は

引き戸を開けると、廊下を挟んで、左が風呂場と脱衣所、右側がトイレだ。その奥へさらに進んでもうひとつの引き戸を開けると、地面に簀《す》の子《こ》みたいなものが敷いてあり、納戸のような建物へと続いている。

「そこの小部屋に住み込みで、働いてもらっていたんです。手前のトイレと風呂はいまでも使えますが、奥の小部屋へはもう入れないようになっている」

夜風に乗って黴臭《かびくさ》い空気が漂ってきた。平塚さん、引き戸を閉め、閂を掛けると、ダイニングキッチンへ戻った。

「実はこの平屋、昔はもっと奥行きがあったんです。こちらへ――」

今度は平塚さん、一旦デッドスペースへ出ると、新館への渡り廊下とは逆方向の廊下を示した。廊下を途中で塞いでいる、あの不自然な壁を指さす。

「あの向こうに両親の寝室や、ぼくたち兄弟の勉強部屋があった。それらはいま取り壊されて、跡地が月極め駐車場になっている」

「取り壊された？　それはいつ頃」

「ぼくが中学二年生くらいだったから、一九七九年頃ですか。昔の離れ、つまり現在の新館を改築する際、家族の生活の拠点を完全にあちらへ移すために」

「一九七九年。つまり、問題の幼い女の子の死亡事件があってから九年後ですよね。それほど時間が経っていたのに、そのとき、どうしてこちらのキッチンや応接室もいっしょに取り壊さなかったんです？　やはり巳羽子さんが反対して？」

「いや、実は父が大反対したんです」

「お父さまが……？」

「すみません。肝心なことをお話ししないまま、あっちこっちへ脱線してしまって。最初から順番にお話しします」まるで己れを鼓舞するかのように勢いよく、平塚さん、くいっとビールを干した。「一九七〇年、八月十六日、ぼくたち家族は大阪へ発った。その日、多恵さんは、ひとり娘の京子ちゃんと、それから母親のソノさんを、田舎からこの家へ招《よ》び寄せていました」

「招び寄せていた、というのは？」

「多恵さんは、いまで言う未婚の母で、当時五歳だった——つまり、ぼくと同い歳だったわけです——京子ちゃんを、普段は実家のソノさんにあずけ、育ててもらっていた。上泉家は、ぼくは直接行ってみたことはありませんが、山間部の農家だったそうです。で、八月十六日から一週間ほど、ぼくたち一家は留守にする予定だから、そのあいだ多恵さんには、京子ちゃんとソノさんもここへ招んで、みんなで水入らず、ゆっくり過ごしてもらえばいい、という話になって」

「それ、多恵さんのほうからお願いしたんでしょうか。それとも——」

「たしか、母の提案だったはずです。たまには家族でいっしょに羽を伸ばしてもらおう、と。出発の日、多恵さん一家が玄関で見送ってくれたのですが、そのとき母が、京子ちゃんをひとり、手招きして、そっとポチ袋を手渡した」

「お小遣いかなにかですか」

「そうだったんでしょうね。その場面はよく憶えています。というのも、それを見た兄もぼくも、自分たちもお小遣いが欲しいとせがんだから。母は笑って、あなたたちは大阪へ着いてからね、と。そのとき……」

そこで急に平塚さんの眼が不安げに泳ぎ、虚空を見据えた。そのあまりの唐突さに、もしや知らないうちに誰かがダイニングキッチンへ入ってきたのだろうかと、ぼくは思わず背後を振り返った。

ウサコも同じように感じたのか、ちらりと肩越しに、ぼくたち三人以外に誰もいないことを確認しておいてから、平塚さんに向きなおった。「どうされました？」

「いえ……もしかしたらこれ、重要なことなのかもしれないのですが、そのとき母はポチ袋を手渡しながら、そっと京子ちゃんに耳打ちしたんです。他のひとたちがどうだったかは知りませんが、ぼくにはそれが、はっきりと聞こえました」

「なんて言ったんです、巳羽子さんは？」

「他のお部屋へは入っちゃだめだけど、テレビなら好きなだけ観てもいいわよ。でも、あんまり夜、遅くまで起きているとお母さんたちに叱られるかもしれないから、それは気をつけてね……と」

「テレビって、あの応接室の？」

「そうです。父がまったく興味がなかったため、我が家はそれまでずっと古い白黒だったのですが、その前年だったかな、やっと最新式のカラーテレビに買い替えた。そしたら母が夢中になってしまいましてね。真向かいのソファが定位置で、よく夜更かししては放送終了まで粘って、そのままそこで眠り込むこともあったようです」

「へええ。テレビっ子だったんですか、巳羽子さんが。なんだか意外な気も」

「当時、父との関係が微妙だったせいもあるかもしれません。険悪というほどでもなかったが、母としては距離をおきたそうだった。さりとて寝室を別々にしたりすると、よけいに溝が深くなるかもしれない。なので毎晩、父がぐっすり眠り込むまでテレビの前で待って、それから寝室へ戻るという習慣がついたんじゃないかな」

　平塚さんの口調に特に大きな変化はなかったが、巳羽子さんと夫の関係についてのくだりは、やや含みありげだった。

「母からお許しをもらって、京子ちゃんはとても嬉しそうでした。当時、上泉家にはカラーどころか、テレビそのものがなかったそうですから。子どもにとっては、わくわくするような玩具《おもちゃ》だったでしょう」

「あの……もしかして」平塚さんの口調がだんだん、泥に足を奪《と》られるかのように重く淀んできたものだから、ぼくは嫌な想像をしてしまった。「京子ちゃんが亡くなったのは、その……？」

「そうなんです。そのテレビの真向かいのソファの上だった。もちろんその日、ぼくたち一家はすでに不在だったので、すべて後からの伝聞なのですが。八月十七日の朝、午前五時頃、ソノさんはそこで……」と、引き戸越しに、さきほどの住み込み用小部屋があるほうを顎でしゃくった。

「目を覚ました。ソノさんによると、その前夜、彼女と多恵さん、そして京子ちゃんは三人で川の字に並んで、床に就いた。京子ちゃんはもっと遅くまでテレビを観たがったが、子どもは早く寝なきゃだめよ、と八時頃には小部屋へ戻らせ、布団に入らせたそうです」

「夜の八時、というのは、よく判らないんですけど、当時の五歳の子どもが就寝するには適当な時間だったんですか？」

「さほど不自然ではないと思いますよ。それに京子ちゃん、農家の生活に慣れていて、早寝早起きだったでしょうから。午後八時というのは、もしかしたら普段よりも夜更かしだったかもしれない」

「なるほど。多恵さんとソノさんもその後、すぐに寝たんですか？」

「先に寝たのはソノさんだったそうです。やはり普段から早寝だったようで。いっぽう多恵さんは、いつもあとかたづけなどで我が家ではいちばん最後に寝る習慣がついていたので、その夜もそうだったとか。翌朝、いつもより寝坊したソノさんは午前五時頃、起床した。ひとつ布団を挟んだ横で、多恵さんはまだすやすや、寝息をたてている。ところが、ソノさんのすぐ傍らにいたはずの京子ちゃんの姿が見当たらない。実は夜中に、具体的に何時頃のことだったのかは不明ですが、ソノさん、一度目を覚ましたんだそうです。すると、多恵さんは寝ていたけれど、京子ちゃんの姿は見当たらなかった。そのときは、トイレにでも行っているんだろうと思い、ソノさんはすぐに寝なおしたんだとか」

「ところが、朝、起きてみると、やっぱり京子ちゃんの姿が見当たらない……」

「さすがに心配になって、ソノさんはまずトイレを見にいった。しかし、誰もいない。おなかが空いて、はやばやとつまみ喰いでもしているのかとダイニングキッチンを覗いてみたが、やはり誰もいない。まさか、こんな早朝に外へ遊びにいったりするはずもないが一応、戸締りも確認してみた。しかし、異状はない。誰も出入りした様子はない」

「いまは取り壊しているという、他の部屋は調べなかったんですか？」

「ソノさんもようやく、もしかして京子ちゃん、言いつけを破って、ぼくたち家族が寝起きしている住居へ入り込んでいるのではないかと心配になった。両親の寝室、兄とぼくの勉強部屋などを覗いて回ったが、やっぱり誰もいない。孫娘が神隠しに遭ったりしたわけではないのなら、探せる場所はあとひとつしかありません。当時の離れです。渡り廊下へと向かいかけたソノさん、そこでようやく、まだ母屋にも自分が調べ忘れている部屋があることに思い当たった」

「応接室……ですか」

「そのとおりです。ソノさんは応接室へ入ってみた。しかし、ご覧になってお判りのように応接室は、ダイニングキッチンのこのテーブルについていても、その気になれば簡単に見通せます。もしも京子ちゃんが早起きしてテレビを観ているのだとしたら、すぐに気づかないわけがない。だいいちテレビの音がしているはずだ」

「そのとき、テレビは？」

「ついていなかったそうです。では、こっそりテレビを観にきているわけでもないのかと途方に暮れかけたソノさんは、ふとソファにタオルケットがかかっていて、それがひとのかたちに、それもおとなではなく幼稚園児くらいの子どものかたちに盛り上がっていることに気がついた。それだけではない。その盛り上がったかたちの、ちょうど頭の部分に置き時計が載っていて……」

「置き時計？」

「いまでも現物があります」

平塚さん、立ち上がって、応接室へ入る。飾り棚を指さした。そこに白と茶色のマーブル模様の置き時計があった。ごつい造りで、見るからに重量感たっぷりだ。

「前日の昼間、孫娘といっしょにテレビを観ていたソノさんは、この置き時計が飾り棚にあったことを憶い出し、不審を覚えた。ここと、ここでは——」と、交互に飾り棚とソファを示す。

「けっこう離れている。四、五メートルはあるでしょう。なのにその置き時計が、なぜこんなところに、もしや孫娘が悪戯でもしたのではと思いつつ、ソノさん、ふと眼を凝らした。タオルケットの置き時計の下の部分が黒ずんでいる。なんだろう、と捲《めく》ってみた。するとその下から、顔面が識別できないほど陥没した、無残に変わり果てた京子ちゃんの遺体が現れた」

「まるで……まるで置き時計が勝手に飛んできて、そこに寝ていた京子ちゃんの顔に激突した……みたいに？」

「まさに、ね。ソノさんはすさまじい悲鳴を上げたそうです。それで目を覚ましたのか、多恵さんが寝ぼけ眼でやってきた。どうしたのよ、お母さん？　こんな朝っぱらから、なにを騒いでるの？　朝ご飯、どうする？　などと、のんびり、あくびをしながら応接室へ入ってこようとする。

ソノさんは絶叫したそうです。来るな、多恵、来ちゃいけない、見るな、絶対に見るな、見ちゃだめだ、と必死で……しかし」

「……多恵さんは、見てしまった」

「そのときの多恵さんの取り乱しぶりを憶い出すと自分も気が狂いそうになる、とソノさんは言っていました。多恵さんは京子ちゃんの亡骸《なきがら》にとり縋《すが》って、しばらく泣き叫んでいたそうです。生き返って、お願いだから生き返って、と。しかし京子ちゃんはぴくりとも動かず、返事もしない。もうどうにもならないと絶望したのか、多恵さんは、ソノさんが止める間もなく、障子を蹴破り、その勢いで雨戸を破って、外の庭園へと転がり落ちたそうです。倒れたまま動かなくなった多恵さんは病院へ運ばれましたが、医者の隙を衝いて逃走し、行方知れずになった。海岸に打ち上げられている多恵さんの遺体が発見されたのは、その数日後のことでした」

「それ……は、もしや、自分で？」

「おそらく。京子ちゃんの突然の死のショックに堪えられなかったのでしょう」

「あのう、そんな不吉な置き時計をなぜそのまま、ここに置いてあるんです？」

「事件性の有無を調べるため、しばらくは警察が持っていってたんですが、やがて戻ってきた。当然、処分するものと思っていたら、父の迦一郎がそれを止めた」

「お父さまが……？」

「ぼくは、何度も言うように、まだ五歳だったので、その重要性をリアルタイムで認識していなかったのですが、兄によると父は、この置き時計はたいせつな証拠品だから決して処分してはならない、置き場所も変えてはならない、と頑固に主張していたそうです。当時は平塚家の親戚縁者もけっこうたくさん近所に住んでいたのですが、それら周囲の説得にもまったく耳を貸さず」

「えと、事件性とか、証拠品……って。そもそも京子ちゃんの死に対する、当時の警察の見解は？」

「前日に置き時計が、ソファからかなり離れている飾り棚にあったことが確認されている以上、例えば不慮の落下による事故だとは考えられない。かといって、誰か外部の人間がこっそり忍び込み、寝ている京子ちゃんに置き時計を叩きつけて殺した、とも思えない。母屋にも離れにも外部からの侵入の痕跡は、いっさいなかったそうです」

「ということは……え、まさか」

「警察の結論としては、事故ではないのだとしたら、発見者のソノさんか、それとも母親の多恵さんか、どちらかの仕業だったとしか考えられない、と」

「いや、ま、まってください。だとしても、動機は？　可愛い孫娘、娘を、そんなむごたらしい殺し方をしなければならない、どんな理由があったというんです」

「ひとことで言えば、動機はなかった。犯人はただ、気が狂っていた……と」

「気が……というと、まさか、警察が犯人だと目したのは？」

「多恵さんでした。周囲の者たちは気づいていなかったが、実は彼女はずっと心を病んでいたのだ、と。あの夜も多恵さんは、なにがきっかけだったかはともかく錯乱し、ひとり娘の顔面に置き時計を叩きつけて死なせてしまった……いや、むちゃくちゃに聞こえるかもしれませんが、実は一概に否定できないのは、物証があったからなんです」

「物証？　と、いいますと」

「指紋です。多恵さんは、いつも掃除が丁寧で、置き時計などの装飾品もひとつひとつ、毎日きれいに拭くことを欠かさなかったそうです。そのせいでしょう、置き時計からは多恵さんの指紋しか検出されなかった。これが決定的だった」

「しかし、そんな……」

「しかも多恵さんは自ら死を選んでいる。これも常日頃から彼女が心を病んだ挙げ句、自分の娘を死に至らしめたことの傍証である、と。当時の警察はそう結論づけた」

「しかしお父さま、迦一郎さんはそうは考えなかった、ということなんですね？」と、ぼくがこれまで聞いたことがないほど峻厳な声音で平塚さんのほうへ、にじり寄るようにして身を乗り出すウサコであった。「問題の置き時計を、不吉だからと親戚一同がいくら説き伏せようとしても、たいせつな証拠品だから処分するのはまかりならんと、譲らなかった。それはとりもなおさず、京子ちゃんを死なせたのは多恵さんではない、と迦一郎さんが確信していたから」

「……そのとおりです」というひとことに平塚さんの懊悩《おうのう》が滲み出ていた。

「昔の母屋と続きになっていた寝室などは取り壊したのに、こちらの応接室とダイニングキッチン、そして住み込み用の部屋も敢えて残した。それも同じ理由ですか？」

「そういうことです。父は……父は、京子ちゃんは悪意をもって殺害されたのだ、と思っていた。しかも、多恵さんによって、ではなく……」もしかして心臓も呼吸も停止しているのではないかとこちらが危ぶむほど、平塚さんは無表情だった。「母が、京子ちゃんを殺したのだ、と」

えッ、という自分の声の大きさに慌てたのだろう、ウサコは急いで口を掌《てのひら》で覆った。

「お母さま……巳羽子さんが？」

「それが原因で母は、あんな姿になってしまった」

あんな姿、とは車椅子のことを指しているのだと察するのに、しばらくかかった。

「新館、つまり昔の離れですが、現在と同じく二階建てでした。一階は自宅で冠婚葬祭を執り行える広間やその準備室、配膳室、そして二階は父の書斎や骨董品などのコレクションルームがあった。ある日、あれは……あれは、そうだ、ぼくが小学校へ入学したばかりの頃だったから、一九七二年」

「京子ちゃんの事件から二年後ですね」

「はい。さっきも言ったように、ぼくや兄の部屋はこちらの母屋のほうで、昔の離れに子どもの興味を惹《ひ》くようなものはない。来客でもない限り、滅多に足を運んだことはなかった。なのにどうしてそのとき、離れに行こうとしていたのか、そこらあたりの記憶は曖昧なのですが、ぼくが渡り廊下を通っているときから、すでに聞こえてきていたんです……父と母が激しく言い争っている声が」

「激しく、ですか」

「一言一句、正確に憶えているわけではないが、父は母を責めていました……京子を殺したのはおまえだ、わしにはちゃんと判っているんだ、と」

「巳羽子さんはそれに、なんと？」

「わたしにそんなこと、できるわけがないのは、あなたがいちばんご存じのはずじゃありませんか、と。そう言い返していた」

「当然ですよね。だって京子ちゃんが亡くなったとき、巳羽子さんは夫の迦一郎さん、そして息子の徳善さんと総一郎さん、みんなといっしょに大阪にいたんだもの」

このとき、ウサコが平塚さんのことを総一郎さんと下の名前で呼んだのは、単に他の家族と区別するため、と普通なら解釈するところだが、なぜだかぼくは、そうは思わなかった。そうは思わなかったのである。断じてそうは思わせない、柔らかで濃《こま》やかな色艶《いろつや》がウサコの声音と表情にはあった。

「まさにそのとおりです。その点には父も反論できず、かといって母を糾弾することも止められず、そのディレンマで、憤怒と苛立ちが募っているようでした。そして、わたしは直接目撃したわけではないので無責任に断定はできないんだが、父は激情に任せて母を階段から突き落としたようです。尋常じゃない音に驚いて、わたしが駈けつけたとき、母はすでに一階の廊下で倒れていた」

口を開きかけたウサコだったが、結局なにも言葉は発しない。あるいは、ついさっきまで「ぼく」だったのが「わたし」に切り換わった平塚さんの苦悩の深さに想いを馳せているのかもしれない。

「階段の上から父が茫然と、こちらを見下ろしている。まさかと怯《おび》えつつ固まったままのわたしに、母は言いました。早く救急車を呼んで、と。しかし、なにしろまだ小学一年生かそこらだ。救急車を呼べと言われても、どうしていいか判らず、とっさに身体が動かない。階段の上の父の姿を、ただ恐怖にかられて、見上げるだけでした。いまでもあれは悪い夢だったんじゃないか、現実の出来事ではなかったんじゃないかと、ふと思うほどに。そんなわたしを母は、総一郎ッ、とそれまで聞いたことがないほど厳しい声で叱責した。びっくりして振り返ると、母が睨んでいた。あんなに恐ろしい母の顔を見たのは多分、後にも先にもあのときだけです。そして言いました。お母さんは自分で転んだのよ、と。階段を下りようとして、足を踏み外してしまったのよ……と」

「それを総一郎さん、信じたんですか」

「信じるもなにも、そのときは母がいったいなにを言っているのかも理解できていなかったような気がします。わたしがただ立ち竦《すく》んでいるあいだに、父が救急車を呼びました。母は腰の骨を折る重傷でしたが、医者に対しても、あくまでも自分で足を踏み外したんだという言い分を変えませんでした。専門的なことはよく判らないのですが、傷そのものは手術をして完治したはずなのに、なぜかそれ以来、歩行に支障が出るようになった。その気になれば、まったく歩けないということでもないようですが、ともかくあのまま、現在に至っているというわけです」

「迦一郎さんがそこまで、巳羽子さんが京子ちゃんを殺したのだと確信していたのは、なにか根拠があってのことだったんですか。そういえば、多恵さんは未婚の母だとおっしゃっていたけど、もしかして……？」

「はい。おそらく」平塚さんは首を横に振ったが、それがウサコの仄めかしを否定する意味合いでないことは明らかだった。「いまさら確認しようもないことですが、京子ちゃんは父の実の娘、つまりわたしと血を分けた姉妹だったんだと思います。わたしが生まれる前の話なので、伝聞のそのまた伝聞でしか知りませんが、婿養子だった父は、祖父母が存命のうちは家のなかではまるで借りてきた猫のようだったと言います。が、兄が生まれるのと前後して祖母が、そして祖父が続けて死んで以降、それまで隠していた暴君の顔を剝き出すようになった、と。住み込みのお手伝いさんだった多恵さんに手を出し、そして、京子ちゃんが生まれた……何度も言うようで恐縮ですが、いまさら確認しようはない。しかしおそらく、そういうことだったのでしょう。でなければ、京子ちゃんの死を境いにして父が母へと向けるようになった激しい憎しみには到底、説明がつけられない」

「さきほど一九七九年とおっしゃっていたから、巳羽子さんが階段から突き落とされてから七年後ということになりますか、母屋の向こうにあったご夫妻の寝室や総一郎さん兄弟のお部屋が取り壊されたのは？」

「そうです。当初はこの平屋、まるごと取り壊すものと誰もが思っていた。離れも新館に改築して住居スペースを完全に移転するわけですし、忌まわしい出来事の記憶を封印するためにも母屋はすべて取り壊すだろう、と。ところが、問題の応接室とダイニングキッチン、そして住み込み用の小部屋を残すことを父が頑強に主張した」

「その理由を、迦一郎さんはなんと？」

「なにも。ただ、残さなければならないから残すのだ、と念仏のように繰り返すだけだった。その頃わたしも中学二年生で、身体も大きくなり、反抗期の真っ盛りだったから、父にずいぶん喰ってかかったりもしました。母屋全体を取り壊さず、部分的に残すなんて、そんなめんどうで、わけの判らないことをわざわざするのは、母に対してなにか当てつけか、嫌がらせをしているとしか思えない、いい加減にしろ、みたいな」

「もしかして現場となった応接室、そしてダイニングキッチンなども、問題の置き時計と同様、京子ちゃんの死の謎を解くための、たいせつな証拠品だと考えていたんでしょうか、迦一郎さんは」

「確証はありませんが、おそらく。そんなことしか思いつかない。そしてその翌年くらいだったかな、家族の住居が完全に新館へ移ったのを機に、近所の親戚縁者たちが改めて父に迫ったのです。古い母屋を部分的に残すなんて無意味なことはもうやめろ、すべて取り壊せ、そして新しい家屋を建てろ、と。またもや頑迷にそれを拒否するかと思いきや、なんと、父はある条件を出した」

「条件てもしかして、誰かにここに泊まってもらい、それでなにも不可思議な現象が起こらなければ取り壊していい、とか?」

「ご明察です。厳密には住み込み用の小部屋は駄目、ダイニングキッチンか応接室、そのどちらかで一夜を過ごせ、と。その条件で最初に泊まることを引き受けたのは、当時大学生だった父方の従兄《いとこ》でした。その従兄は心霊現象なんてまったく信じないタイプで、気楽に応接室のソファで寝るつもりだったそうです。すると……」

「心霊現象が起こった？」

「どうやら、ね。冷蔵庫に用意されていたビールをのんびり飲んでソファに座り、うつらうつらしていたら、変な音が聞こえてきたそうです。ぎゅるぎゅる、とか、ぐりぐり、とか。まるで誰かがすぐ近くで歯ぎしりしているみたいで、すごく耳障りだったと従兄は言っていました」

「それ……が、いわゆるラップ音？」

「だったんですかね。そしていきなり、どすんッとすぐ横で重い衝撃があったそうです。慌てて見てみると、問題の置き時計が自分の尻に凭《もた》れかかるようにして横倒しになっていたそうです。もちろん、本来ならばその置き時計は少し離れた飾り棚にあった。それは従兄も事前に確認していたから、まるで置き時計が勝手に宙を飛んできたかのような現象に仰天した。当然、侵入者を疑ったそうです。が、戸締りも自分できちんと確認済みだ」

「もしかしてそれ、事前に迦一郎さんが従兄さんに釘を刺していたんですか？　戸締りだけはきちんとするように、と。さきほどの巳羽子さんと同じように」

「またまたご明察です。心霊現象なんかじゃなくて単に外部の者が悪戯しただけだ、とか後で、いちゃもんをつけられないように、戸締りだけはしっかりやっておけ、と。父は口を酸っぱくして言いつけていた。だから従兄も縁側の雨戸、勝手口の引き戸、すべて閉じられ、閂が掛けられていることを何度も確認したそうです。自分以外にここへ出入りした者は誰もいない、にもかかわらず置き時計が飾り棚から自分のほうへ飛んできたのは心霊現象だったとしか思えない、と。

オカルト否定派だったはずの従兄がすっかり怯え、宗旨がえしても、親戚たちはまだ楽観していました。酔っぱらって夢でも見たんだろう、と。誰か別の者に泊まってもらえば、きっとちがう結果が出る、と。しかし、そうはならなかったんですねこれが。老若男女問わず、誰が泊まっても同じことが起きる」

「お父さまの出す条件はいつも同じ。誰かに泊まってみてもらって、それでなにも起こらなければ取り壊しに同意する、と」

「そういうことです。最初のうちはまだ面白がって、向こうから泊まらせてくれと言ってくる物好きもいたが、いつも同じ現象が起こる。歯ぎしりのような変な音がしたと思ったら、飾り棚からソファのほうへ置き時計が飛んでくる。どうやらほんとうに祟りでもあるんじゃないかと恐れをなしてしまったのか、そのうち親戚縁者の誰ひとり、自分では絶対にここに泊まらなくなりました」

「飛んできた置き時計に万一当たって、打ちどころが悪かったりしたら、祟りだ、怖いじゃすまないですものね」

「用心して応接室ではなく、ダイニングキッチンで夜明かしをしたひともいたようです。その場合、同じ現象が起こっても実害はありません。置き時計が飛んでゆくのは決まってソファのようではありました。しかし、その法則性がいつ崩れるか判らないから、気味が悪い。自分で泊まるのが嫌な親戚一同は一時、もう平塚家のことは放っておこうと匙を投げたかにも見えましたが、しばらくすると憶い出したみたいに、いろんなひとに頼んで父を説得しようと試みる。そこで父が出す条件は常に同じ。じゃあおまえがひと晩、ここで過ごしてみて、それでなにも起こらなければ古い母屋はすぐにでも取り壊す、と。そんな攻防が、父が死ぬまで続いた」

「迦一郎さんはいつ、お亡くなりに?」

「わたしが高校三年生のときです。一九八三年。サハリン沖で大韓航空機がソ連の軍用機に撃墜されるというニュースに世界中が騒然としていましたが、我が家にとっても激動の年でした。わたしは大学受験、兄は大学卒業と同時に幼馴染みの徳弥さんと結婚、その直後に父が脳卒中で倒れたんです」

「幼馴染みなんだ、徳善さんと徳弥さん」

「ええ。なんと幼稚園から大学まで、ずっといっしょだったんですよ。一時は学生結婚するという話もあったらしいけど、やっぱり卒業してからにしようと晴れて挙式したら、それから半年も経たずに父が死んだ。ほんとうに慌ただしい年でしたが、ともかくこれでようやく古い母屋を取り壊すことができると、不謹慎な話ですが、親戚一同はホッとしていたようです。ところが……」

「まさかとは思いますが、これまでの話の流れからすると、今度は巳羽子さんが取り壊しに反対し始めた、とか?」

「そのとおりなんです。なんとも不可解なことに。母は最初、父の葬儀が終わったら、すぐにでも古い母屋を取り壊すと、むしろ親戚よりも積極的だった。それが急に……」

「取り壊しに反対し始めたんですか? それはいったい、どういう理由で?」

「まったく見当がつきません。それ以来、誰がなんと言おうと、母は古い母屋の取り壊しには反対し続けているんです」

「生前の迦一郎さんと、まったく同じ条件を出して――」

「いや、最初は条件もくそもなかった。ともかく、なにがなんでもだめだ、と」

「え？　誰かに泊まってもらって、それでなにも異状がなければ……という条件を出したりはしなかったんですか？」

「しませんでした。とにかく、だめなものはだめだと、生前の父、顔負けの頑迷さで」

「でも、あたしたちだけじゃなくて、これまでにも何人かが巳羽子さんの条件提示によって、ここに泊まったと、さきほど――」

「ようやく母がそう譲歩するようになったのは、実は最近のことなんですよ。えと。わたしが大学を卒業して、警察学校を経て、いまの仕事に就く前後だったかな」

「というと迦一郎さんが亡くなられてから、だいたい五年か、六年くらい経って？」

「そのくらいですかね。ああ、そうだ。平成になったばかりだったから、一九八九年だ。その頃は親戚よりも、兄が熱心に古い母屋の取り壊しを提案するようになっていたんですが、母は相変わらずいっさい聞く耳を持たなかった。それが、どういう気まぐれなのか、昭和天皇崩御のニュースの直後辺りから」

「巳羽子さん、譲歩するようになった？」

「そうなんです。そして、生前の父とまったく同じように、あの条件を提示してきた。誰か信頼できるひとに古い母屋でひと晩、過ごしてもらいなさい。それでなにも起こらなければ、さっさと取り壊していい、と」

「で、何人かの方々に実際に泊まってみてもらったら、やっぱり……？」

「ええ。同じ現象が起こるんです。歯ぎしりのような気味の悪い音が聞こえたかと思ったら、飾り棚にあったはずの置き時計が、ソファのほうへ瞬間移動する。誰が試しても同じで、爾来《じらい》、約四年間、現在に至るまで母と兄の攻防が続いているという次第です」

「ちょっとお訊きしたいんですけど、八三年から八九年までのあいだ、つまり巳羽子さんが、条件は関係なしに取り壊しに反対していたあいだ、誰もここで一夜を過ごしてはいないんですか？」

「はい。わたしが知る限りでは一度も。ただ昼間に、掃除とかで家族の誰かが出入りしたことはあったでしょうけど」

「その際、心霊現象は？」

「起こっていない、と思いますが……いや、まてよ。もしも兄が、なにかの折にここへ来て、たまたまそれを目撃したとしても、黙っている、という可能性もある……のかな」

「手も触れていないのに、いきなり置き時計が飛んできた、なんてうっかり洩らしたら、よけいに巳羽子さんに古い母屋の取り壊しを反対されるだけだ、と。そう用心したとしてもおかしくないですね。八三年から八九年までのあいだ、あの冷蔵庫はどうしていたんですか。ずっと通電のまま？」

「いや、それはなかったと思いますよ。コンセントを抜いて、霜取りをしていたんじゃないかな。八九年以降は、誰かに泊まってもらうときだけスイッチを入れて、飲みものとかを入れておく、そんな感じで――」

平塚さんの声が途切れる。一旦沈黙が下りそうなそのタイミングを掻き消すかのようにウサコが訊いた。「総一郎さん、普段はこちらにお住まいではないんですか？」

「ええ。マンションで独り暮らしです」

「独りということは、ご結婚は？」

「しておりません。自分で言うのもなんですが、けっこうめんどくさい性格のせいで、全然モテませんし」

「そうですか？　いい意味で、あまり刑事さんぽくなくて、すてきだなあと、あたしなんか思いますけど。なーんて、こんな童顔で幼児体型の娘に言われても迷惑でしょうが」

「いやいやいや。さきほど母が匠さんの彼女に似ているというお話が出ましたよね。ぼくは匠さんとちがって、どちらかというと母のような女傑タイプは苦手ですから。うん。封建的とか言われちゃいそうだけど、やっぱり可愛い女性が好きだなあ、ぼくは」

再び「わたし」から「ぼく」へ戻った平塚さんの声音と表情からは、これまでになかった種類の張りが感じられた。

「よっしゃ。じゃあ、あたしにもチャンスがあるって勝手に期待しておこっと」

ここでしっかりとツッコミを入れておくのが、ぼくの義務というものであろう。「可愛いタイプだと自分で決めつけているところがずうずうしい」

「うるさーい。ははは。でも、冗談じゃなくて総一郎さん、ほんとに、あんまり刑事っぽくないですよね。どういう経緯で警察官になられたんですか？」

「小学生の頃だったかな、将来の夢という作文で、刑事になって悪いやつらを捕まえる、みたいなことを書いたんです。もちろんテレビドラマかなにかの影響で、あまり深い考えがあったわけじゃないと思うんだけど、高校生のときに家族の前で、将来は警察官になるって宣言してしまったんですよ。しかも、けっこう真剣に。結局、それに引きずられたのかな。だって、誰かが憶えているかもしれないじゃないですか。もしも他の職業に就いたりしたら、あのご大層な演説はなんだったんだ？　なんて、からかわれるかもしれない。それは口惜しい、と意地になったのかも」

「わー、ますますいいなあ。すてき」

「そりゃどうも、身にあまるお言葉を」と、照れくさげに平塚さん、立ち上がった。「では、わたしはそろそろこれで――」

「すみません、平塚さん、ちょっとお訊きしづらいことなんですが」と、ぼく。「巳羽子さんはご存じだったんでしょうか、多恵さんと迦一郎さんの関係を？」

「それはやはり、全然気がついていなかったということはあり得ないと思います」

「住み込みのお手伝いさんに夫が手を出し、子どもまで生ませた。その後もそのお手伝いさんはずっと同じ屋根の下、住み込みで自分の世話をしている。そういう状況を巳羽子さんはどのように捉えていたのでしょう」

「少なくともわたしは、表立ってことを荒だてる母の姿を見たことはありません。まあ、子どもだったから気がつかなかっただけなのかもしれないけれど、多恵さんと母の関係は至って良好に思……あ、そういえば」

「なにかあったんですか」

「多恵さんて勤勉で謙虚で、労働環境に文句をつけるような性格ではなかったんですが、一度だけ、お給金を余分にもらえないかと両親に交渉したことがあったとか」

「余分に？　上げてくれ、ではなく？」

「一時金というんですかね。薬を処方してもらいたいので、どうしてもそのためのお金が欲しいと言ってきたんだとか」

「薬？　というと、多恵さん、どこかお悪かったんですか」

「一時期、深刻な不眠を訴えていたという話でした。睡眠薬を処方してもらうためのお金が要る、と。ところが母が、それに猛反対したそうなんです。いくら眠れないからって薬なんかに頼ったらだめだ、長い目で見たら絶対に身体によくない、そう懇々と諭した。父はなんとか便宜を図ってやろうとしたが、断固としてそれを許さなかったんだとか。どうやらそれが原因で多恵さんは一時期、母のことをかなり恨みがましく思っていたらしい、という話は聞いたことがあります。わたしが生まれて間もなくの頃という話じゃなかったかな。多恵さん、自分はこんなに一生懸命、働いている、せめて夜はぐっすり眠りたいのに、奥さまはそれを全然理解してくれようとしないと愚痴を……あ、そうだ。それで憶い出しましたが、母のお気に入りのタオルケットが紛失したことがあったっけ」

「タオルケット？」

「応接室でテレビを観ながら寝るときに使っていたもので、それがいつの間にか見当たらなくなった。いくら捜しても見つからず、結局そのままになったそうです」

「つまり、そのタオルケットを多恵さんが意図的に隠したり、棄てたりしたんじゃないかとか、そういうことですか？」

「わたしは幼かったのでよく憶えていませんが、睡眠薬の件を恨んだ多恵さんが母にささやかな嫌がらせをしたんじゃないか、みたいな雰囲気にちょっと、なったみたいですね。でも、睡眠薬の話はわたしが生まれた頃だから多分、六五年か六六年。母がタオルケットを使うようになったのはテレビをカラーに買い替えてからのはずだから、六九年以降。意趣返しにしては、少し間があきすぎているような気もします。まあ、もしかしたらわたしの知らないところで、やっぱり薬のお金が要る、いやだめだ、みたいな衝突が続いていたのかもしれませんが。それくらいかな。多恵さんと母とのあいだにあった、トラブルらしいトラブルは。他は至って良好だったはずです。いや、決して子どもの欲目ではなく」

「では、なぜそれほど迦一郎さんは、巳羽子さんが京子ちゃんを殺したと疑ったんでしょう？巳羽子さんにはこれ以上ないほど堅固なアリバイがあったにもかかわらず？」

「男の末席を汚す者として想像するなら、やはり己れの不貞行為への後ろめたさがあったからじゃないでしょうか。母本人がそれをどう思っていたかは別として、父の主観にしてみれば、不義を恨まれていないはずはない、と。怒りにかられた妻がいつ多恵や京子、あるいは自分に危害を加えてもおかしくない、そんな強迫観念が父にはあったのかもしれません。認知されたりする前に京子を抹殺しておかなければと以前から巳羽子は虎視《こし》眈々《たんたん》と狙っていて、ついにそれを実行してしまったんだ、と……いえ、もちろん、仮に父がそんなふうに考えていたのだとしたら完全に被害妄想ですよ。本妻である母には息子がふたりいるんだから。たとえ京子ちゃんが父の子どもだと認知されたとしても、なんの支障もあるはずがない。例えば家督の相続権争いなどの問題が勃発したとしても、母がさほど不利な状況に陥るとは考えにくい。それよりも、敢えて殺人なんて犯すほうがよっぽどわりに合わない。改めて考えてみるまでもない、誰にでも判る道理です」

「では、その道理を見失わせるほどの疑惑を迦一郎さんに抱かせたものとは、いったいなんだったんでしょう？　やはり、大阪へ発つ直前、巳羽子さんが京子ちゃんに耳打ちしたことが引っかかっていたんでしょうか」

「かもしれません……テレビなら好きなだけ観てもいい、そう言って、さりげなく京子ちゃんを応接室へ誘導したのではないか、と。そもそも自分たちが留守にするにあたって、田舎から京子ちゃんとソノさんを招び寄せるように勧めたのも母だった。そこになにか作為があったのではないか……父はそんな妄想から終生、逃れられなかったのかもしれません。では、わたしはほんとうに、これで」

　今度は振り返ることなく、平塚さんはダイニングキッチンから出ていった。

「……さて、と」

「ん。どうしたの、タック？」

平塚さんが渡り廊下の向こうへ消えたことを確認してから、ぼくは立ち上がる。そっと冷蔵庫へ歩み寄ると、ウサコも付いてきた。じっと耳を澄ませると、さきほどの耳鳴りのような音はまだ続いている。

短刀のような把手の反対側から、冷蔵庫の扉と壁の隙間を覗き込んでみた。すると、わざと死角に隠すかのようにして、つっかい棒みたいなものが奥へと伸びている。おそらく扉を開くと、梃子の原理でスイッチが入る。そういう仕組みだ。

「思ったとおり……なのかな、これは？」

「なにしてんの？」ウサコもぼくの横から冷蔵庫と壁のあいだを覗き込もうとするが、狭すぎる。

「見えないよー」

「多分、これが……」一旦横に退き、ウサコに隙間を覗き込ませる。彼女の頭越しに指さして、冷蔵庫の扉の角から、蛇腹のように折り重なるかたちで奥の壁の眼の高さ辺りへと伸びているつっかい棒を示した。「この裏側へとつながっていると思うんだけど」

「つながっている？　なにと？」

住み込み用小部屋へ通じる引き戸を開けるぼくに、ウサコも付いてきた。ダイニングキッチンと背中合わせに位置しているとおぼしき場所は、どうやらトイレである。ドアを開けてみた。洋式だ。これもダイニングキッチンに合わせて後から改装したものだろう。

問題のつっかい棒と同じくらいの高さへ眼を遣ると、収納用とおぼしき天袋がある。開けてみた。すると達磨《だるま》のようなかたちの時計が、そこに鎮座している。動いていた。白い短針と長針の他にもう一本、赤い針があり、それが三時を指し示している。

「ねえったら、タック、さっきから、なにやってんのいったい？」

達磨時計を指さすと、ウサコはせいいっぱい背伸びして、天袋を覗き込んだ。「なに、この時計」

「おそらくタイマーだ」

「タイマー？　って、なんの？」

「冷蔵庫と壁の隙間にあった、つっかい棒のようなもの。想像だけど、あれがこっちの時計につながっているんだ。冷蔵庫の扉を開けるとその角に押された棒が梃子の原理でスイッチを入れ、タイマーが動き出してカウントダウンが始まる。ざっと、そういう仕掛けなんじゃないか、と」

「カウントダウン？」ウサコは再び首を伸ばして達磨時計を見た。「えーと、これ？　この赤い針が設定時刻ってこと？　だとしたら午前三時？　午前三時になにかあるの？」

「他にないだろ。心霊現象さ。あの応接室の置き時計が宙を舞うところを、ぼくたち、午前三時に目撃することになるのかもね」

ウサコとぼくはトイレを出た。ダイニングキッチンを抜け、応接室へ入る。

「えーと、これ……」と、ウサコは飾り棚の置き時計を顎でしゃくった。「さわっても、いいのかな」

「多分」ぼくは無意識に、新館の様子をガラス戸越しに窺った。間接照明らしき、ぼんやりした明かりが灯っているだけで、ひとの気配はない。「さわっちゃいけない、とは言われていないいんだし」

「螺旋《ねじ》巻き式だね。もしもタイマー操作でこの置き時計を飛ばしているのだとしたら、どういう仕掛けになっているんだろ」そっと置き時計を両手で持ち上げる。「例えば、この下からジャッキがせり上がってきて、戦闘機の脱出シートみたく、びよよよーん、と射出するとか？　でも、正確にソファに命中させるためには、距離はともかく、角度がちょっと斜めなのが厳しそうだけど」

「それは実際に見てみないと、なんとも」

「じゃあ、あの冷蔵庫を開閉しない限り、心霊現象とやらは起こらないってこと？」

「多分ね。普段はプラグを外していて、誰かに泊まってもらうときだけ、電源を入れる。飲みものなどを入れて準備をととのえた後、タイマーに接続する。こうして、その夜、最初に冷蔵庫の扉を開けるとカウントダウンが始まるという状況を設定できる。そういう仕掛けなんだろう。冷蔵庫のなかに用意してあるものはなんでもご自由にどうぞ、というのが心霊現象の誘い水なわけさ。長い夜の無聊《ぶりょう》を慰めるため、実際に飲み喰いするかどうかは別として、一応冷蔵庫を開けてみないというひとは、まずいないだろうし」

「あたしたちの場合、それは今夜、午前三時に設定されているってわけ？」

「まあ、その時刻になってみないと、なんとも言えないけれど」

「でもさあ、もしもタックの考えが当たっているとしたら、これって、すっごく単純な子供騙しじゃん」ウサコは置き時計を、もとに戻した。「これまでここに泊まったひとたちの誰も気づかなかったなんて、いくらなんでもおかしくない？」

「そんな悪ふざけのような機械仕掛けが普通の民家に施されているわけがないという先入観ゆえか、あるいは、これまでに何人もその心霊現象を体験しているんだから自分に起こってもおかしくない、という暗示ゆえか。実際、ぼくもヒントがなければ、こんなこと、考えつかなかっただろうし」

「ヒント？　なに、ヒントって」

「巳羽子さん」

「え？」

「どうも彼女、ぼくに、この仕掛けに気づいて欲しい……みたいな感じだった」

「は？　気づいて欲しい？　って……」

「冷蔵庫のことに言及するとき、なんだか露骨に意味ありげだったし」

「どういうこと、いったい」

「判らない。考えすぎかもしれないけど、もしも心霊現象の正体が単なる機械仕掛けのトリックで、巳羽子さんもそのことを承知しているのだとしたら……」

「まって。ちょっと待ってよ。じゃあ、もしかして巳羽子さんがつくったっていうの、この仕掛けを？　そして二十三年前に、これを使って京子ちゃんを——」

「いや……おそらく迦一郎さんのほうだ、これをつくったのは」

「へ？　総一郎さんのお父さんが？　巳羽子さんじゃなくて？　な、なんで？　なんでタック、そんなふうに思うの？」

「古い母屋を部分的に保存することに、先にこだわったのは迦一郎さんだったから——いや、判ってるよ。判ってる。それは、京子ちゃんの死の謎を解明するためのたいせつな証拠品だと思っていたからじゃないの、と言うんだろ？　でも、ぼくは逆だと思う」

「逆？　どういうこと」

「母屋そのものが証拠品だと、もしもほんとうに迦一郎さんが考えていたのだとしよう。それは換言すれば、なんらかの機械仕掛けのトリックで京子ちゃんが殺されたのだと確信していた、ということだ。だとしたら、彼が母屋の取り壊しに反対する、というのは変じゃないか。だって、取り壊すついでにあちこち調べれば、そのトリックの正体を明るみに出せるかもしれないのに。だろ？」

「そういえば……うーん」

「それに、平塚さんが言ってただろ、迦一郎さん、この置き時計を飾り棚から動かすことも禁じていた、と」

「つまりそれは、置き時計の位置を変えちゃうと、機械仕掛けのトリックが使えなくなるから、とか？　そういうこと？」

「曰く因縁のある置き時計にわざわざそんな不自然な注文をつけるんだから、他に理由なんてありそうにない。おそらく迦一郎さんは置き時計だけじゃなく、応接室全体の家具の配置、すなわちソファの位置を変えることも禁じていたはずだ」

「そうか。当然そうなるよね。そうじゃないと、置き時計が勝手に飛んでいってソファで寝ているひとを襲う、というオカルト・ストーリーにはならないもん」

「さっき平塚さんがそのことに言及しなかったのは、うっかり失念したのか、それとも、母屋の部分的保存は家具も含んでいることが彼にとっては言わば自明の理だったため、すでに説明済みだと錯覚したからか」

「ちょっと待ってよ。だとしたら迦一郎さんが母屋の取り壊しに反対したのは、トリックを暴こうとしたからではなく、実は隠そうとしていたから……？」

「それこそ考え方が逆だ。だって、もしもトリックを隠蔽しようと思うのなら、さっさと母屋を取り壊しちゃえばいいいんだから」

「ちょ。タック。なに、矛盾したこと、ほざいてんの？　母屋を取り壊しちゃえば迦一郎さん、トリックの正体を白日の下に晒《さら》せるじゃないか、って意味のことをさっき自分で言ったばかりのくせに。なのに今度は、取り壊せば隠蔽できる、ですって？　いったい、どっちなのよ？」

「その矛盾こそが実は、置き時計の心霊現象トリックの仕掛けをつくったのが迦一郎さんだったことの証左なんだ」

「はあ？　どゆこと」

「いいかい。仮に迦一郎さんがトリックを暴こうとしていたのだとしよう。その場合、彼は解体業者に、たとえどんなに些細なことであろうと、もしも普通の家屋には不自然な点が出てきたら必ず自分に報告しろ、と。そう厳命した上で、母屋を取り壊せばいい」

「うん。だから?」

「では逆に、迦一郎さんがトリックを隠蔽しようとしていたのだとする。その場合、多少おかしな箇所が出てきても気にせず、どんどん作業を進めろ、と。そう解体業者に発破をかければそれですむ。そうだろ?」

「って。なにそれ。どっちへ転んでも、取り壊せばいい、って結論になっちゃうの?」

「そのとおり。どっちみち彼には、母屋の取り壊しに反対しなければならない理由なんてなかったはずなんだ——もしも問題の機械仕掛けのトリックをつくったのが、迦一郎さん以外の人物だったのなら、ね」

「ど……どういうこと、つまり」

「だから言ってるだろ。あの冷蔵庫の扉と連動したタイマーの仕掛け、あれをつくったのは迦一郎さんなんだ、って」

「でも、てことは、二十三年前に京子ちゃんを殺したのは巳羽子さんじゃなくて、ほんとうは迦一郎さんだった……いや、まって。タック、おかしいじゃない。もしも迦一郎さんが機械仕掛けのトリックを使って京子ちゃんを殺害したのだとしたら、やっぱりその後、証拠隠滅のために母屋をさっさと取り壊していたはず。そうでしょ?」

「そのとおり。従って、論理的に導かれる結論は、ただひとつ。仕掛けをつくったのは迦一郎さんだ。しかし彼は、京子ちゃんを殺してはいない」

つい安易に「論理的」なんて言葉を使ってしまったけれど、これが果たして理詰めの推論と言えるかどうか、我ながら正直、ちょっと苦しい。だってぼくは明らかに、最初に直感的に浮かんだ自分の想像を結論に持ってゆくべく、判断材料をかなり恣意的に取捨選択しているからだ。しかし。

しかしそれでもなお、ぼくは自分の直感が当たっているような気がしてならない。その根拠はなにか？　巳羽子さんだ。彼女のあの瞳に、ぼくは催眠術をかけられているのではないか……ふと、そんな悪夢めいた畏怖にかられる。巳羽子さんは、ぼくが迷うことなく一直線に真実へと辿り着くよう、なにか眼に見えない不思議な力で操っている……そんな妄想がどうしても払拭できない。

「もしも京子ちゃんを殺していないのなら、迦一郎さんはいったいなんのために、そんな心霊現象まがいの仕掛けをつくったの？」

「もしもぼくの想像が当たっているのなら、あの置き時計は常にテレビの前のソファをめがけて飛んでゆくよう、設定されている。二十三年前、そのソファをほぼ毎夜、ベッドがわりに使っていたのは誰だった？」

「巳羽子さ……えッ」ウサコは慌てて自分の口を両掌で覆うと、そっと新館のほうを横眼で見やった。「まさか……タック、まさか、迦一郎さんは、ほんとうは巳羽子さんを殺そうとしていたっていうの？」

　このとき、ぼくを危うく踏み留まらせたのは、それこそ直感だったかもしれない。油断していると罠に嵌まるぞ……自己防衛本能がそう告げている。なるほど。たしかに巳羽子さんは、ぼくが真実に辿り着くよう、さりげなく誘導しているのかもしれない。それならそれで乗っかってやるまでだ。ただし、その真実の暴き方まで彼女の意向に沿ってやる義理は、こちらにはない。

「さあ、どうかな。まだそこまで断定できる段階じゃない。ともかく、待ってみよう。タイマーの設定時刻とおぼしき午前三時に、ほんとうに心霊現象のようなことが起こるのかどうか。それを見極めておいてから、また改めて考えよう」

「うん、そうだね」一歩踏み出しかけていたウサコ、ふと動きを止めた。ちらりと置き時計を見る。「……この時計、止まっているけど、二十三年前の事件のときから、ずっとこうなのかな」

「かもしれない。壊れたのか、それとも螺旋を巻いていないだけなのか」

「十二時に五分前、か。もしかして、これが京子ちゃんが亡くなった時刻……だったりするのかな」

「京子ちゃんの頭部に激突した衝撃で止まったのだとしたら、あるいは」

「なんだか、変な気持ちになる。肝心のこの時計がずっと時間を止めたままなのに、あっちの天袋に隠されたタイマーはいまも刻々と、動いている……なんて」

　置き時計から眼を逸《そ》らすと、ウサコは今度こそ踵を返した。ぼくもその後に続き、ダイニングキッチンへ戻る。

「しかし、午前三時、って」と、自分の腕時計を一瞥したウサコ、テーブルにつくなり頭をかかえた。「うわあ、まだ三時間以上もあるじゃない。どうすんの。いつもの先輩主催の飲み会ならあっという間だけど、ただじっと待つだけとなると長いよお」

「眠くならない自信があるなら、用意してくれているビール、全部飲んで時間つぶし、しようか。まだ大瓶が五本くらいある」

「五本？　たった？　そんなの、一時間もかかるわけないじゃない。タックひとりで飲んでも、あっという間だよ」

「そうだ。それなら——」と、ぼくはポケットから便箋を取り出した。「タカチからの手紙なんだけど、読んでみない？」

「え。あたしが見たりしていいの？」

「今回は、ウサコや先輩に見せてもいいってさ。というより、意見を聞きたいから、ちょっと考えてみて欲しい、って」

「考える、って、なにかあったの？」

「タカチ本人じゃなくて、鮎ヶ瀬はるかさんという同僚の女性に相談されたらしいんだ、彼女のお兄さんの死にまつわる謎のことで。ともかく先ず読んでみて」

「よっしゃ。どれどれ。って、うわあ。ずいぶん分厚いね。タカチったら、いつもこんなに長い手紙を？　タックはタックで常時、こんなふうに肌身離さず、たいせつに持ち歩いてるわけ？ここ、ひゅうひゅうって冷やかしてやるべきところかな、もしかして」

「今回は相談ごとがあったから、特別だよ。もしかしたらここで時間をもてあますことになるかもしれない、と思ったたし」

「ふーん。ま、そゆことにしときましょ」

ウサコは便箋を開き、読み始める。もちろん最初はタカチの近況報告からだ。「――ふむふむ。あなたのご指導通り、万事抜かりなく、ときましたか。へ。タックったら、相変わらずの参謀ぶりですこと。秘書？　へー。タカチの。いいじゃん、いいじゃん。なっちゃいなよ、タック、秘書に。うーん。安槻来訪は未定、か。早くタカチに会いたいよお。いいなあ、タックったらさあ。いいなあ。タカチを独り占めしちゃって」とかなんとか、ぶつぶつ、独り言のようなツッコミを入れつつ、いよいよ本題に入ったようだ。

『はるかさんのお兄さん、鮎ヶ瀬洋司さんの恋人だった女性は、ふたつ歳下の飛鳴ツバキさん。苗字の「飛鳴」は「ひた」と読ませる家もあるそうだけど、ツバキさんは「ひめ」だそうです。ツバキ・ヒメと聞いて、ウサコやボンちゃんならきっと、ぴんとくるでしょうけど。千暁さんはどうかしら？　うーん。多分、知らないな。なんちゃって。ま、おいおい説明しますので』

「へーえ」と、まるで老眼鏡の調整でもしているみたいに、便箋を持った両手を遠くへ突き出し、ぱちくり瞬《まばた》きしながら口笛を吹く真似をするウサコであった。「あのツバキ・ヒメ？　へーええ。あのツバキ・ヒメに日本人の恋人がいたんだ」

「知ってんの、ウサコ」

「当然。あのね、地元県民として、知らないほうがおかしいです。歴代の安槻出身の有名人のなかでも、突出したビッグネームだよ。なにしろ日本の芸能界を全然経験せずに、いきなりアメリカでオーディションを受けて某有名テレビドラマの準レギュラーに抜擢《ばってき》されたという、シンデレラストーリーを地でゆく女優さんなんだから。本名は平仮名で、つばきさん、らしいんだけど、海外での女優活動が有名になってからはすっかりカタカナ表記が定着した」

「ほんとによく知ってるんだね」

「呆れた。なに、真面目くさって感心してんのよ。相も変わらぬ世情音痴だな。いくらテレビを持っていないからって、あれだけ大きなニュースになっていたっていうのに」

「大きなニュースって、そのツバキさんがロスで交通事故で亡くなった件？」

「そうそうそう。ちゃんと知ってるじゃな。って、なんだ。そうか。タカチの手紙に書いてあるのね。ん。てことは、その事故とこの鮎ヶ瀬洋司さんの死となにか関係が、みたいな話？　あ。いやいやいや。さきばしらない先走らない。ちゃんと全部読んでから」一旦は便箋に戻ろうとしたウサコ、再び顔を上げた。「にしてもタック、いつも千暁さんて呼ばれてんの、タカチに？」

「手紙のやりとりのときは、ね」

「やれやれ。他人行儀のふりをしながら熱々で、よろしゅうございますわね」

つい苦笑を洩らしてしまったのを、ウサコは見逃してくれなかった。

「なに？　なになに？　さては、なにか隠しごとがあるんだな、その顔は」

「いや、ちがうちがう。タカチって鋭いなあと感心してただけだよ。なんのことかは、それ、最後まで読めば判る」

「めずらしくもったいぶっちゃって。感じ悪いな、なんだか。電話のときはどうなのよ。たまには電話でもタカチと話すんでしょ。そのときもタックじゃなくて、千暁さん？」

「それは、どちらもある、かな」

「そういえば、タックはなんて呼んでるの、タカチのことを、手紙や電話で？」

「やっぱり、どちらもあるよ。タカチというときと、千帆というときと」

「千帆？　ち、千帆ですって？　タックったら、あのタカチのこと、呼び捨てにしてんのお？　くっそお。うらやましい。って、い、いや、うらやましくない。あたしは、う、うらやましくなんかないもんッ」と、ぶつぶつぶつぶつぶつ、意味不明な文句を垂れつつ、便箋に戻るウサコであった。

『ツバキさんは洋司さんの妹、鮎ヶ瀬はるかさんと同級生で、小学校の頃からとても仲の好《い》いお友だちだったそうです。昔から互いの家にも頻繁に往き来していたのに、ツバキさんが初めて洋司さんに会ったのは彼女が〈海聖学園〉中等部三年生のとき。洋司さんは同じ学校の高等部二年生でした。ツバキさんが鮎ヶ瀬家へ遊びにきていたとき、たまたま洋司さんも在宅で、はるかさんがふたりを引き合わせた。どうやらこれが運命の出会いだったようです。洋司さんにひとめ惚れしたツバキさん、はるかさんに相談したんだとか。ねえ、お兄さんて、いま付き合ってるカノジョとかいるのかな？　と。

　それを聞いたはるかさん、まさか、兄貴って、書道なんて趣味のせいでもないでしょうけど、ちょっと年寄りくさくて地味なタイプだから、そんなにモテないし。なんなら、あたしがとりもってあげてもいいよ、と請け合った。ツバキさんは早速手紙を書いて、はるかさんに預けたそうです。洋司さんもすぐに返事を書いて、ふたりは交際をスタート。学年の違いを超え、生徒たち公認のカップルになったとか』

「ふーん。生徒たち公認のカップルですかそうですか。けっこうけっこう。ふん。うらやましくなんかないもん」と、相変わらずウサコはわけの判らぬ独り言を合間に挟む。

『ふたりの交際は順調に進みます。洋司さんが高校を卒業し、東京の某私大へ進学した後の二年間、ツバキさんと彼は遠距離恋愛。たまに電話をかけることもあったけど、たいていは手紙だったそうです。もともとツバキさんも洋司さんも、わりと筆まめなほうではあったそうですが、なんと、ほぼ週一の頻度で手紙のやりとりをしていたというから驚き。はるかさんは、投函する前のツバキさんの手紙、そして彼女が受け取った洋司さんからの返事、どちらもすべて見せてもらっていて、そのたびに、ふたりの熱々ぶりにあてられていたそうです。

やがてツバキさんも受験の年になり、志望を東京の女子大一本に絞った。ほんとうは洋司さんと同じ大学へ行きたかったけれど、彼女の偏差値ではちょっと手が届かない。なので、キャンパスが洋司さんの大学に近いという理由で、その女子大を選んだ。結果は無事に合格。このままいけば、ふたりは将来、結婚する可能性も大いにあり得ると、洋司さんと同じ大学に受かったはるかさんは、そのとき思ったそうです。

洋司さんて妹の目から見ても、封建的は言い過ぎかもしれないけれど、古き良き日本男児的美意識の持ち主で、如何《いか》にも亭主関白になりそうなタイプなんだとか。かたやツバキさんは、そういう男をうまくおだてて立てられるクレバーさがあるから、けっこうふたりはうまくいくんじゃないか、と。そんなことまで考えたんだとか。

東京で学生生活をスタートさせたはるかさん、大学内での付き合いも増えて、以前ほど頻繁にはツバキさんと会わなくなりますが、彼女と洋司さんとの交際が順調であることは周囲から聞こえてきていた。そんな折、ツバキさんと洋司さんは再び遠距離恋愛を余儀なくされます。といっても最初は、ほんの一ヵ月程度のお別れの予定だった。それが、かくも長期に及ぶことになろうとは誰も予測していなかったでしょう。

一年生のときの夏休み、ツバキさんはアメリカ、ロサンジェルスの某大学内にある外国人向け語学学校の短期研修生に選ばれます。ツバキさん、英語が大好きで、学校の授業以外に個人的にレッスンに通ったりして、英会話は得意中の得意だったとか。将来は語学力を活かせる職業に就きたいと、高校二年生のとき、〈海聖学園〉が姉妹校提携していたオーストラリアのハイスクールとの交換留学生の募集試験を受けたこともあったとか。それが不合格だったツバキさん、絶対にあたしのほうがうまいのにと、ものすごく口惜しがっていたそうなので、あるいはロス行きはリターンマッチのつもりだったのかも。当初の予定では夏期休暇を利用したプログラムに参加して、九月には帰国するはずだった。

ところが、その語学学校が併設されている大学には映画学科があって、ひょんなことからツバキさん、そこの講師と顔見知りになった。選考委員のひとりでもあるその講師の推薦で、新しく始まるテレビドラマのキャストのオーディションを受けることになったんだそうです。準レギュラー役のオリエンタル系新人女優を探していたとかで、もちろんツバキさんとしては冷やかしのつもりでした。英語がそこそこ喋れるだけで、演技経験など皆無の自分が選ばれるわけはない、と普通は誰だってそう考えますよね。

ところが結果は、ご存じの通り――といっても、千暁さんは知らない、か――ツバキさんは準主役に抜擢され、シンデレラストーリーさながら女優デビューします。一九九〇年から九一年まで続いたその連続ドラマが大ヒットして、ツバキ・ヒメはすっかり有名人になった。

女優業に専念するため、とりあえず休学していた女子大を正式に中途退学したツバキさんは、そのままずっとロスにいて、一度も帰国しなかった。その間、大学を卒業して社会人になった洋司さんとの手紙のやりとりはずっと続いていたから、ふたりの仲は順調……だと、はるかさんはずっと信じていました。なにしろ届くのに一週間はかかるエアメイルを、平均して月に二度、ふたりはやりとりしていて、その内容も感情的ないきちがいなどは皆無な、至って平穏なものばかりだったのだから、心配しなければならない理由なんてありません。洋司さんが社会人になってからは、返事を書く時間が制限されたせいもあってか、遺品のなかにあったエアメイルの消印を調べてみると、どうやら二、三ヵ月に一度くらいに減ってはいたようだけど、それでもちゃんと文通は続いていたのだから、決定的な危機などなかったはずだ、と……でも。

でも、やはり華やかな世界に身を投じて、已れを見失っていたのでしょうか。一九九二年の初頭、そのニュースは日本にも飛び込んできました。ツバキさんが現地で、くだんのテレビドラマで共演したアメリカ人男優が運転する車の交通事故で死亡した、というのです。しかも、真偽のほどは不明ですが、事故を起こしたとき、助手席にいたツバキさんはその男優にオーラルセックスを施していて、それが原因で前方不注意になったんじゃないかという噂まで流れたんだとか』

「あー、そうだ、そういえば、そんなスキャンダラスな話だったたっけ……」との嘆息で、ウサコがいま手紙のどの辺りを読んでいるのか、だいたい想像がつく。新しい瓶ビールの栓を抜いてコップに注いでやると、便箋に眼を落としたまま、くぴくぴ、こぷこぷ、黙々と飲み干す。

『はるかさんによると、洋司さんの遺品のなかにあったロスからのツバキさんの手紙のどこを読んでも、以前となんら変わった様子は窺えなかったそうです。当然洋司さんにだって、ツバキさんの変貌ぶりなんて想像もつかなかっただろう、と。でも、なにしろ遠く離れたアメリカです。実際にはいろいろ悪い遊びにも耽ったりしていたようで、ツバキさんが日頃マリファナを常用していたという話まである。が、手紙だけではそんなこと、窺い知れるはずもありません。

　恋人が遠い異国の地で客死したというだけでもショックなのに、自分以外の男といっしょだったという事実に洋司さんは耐え切れなかったのかもしれない。しかもこれは後から判ることですが、ツバキさんの遺品からは、洋司さんが送ったはずの手紙がただの一通も見つからなかった。彼女と一時期ルームメイトだった米国人女性によると、ツバキさんは郵便物の類いはチェックしたら、たいがいそのまま棄てていたんだとか。その都度、洋司さんに返事を送ってはいたものの、どうやら心はすっかり彼から離れ、かたちばかりになっていたのかもしれません。

　洋司さんはそのショックをついに乗り越えられず、自ら死を選んだのではないかと、はるかさんは言うのです。ツバキさんの死から約半年後、洋司さんは焼死する。当時、洋司さんが住んでいた高円寺のアパートの近くの空き地で火達磨になったそうです。

近所の住民が目撃したところによると、洋司さんは古いドラム缶のなかにゴミのようなものを入れ、燃やしていたんだとか。そのドラム缶は近所の住民もときおり、掃き集めた枯れ葉などを燃やすのに使っていたものだった。洋司さんの足もとには小型の消火器も用意されていたので、その目撃者は特に不審にも思わず、そのまま通り過ぎようとした、次の瞬間。

ぼんッという爆発音とともに、洋司さんはたちまち炎に包まれてしまった。目撃者の住民は慌てて、火事だと近所に救《たす》けを求めた。用意されていた消火器を使って消火しようとしたが、なかなかうまくいかなかったとか。消防車と救急車がやってきて、洋司さんは病院へ搬送されました。が、治療の甲斐なく、半日後に死亡が確認されたそうです。

なぜ洋司さんは突然、火達磨になったりしたのか。それは当日、その空き地に違法駐車していた車からガソリン洩れがあったからではないか、という結論に警察は落ち着いたそうです。洋司さんは地面に染み込んでいるガソリンに気づかず、引火してしまったのではないか、と。

しかし、はるかさんの考えはちがう。洋司さんが自分で、そのガソリンを撒いておいたのではないかと、いまでも疑っているそうです。自ら焼死という苦しい死に方をわざわざ選んだのは、ツバキさんの生命のみならず、実はずっと以前から彼女の心までをも失っていたという、酷な現実と向き合うことができなかったからではないか、と。

洋司さんの死からしばらく経って、奇妙な事実が発覚。洋司さんは生前、消費者金融から借金をしていたのです。しかも、大半は返済されていたものの、いったいなにに使っていたのかまるで見当もつかない、かなりの額を。洋司さんが高額な貴金属の類いを購入した様子はないし、マニアックな趣味のコレクターだったわけでもない。

どういうことだろうと悩むはるかさんとご両親はさらに、洋司さんの勤務先だった会社から奇妙なことを聞かされる。生前、洋司さんは二、三ヵ月に一度くらいの頻度で、週末にリンクさせるかたちで有給休暇をとっていたというのです。しかもこの前年に就職したときから、ずっと。もしかしたら洋司さん、休暇をとって渡米していたのでは？　当然そう考えるところです。しかし、もしもそうなら現地でツバキさんと会っているはずですが、彼女の周囲の関係者たちの誰に訊いても、日本からの訪問者など覚えが全然ないと言う。死の直前までツバキさんから洋司さんへと届けられていた手紙のどこを探しても、ロスでの逢瀬を匂わせるような記述もない。

洋司さん、パスポートは取得していたはずだそうです。学生時代、多分三年生頃だったとご両親は記憶していましたが、戸籍抄本を取り寄せている（住民票は東京のほうへ移していたようです）。オーディションに受かったツバキさんが帰国を取り止めた時期とちょうど重なっているので、いざというときに彼女に会いにゆけるように準備していたのではないか、と。しかし、遺品を調べてみたところ、パスポートはどこにも見当たらなかったそうです。

ツバキさんに会うために渡米していたわけでもない、となると、いったいなんのための借金だったのだろう。家族が途方に暮れていると、学生時代、洋司さんと親しかった倉木《くらき》さんという男性から話を聞くことができた。消費者金融のことでなにか心当たりはないかと尋ねてみると、倉木さん、それは多分、自分が学生時代に貸したお金を返してくれるためだったのではないか、と言う。その金額を聞いて、はるかさんとご両親は驚いたそうです。何回かに分けてはいるものの、洋司さんが三年生だったときから卒業するまでのほぼ二年間で、なんと数百万円ものお金を倉木さん、貸していたと言うのです。

この倉木さん、お家がかなり裕福な方で、加えて性格もおっとりしているようです。そんな大金、しかも無利子で、一介の学生に貸したりして、不安じゃなかったのかと訊かれて、いや、ちっとも、と答えたんだとか。全部いっぺんに貸したわけじゃないし、なによりも洋司のこと、信頼していたから。ほんとに、ほんの少しずつではあったけど、ちゃんと返してくれてもいたし、と。

ここに興味深い事実がある。洋司さんが焼死したのは、一九九二年の夏。実はその前後に洋司さんは、学生時代からの借金を全額、倉木さんに返済し終わっているのです。なんのためにそんなお金が必要だったのかはともかく、ここに、はるかさんは符合を感じると言います。要するに、ツバキさんを失った洋司さんはすぐにでもこの世を去りたかった。しかしそれを半年間、待ったのは、消費者金融のほうはともかく、信頼してくれていた友人への借金だけは完済しておかないと気がすまなかったから……と言うのですが。

さて。千暁さん、どう思います？　洋司さんの死は、はたして自殺だったのか。学生時代からそんな借金をしていたのはなんのためか。それは焼死と、なにか関係があるのか。そしてなんといっても、これがいちばん悩ましい問題ですが、わたしははるかさんに、どう対応すべきなのか。

実はわたし、うっかり、はるかさんに訊いてしまったんですよ。洋司さんの遺品のなかにあった、ロスから届いていたツバキさんの手紙の数々、それって、ほんとうに彼女が書いたものだったの？　なんて。はるかさんの答えは、絶対にまちがいない、と。

　封書の裏に記された差出人の住所は、すべてロスのツバキさんのものだったそうです。すっかり彼女と疎遠になっていたはるかさんは、女優デビューと前後してツバキさんがロスの学生寮からコンドミニアムへ引っ越していたことも知らなかったそうですが、洋司さんの死後、現地の関係者に調べてもらって、ちゃんと確認を取った。差出人の住所はたしかに当時ツバキさんが住んでいたコンドミニアムにまちがいない、と。

　住所の問題以前に、自分はツバキさんがどういう字を書くか、よく知っていると、はるかさんは言います。ツバキさんが高校時代に洋司さんに宛てたおびただしい数の手紙と改めて突き合わせてみるまでもない、ロスからの手紙も、昔から見慣れたツバキさんの筆跡にまちがいない、他の女が代筆したかもしれないなんて、そんなばかげたこと、万にひとつもあり得ない、と。そう色をなして断定されると、わたしもそれ以上、どうしていいか判らない。

　時間のあるときにでも、ちょっと考えてみてください。あ。ウサコやボンちゃんに、この手紙、見せてもいいですよ。ふたりの意見も聞いてみたいから。ただ、わたしがあなたのこと、千暁さんて呼んでいるのを知られたら、ふたりに冷やかされるかもしれないけれど、その判断は自己責任ということで、よろしく。ではまた』

「あら。なんだ、タカチったら、お見通しってわけですか。ったく、道理で。タックが苦笑いしてたはずだわ——で？」がさがさ、音をたてて便箋を折り畳むと、すっかり泡の消えたビールを、くいっと飲み干す。「タカチは、なにをこれほど悩んでんの？　鮎ケ瀬さんていうお友だちに対してお兄さんの不名誉を暴かなきゃいけないのが嫌なら、すっとぼけときゃそれですむことじゃない。さあ、いったいどういうことなのか、わたしにはまったく見当がつかない、って」

　さすが、タカチがいちいち明記せずとも、暗黙のメッセージをウサコもちゃんと読み取っている。まあ、手紙の最後の最後で、あんな露骨なヒントを示されたら、ぴんときて当然といえば当然かもしれないけれど。

「とぼけきれない状況になっているんだろうね、きっと。お兄さんについてひと通り説明した鮎ヶ瀬さんは、タカチがことの真相に思い至っていると感じ取ったんだ。いみじくもタカチ本人が、うっかり、と言っているように、そんな意味ありげにツバキさんの手紙の真贋《しんがん》を確認したりしたら、そりゃ鮎ヶ瀬さんならずとも、なにか考えがあるんだな、と思うさ。説明して欲しいと頼まれ、タカチも一旦は、とぼけたんだろう。けれど鮎ヶ瀬さんは、なかなかそれに納得してくれない。無責任な想像だと断って仮説を披露するのは簡単だけど、ことがお兄さんの人格にかかわるデリケートな問題だけに、さすがのタカチも、さて、どうしたものかと困っている。そんなところなんじゃないかな」

「つまりタカチは、はっきりとは書いていないけれど、これって要するに、自分が辿り着いた結論以外でなにか適当な仮説をたててみてくれないか、っていうお願いだよね。鮎ヶ瀬さんに説明しても差し障りのないような、もっと穏当なストーリー、なにか他に考えつかない？　ってことだよね」

「多分、そういうことなんだろう。でも、なんにも考えつきようがない。だってタカチが辿り着いたその仮説以外に、おそらく真相はあり得ないだろうから」

「そういうこと。って。すっかりタックもあたしも、タカチとまったく同じ考えだという前提で話しているけれど、まあ、残念ながら典型的なストーリーだよ、これは。要するにツバキさん、晴れて東京の大学に合格して、洋司さんと直接お付き合いできるようになった途端、冷めちゃったんだ」

「おそらくね。上京して半年も経っていないというのに、ツバキさんは自ら日本を離れてしまった。当初は一ヵ月の短期プログラムの予定だったとはいえ、ようやく洋司さんといっしょにいられるという環境を手に入れたばかりの時期に、ちょっとそれは、いくらなんでもあり得ない」

「逆に一ヵ月の短期だった、という点こそが不自然だよ。もしもツバキさんがそれほど英語が好きで、将来に備えてみっちり勉強するつもりだったのなら、最初からきちんと大学を休学するなりして、一年とか二年とか、もっと長期間、腰を据えようとしたはず。なのにどうして、よりによって初めての東京での夏休みにわざわざ、そんな中途半端な研修に参加しなけりゃいけないの。なにかと言えば擦り寄ってこようとする彼氏が鬱陶しくて、とりあえず逃げておこうと国外脱出した、としか考えられないじゃない」

「普通なら一ヵ月どころか、一日たりとも時間を無駄にしたくない、晴れて直接交際できるようになった彼といっしょに楽しく過ごしたいと、そう願うはずだよね。その時点で、とっくに洋司さんから気持ちが離れてしまっていた、というのでない限り」

「遠距離恋愛でなくなった途端、それまで気づかなかった粗《あら》も見えてくる。あたしが思うに、東京で生活を始めて間もなく、わりと早い段階で別れ話をしたんじゃないかな、ツバキさんのほうから。でも洋司さん、それをあまり深刻に受け留めなかった。想像だけど、これまたありがちなパターン。女性から別れ話を切り出された男って必ずと言っていいほど、いまは彼女、ちょっと虫の居どころが悪いだけさ、と受け流す。機嫌がなおれば、すぐに元通りになる、なんて。まあ、洋司さんの名誉のために言っておけば、この場合、そう楽観視したとしても無理はない、とも言える。だって、もともとツバキさんのほうが洋司さんにぞっこんだったんだから」

「まさかそんな、いきなり自分への愛情や関心を失うはずはない、と思うよね。ツバキさんが研修生として渡米することになっても、まだ事態の深刻さを認識してはいなかったんだろう。当初は夏休みの間だけの短期プログラムのはずだったんだし、九月に彼女が帰国すれば、なにもかも元通りになる、と。楽観していたというより、洋司さんには揺るぎなき自信があったんだと思う。ツバキさんが大学へ入学するまでの二年間、ずっと文通で彼女の心をつなぎ留めてきたという実績に裏打ちされた、ね。テレビドラマのオーディションに受かったツバキさんが短期プログラム終了後も帰国しないと判っても、まだ洋司さんは慌てなかった。まめにロスへ手紙を出していれば、たとえ直接会えずとも、彼女の心はずっと自分のものだ、と。そう高を括っていた。ところが——」

「ロスへ手紙を出しても出しても、いっこうに彼女から返事は来ない。ツバキさんが洋司さんからの手紙、一度も開封もせずに棄てていたとしても、あたしは驚かない。だから彼だって早い段階で、ツバキさんの心変わりを思い知っていたはずなのに——」

「いや、男の末席を汚す者として言わせてもらうと、全然思い知っていなかったんじゃないか。洋司さんは、ついに最後まで認めていなかったんだ。というより、認めることができなかった。ツバキさんの心が決定的に自分から離れてしまったことを」

「そっか。なるほど、そうだよね。だからこそ洋司さん、自己欺瞞《ぎまん》に走ったわけだ。ツバキさんの心はまだ自分のものなんだ、と。しかし実際問題として、いくら手紙を出しても出しても彼女から返事は来ない。もしかしたら思い切って国際電話をかけてみたりもしたかもしれないけれど、まともに取り合ってもらえなかったのかもね。あからさまに無視されればされるほど、洋司さんは依怙地《いこじ》になってしまったんじゃないかな。彼女はちゃんと自分とコミュニケーションをとらねばならないはずじゃないか、と。手紙を出したら、ちゃんとそれに返事をくれなければならないはずじゃないか。なのに、ツバキさん本人がいっこうに手紙を書いてくれないのが現実ならば、もういっそのこと……」

「もういっそのこと、彼女からの返事を自分の手でつくってしまおう、と」

「いくら未練があるからって、普通はそこまでやらない。ていうか、思いつかない。けれど、洋司さんの手もとにはツバキさんがまだ高校生のときに自分に宛てたおびただしい数の手紙が残っていた。それを見ているうちに思いついたんじゃないかしら。彼女の筆跡を真似て、自分で自分への返事を書けばいい、と。そういえば、洋司さん、書道が趣味だとか書いてあったよね。もともと模写の心得も多少、あったんじゃない?」

「書道をやっているからって模写も得意とはもちろん限らないだろうけど、洋司さんはたまたま上手かったのか、それとも必死で練習したのか。ともかく模写サンプルにはこと欠かなかったこともあり、ツバキさんの筆跡を真似ることができたんだろう。高校時代から兄と友人がやりとりしている手紙の現物を、ずっと傍《そば》で見てきた鮎ヶ瀬さんさえ見破れないほど、巧妙に」

「それほど巧妙に、でっち上げたんだ。なんとか自尊心を守るために」

「でも、単に彼女の筆跡を真似て返事を捏造するだけではだめだ。その封書がたしかにロスから投函されたという客観的証拠、すなわち消印が要る。どうしても、だ。それがなければ、この手紙はまちがいなくツバキさんからの返事であると、他の誰はさて措いても、自分自身を騙すことができない」

「自分自身を……」憐憫半分、嫌悪感半分の溜息をウサコはついた。「騙す……か」

「そう。洋司さんが騙そうとしていたのは他の誰でもない、自分自身だった。ツバキさんは心変わりなんかしていない、まだ自分に夢中なんだ、と。その証拠に遠く離れたロスから、こんなにも頻繁に手紙をしたためてくれているじゃないか。そう、この手紙の束がその証拠だ。自分たちはいまでも深く、深く愛し合っている恋人同士なんだ、と」

「その独り芝居を貫くためには、ツバキさんの高校時代に負けないくらいの頻度で、ロスで消印が押されたエアメイルが自分のもとへ届くようにしなければならない、ということだよね。自分の手紙が日本から約一週間、ツバキさんの返事がロスから約一週間でそれぞれ届くというやりとりを設定しようとするなら、単純計算で最低でも月に二度はロスへ行って、ツバキさんの筆跡を真似た偽の手紙を自分の手で投函してこなければならない。そこまで……よくそこまで……」はあああッ、と、ビール瓶を薙《な》ぎ倒しそうなほど深く、そして重い溜息をつくウサコであった。

「説明していて、げんなりしてきた」

「船で往復していたら、いくらなんでも時間がかかりすぎるから、多少割高でもやむを得ず、洋司さん、その都度、成田―ロス間の航空券を手配していたんだろう」

「もしもほんとうに、そんな偽装工作を大学を卒業するまでの二年間――正確には、一年半くらい？　を毎月、続けていたのだとしたら、たしかにお金がいくらあったって足りない。あ。でも、国際線の飛行機にも回数券みたいなものがあるんじゃなかったっけ」

「たとえあったとしても、どれだけ節約できたかは心許ない。なによりも洋司さんには、もっと別に、出費を強いられる場面がたくさんあった」

「航空券以外に？　例えば」

「なんといっても先ず、ロスのツバキさんの新しい住所を突き止めなければならない。だって、小さい頃からの友人だった鮎ヶ瀬さんでさえ、ツバキさんが学生寮からコンドミニアムへ引っ越していることを知らなかったんだから――」

「あ。そうか。短期プログラムに在籍中ですら、ツバキさんが彼の手紙に返事を出したとは思えないから、彼女の新しい住所を知る術《すべ》は、洋司さんにはなかったことになる……日本にいる限りは」

「具体的な方法は想像するしかないけど、現地へ赴き、私立探偵に依頼するとか、あれこれ躍起になったんだろうね。そういう費用の相場がどれくらいのものなのか、全然見当がつかないけど、なにしろ調査対象は女優だ。その時点でどの程度有名になっていたのかはともかく、洋司さん、足もとをみられて、かなりの額をふっかけられたんじゃないだろうか。少なくとも彼の主観としては、初期投資の許容範囲を著しく逸脱して、ぼったくられたとしか思えないほどの額を」

「またそんな、タックったら、まるで見てきたみたいにもっともらしく」

「そう考えると納得できる点があるからさ。つまり洋司さんは、これからは現地の人間に頼ってはいけない、と思い知らされた」

「ん。どういうこと？」

「単にツバキさんからの返事に偽装した封書にロスの消印を捺すことだけが目的なら、わざわざ高い航空運賃を払ってまで、自ら現地へ赴く必要なんてないじゃないか」

「あ」

「用意した偽の手紙を、別の大きな封筒に入れて、現地の協力者へ郵送する。その協力者に中味をポストへ投函してもらえば、それでいい。なにもその都度、自ら成田―ロス間を往復しなければならない必要はないし、そのほうがずっと安上がりだ」

「そっか。そうだよね。もしもロスに親しい知人でも住んでいれば、洋司さん、きっとそうして――」

「いや、それはだめだ。相手が信頼できる知人であればあるほど、洋司さんはそんな、偽の返事をその人物に託すなんてことは、できなかっただろう。差出人の名前が女性になっている手紙を日本の自分へ宛てて出すように頼んだりしたら、いくら相手が鈍かろうとも、洋司さんの意図は隠しおおせない。たとえその知人の口がどんなに堅くても、自分以外にこの秘密を知っている人間がひとりでもいる、という事態を洋司さんが心理的に容認できたとは到底思えない」

「なるほど、そりゃそうだ。なにしろ古き良き日本男児的美意識の高いひとだったそうだから、そんな、太平洋を挟んでの恋人との文通を自作自演していた、なんて恥ずかしすぎる秘密が万一世間に露顕したりしたひにはもう、錯乱ものだよ。てことは洋司さん、少なくとも当初は、事情を察せられる恐れのない外国人の協力者を現地で雇うとか、そういう方法も検討していたのかも」

「あるいはね。しかし結局、洋司さんは自らロスへ赴き、投函する方法を選んだ。それはツバキさんの住所の調査依頼の過程で、かなり痛い目に遭ったからだったんじゃないだろうか。たとえどんなにお金がかかろうと、安易に他人を信用するよりはましだ、と判断せざるを得ない場面があったんだと思う」

「やっぱりお金は、いくらあっても足りなかったんだね。例えばだけど、もしも洋司さんがツバキさんからの偽の手紙の消印を、誰も気づくひとはいないだろうけど念のために彼女の住居エリア内にしておこうとか、そこまで凝って偽装工作していたのだとしたら、移動のためのレンタカー代とかホテル代とか、現地の滞在費もけっこう、ばかにならなかったはずだものね」

「だから、もしも倉木さんという、一学生にもかかわらず、まとまったお金を貸してくれる友人がいなかったとしたら、あるいは洋司さんも、こんな大がかりな現実逃避、思いついたとしても、実行まではしなかったかもしれない」

「なるほど。それはそうかも。いくらそうしなければと思い詰めても、先立つものがなければどうしようもない」

「洋司さんが大学を卒業して社会人になってからは、お金の問題以上に、時間の捻出が難しくなった。それでもなんとか有給をとり、二、三ヵ月に一度という頻度で渡米しては、偽造したツバキさんの手紙を自ら現地で投函し続けていたんだから、もはや彼女への未練とかそういう次元を超えている。執念、と呼んでいいかどうかは判らないけど」

「未練とか執念とかというより、もはや惰性に近いような気が。穿《うが》ち過ぎた見方かもしれないけど、ツバキさんが交通事故で死んだとき、ひょっとして洋司さん、ホッとしたんじゃない？　もうこれで手紙を偽造し続けなくてもいいんだ、それを投函するためだけに日本とロスを飛行機で往復するなんて、眩暈《めまい》がしそうなほどくだらない無駄遣いもせずにすむんだ、と。ひどいことを言うようだけど、あたし、そんな気がする」

「細かいことを言えば、学生時代からの倉木さんへの借金の返済を終えるまでは、心からホッとはしなかったんじゃないかな」

「ただ微妙なのは、洋司さんの死が自殺だったかどうか、なんだけど。彼が空き地のドラム缶で燃やしていたっていうのは、パスポートでしょ？」

「他に考えられない。なにしろ学生時代からの、おびただしい数の出入国記録が残っている。偽の手紙を自分の手で投函するためだけに、これほど頻繁に日本とロスを往復していたんだと、すぐに察することができるひとはまあ、そうそういないだろうけれど」

「でも、洋司さんにとっては言わば疚《やま》しい汚点じゃん。だからさっさと燃やして、誰の目にもつかないよう処分しておきたかった。それは判るんだけど、そのついでに自分も死ぬ気だったかどうかは、うーん、どうかな。なんとなく、だけど、死ぬつもりはなかったんじゃないかって気が、あたしはする。もしも自殺するなら、捏造したツバキさんからの返事の数々も、パスポートといっしょに燃やしたんじゃないかしら」

「ぼくは、自殺の可能性も否定しきれない。というのも、自分が死ぬことで、ツバキさんとの愛を永遠の既成事実にしようと試みたのかもしれないから」

「どういうこと？」

「つまり、パスポートを燃やして自分の出入国記録という偽装工作の証拠を抹消したうえで、捏造したおびただしい数のツバキさんからの返事だけは、きちんと遺品のなかに残しておく。こうして準備を整え、あとは死にさえすれば、生前の自分と彼女との親密な関係は揺るぎなきものだったことを、言わば歴史的事実として確定できる。それを狙ったんじゃないか、と」

「でも、だったらパスポートさえ処分しておけば、別に急いで自殺しなくても、いつか自然死した後で自分の遺品のなかの手紙を家族が調べたら、同じことじゃない？」

「自分が死んだとき、周囲にツバキさんのことを憶えているひとたちがいなくなっていたら、意味ないじゃないか。彼女の想い出を共有している関係者たちが存命のうちに、しかもなるべくその記憶が鮮明なうちに、やっておかないと」

「つまり自分の生命よりも、ツバキさんとの熱愛という幻想を優先した、と。なるほど。自分たちは最後までこんなにも深く愛し合っていたんだと、みんなに信じてもらいたかったわけね、あくまでも。こういうのも劇場型と呼ぶべきかどうかよく判らないけれど、ともかくそれを死後も貫こうとしたんだ」

「ただ、焼死という死に方が、引っかかることは引っかかるんだよね。ぼくの個人的な感じ方にすぎないけれど、同じ自殺するにしても、わざわざそんな苦しそうな方法を選ぶものなのか。だから、ほんとうならパスポートを燃やした後、まったく別のやり方で自殺するつもりだった、というのもあり得るかな、と。つまり、死ぬことは死ぬつもりだったけど、たまたま洩れていたガソリンに引火したせいで、予定にない不本意な死に方で終わってしまった、みたいな」

「ま、この点についてはタックとあたしの意見がちょっと分かれた、とタカチには伝えておいて。さて、と」腕時計を見ながら、ウサコは立ち上がった。「おっとっと。お喋りしていると時間が経つのも、あっという間ね。そろそろショータイムかな」

「ちょっとちょっと、ウサコ。肝心の相談のほうは、どうなったの」

「ん。タカチは鮎ヶ瀬さんにどう対応すべきか、ってお悩みのこと？　そんなの、あたしがおこがましく意見を述べる筋合いじゃありません。参謀のお仕事でしょ」

「おいおい、参謀って、おれのこと？」

「他に誰がいるってのよ。これしきの相談、誰にも頼らず、ちゃちゃっと解決してあげられないようじゃあ、かの高瀬千帆さまの秘書は務まりませんぞ」

「別に務めたいわけじゃないんだが」

「もしもタカチがそう望んでいるにもかかわらず、タックが固辞するようなら、世間が許しません。それはともかく、タカチはすべてありのままを鮎ヶ瀬さんに話しても、なにも問題ないと、あたしは思うけどね」

「え。どうして?」

「お兄さんが生前どういう自己欺瞞に耽っていたのか、鮎ヶ瀬さんだって薄々気づいているはずだから。だって明らかに、そうじゃない。洋司さんの死後、遺品のなかにあったツバキさんからの手紙の住所がたしかに彼女が住んでいたロスのコンドミニアムになっていると、わざわざ確認したりしている。それはなぜ? 友人は死の直前まで兄と文通していたんだと、もしも鮎ヶ瀬さんが心から信じて疑っていなかったのなら、そんな確認作業、めんどうという以前に、はなっから不要のはずでしょ。なのに、確認した。つまり、鮎ヶ瀬さんだって、なにかおかしい、と感じ取っているってことよ」

「な、なるほど」正直、その点についてては、まったく思い当たっていなかった。「言われてみれば……なるほど」

「詳細をタカチに話して相談したのは、たとえ耳に痛い真実であろうと、いつまでももやもやしているより、いっそ他人に、ずばっと指摘してもらったほうがましだ、と思っているからかもよ。さて。この件は、これにて終了。いざ行かん、オカルトの現場へ」

さっさと応接室へと移動するウサコに、仕方なくぼくも付いてゆく。

「二時四十五分、か。えと。トイレの天袋のタイマー、たしかあたしの時計よりも五分くらい進んでいたから、あと十分——」

「……ウサコ」

「ん?」

ぼくが横眼で顎をしゃくってみせると、ウサコは縁側のほうを振り返った。ガラス戸越しに新館が見える。間接照明のみとおぼしき薄暗さはそのままだったが、ピクチャアウインドウ越しに、こちらを見据えるひと影が、ふたつ。

車椅子に座った巳羽子さん。そして、その背後に控える徳弥さんだ。

平塚さんと徳善さんの姿は、ない。

「ふーん。総一郎さんは、まだ待機していないんだ。お兄さんも」

「そりゃ当然、だろ」

「ふたりはタイマーのこと、知らないはずだもんね。でも、徳弥さんは?」

その問いに答える代わりに、ぼくは手首を持ち上げ、軽く振るジェスチャーをしてみせる。察しのいいウサコは、にまっと悪戯っぽく笑うと、まるで力瘤を誇示するかのようにガッツポーズをとった右腕を高く掲げ、新館のほうへ向きなおった。そして左手のひとさし指で自分の腕時計を、ちょんちょんと、つっ突いてみせる。

遠目だから断定はできないが、巳羽子さんの様子に特に変化はないようだ。いっぽう徳弥さんは、無表情のままではあったものの、ほんの一瞬、全身に緊張を漲らせた……ような気がする。どうやらウサコも同じ印象を抱いたらしい。

「ほう。どうやら知っているみたいですね、徳弥さんは」

「てことは、巳羽子さんよりも、彼女のほうに精神的な揺さぶりをかけてみる手、かな。戦術的には」

そのときだった。ウサコが哀しみに暮れているかのような、あるいはぼくのことを血も涙もない冷酷な人間だと責めているかのような、なんとも複雑な、独特の濡れた瞳で睨んできたのは。かと思うや、ふっと肩を竦めて力を抜き、新館のほうを一瞥する。「ねえ、タック、やっぱり……やっぱりタカチみたいなひとだよね、巳羽子さんて」

「それは……それは、ウサコはいま、徳弥さんの気持ちがよく判る、というほどの意味なのかな、もしかして」

ふふっと含み笑いを洩らすや、ウサコはバレリーナさながら、くるん、と身体を一回転させ、ガラス戸に背を向けた。

「かつての痛々しい己れの姿を見ているようだと、ま、思わないでもない、とでも言っておきましょうか。はは。語弊があるかな、痛々しいってのは、いろんな意味で」

「そうだね。なにしろ、こうして新しい出会いもあったことなんだし」

「あ、こら。さては。タックったら、今度のタカチへの手紙に書くつもり満々だな、総一郎さんのこと。ねえ？」

「書くな、と言うなら、書かないけど」

「いーや、いやいや。むしろ書いてもらおうじゃないの。この際、自ら退路を断つためにも。って、なんの退路を断つのか、いまいちよう判りませんが、そんなことより――」飾り棚のほうを見やるウサコのその顔は、もう笑っていなかった。「さて。もしもほんとうに心霊現象まがいのことが起こるとしたら、兆候はあそこから、だよね」

「宙を舞うはずの主役は、あの置き時計なんだから、ね。ただし、あそこにばかり注目していると、見逃しそ――」

と、ぼくの声に被さるようにして、いきなりそれは起こった。ぐるりん、と置き時計が前後を反転させたかと思うや、飾り棚から消えてしまったのである。そして。

ごりごりごりッ、ぎりぎりぎりッという、金属と金属を無造作に擦り合わせているかのような耳障りな音。それが壁の向こう側から響いてくる。なるほど。たしかに大きな歯ぎしりのように聞こえなくもない。

「な、なに？　あれは」

「言うところのラップ音の正体だろう。さっき置き時計が消えたように見えたのは、回転扉で壁の向こう側へ引き込まれたんじゃないか。そしていま、多分、コンベアみたいな装置で上へ、上へと運ばれている」

「上へ？　置き時計が？」

「最終的には天井裏へ到達し、そして――」と、ぼくはソファの頭上を指さした。「あそこから――」

言い終わらないうちに、天井板が、ぽんと音をたてて開いた。黒い影が落下してくる。置き時計だ。ぼふッと埃を舞い上げながら、ソファに叩きつけられた。

「あらまあ。とんだ心霊現象だこと」

「仕掛けが丸見えになってしまうと、ショーとしてはなんともお粗末だよね」

ソファに歩み寄ろうとして、ふと新館のほうからの視線を感じた。テラスの向こう側には巳羽子さんと徳弥さんだけでなく、徳善さんと平塚さん兄弟も揃っていて、緊張の面持ちだ。巳羽子さんが呼び寄せたのか、それともふたりとも寝ずの番をしていて、異変に気づき、やってきたのか。

ぼくは眼の高さに掲げた手でソファを示しておいてから、置き時計を高く持ち上げてみせた。それが合図だったかのように、四人がいっせいに新館から渡り廊下へ移動するのが見てとれる。

「タック、てことはまさか、やっぱりこの装置で、二十三年前に？」

「そう考えてしまったが最後、向こうの思う壺……」

なにげなしに口にしたつもりだったが、はたと思い当たった。そうだ、一旦仕掛けが暴露された以上、ここからすべての謎解きの主導権は、多少強引にでも、こちらが握っておかなければ、と。うっかり受けの姿勢で油断していたら、巳羽子さんに押し切られてしまう……そんな予感がした。

「え、どういうこと？」

「いいかい。これから、みんなの前で、なにもかも判っているふりをしてくれ」

「って、い、いや、ちょっと、タック、そんなこと、急に言われても、先ず、ちゃんと説明しておいてくれないと……」

「正直、ぼくも自信がないんだ、ひとりで巳羽子さんを相手にするのは。だから、ウサコは知らん顔して、あたしもなにもかもお見通しですから、どうかそのおつもりで、という態度で控えていてくれ。頼む」

「う、うん。了解」

やがて平塚さんを先頭に、四人が応接室へやってきた。「……起こったんですか、やっぱり？」

「心霊現象のことですか。いいえ、残念ながら。ただ、こういう――おっと」

頭上を指さそうとしたら、すでに天井板は元通りになっている。まあ、そりゃそうだ。置き時計を落下させた後はすぐに閉まるようになっていないと、あっさり仕掛けを見破られてしまう。ぼくは置き時計を飾り棚に戻した。冷蔵庫の扉がタイマーのスイッチを入れて、回転扉で置き時計を壁の向こう側へ引っ込め、コンベアで天井裏へ上げて、ソファへと落っことす一連の仕掛けを説明する。あまりにも単純かつ子供騙しな内容に、途中で少し気恥ずかしくなった。

「――というわけです。これまでにここに泊まった方々も、最初から天井に注目していれば簡単に判っていたのでしょうが、置き時計が飛んでくるとすれば水平方向に、みたいな先入観があったのかもしれません。なによりタイマーのことに先ず気づいていないと、何時に起こるのかの予測もつきませんし」

「ちょ、ちょっと待ってくれ。こんな奇天烈な仕掛けが実際に母屋にはあった。ということは……ということは、だぞ」徳善さん、眼を剝いて、口角泡を飛ばした。「やっぱり二十三年前の京子ちゃんの死は、錯乱した多恵さんの仕業ではなくて、この仕掛けを使った殺人だった、と……?」

「もしもそうだとしたら、さて、そもそもこの仕掛けって、誰がつくったものだと思われます?」

「え。そ……それは」

不安そうに徳善さん、身体を傾けた。うっかり巳羽子さんのほうを見そうになって、慌てて眼を逸らす。嫌でも湧き起こってくる不吉な想像に戦慄しているのだろう。

「ま、まさか……」

「二十三年前、家族みんなで大阪万博へ行くことで自分のアリバイを確保した巳羽子さんが、この仕掛けを使って京子ちゃんを殺害した、とでも?」

「か、考えたくはないが……」

「もちろん考える必要などありません。だって、そんなことはあり得ない」

「あり得ない、って」安堵と困惑とをないまぜた、複雑な表情で肩を竦め、両腕を拡げてみせた。

「いや、あり得ないのはいいが、どうしてきみ、それほど自信をもって断定できるんだ? いったいどういう根拠で?」

「この仕掛けを見て、どうして徳善さん、お母さまのことを思い浮かべたんです? その理由はもちろん明らかだ。二十三年前、テレビなら好きなだけ観てもいいと、さりげなく京子ちゃんをソファへと誘導したのが他ならぬ巳羽子さんだったから。そうでしょ? しかしですね、よくお考えになってみてください。仮に大阪へ発つ前にタイマーをセットしていったとして、その時刻ちょうどに京子ちゃんがソファで寝ていることを、どうやって予測します？」

「え？　え……と、いや、それは——」

「あるいは、こんなふうにお考えになるかもしれない。なるほど、たしかに確実な予測は不可能だろう。しかし、巳羽子さんは蓋然性に賭けていたのではないか、と」

「がいぜんせい？」

「いわゆるプロバビリティの殺人です。例えばある人物が殺人を計画したとする。その標的はいつも決まった階段を、決まった時間に下りてくる習慣があることに目をつけた犯人は、その場所に常にビー玉を転がしておく。標的がいつかそれで足を滑らせ、転落するよう仕向けるために。殺人のためにこんなちゃちな方法を採るなんて正気の沙汰ではない、とお考えかもしれません。確実性など無いに等しい。しかし、たとえ確率的にどれほど低かろうとも、階段から転落した標的が運悪く命を落としてしまう可能性だって決してゼロではないのです。そしてこれがもっとも重要なポイントですが、もしもこの方法で殺人に成功してしまった場合、犯行と殺意を立証するのは困難、というより、ほぼ不可能だということです。ここに完全犯罪が成立する」

「完全犯罪……」

「普通ならば永遠に不発に終わるはずの、ほんのちょっとした悪意の仕掛け、それを際限なく続けることによって、いつかは謀殺が実現するかもしれない。それが蓋然性の殺人です。そして二十三年前の京子ちゃんの死も、家族が留守中、田舎からソノさんと京子ちゃんをここへ招び寄せるよう提案したりしてさりげなくチャンスを増やしていった、その小さな殺意の積み重ねが偶然、結実したものだった、と。あなたは——」

ぼくはゆっくり巳羽子さんに歩み寄った。彼女は瞬きもせずにこちらを見ている。

「あなたはみんなに、そう思って欲しかったんですね、巳羽子さん」

「え。え？　え」徳善さん、いっそう頓狂な声を上げた。「ど、どういうことだ？」

「二十三年前、この機械仕掛けで蓋然性の殺人を謀《はか》り、京子ちゃんを殺したのは自分だ、と。巳羽子さんは世間のひとたちにそう思って欲しいんです。もっと言えば、最終的には殺人犯として告発されたい。そのためには徳善さんや平塚さんなど、家族を母屋に泊めるわけにはいかない。仕掛けを見破った息子たちは、もしかしたら母親を守るために、こっそり証拠隠滅を図るかもしれませんからね。だからこそ、謎の現象解明は他人に任せる必要があったというわけです」

「な、なんのことです、いったい？」平塚さん、焦れたように首を横に振りながら、巳羽子さんとぼくのあいだに割り込んだ。「もうしわけないが、匠さん、わたしにはなんのことか、さっぱり判らない。もっと最初から、きちんと説明してもらえませんか」

「巳羽子さん、いまからどんな反論をしてくるおつもりかは存じませんが、これだけはあらかじめ、お断りしておきます。あなたは、この仕掛けを使って京子ちゃんを殺したりはしていない——その結論は絶対に揺るぎません」平塚さんの肩越しにぼくは、ひたと巳羽子さんを見据え、そして意識して皮肉っぽく付け加えた。「あいにくと、ね」

不敵な微笑を浮かべながらも、ぼくに鋭い眼光を向けてくる母親から尋常ならざる迫力を感じてか、平塚さん、少しよろめくようにして後ずさった。

「母は……母は殺人など犯していない、にもかかわらず、自ら殺人犯として告発されることを望んでいる……匠さんがおっしゃっているのは、そういうことですか？」

なるべく重々しく見えるよう、ぼくはゆっくり頷いてみせた。なんだかずいぶん芝居がかっているなと我ながら思わないでもないが、こういう場面を乗り切るためにはある程度の外連味《けれんみ》も有効だろう。「巳羽子さん、仕掛けを見破ることで、ぼくがあなたを断罪してくれるだろうと、もしも本気で期待しておられたのなら、残念でしたね」

「ならば根拠をおっしゃい」徳弥さんの手を借りず、自ら車椅子を動かし、巳羽子さんはぼくに近寄ってきた。「もしもわたしが京子ちゃんを殺していないと言うのなら、その根拠を、はっきりと述べなさい」

「簡単なことです。この仕掛けはそもそも、一九七〇年には存在していなかった」

え……？　と、一同が上げた困惑の大合唱が室内で乱反射した。そのなかには微かながらウサコの声もしっかり混じっていたが、さいわい誰も気づいてはいないようだ。

「この仕掛けがつくられたのは、おそらく一九七九年。京子ちゃんが亡くなってから、実に九年も後のことだった」

「九年後って、ど、どうして」平塚さん、きょとんとしながらも、恐るおそるといった表情で母親とぼくを見比べる。「どうしてそうだと言えるんです？」

「昔の離れを新館に改築した際、ほんとうなら古い母屋もいっしょに取り壊すはずだったのに、ご尊父の迦一郎さんが反対し、この応接室とダイニングキッチンを残した。ご夫婦の寝室や平塚さんたちの部屋などは取り壊したというのに、不自然もいいところです。もしも京子ちゃんの死の真相を探り当てるまでは重要な証拠として保存しなければならないというのであれば、母屋まるごと置いておけばいい。なのにどうして、そんな中途半端な真似をわざわざしたのでしょう」

「それって、もしかして……」みるみる平塚さんの顔に理解の色が拡がった。「もしかして、この機械仕掛けを設置するスペースが、壁と天井の裏に必要だったので、奥の部屋だけを……?」

「そのとおり。さて、ここまで言えばお判りですね。そうです。この仕掛けをつくったのは平塚迦一郎さんなんです」

平塚さんと徳善さんの「……父が?」という、くぐもった呟きが、まるで示し合わせたかのように折り重なった。「な、なぜ」

「迦一郎さんは確信していたからです――京子ちゃんの死は巳羽子さんの仕業だ、と」

震撼を伴う、不穏な沈黙が下りる。

「巳羽子さんが殺したんだ、と。そうだとしか考えられない。しかし、京子ちゃんが死んだとき、巳羽子さんは他ならぬ自分といっしょに大阪にいた。アリバイは完璧だ。とても崩しようがない。ならば自らは手を下さず、誰かに殺させたのではないか。迦一郎さんはそこまで考えたが、ソノさんの証言を信ずるならば、侵入者があったとは思えない。京子ちゃんが死んだとき、邸内にいたのは多恵さんとソノさんだけ。どちらも可愛い娘、孫娘を手にかけるわけがない。ということは、やはり巳羽子さんが犯人だとしか思えないが、どうやって京子ちゃんを殺したのか、その方法が判らない。いったいなんだったのだ。巳羽子はいったい、どんな手を使って京子を殺したのだ。その方法が判らなければ、どうにもならない。なんとしても、その方法を。なんとしてもその方法を見つけなければ……自らを精神的に追い詰めた迦一郎さんは、そんな妄念にとり憑《つ》かれてしまったのです」

　がたん、と音がした。見ると巳羽子さん、いまにも転倒しそうな姿勢で、車椅子の肘掛けに凭れかかっている。どうやら自分で立ち上がろうとして失敗したようだ。

「お義母《かあ》さまッ」ガラス戸を破砕しそうな声で叫んだのは徳弥さんだ。彼女の声を聞いたのはこれが初めてである。「だいじょうぶですかッ？　どうか、ごむりをなさらないで。お顔の色がすぐれませんわ。もう今夜は、お休みになったほうが……」

「だいじょうぶ、だいじょうぶよ」先刻までの冷徹な表情とはうってかわって、優しい微笑みを浮かべ、徳弥さんの手の甲を撫ぜるようにして叩く巳羽子さんだった。「ここで寝ちゃうわけにはいかないわ。匠さんのわけの判らないお話にどういうオチがつくのか、しっかり聞いておかないとね」

「オチはいま、お聞きになったとおりです。心霊現象の正体は、京子ちゃんの死は巳羽子さんの仕業だったと、なんとしても思い込みたい迦一郎さんの妄執が生み出した機械仕掛けだった——ただそれだけです」

「父は……」徳善さん、茫然と、母親と妻とを見比べている。「父は、そこまで憎んでいたのか、母のことを？　事件当時にはありもしなかった仕掛けを自らでっち上げてでも、母を殺人犯に仕立て上げたかったと……」

「いやいや、徳善さん、それは考え方がまったく逆です」

「逆？」思わずそう問い返した自分の声が裏返っていて驚いたのか、徳善さん、ごほん、と咳払い。「な、なんだ？　逆って」

「迦一郎さんはむしろ、妻の巳羽子さんへの憎しみを抑え込もうとして、この仕掛けをつくった。そう考えるべきなんです」

「憎しみを抑え込もうとして……って」助け船を求めるみたいに母、妻、弟の順番に見てゆくが、誰も徳善さんに答えてやろうとする気配はない。「どういうこと……ど、どういうことですか、いったい？」

「もしも、ここに泊まるよう頼まれたひとが仕掛けを見破ったとしましょう。そして、ひょっとしたら犯罪の意図をもってつくられたのではないか、と警察に相談したとする。さて、警察はどう考えるでしょう。一家の生活拠点を新館へ移した時期などに鑑みるに、この仕掛けは一九七九年以降につくられたものである可能性が高い。従って、仮に客人に危害を加える目的でつくられたのだとしても、一九七〇年の京子ちゃん死亡事件とはまったく無関係である、と」

「警察はそう結論するだろう、と言うんですか。しかし、一概には——」

「さっきの話を憶い出してください。迦一郎さんはこの仕掛けをつくるために母屋を半分取り壊すという中途半端な工事をした。それは逆に言えば、そうしないと、この仕掛けはつくれなかった、ということです。家族の居住スペースが邪魔で」

「あ」

「お判りでしょ？　京子ちゃんが亡くなったとき、この平屋はまだ元の状態だった。従って、寝室などを取り壊した後でつくられたとおぼしきこの仕掛けは明らかに事件とは無関係だ、と。警察だって馬鹿じゃない、そう判断を下すだろうし、巳羽子を殺人犯に仕立て上げるなんて、できっこない企みだ、と。迦一郎さんだって充分に、そうわきまえていたはずです」

もちろん、ほんとうはどうだったか判らないのだが、ここは強引にでも断定しておかないと、こちらの結論へは引き込めない。

「なのになぜ、わざわざこんなものをつくったりしたのか。それは、そうでもしないと迦一郎さんは、自分の妻に対する憎しみを克服できなかったからです」

「巳羽子がやったはずだ、京子を死なせたのは巳羽子のはずだ」と、ぼくの背後でウサコが歌うように独りごちた。「自分にはその確信がある。絶対に。絶対にそうだ。なのに、その方法が判らない。いくら考えても判らない。いくら探しても見つからない。ならば、もういっそのこと……いっそのこと、その方法を自分の手でつくってやるしかない」

自分の手でつくるしかない……そう、それはまさしく、かつての恋人からの手紙を捏造し続けた鮎ヶ瀬洋司さんにも通じる心理だ。現実とプライドの狭間で追い詰められ、なんとか精神の均衡を図ろうとした者の。

「そんな……ばかげている」平塚さん、言葉とは裏腹に、うっかり亡父に感情移入でもしたのか、どこかしら忸怩《じくじ》たる面持ちだ。「理解できません、わたしには」

「このまま憎しみが募ってゆけば、いずれ自分は妻に危害を加えてしまうかもしれない。迦一郎さんはひそかに、そんな危機感を抱いていた。そして、その危惧は現実のものとなる。京子ちゃんの死から二年後、巳羽子さんをなじる勢いあまって、離れの階段から彼女を突き落としてしまった」

ひと呼吸おくと、座の重い沈黙がのしかかってきて正直、しんどかったが、ここで止めるわけにもいかない。

「この出来事が、ますます迦一郎さんを精神的に追い詰めていったのは想像に難くない。どうしたらいいのだ、と。彼は考えたでしょう。憎しみが募るのは、巳羽子が京子を死に至らしめた方法が皆目見当がつかない、その苛立ちゆえだ、と。そんな疑惑はいい加減、妄想に過ぎないと一蹴しないと、自分はほんとうに頭がおかしくなってしまう。しかし、素直にそれを妄想と認めるのは自分自身を信じないこと、すなわちプライドの敗北を意味する。それも我慢ならないが、このままだと、なんとか自尊心を保とうと足掻《あが》くあまり、いずれ自分は安易な手段へと逃げ込んでしまうのではないか——」

「自尊心を保つための安易な手段……って、まさか、母に危害を加え、死に至らしめることも辞さない、という……？」

「妻に対する殺意を自覚した迦一郎さんは、それから七年間、苦しみに苦しんだ。取り返しのつかない真似をしでかしてしまう前に、なんとかしなければ、と。そして自分自身を救済するための措置としてつくったのが、あの機械仕掛けです。例えばこういう方法であれば、遠い大阪にいても犯行は不可能ではなかった、と。ゆえに巳羽子が京子を死に至らしめたというのは、単なる自分の妄想ではない。現実にあり得たかもしれない、ひとつの可能性なのだ、と。そう思い込むことで迦一郎さんはなんとか精神のバランスを保ち、自分のなかの妻に対する憎悪と殺意を超克しようとした、というわけです」

「そんな……そんな、どうして」

「穿ち過ぎた見方だと思いますか」

「理解できない、としか言いようがない。母への疑惑が単なる自分の妄想だと認める、たったそれだけで、すべてがすんでいた話なのに。どうして、そんな簡単なこともできなかったんだ」

「迦一郎さんには確信があったからです。絶対に巳羽子さんは京子ちゃんの死に関係しているはずだ、と。では、どうしてそれほど確信があったのか。実はそれは巳羽子さんが、ほんとうに京子ちゃんの死にかかわっていたから、なんです」

ふいに殺気を感じた。横眼で窺うと、それは巳羽子さんではない。徳弥さんだ。敵意に滾《たぎ》った眼で、ぼくを睨みつけてくる。

「もちろん、殺したという意味ではありません。しかし、その原因を間接的にしろ、つくってしまった。そして自ら死を選ぶほどの絶望の淵に多恵さんを叩き落としてしまった。その自覚が巳羽子さんにはある。だからこそ迦一郎さんに階段から突き落とされたときでさえ、夫を庇うかのように、自分で誤って足を踏み外してしまっただけだと言い張った。それはその場に居合わせた息子の心情を慮《おもんぱか》ったという面もむろんあるが、それだけではない。そうやって夫の憎しみを真正面から受け留めることこそが、自分自身への罰であり、贖罪《しょくざい》だったからです」

「……おやめなさい、もう」末代まで呪いをかけられそうな、ざらついた声で徳弥さん、唸った。

「もういい。もう与太話は、それくらいでけっこう。いい加減に――」

「迦一郎さんが亡くなったとき、一旦は母屋の取り壊しを決めていたはずの巳羽子さんが急に翻意した理由も、ここにある。巳羽子さんは、はたと気づいたのです。憎しみを向けてくる夫が亡きいま、ここでくだんの機械仕掛けを永遠に葬ってしまったら、もう自分を罰してくれる者がいなくなる、と。さきほど原因を間接的につくったと言いましたが、巳羽子さんの主観ではおそらく限りなく直接的な行為だったのでしょう。それだけ京子ちゃんと多恵さんの死は、いまなお巳羽子さんの心に悔恨と罪悪感として深く根を下ろしている。だからこそ、こうして家族以外の他人に心霊現象の仕掛けを見破ってもらい、自分が二十三年前の京子ちゃん殺しの犯人として告発されることを、ずっと願い続けてきた」

　徳弥さんの突き刺さるような視線を受け流しつつ、ぼくは意識して挑発的な笑みを浮かべてみせた。

「しかし、もはやその意向は叶いません。巳羽子さん、いくらご自分が限りなく直接的に原因をつくってしまったことが事実にせよ、罪を無駄に背負おうとするような虚しい生き方は、もうそろそろおやめにな――」

「お黙りッ」徳弥さん、いまにもこちらを突き飛ばさんばかりの勢いで、ぼくと巳羽子さんのあいだに割って入ってきた。「も、もうお黙りなさいッ。黙って聞いていれば、わけの判らないことを好き勝手にいつまでも、いつまでもぺらぺらと。お義母さま、もう充分です。こんな世迷《よま》い言《ごと》に付き合う必要などありません。もうさっさと……」

「徳弥さん、あなたはこれまで、ただ巳羽子さんに献身的に尽くすだけで、その胸中を詮索するようなことは敢えてしてこなかったと拝察します。でも、もうそろそろお知りになりたくはないですか。なぜ巳羽子さんが、こんな泥沼に嵌まってしまったのかを」

棒を呑んだかのように絶句している妻を見て、最初はきょとんとしていた徳善さん、ふいに眼を剝いた。「え……え？　どういうことだ、徳弥？　どういう意味なんだそれは。おまえ、もしかして――」

「冷蔵庫の中味や、タイマーのセットなど、一連の機械仕掛けショーの準備は、もしかしたら巳羽子さんがご自分でもおやりになれたかもしれませんが、いちばん身近なひと、すなわち徳弥さんが協力していたと考えたほうが、はるかに合理的です」

「ほんとなのか、徳弥？　おい、だったら、いったいどうして、いままで……」

「ただ徳弥さん、ご自分が協力していることと心霊現象との因果関係は認識していたでしょうけれど、その目的までは、これまでご存じなかったのでは？　多分、どうでもいいことだったからでしょう。あなたにとっては、ただ巳羽子さんのために役――」

「脱線しないでちょうだい」鞭のような威圧感で声を撓《しな》らせながらも巳羽子さん、さも可笑《おか》しそうに、くっくっくと笑い崩れた。「肝心のことだけ話せばいいわ。わたしは京子ちゃんと多恵さんの死に責任を感じ、その罪を告発されることを望んでいるのだ、と。あなたはそう言うのね、匠さん。なるほど。いいでしょう。そこまではよしとしましょうか。ならば、どうしてわたしはもっと早く、そうしなかったと言うの？」

どうやら論破されない自信があるらしい。巳羽子さんには似つかわしくないくらい、勝ち誇った表情だ。いや、まて。それが罠なのか？　とはいえ、どっちみちこちらは結論へと一気に突っ走るしかないのだが。

「わたしがそれほど断罪されたがっていたのなら、どうしてもっと早く、そうしなかったと言うの？　あ。ひょっとして総一郎が説明し忘れたのかしら？　夫の死後、たしかにわたしは母屋の取り壊しには反対し続けていたわ。でも、他人を泊めて心霊現象を体験してもらうなんて酔狂な真似はいっさい、やっていなかったのよ？」

「ええ、存じあげております。他人を母屋に泊めて、それでなにも心霊現象が起こらなかったら取り壊しに応じる、そんな条件をあなたがつけるようになったのは、平成になってからのことだったそうですね」

「そのとおりよ。だったら、おかしくなくって？　わたしがわざと他人に機械仕掛けを見破ってもらおうとしたんだと、あなたは言うけれど、これじゃあむしろ、隠そうとしていたとしか思えないじゃない」

「もちろん、隠そうとなさっていたのでしょう。その時期に限っては、ね」

「……なんですって？」

「あなたが、条件に関係なく、ただ母屋の取り壊しに反対し続けていたのは、一九八三年から八九年頃までの期間限定だった。この六年間には、実は重要な意味がある」

唇を噛みしめる巳羽子さんの瞳に初めて、怯えに似た惑乱の色が浮かんだ。

「巳羽子さん、たしかにあなたは京子ちゃんの死に責任を感じ、殺人犯として告発される展開を望んでいる。しかし、その六年間だけは別だった。そのあいだだけは、なんとしても仕掛けを見破られてはならないし、立証されるかどうかは別として、自分に殺人の嫌疑をかけられるわけにもいかなかった。さて、それはなぜだったのか」

ぼくは振り返り、ウサコに顎をしゃくってみせた。見切り発車で上げたトスだったが、彼女は見事に応えてくれる。

「八三年、ご主人が亡くなられた後、ほんとうなら巳羽子さんはすぐにでも、あたかもご自分がそれをつくったふりをして機械仕掛けを暴露し、殺人犯として告発されるつもりだった。けれど、そうはいかない事態が発生したんです」そっとウサコは寄り添うかのように、平塚さんとの距離を縮めた。「総一郎さんが将来の夢を語ったのは八三年よりも前だったかもしれませんが、ともかくまだ高校生のときに、自分は警察官になるんだ、と」

「え……？」

ここでなぜ自分の話が俎上《そじょう》に載せられるのか、まったく理解できないのだろう。平塚さん、あたかもウサコに発言の撤回を促すようにせっつくみたいな眼でぼくを見る。

「もちろん厳密にはどういう就業規程になっているか微妙ですが、ここに警察官を目指す青年がいるとする。仮にその家族、例えば母親が殺人犯として逮捕されたりしたら、どうなるか？　くり返しますが、身内に犯罪者がいるという理由で警察官になる夢を断念せざるを得ない事例が実際にあるかどうか、ぼくは知りません。巳羽子さんにも明確な判断はつかなかったのでしょう。しかし、万にひとつも、自分が殺人犯として告発されたばっかりに、せっかくの息子の夢が潰されてしまうなどということがあってはならない、と。巳羽子さんは、そんな事態だけは絶対に回避しなければならなかった。少なくとも、自分が罪を問われるのは、息子が晴れて警察官になってから後にしなければ、と」

さりげなく平塚さんの二の腕に、そっと手を置くウサコであった。

「迦一郎さんがお亡くなりになってから平成元年までの約六年間、巳羽子さんがただひたすら母屋の取り壊しに反対していた理由がこれです。息子が警察学校を経て無事、警察官になったのを見届けた後で、巳羽子さんは改めて条件をつけ、母屋の取り壊しを迫る徳善さんに譲歩し始めた、というわけです」

「なぜ……」平塚さん、あんぐり口を開けたまま、なかなか言葉が続かない。「なぜ、そこまで？　な、なぜ……」何度も頷きながら自分を見上げてくるウサコから、やおら巳羽子さんへと向きなおる。「お母さん、なぜそこまでして、自分が京子ちゃんを殺したことにしたかっ……いや、い、いや」どう母親に問い質したものか、混乱しているのだろう、頭を乱暴に振りたてた。「すみません、匠さん、由起子さん、はっきり確認しておきたいんだが、母は決して京子ちゃんを殺してはいない……いないんですよね？　これは、たしかなんですよね？　そうですよね？」

「ええ。さっきから言っているように、一九七〇年の段階でこの機械仕掛けは存在していなかった。従って巳羽子さんのみならず、他の誰にも、遠隔操作で京子ちゃんを殺害することなど不可能だったのです」

「しかし……しかし、にもかかわらず母は京子ちゃんの死、そして多恵さんの死に責任を感じている。なぜ？　なぜなんです。なぜ、母はそんな謂《いわ》れもない罪悪感を、こんなにも長いあいだ、引きずらなければならなかったと言うんですか？」

「巳羽子さん」つと眼を逸らそうとする彼女の前に、ぼくは敢えて回り込んだ。「ほんとうに、ここでぼくがすべてを説明してもいいんですか。あなたがご自分の口から告白するという選択肢だってあり得るのに」

「……わたしは、この二十三年間、ただひたすら……自分の罪が告発されること、ただそれだけを、ひたすら望んできた」

濡れた瞳がぼくの心臓を鷲摑みにする。こんなときだというのに、まるで彼女から愛の告白をされているかのような、奇妙な心地にかられ、激しく動揺してしまった。

「自ら告白できるものならもう、とっくの昔に、そうしています」

なんとか気持ちを鎮めようとして、ふと違和感を覚える。やられた……ふと、そんな気がした。裏をかいてやろうとして、裏の裏をかかれた、そんな実感が込み上げてくるが、詳しく分析している余裕はなかった。徳弥さんが、懊悩を絞り出すような声で、啜り泣き始めたからだ。

「やめてください。も、もう、お義母さま、お願い。お願いですから、もうやめて。どうして……どうしてそこまで苦しまなければならないんです。そんな。お義母さまが悪いわけじゃないのに。なんの落ち度もあるはずないのに、どうしてそこまで……」

膝から床に崩れ落ち、わっと泣き伏してしまった妻を、徳善さん、ただ茫然と見下ろしている。

「もしも巳羽子さんがここで過去と決別してしまったら、もう自分の介助を必要としなくなるのでは——徳弥さん、もしかして、そんな心配をなさっているのですか?」

血相を変える、とは、まさにこのことかと思い知った瞬間だった。ゆっくりとぼくの前に、さながら幽鬼の如く、徳弥さん、立ちはだかった。

「巳羽子さん、すでに歩けるようになっているにもかかわらず、あなたがずっと車椅子生活を押し通してきたのは——」あまりにも脈絡なく断定したせいだろうか、えッと批難がましい声が次々に上がった。「迦一郎さんが生きているあいだは、その激しすぎる憎しみを中和するのが目的だったとぼくは考えているのですが、いかがですか。あなたのほうには真正面から受け留める覚悟があったでしょうけれど、迦一郎さんにしてみれば、憎しみが激しければ激しいほど、それはそのまま自分へと跳ね返ってくる。普通に歩行している妻と、車椅子生活を余儀なくされている妻、さて、どちらに対して、より寛容な気持ちを保ちやすいか。案外、ご夫婦のあいだで、そのための暗黙の取り決めがあったんじゃないですか? 阿吽《あうん》の呼吸で」

徳善さんも平塚さんも、ぼくの正気を疑っているみたいな、それでいて、ややもすると納得してしまいそうな自分に戸惑っているかのような、なんとも複雑な表情だ。

「迦一郎さんが亡くなった後、あなたにはもう車椅子は必要なかった。が、そこへ長男の嫁として徳弥さんが現れる。彼女の献身的な介助を受け入れ、甘えることにしたのは、あなたが徳弥さんを必要としたというより、あなたの力になりたいという彼女の気持ちを汲んだからでしょう。迦一郎さんの場合と同じく、阿吽の呼吸で。従って、徳弥さんがいまいちばん恐れているのは、あなたが長年の心の軛《くびき》から解放されることで、自分の介助を必要としなくなるという事態――」

ぱんッ。と、いっそ小気味よいくらい、肉の鳴る音が響きわたった。止める暇も、避ける暇もない。徳弥さんが、ぼくの頬桁《ほおげた》を思い切り張り飛ばしたのだ。

ある程度、こういう展開は予想していたので、驚きはしなかったものの、不覚にもその強烈さに、よろめいてしまった。危うく尻餅をつくところだった。座の空気が凍りつくなか、ウサコだけは慌てず騒がず、両手でぼくの背中を支えてくれる。

「あー、いまのはちょっと、デリカシーに欠けてたかな。ていうか、タック、そこまでわざわざ言及する必要、ある？　徳弥さんだって、巳羽子さんが苦しみから解放されることを望んでいるに決まってるじゃない」

「そうだね。だけどそのことで、これまで築き上げてきたものすべてが変わってしまうかもしれない、という恐れを抱いてもいる」

織手《せんしゅ》を閃かせた姿勢のまま、徳弥さん、魂の脱け殻みたいに固まっている。

「へたな変化よりは現状に安住していたい、と願うのはある意味、卑怯ですよ。ほんとうに巳羽子さんのためを想うのであれば、徳弥さん、あなたも勇気が必要だ」

のろのろと腕を下ろした徳弥さん、しばらく視線が定まらない。が、やがて悄然《しょうぜん》としながらも、ぼくを見据えてくる。これまでになかったような静謐な眼差しで。「……あなたが語ってくれるというのね、すべてを。お義母さまの代わりに？」

　どうやら巳羽子さん、ただ闇雲に刑事罰を望むとか、そんな単純な思惑ではなかったようだ。徳弥さんも当然、それを承知で、臨機応変にぼくを挑発する役目を担っていたのだろう。いきなり態度を軟化させたのはおそらく、ぼくがほんとうに真相に辿り着いていると判断したからだ。

　これでいたずらなかけひきも無用となる。そう思って少し安堵しかけたぼくだったが、よく考えてみたら試練はこれからだ。いちばん語りたくない真実を、嫌でも語らなくてはならない。罠にかけられたかのような不条理感が正直、なくもなかったが、こうして他者に憑きもの落としを託さざるを得ないほど恐ろしい呪縛に巳羽子さんは長年囚われてきたということなのだろう。改めてそう納得し、ぼくは徳弥さんに頷いてみせた。

「では、そもそも巳羽子さんが京子ちゃんの死にかかわることになったきっかけから説明しましょう。それはおそらく、巳羽子さんのお気に入りのタオルケットが紛失したという一件だったと思われる」

「タオルケット？」と徳弥さん、怪訝《けげん》そうに巳羽子さんとぼくを見比べる。だいたいの事情はなんとなく察していても、細かいところまで把握しているわけではないらしい。

「巳羽子さんはその紛失劇がきっかけで、気づいたんでしょう。多恵さんが如何に自分を憎んでいるか、ということに」

「それは、つまり……」眼を瞑《つむ》っている母親を見やりながら平塚さん、首を傾げた。「やっぱり多恵さんの嫌がらせだった、ということですか？　母のお気に入りのタオルケットを、わざと隠して――」

「いえ、多恵さんにはタオルケットを隠すつもりなんてなかったんです。ところがある理由で、もとの場所へ戻そうにも戻せなくなってしまった。仕方なく、紛失した、ということでごまかすしかなかった」

巳羽子さん、眼を開けた。が、口を開こうとする気配はない。やっぱり全部、ぼくが説明するしかないのか。

「多恵さんが巳羽子さんをひそかに憎むようになった原因、それは睡眠薬だった」

「睡眠薬……？」

「一九六五年頃から、多恵さんは深刻な不眠症に悩まされていた。睡眠薬を処方してもらうため臨時の給金を求めたが、これに断固反対したのが巳羽子さんだった。もちろん悪意があったわけではなく、むしろ多恵さんの身体を案じてのことだった。しかし、この気遣いこそが結果的に、取り返しのつかない悲劇を生むことになってしまったのです」

ここらで誰か遮ってくれないものかと思ったが、みんなしてこちらを注視するだけ。

「多恵さんと巳羽子さんの関係は至って良好に見えたそうですね。それは決してうわべだけのことではなかったと、ぼくも思います。しかし、多恵さんは心の奥底の、本人の意識が及ばない領域で、巳羽子さんに対する怨みを募らせていた。それは、睡眠薬の問題ばかりではなく、迦一郎さんの本妻という立場に対する妬《ねた》みもあったのかもしれません」

我知らず、ソファに歩み寄る。

「多恵さんの深層意識下で巳羽子さんに対する憎しみは醸成され続け、それはいつしか、殺意となっていった。多恵さんが己れの殺意をどの程度自覚していたかは判りませんが、そんな恐ろしいことを考えてはいけないという自戒の念もむろんあったでしょう。が、深刻な不眠に悩まされれば悩まされるほど、自分がこんなに苦しまなければならないのは巳羽子さんのせいだという被害者意識もどんどん募ってゆく。巳羽子さんに対する殺意も膨らんでいったでしょう。もちろん実行に及ぶほど理性は失っていない多恵さんはそこで、その代償行為として、空想のなかで殺人を犯すという方法を選んだ」

「空想のなかで……それは、母を？」

「なにがきっかけでそんな習慣が身についたのかは想像するしかありませんが、多恵さんは夜、寝る前に、自分の手で巳羽子さんをくびり殺すところを妄想することによって、意外にもぐっすり熟睡できるという経験をしたのではないでしょうか。つまり——」

「いわゆる就眠儀式、です」と、ウサコ。

「そう。最初はただ妄想していただけだったのが、巳羽子さんを連想させる物理的な触媒を用いることで効果がより倍増することを発見したのかもしれない。具体的にはこれまた想像をたくましくするしかないが、例えば巳羽子さんの写真です。それをハサミでずたずたに切り裂く、とか。頭のなかだけでなく、実際に自分の手を動かし、仮想世界のなかで巳羽子さんを殺すことが、いつしか多恵さんの夜毎の就眠儀式になっていた。逆に言えば、そういう儀式を経ないと、ぐっすり熟睡できない身体になっていた。そんな折——」

ちらりとウサコのほうを見てみたが、自分の役割はさっきのキイワードひとことで終わり、とでも言わんばかりに静聴の構えだ。

「テレビを古い白黒からカラーに買い替えたのを機に、応接室のソファが巳羽子さんの夜の定位置になった。お気に入りのタオルケットにくるまって、リラックスしている巳羽子さん。彼女が実際にそこにいないときでも、多恵さんはその姿をありありと想像することができた。坊主憎けりゃ袈裟まで、じゃないですが、誰も使っていないタオルケットはこうして、多恵さんの就眠儀式における重要な触媒となったのです」

「もしかして……」平塚さんの顔に理解の色とともに戦慄が拡がる。「多恵さん、そのタオルケットを母に見立てて、それに当たっているうちに、もうソファへは戻しておけないほど、ひどいことに……？」

「激情に振り回されるあまり、うっかり刃物で切り裂いてしまったのかもしれません。ともかく、なぜだかタオルケットが見当たらなくなってしまった、ということにする他はなかったんでしょう。これも想像ですが、多恵さんは自分が新しいタオルケットを買って責任をとると申し出たのではないですか？」巳羽子さん、頷いた。「多恵さんのその態度に不自然さを感じ取ったのを機に、巳羽子さんは彼女の憎悪と殺意に気づいたのではありませんか？　そして心底、恐怖した。ぐっすり熟睡するために、仮想とはいえ自分を殺害する儀式を夜毎、繰り返している多恵さんの鬼気迫る姿。こんな行為がどんどんエスカレートしていったら、いずれほんとうに、自分は多恵さんに殺されかねない……と」

ゆっくり座を見回してみる。これ以上、詳しく説明せずとも、みんな、ぼくがなにを言わんとしているか察している表情だったが、やはり誰も口を開こうとしない。

「大阪万博へ発つ前、巳羽子さんが京子ちゃんに、テレビなら好きなだけ観ていい、と声をかけたのはもちろん意図があってのことだった。もしかしたら京子ちゃんは夜中に、こっそり小部屋の布団から抜け出して、応接室へテレビを観にゆくかもしれない。お母さんやお祖母さんに見つかって叱られないようにと、ソファでタオルケットにくるまって、身を隠そうとするかもしれない。そして、そのまま眠り込んでしまうかもしれない。そこへ多恵さんが、いつもの就眠儀式のために、やってくる。よもや京子ちゃんがそこで寝ているとは夢にも思わずに……」

「しかしもちろん、必ずそうなるとは限らない、という話ですよね、これは」平塚さん、かなり呼吸が苦しそうだ。「さきほど匠さんがおっしゃった蓋然性。母はそれに賭けてみようとしていただけ、だったんだ」

「巳羽子さん、ひょっとして、多恵さんが就眠儀式をしているところを実際に目撃したことがあったのではありませんか？　想像ですが、そのとき多恵さんは、タオルケットにくるまれたクッションをあなたに見立て、紐で絞め上げるかどうかしていた」

巳羽子さんは眼を瞑り、頷いた。

「多恵さんは毎晩こういう方法で、頭のなかで自分を殺しているのか、と。ならば京子ちゃんが夜中に応接室へ行くよう誘導してみるのも、ひとつの手かもしれない。そう思いついた。もちろん、なんの危険もないはずでした。首なり身体のどこかなりを絞め上げられたりしたら、いくらそのとき眠っていても、京子ちゃんは驚き、暴れて抵抗する。多恵さんだって途中で気づいて、手を止める。巳羽子さんはそう確信していたからこそ、大阪へ発つ前に、思う存分テレビを観るようにと京子ちゃんを唆《そそのか》していった」

平塚さんはもう声を発しなかった。ただ力なく、何度も何度も首を横に振る。

「改めてお断りするまでもないでしょうが、そもそも多恵さんが就眠儀式のため、知らずに我が娘を手にかける、なんて事態がほんとうに起こる確率そのものが限りなくゼロに近い。巳羽子さんだってそれほど期待していたわけではなかったでしょうが、もしも筋書き通りにことが運んだら、危うく我が娘を殺しかけたショックで多恵さんは目が覚めるかもしれない。あわよくば自分への殺意そのものが消えてくれるかもしれない、と。巳羽子さんはただその蓋然性に賭けただけだった。まさか多恵さんが、タオルケットにくるまれたクッションを自分に見立て、置き時計を叩きつけるなんて、予想もできなかった。その下にいたのがクッションではなく自分の娘であることにも気づかず、京子ちゃんを死なせてしまった多恵さんはそのまま、点けっぱなしであっただろうと思われるテレビを消し、ソノさんが寝ている小部屋へ戻り、そしていつものように熟睡した……そして翌朝、自分がいったいなにをしてしまったかを悟った多恵さんは、そのショックで正気を……」

ふと気づくと、窓の外が白み始めている。ぼくが語り終えた後、ずいぶん長く続いたと思われる沈黙を破ったのは巳羽子さんだ。

「あのひと……迦一郎がこの仕掛けをつくったのは、わたしへの憎しみを克服するためだった、と。あなたはそう言ったわね」

「はい」

「つまり結局、最後まであのひとは、わたしが京子ちゃんの死にかかわっていると確信していたってことなのね。まあ、まちがってはいないわけだけれど……」

「もしもぼくが迦一郎さんと同じ立場だったら、多分、同じことをしていました」

「あら、そう？　なぜ？」

「こんな機械仕掛けでもつくって自分をごまかし続けないと、とてもじゃないけれど、同じ屋根の下、あなたといっしょにはいられないからです。精神的に圧し潰されてしまう。かといって、離婚して遠くへ離れることなど論外だ。ぼくにとっては、たとえどんなに恐れ、憎んでいようとも、あなたと別れるという選択肢などなかったからです」

「迦一郎さん」と言うべきところを、うっかり「ぼく」と口を滑らせてしまったことに、しばらく気がつかなかった。

「……もうしわけないけれど、みんな。しばらく匠さんとふたりだけにしてくれないかしら――徳弥さん」

「お義母さま……」

「ずいぶん長いあいだ、あなたを巻き込んでしまって、ごめんなさい。身勝手な言い種だと重々判っているけれど、もうわたしは、ひとりでもだいじょうぶ。そろそろ孫の顔でも見せてちょうだい」

傷ついたような表情で徳弥さん、塑像のように固まっていたが、やがてきっぱりと頷いた。凜々しく背筋を伸ばすと、困惑顔の徳善さんを促し、新館のほうへ消えてゆく。

「総一郎。由起子さんをお宅へお送りして。ああ、由起子さん」と、巳羽子さん、悪戯っぽくウインクしてみせた。「このこと、例の東京の彼女にはないしょに、ね」

ウサコは真面目くさって、ひとさし指を自分の唇に当ててみせ、少し狼狽気味の平塚さんを急《せ》かした。しばらくして屋外から車のエンジン音が響いてくる。巳羽子さんとぼく、ふたりだけになってしまった。

「——彼女、素直に道順、教えるかな」

「ん。それってどういう意。あ。なるほど。だったら総一郎のマンションへ直行するでしょ。話が早くていいじゃない」

車椅子に座ったまま、巳羽子さんは手を差し伸べてくる。ぼくはその手を握った。

「……京子ちゃんの出自について、なにか聞いている?」

「平塚さん——総一郎さんによれば、おそらく腹ちがいの妹だったんだろう、と」

「あなたはどう思うの」

「総一郎さんがそう思うのなら多分、そうだったのでしょう」

「だったらなぜ、さっき、あんなことを言ったの?　多恵が睡眠薬を処方してもらうのをわたしが反対したのは、彼女の身体を気遣ってのことだった、と。なぜ?　普通は意地悪で反対したと、そう考える。だって夫と通じていた女なのよ。その腹いせに嫌がらせしたんだと、誰だってそう考える。なのにあなたは、多恵への気遣いだった、と断言した。ずいぶん確信ありげに。それはなぜ？」

「徳弥さんは、徳善さんと幼馴染みだそうですね。幼稚園から大学までずっといっしょだった、とか。この家へも子どものときから、たびたび出入りしていたんでしょう。きっと、あなたに会うために」

「……まさか、彼女が徳善と結婚したのはそのためだった、とでも？」

「徳弥さんの、徳善さんに対する気持ちを疑うつもりはありません。でも徳弥さんは、あなたに特別な想いを抱いている」

ぼくの手を握る巳羽子さんの指が震える。その震えを止めるためか、握力が強まる。

「多恵さんもきっと、そうだった。彼女はあなたに特別な想いを抱いていた。ひょんなことがきっかけで、恐ろしい殺意に反転し得るほど深い、深い想いを」

巳羽子さんの頬に涙が溢れ落ちた。朝陽のなかで光っている。

「迦一郎さんとの関係ですら、あなたとつながっているための手段に過ぎなかったのかもしれない。そして、その多恵さんの想いとは決して一方的なものではなかったのではないかと、ぼくは考えているのですが……こんな答えではだめでしょうか」

「ううん、ありがとう」ぼくの手を握ったまま、巳羽子さんは車椅子から立ち上がった。自分の足で。「ほんとうに……ほんとうに、ありがとう」

悪魔を憐れむ

一九九三年、十二月二十一日、火曜日。

乾風《からかぜ》に枯れ葉が舞っている。すでに補講期間も終わり、本格的に帰省シーズンに入っている国立〈安槻《あつき》大学〉のキャンパスは、ひと影もまばらだ。

全体的に灰色にくすんだ構内でもひと際、重く淀んだ外観の五階建ての建物の前に、ぼくは佇んでいた。旧一般教育棟だ。

厳密に言えば、旧グラウンド跡地に建てられたばかりの新しい一般教育棟が使われ始めるのは来年の四月からなので、この建物はまだかろうじて現役なのだが、学生や教職員のあいだではすでに『旧』呼ばわりが定着しているらしい。

こちらへやってこようとする者はいないかと、さりげなく周囲を見回すと、トンボの複眼並みに大きなフレームのメガネを掛け、髪をポニーテールにした女性が、ひとり悠然と歩いているのが眼に入る。一見学生っぽい装いだが、若づくりしているかのような雰囲気がないでもない。かといって教職員とも思えない。すたすたと脇目もふらずに敷地の正門のほうへ向かっているところからして、大学の裏門近隣の住民だろうか。路面電車の正門前停留所へ行くため、構内を抜けて近道をするのは、よくあることだ。

さて……と気持ちを仕切りなおすと、一般教育棟——とりあえず『旧』とは呼ばないでおこう——の出入口のドアの把手に、ぼくは手をかけた。内部の各教室の鍵はそれぞれの担当が管理しているが、建物への出入りは基本的に自由だ。網状の針金で補強されたガラスが嵌め込まれた観音開きのドアは、ずっしりと重い。

なかへ入ると、無骨で古めかしいエレベータがすぐ眼の前だ。その左隣りには階段が、頭上へと延びている。

エレベータの昇降ボタンの付近には、サークルや同好会その他のポスター、そしてチラシの類いが所狭しと貼られている。本来は正規の掲示板以外の場所を、こうした告知に使用することは禁止されているのだが、学生たちはおかまいなし。

すでに終了しているイベントのものまで放置されていて、清掃係のひとの嘆息が聞こえてきそうな眺めだ。先月、ぼくが顔見知りの後輩にかき口説かれて、仕方なく路面電車に乗って県民文化ホールまで足を運ぶはめになった演劇部の公演ポスターも、まだしっかりと残っている。しかも、いちばん目立つところに。

そんなおびただしい数のポスターやチラシなどもすべて含めて、それは至って馴染みのある風景……の、はずだった。

一般教育棟といっても、この建物にはＬＬ教室や視聴覚教室、多目的ルームなど、いろいろ入っているので、別に新入生のときだけお世話になるわけではない。専攻のキャンパスが郊外に分かれている農学部と医学部以外の学生たちは二回生以降も、なんらかのかたちで利用する。ぼくも、この三月に無事に卒業するまでの四年間、けっこう頻繁に出入りしていた。

なのに、なぜかいま疎外感めいた、よそよそしさを感じる。エレベータ・ホールにひとけがないことや、この建物を訪れるのは少なくとも約九ヵ月ぶりというブランクを差し引いても、なにやら不安になるくらい場違いな心地を抑えられない。

もちろん、新年度には建物の取り壊しが決定しているという事実も小さくないだろう。壁に隙間なく貼られたポスターやチラシが、期限切れか否かにかかわらず膨大な紙屑にしか見えず、もうすでに廃屋と化して久しいかのような寂寞《せきばく》、荒涼としたムードをいやでも煽る。

腕時計を見ると、午前十時半。気をつけていて欲しい、と篠塚《しのづか》さんに頼まれた時刻は、午前十一時前後。

多分、小岩井《こいわい》先生はまだここへは来ていないはずだが……どうしよう、ひと足先に五階へ上がっておこうか？　それとも、結局は篠塚さんの杞憂に終わるかもしれないという話なので、小岩井先生が姿を現すのを確認しておいてから、のほうがいいのか。

それとも……と、ぼくは一旦背後を振り返り、ドアのガラス越しに建物の外を見た。植え込みの並んだ道路の分離帯を挟んで、真向かいにあるのは人文学部棟だ。その一階が学務事務室で、ＬＬ教室の鍵はたしか、そこの教務係が管理しているはず。

もしも篠塚さんの懸念通り、小岩井先生が今日これからＬＬ教室へ向かうつもりなのだとしたら、教務係の前で見張っているのがいちばん確実か……いや。

ぼくは腕組みをして、エレベータのほうへ向きなおった。英文科教授を定年退官した後も長年、英会話の非常勤講師を務めていた小岩井先生だ、当然ＬＬ教室とその隣りの準備室は頻繁に使用していただろうから、手続簡便化のために自前で鍵の複製を所持している可能性はある。やっぱり、ここ、エレベータ・ホールで待機していたほうがいい、か？

あれこれ迷っていたせいか、気配には全然気がつかなかった。ふいに背後から肩を叩かれ、どきッとする。

「どもッ、匠《たくみ》さん」

振り返ると、愛想で塗り固められたかのような顔がこちらを見ていた。経済学部三回生の胡麻《こま》本澄紀《もとすみき》。演劇部の部長で、先月、ぼくに公演チケットを押しつけた男だ。

「どうしたんですかあ？　こんなところで、いまごろ。あれれ？　今日、火曜日なのに、お店は？」

お店というのは、ぼくが在学中からずっとアルバイトをしている、安槻大生御用達の喫茶店〈アイ・エル〉のことだ。

「いや、ちょっと、ひとと会う用ができたんで、マスターにむりを頼んで、抜けてきたんだ」と、適当にごまかす。

昔の教官が、もしかしたら孫の後追い自殺なんて、ばかなことを考えているかもしれないので、心配で見張っている……なんて、ややこしい事情を正直に打ち明けるわけにもいかない。それに小岩井先生は、ぼくが二回生の年度を最後に完全に引退している。胡麻本くんが〈安槻大学〉へ入学したのはそれと入れ替わりだったわけで、小岩井先生のことは全然知らない——いや、まてよ、彼、本来は今年四回生のはずが、一年留年したという話だったっけ？　まあ、小岩井先生のことを知っていようがいまいが、どのみち胡麻本くんには関係のない話だ。

「いくら帰省シーズンで暇とはいえ、一応ランチタイムなんだから、十一時半くらいまでには店へ戻らないといけないいんだけど——えと、きみは？」

「あ。稽古です、一応」

「へえ。この前、公演が終わったばかりなのに、まだなにかイベントがあるの？」

「いや、なに、ボランティアみたいなものっす。クリスマスイヴに幼稚園で寸劇とか、絵本の読み聞かせとか」ちゃらん、とチェーンの音を鳴らして胡麻本くん、学務事務室から借りてきたとおぼしき、大きなホルダー付きの鍵を掲げてみせた。「まあ、稽古ってほどの準備も、ほんとは必要ないんですけどね。クリスマスにサンタクロースがやってきたと思ったら、実は泥棒で、その家の子どもと近所の友人たちが一致団結、みんなで果敢に撃退する、という単純な筋書きで。ただ、ちょっと急な話だったんで、衣装とかはちゃんと揃えられそうにないんだけど、そこは、サンタって言いながら、おまえ、赤い服、着てないやん、とか、そんなツッコミでごまかそうかな、みたいな」

　こちらが訊いてもいないことまで、ぺらぺら、ぺらぺら、よく喋る。

「ま、そこらへんは、いくらでもアドリブが利きそうですけどね。とはいえ、相手は幼稚園児でしょ、泥棒の撃退方法とか、あんまりバイオレンスだと、真似されちゃったりしたら、まずいし。あれこれ簡単に、打ち合わせしといたほうがいいかな、ってことで。ここの三階で」

「多目的ルーム」

「じゃなくて、その隣りの小部屋」

「あそこ？　は、よく知らないけど、あまり広くなかったような気が。劇の稽古なんか、できるの」

「いや、充分っす。今回は部員を全員招集するわけじゃなくて、おれ以外は女の子が三人だけ、なんで。あ、ちなみにその幼稚園、ミサキちゃんのお姉さんが保母さんをやっているんで、その関係で」

ミサキちゃん、という名前には聞き覚えがある。先日の公演の打ち上げへ招ばれて、そこで紹介してもらった。古仁美咲《こにみさき》。たしか教育学部の二回生で、演劇部の娘だ。

どうでもいいけれど、保母さんが働いているのは幼稚園ではなく、保育園じゃないの。そう思ったものの、もちろん、わざわざ誤用を指摘はしない。ぼく自身、以前にまちがえて恥をかいたことがあるからだが、それればかりではない。

ぼくはどうも正直、この胡麻本くんが苦手なのだ。どちらかといえば童顔で愛嬌たっぷり、言動も礼儀をわきまえ、腰が低いほう。周囲への気配りも常に抜かりない。にもかかわらず、彼の双眸と対峙すると、ある種の威圧感を覚える。普通の意味での威圧感とはまた微妙にちがうかもしれないが、それは彼が役者であるということと、おそらく無関係ではない。

胡麻本くんを見て、ぼくがいつも憶い出すのは、その名前を挙げれば国民の大半が知っているであろう、さる著名な演出家のエッセイだ。その演出家が言うには、彼は自分の主宰する劇団の俳優たちに演技指導をしたことなど一度もないらしい。そのかわり、彼ら、彼女たちには、ただひたすら傲慢になることを教え込んでいるんだそうな。

その真意をぼくなりに解釈するならば、芝居という虚構空間に於いて、主役という立場を配置すること自体がすでに大きな嘘、すなわち虚構なわけだ。従って、己れは世界の中心であるという我を無条件に押し通すことでしか、主役という幻想は成立し得ない、と。ざっと、そういう意味なのだろう。その証拠に、その演出家が続けて言うには、一度テレビドラマの端役などで小金を稼ぐことを覚えてしまった俳優は、もう二度と主役としては使えなくなるんだとか。

これが演劇界に於いてどの程度、的を射た考え方なのか、もちろん門外漢のぼくには判断しようもない。ただ、胡麻本くんを見ていると、このひとは常に世界の主役を自任しているんだろうなあ、とは思う。それゆえ、どれほど表面的にはへりくだった物腰であろうとも、そこかしこで威圧感めいた、妙な大物感が滲み出るというわけだ。

言葉の誤用に限らない。ただでさえ他人のまちがいを指摘するというのは、人間関係においてデリケートな問題だ。いくらこちらが些細なことだからと気楽にかまえていても、相手がどこに自尊心のツボを据えているのかは、外からは窺い知れない。

たとえいまここで、幼稚園なら保母さんじゃないだろと指摘された胡麻本くんが、からっと明るく照れ笑いして、頭のひとつも掻いてみせたとしても、それは決して、こちらが地雷を踏んでいない、という保証にはならない——とまあ、そんな具合にいろいろ、我ながら被害妄想なんじゃないかと危ぶむくらい身構えさせられてしまうのが胡麻本くんというひとなのだった。もしも彼がそんなこちらの胸中を知ったら、なにか悪いことをしたわけでもない、それどころかひと一倍、周囲に気を遣うほうなのに、なぜ？　と不条理感いっぱいになるかもしれないけれど。

我知らず、エレベータの昇降ボタンの近くに貼られたままの、演劇部の公演ポスターを一瞥していたらしい。ぼくの視線を追った胡麻本くん、しょうがないなあ、とでも言いたげに肩を竦めた。

「あー、やれやれ。清掃員のおばちゃんにも困ったもんですね」

という言い分からすると、期限切れポスター撤去は己れの義務にあらず、という認識らしい。まあ、これはなにも胡麻本くんに限った話ではないが。

「いまさらだけど、これって、なかなか」ヘンなと、うっかり口走りかけて、言いなおした。「ユニークなポスターだね。斬新、というか」

「あ。そうでしょ？　ね。ね？　目立つでしょ？　なかなかのセンスでしょ？」

センス云々《うんぬん》はともかく、目立つことはたしかだ。目立ち過ぎて、ひとめ見ただけでは、なんのポスターなのか判らないほど。

真っ赤なタイトルがいやでも眼を惹く。いや、字体といい色といい、本題よりも遥かに大書きだが、実はサブタイトルで、おまけにアルファベットと記号の併用という珍妙さ。左から右へ『♀』『X』『P』『♂』と横書きで並んでいる。より正確を期すと、『♀』と『♂』の記号はそれぞれ上下がひっくり返って、逆さまになっている。

胡麻本くんによると、これ、ぱっと見、アルファベットと記号の混合ではなく、漢字二文字に見えるよう、デザインに凝りに凝ったんだそうな。

「へーえ、そういう狙いで」

「そうだったんですよ。いやーもう、苦労しました。『♀』と『♂』の記号を、どうしても組み込みたかったから」

なるほど。そういえば劇の内容はいわゆる艶笑譚というか、複数の男女がパートナーを交換して入り乱れるというスラプスティックコメディだった。メインタイトルもそのものずばり『セックス・ディスオーダー』、すなわち『乱脈』だ。

「するとこれって、アルファベットと記号の組み合わせが、そのタイトルの漢字表記になっている、という仕掛け?」

しかし、どう眼を凝らしてみても、そうは読めないのだが。

「えへへ。実は、ほんとうのことを言いますと、ですね、できれば『乱脈』と、誰が見ても、きれいに読めるようにデザインしたかったんだけど、なかなかうまくいかなくって。結局、諦めて。で、こうして近似的な線で妥協したってわけです。でも、それなりに、さまになってるでしょ?」

いまひとつ、ぴんとこなかったものの、正直にそう言うのも、はばかられる。曖昧に頷いておくに留めた。

「そういえば、どうでした、この劇? 脚本はおれのオリジナルなんスけど」

それは先日、チケットを押しつけられたときにも何度も聞かされていたので、そのつもりで観た。まあそこそこ、おもしろくなくもなかったけれど、うーん、どうも『カンタベリー物語』あたりの俗悪な模倣じゃないか、というのが当方の偽らざる感想である。

もちろん、馬鹿正直に本音を述べても仕方がないので、「おもしろかったよ。笑えるシーンがもうちょっと多かったら、もっとよかったかな」と無難な答え方をしておく。あ。そういえば打ち上げの席でも、いまと同じように彼から感想を求められて、まったく同じ答え方をした自分を憶い出して、ちょっと脱力してしまった。

そんな苦笑気味のこちらの胸中を知ってか知らずか、胡麻本くん、笑って、エレベータの昇降ボタンを押した。階数ボタンに表示ランプが灯る。

「じゃあ、おれはこれで。匠さんは？」

「後で上がっていく。といっても、用があるのは五階だけど」

「そうっすか。あ。また今度、飲みにつれていってくださいよ。ね。辺見《へんみ》先輩たちも、いっしょに」

これ、他のひとが口にしたら、別になんの他意も感じないところなんだけれど、飲みにいきましょうよ、じゃなくて、つれていってください、という表現に妙に引っかかってしまう辺りが彼らしいと言うべきか否かともやもやしていると、エレベータが一階へ降りてきた。函《はこ》に入った胡麻本くんの愛想笑いを遮るみたいにして、ドアが閉まる。

がこん、と振動を伴う起動音がして、エレベータは上昇し始めた。旧式のせいなのか、まるで嫌がらせみたいに昇降音が大きい。在学中はすっかり慣れたと思っていたのだが、ひさしぶりに聞くと、立派に騒音レベルで、ちょっと辟易してしまうほどだ。

なんとはなしに階数ボタンを見ていると、上昇したエレベータは三階で停まった。表示ランプが消えると同時に、耳障りなウインチの音も止んだ。

再度腕時計を見る。午前十一時まで、あと十五分ほどあることを確認。不測の事態に備え、エレベータに向かって右側にある男女共用トイレで、用を足しておくことにした。こういうとき、エレベータの稼働音が大きいのは逆に、ありがたい。たとえトイレに籠もっていても、誰かがエレベータを使えばすぐにそれと判るから、小岩井先生を見逃す心配はまずない。

扉を押して、トイレに入った。扉といっても、上部と下部は隙間が大きく開いていて、胸部を覆うほどのサイズしかない。正式名称はなんというのか知らないのだが、よく西部劇で、肩で風を切って酒場に出入りするカウボーイたちの背中でしばらく閉まり切らずにぱたぱた前後に動いている、あれ。なのでエレベータ・ホールにいても、その扉の下から男性用小便器が丸見えだ。見苦しいというほどではないが、なぜ普通のドアにしなかったんだろうと、ときどき思う。もしかしたら男女共用なので、防犯上の理由から、外にいても内部の様子をすぐに窺えるようにしてあるのかもしれないけれど。

この旧一般教育棟——今度は敢えて『旧』呼ばわりしておこう——は、一階から五階まで同じ位置にトイレがあるのだが、すべて男女共用、扉も同じタイプだ。もしかしたら単に建設当時の流行りの様式だったのかもしれないが、女子学生や女性教職員は、さぞや使いづらかったのではあるまいか。実際にはまだ見ていないが、きっと新しい一般教育棟はエレベータの音も静かなら、トイレも男女別々、出入口も普通のドアなんだろうな、とか思いつつ、ぼくはトイレから出た。なかなか閉まり切らないで前後にぱたぱた動いているトイレの扉から、エレベータの階数ボタンへと視線を移したとき、ふと、ある疑念が湧いてきて、愕然となった。え。ま、まてよ……そういえば。

そういえば、さっき胡麻本くんが昇降ボタンを押したとき、エレベータが降りてきたのは、たしか……たしか、五階から……じゃなかったか？　えと、ど、どうだったっけ。必死で記憶を探るが、考えれば考えるほど、そうだったような気がしてきて、めちゃくちゃ不安になる。

まさか、とは思うが、もしかして小岩井先生、ぼくよりも遥かに先にここへ来ていて、もう五階へ上がっているんじゃないだろうな？　慌てて昇降ボタンを押そうとして、はたと思い留まった。まてよ。

仮にいま、小岩井先生がすでに五階にいるとしてだが、なにかの気まぐれで歩いて下の階へ移動したりした場合、こちらがエレベータで上がったら、いきちがいになる可能性がある。ここは階段のほうがいい。向こうがエレベータを使えば大きな稼働音で、こちらが何階にいようとすぐにそれと知れるから、足取りを見失う心配はない。

リノリウムの表面にところどころ罅割《ひびわ》れの入った階段を、ぼくは上がり始めた。かつてはお洒落なクリーム色であっただろう四方の壁から、ぼくの足音がこだましてくる。

五階へ辿り着いたとき、ふと違和感を覚えた。どの階よりも靴音の響き方が大きいような気がする。踊り場へ出て、その理由が判った。他の階とちがい、窓がどこにも見当たらない。見上げれば天井で、大きなコンクリートの箱に閉じ込められたかのような錯覚に襲われる。在学中には一度も味わったことのない感覚だ。この階段を独りで上がるのが初めてだから、だろうか。

五階からさらに半階ほど階段が延び、屋上へと出るドアにつながっている。もちろん鍵が掛かっている。エレベータに向かって右の壁には火災報知機と、『機械室』というプレートが貼られたドア。問題の耳障りな稼働音の元凶、エレベータのウインチだ。

機械室のさらに右側に例の男女共用トイレの扉がある。ふと思いついて、トイレに入ってみた。個室をひとつ、またひとつ、チェックするが、誰もいない。

階段のすぐ横にある、各種教室区画へと通じるドアのノブを、ぼくは回した。鍵は掛かっておらず、すんなり開く。エレベータ・ホールを後にして、外の廊下へ出た。乾風が顔面にまとわりつき、カラスが視界を横切る。雨が降っていないのがいっそ不思議なくらい空はどんより、灰色に淀んでいて、まるで夕暮れどきのようだ。

向かいの、同じく五階建ての人文学部棟の建物を横眼で見ながら、胸壁に沿って廊下を進む。各種教室区画の、ほぼ真ん中辺りへ来た。ドアのノブをつかみ、回そうとしたが、鍵が掛かっている。

このドアの先の通路を進むと、右側にＬＬ教室が、そして左側に準備室がある。その出入口がロックされているということは、まだ小岩井先生はここへ来ていないのか……それとも、すでにどちらかの部屋へ入っていて、なかから鍵を掛けているのか？

ＬＬ教室の窓に近寄ってみたが、カーテンに遮られ、内部は見えない。じっと耳を欹《そばだ》ててみる限り、ひとの気配はしない。準備室のほうも同様だ。

念のために、ぼくは廊下の端から端まで歩き、五階の各種教室をすべてチェックしてみた。どこも出入口には鍵が掛かっていて、外から窺う限り、ひとの気配もまったく感じられない。

廊下の端っこにある、非常階段へと出るドアも見てみた。内側からロックされている。誰かが出入りした痕跡はない。

時計を見ると、午前十一時になったところだ。結局は篠塚さんの杞憂だった、で終わればいいのだが、と祈りつつ、胸壁越しに大学構内を眺めていると、人文学部棟の建物の前を横切るひと影が眼に入った。ひとりではなく、三人。全員が女の子だ。

さきほど名前の出た古仁美咲さんがいる。出水亜由美《いでみずあゆみ》さん、包枝倫絵《かねえだのりえ》さん、と芋蔓式にあとのふたりの名前も憶い出す。やはり先日の打ち上げの席で紹介された、演劇部の娘たちだ。たしか出水さんが農学部の一回生、包枝さんが古仁さんと同じ教育学部の一回生、とか言っていたっけ。

三人は楽しそうにお喋りしながら、一般教育棟の建物のほうへ向かってきている。胡麻本くんと待ち合わせをしているのだろう。見ると各自、持参した紙袋から、なにやら取り出している。叩くとピコピコ音の鳴る玩具のハンマーや、特大の張り扇などだ。それらを互いに見せっこしては、くすくす、笑い合っている。ははあ。察するに、サンタを騙る泥棒の撃退兵器といったところか。

ふと頭上を振り仰いだ古仁さんとぼくの眼が合ったような気がしたが、別に彼女のほうから会釈とか、して寄越したりはしない。まあ、そりゃそうだ。ぼくとは一度しか会っていないうえに、遠目なんだから。ん、誰か五階の廊下にいるな、で終わりだろう。

三人の姿が眼下の死角に入る。ぼくが、なんとはなしにエレベータ・ホールへ戻るのとほぼ同時に、例の耳障りな起動音が響いた。一階の階数表示ボタンにランプが灯り、ウインチの音とともにエレベータが動き出す。階数ボタンを見ていると、二階、そして三階へと上がってきて、そこで止まった。

ぼくはそのまま、じっとエレベータの階数表示ボタンを見ていた。もしかしたら先刻、各種教室のチェックをしているあいだに小岩井先生が一般教育棟へやってきて、ぼくがその姿を見逃していないとも限らない。そして古仁さんたちといっしょにエレベータに乗り込んだ小岩井先生が、そのまま五階へやってくるかもしれない……と思ったのだが、表示ランプは三階に止まったまま、消えた。しばらく待ってみたが、エレベータが上がってくる気配はない。

ぼくは再度、エレベータ・ホールのトイレのなかを見てみた。誰もいない。念には念を入れ、機械室のドア、そして屋上へと通じるドアも調べてみたが、どちらも鍵が掛かっている。

さらにもう一度、廊下へ出た。LL教室と準備室への出入口をはじめ、各種教室のドアにはどれもしっかり鍵が掛かっていること、外から窺ってもひとの気配がないことを、念入りに確認。

エレベータ・ホールへ戻ったとき、階下から、なにか聞こえてきた。女性の悲鳴と男の怒号が交錯したような感じで、すわ、なにごとかと緊張したのだが、すぐに続けて複数の若い娘たちのものとおぼしき、けたたましい歓声が上がる。和気藹々《わきあいあい》と、はしゃぎまくっている雰囲気が伝わってきて、こちらは、どっと拍子抜けしてしまった。どうやら胡麻本くんたちが、芝居の脚本の読み合わせでも始めたらしい。さすが、エロキューションが並みではない役者さんたちは、喉の鍛え方がちがう。三階からでもここまで、よく声が通るものだと感心する。

しばらくエレベータ・ホールで佇んでいたぼくは、腕時計を見た。午前十一時を二十分ほど回っている。さすがに、そろそろ〈アイ・エル〉へ戻らなければならない。ぼくの雇い主であるマスターはけっこういい加減というか、すちゃらかな性格で、多少遅れてもなんにも言わないとは思うが、どれだけ待機時間を延長したものやら。

多分、もう今日は、なにも起こらないだろう……ほぼそう確信したぼくだったが、やっぱり油断は禁物だ。エレベータは使わず、五階から、ゆっくり階段を降り始めた。

四階、三階、二階。そして一階へと辿り着くまで、ぼくは誰とも出くわさなかった。そのあいだ、エレベータの稼働音も、まったく聞こえなかった。

あの耳障りな音を聞き逃すなんて、万にひとつもあり得なかったが、なにしろ、もしも篠塚さんの杞憂ではなかったとしたら、ことはひとの生死にかかわる。慎重に。確認の上にも確認を重ねておこう。

エレベータの昇降ボタンを押してみた。三階の階数ボタンの表示ランプが灯った。つまり、さきほど古仁さんたちが三階へ上がった後、誰もエレベータを使っていない、ということだ。見ていると、表示ランプは二階、そして一階へと順番に降りてきて、消えた。ゆっくりとエレベータのドアが開く。なかには誰も乗っていない。

無人の函のドアが自動的に閉まった後も、しばらくエレベータの前で佇んでいたが、階段のほうからも、そして建物の出入口のほうからも、誰も現れない。なにか起こりそうな気配は、まったく感じられない。

どうやら、すべて篠塚さんの杞憂だった、ということで終わってくれそうだ。むろん、はたして篠塚さんの予測通り、十二月二十一日の午前十一時前後のみを警戒すればそれですむのか、という不安が残らないでもないのだが、四六時中、三百六十五日、ずっと見張っているわけにもいかない。それを言い出したら、場所もLL教室に限らないのではないかという話にだってなるし、そもそも小岩井先生が自殺を図るかもしれない、という懸念自体、根拠が薄弱とまでは言えないものの、すこぶる不確実だ。

いずれにしろ、ぼくにやれるだけのことはやった。そう割り切って、網状の針金の入った重いドアを開け、一般教育棟から出た。その足もとへ、乾風に舞う枯れ葉が擦り寄ってくる。

大学の正門のほうへ行こうとして、無意識に足が止まってしまった。前方からこちらへやってくる、ひと影。トンボの複眼並みに大きなメガネにポニーテール。さきほど見かけた、大学近隣に住む住民とおぼしき女性に、よく似ているような……いや、まちがいなく同一人物だ。

それだけならば、どうということもない。彼女、外でなにか用事を済ませた後、大学構内を抜けて近道をし、自宅へ戻るところなんだろう、と。そう納得して終わっているはずだった。が。ぼくの姿を認めたらしい彼女、一瞬、ぎくりと全身を硬直させたのだ。表情が強張っている。

気のせいか、とも思った。だが、眼を逸らし、裏門のほうへ足早に去ってゆく彼女の後ろ姿を反芻《はんすう》しているうちに、どうもどこかで見たことのある顔だと思い当たった。学生でも、教職員でもない。どこか学外で、一度ならず、会ったことがあるはず。

そう確信したものの、どうも具体的な名前が浮かんでこない。しばらく考え込んでいたぼくは、とりあえず憶い出すのを諦め、改めて正門へと足を向けかけた……そのときだった。ぼくの背後で、ふいに。

どさッ。

足の裏から、まるで邪悪な生き物が這い登ってくるかのように、激しい衝撃がぼくの脳天を貫いた。なにか重量のある物体が地面に落下し、バウンドしたのだと認識するのに、しばらくかかったような気がする。

背後を振り返る。と。

一般教育棟の建物の前に、なにかが転がっていた。いや、倒れていた。物ではなく、ひとが。仰向けに。

ずれたメガネの蔓が引っかかった耳の後ろには縮れた白髪。恰幅のいい体軀にスーツを着込んでいるが、ネクタイはしていない。革靴の爪先を天へ向けている、八十がらみの男性……小岩井先生だ。

死んでいる。小岩井先生は死んでいた。脈をとってみずとも、明らかに。

遺体の頭部の周辺で豆腐状につぶれたものと鮮血が入り混じっている光景をまともに目撃してしまったぼくは金縛りに遭ったかのように、しばし硬直した。一瞬、意識が飛んでしまっていたようだ。

はっと我に返り、慌てて建物を見上げた。五階の辺りを。

倒れている遺体から眼線を上げてゆくと、ちょうどLL教室への出入口付近の胸壁へと行き当たる。え。ひょ、ひょっとして。

小岩井先生、五階から……？　え。ま、まさか、いつ？

いったい、いつ、五階へ上がっていたというんだ？　あり得ない。

そんなばかな。あり得ない。絶対に。

小岩井先生にしろ誰にしろ、ぼくの眼を盗んで、いつの間にか五階へ上がっていた、だなんて、絶対にあり得ない。

いや、もしかしたら五階ではなく、それ以外の階の廊下の胸壁を乗り越えたのか？　いや、どっちにしろ、あり得ない。あれだけ注意していたのに、小岩井先生の姿を見逃してしまったなんて、考えられない。ましてや、建物から跳び降りようとなんかしていたら絶対……え。ま、まてよ。

跳び降り？

な、なんで跳び降りなんだ？　篠塚さんによれば、小岩井先生が自殺するとしたら、それは十一年前に孫の里見涼《さとみりょう》くんが死んだのと同じ日時、同じ場所、そして同じ方法で……のはずじゃなかったのか？

話がちがう、話がちがうじゃないか……いまはそれどころじゃないと重々判っていながらも、ぼくはそんな不謹慎な困惑を抑えられない。永遠に続くかとも思われるくらい、胸中で渦巻く。

ぐるぐる、ぐるぐる、と。

＊

ここで時計を三ヵ月ほど前へ巻き戻そう。そもそも篠塚佳男《よしお》さんというひとと、ぼくが知り合った経緯から詳しく説明しておかないことには、話が始まらない。

夏期休暇が終わり、九月になって、ぼくはちょっと、こういう言い方はなんとも大仰《おおぎょう》なんだけれど、自分の居場所を見失った気分でいた。は？　とっくに大学を卒業しているオマエに夏休みだのなんだの、ぜーんぜん、関係ねえじゃんとかツッコミを入れられるかもしれないが、進学も就職もせず、いわゆるフリーターに堕している身としては正直、未だに学生気分が抜けない。だらだら当てもなくキャンパス周辺に出没していると、やはり八月と九月では雰囲気が全然ちがうんだなあ、と実感する。

学生たちは夏休み中もさまざまな行事や活動に携わっているから、むしろ普段以上に活気があったりもするんだけれど、九月に入ってからのキャンパスのムードって、部外者にとっては独特だ。みんなで、もとへ収まるべき鞘の形状を互いに確認し合っている状態、とでも言えばいいのか。抽象的すぎて我ながら意味不明だけど、それはともかく。そんな学生たちとは対照的に、このぼくときたら浮草というか、根無し草の如くふらふら、ふらふら、身の拠《よ》りどころもなく、孤独をもてあましている。

孤独という言い方も、これまた大仰きわまりないのだが、ほんとにそんな感じ。もちろん、これまでのように、いっしょにだらだらと飲んだくれる仲間が傍にいてくれれば、また全然ちがっていたわけだが。

この三月、いっしょに卒業したタカチこと高瀬千帆《たかせちほ》は某大手広告代理店に就職し、安槻から遠く離れて、東京暮らしを始めている。正直、寂しくて寂しくて、たまらない。が、そもそも当初は安槻での就職と定住を希望していた彼女を翻意させたのは、他ならぬこのぼくなのだから、愚痴や不満を垂れる筋合いではない。

タカチとしては、独善的な父親の支配から逃れるためには郷里との訣別しかないと、かなり決然と思い詰めていたようだが、それですむほど単純な問題ではないだろう。たしかに、親子の縁は切ろうと思って切れるものではないので、己れの自我の安定を守るためには、もう物理的隔絶しか有効な方法はない、と考えてしまうのはとてもよく理解できる。だが、しかし。

ぼくとしては、タカチのほうから闇雲に、父親や家族に対して距離を置いてみせるというのは、長い目で見て、決して得策ではないと思うのだ。親子関係に限らない、なんでもそうだが、持久戦は先に動いたほうが負けである。親子間の確執や葛藤によって精神的に壊れてしまう確率が高いのは、最初に絶縁を宣告した側だ。少なくとも、ぼく自身の経験ではそうだった。

もしもタカチが父親の支配に屈したくないのであれば、自ら退路を断っては駄目だ。嘘でもいいから、父親に対しても、そして他の家族に対しても、柔軟に対応できる余裕を常に示しておかなければ、思わぬところで足をすくわれる羽目になる。

タカチほど聡明な人間でも、やはり自分の問題となると、冷静な判断ができなくなるらしい。曰く、安槻にいられないのなら、郷里へ帰るしかない、そうしたら絶対、後援会の連中にじわじわと真綿で首を絞められるみたいに取り込まれて、父の地盤を継がされてしまう、そんな人生、まっぴら、死んだほうがましよ——云々と、完全に二者択一の罠に嵌まってしまっていたのである。

だったら安槻でもなく、郷里でもない、三番目の選択をすればいいじゃないかと、ぼくは彼女にそう提案した。例えば、将来の腰掛けのつもり的なニュアンスを暗に込めて、しばらく東京暮らしをしてみたい、と家族に伝えてごらん。まず反対されないだろうし、安槻に居つかれるより遥かにましとばかりにお母さんやお兄さんが、きっと積極的に後押ししてくれるよ、と。

この提案をタカチは、決してすんなりとではなかったが、最終的には受け入れたのである。そしてその際、じゃあ、あなたもいっしょに上京してくれる？　とは言わなかった。実は当方、ちょっぴり期待していたことは否定できないが、ぼくが安槻を離れるわけにはいかない事情を彼女もよく理解している。タカチのケースと同様、ぼくも先に動いてはならない、持久戦の真っ最中だからだ。うっかり東京へ引っ越したりしたら、母にどう邪推されるか、知れたものじゃない。さては現状に堪え切れずに逃げ出したな、とか、あれこれ曲解され、挙げ句に執拗に追いかけ回されるのが関の山だ。

というわけで、東京へと拠点を移したタカチと遠距離恋愛を余儀なくされた——というより、自分自身でそういうかたちにしてしまったぼくだったが、この八月頃までは、まだそれほど寂しくはなかった。なにしろ、正確な数字は不明なれど、ぼくたちよりも四年か五年は年長のくせに、未だに大学に居すわっているボアン先輩こと辺見祐輔《ゆうすけ》という頼もしい存在がいる。そしてウサコこと羽迫由起子《はさこゆきこ》も、ぼくといっしょに卒業はしたものの、同じ〈安槻大〉の修士課程へ進んだ。ふたりのどちらか、もしくは両方に会おうと思えば、ほぼいつでも会えた。夏期休暇が終わる頃までは在学中とさほど変わらぬ、三人で酒盛りざんまいの日々。ところが。

九月になった途端、これまで、できる限り大勢の参加者を集めるためだけに家賃がタダ同然の一戸建てボロ家を借りるほど飲み会に命を懸けていたはずのボアン先輩が、急に付き合いが悪くなったのだ。いつもいつも、他人の都合など無視してでも酒盛りに引きずり込んでいた男が、こちらからそれとなく水を向けても、てんで無視。聞けば、後輩であるタカチやウサコ、そしてぼくが先に卒業してしまったことにいよいよ、のっぴきならない危機感を抱き、今度こそ本気で卒業する決心をしたというではないか。あのボアン先輩が卒業論文、教員免許取得のための教育実習、はては就職活動にまで全力を挙げているというから、びっくり仰天。まさに隔世の感とはこのことだ。

教育実習って、普通は出身の中学もしくは高校で一学期に実施されるものと、ぼくは思い込んでいた。おいおい、もう九月だぞ、さてはボアン先輩、やれもしないことをやるんだとか、つまらぬ見栄を張っているんじゃないのと当初、ぼくはかなり真剣に疑っていたのだが、これがほんとうの話だったので、またもやびっくり。本来は六月のところを、母校の担任の先生に頼み込んで、九月に調整してもらったのだという。トレードマークだった蓬髪をきれいにカットし、不精髭も剃り落として、こざっぱりとスーツを着こなす先輩のその姿は、まるで別人である。

ここまで必死にやっておいて、万一、来年の三月にも卒業できなかったりしたら、おまえのせいだ、タックとつるんでいたからこうなった、どうしてくれる、責任とれ、とか八つ当たりされるのは必至である。お気楽に飲みに誘ったりしないのが正解。まあ、しばらくボアン先輩はそっとしておいて、飲みたいときにはウサコに付き合ってもらおう……と思っていたら、豈《あに》はからんや。

まるで先輩の改心とタイミングを合わせたかのように、この八月、ウサコは運命の男性との出会いを果たしたのである。安槻署の刑事、平塚総一郎《ひらつかそういちろう》さんだ。なにを隠そう、彼とウサコとの関係の橋渡しを務めたのは、このぼくだったりするのだが、それはともかく。知り合ってから、わずか一ヵ月足らずで、ふたりはもう婚約してしまったというのだから、電撃的である。

ウサコとしては、結婚してからも学業を続けたいという希望で、挙式や披露宴などは後回し。とりあえず籍だけ入れておくことに、平塚さんも同意しているという。問題は双方の家族の意向で、特にウサコの両親は一刻も早く親戚一同に立派な花婿をお披露目したくてたまらないらしい。お気持ちはよく判ります。警察官だと娘に紹介されたから単なる公務員かと思っていたら、地元の名士で、有名な大地主である平塚家の次男だと知って、ぶっ魂消《たまげ》ていたそうだ。

というわけで現在、ウサコは両親を説得するかたわら、多忙な平塚さんの代わりに、新生活の準備のため、新居の物件探しなど、あれこれ忙しく駈けずり回る日々。当然、ぼくとのんびり付き合っている暇なんか、あるわけがない。

こうして常に飲み会の主要会場であったボアン先輩の自宅からシャットアウトされ、幸せいっぱいのウサコにも見放されたぼくは仕方なく、寒々とした自分のアパートでちびちび、独り寂しく、酒をかっくらうようになった次第。まあ、基本的にはそういうスタイルも決して苦にはならないほうだが、いや、これまでは苦にならないほうだと自分では思い込んでいたのだが、いざそういう状況が何日も続くと、我ながら呆れるくらい、寂しさが募ってくる。

いつもいつもアパートではなく、たまには気分転換に外へ飲みにいこうとするのだが、これが思いの外、うまくいかない。というのも、馴染みのお店というのはどれも学生時代からの行きつけばかりで、わいわい大人数で盛り上がるのが常だった。そんなところへ独りで飲みにゆくというのは、若干自意識過剰気味とは認めつつも、店員さんたちの視線が妙に気になったりして存外、居心地が悪い。よけいに孤独が身に染みる。

というわけで、最初から自分独りで飲むことを前提とした、新しいお店の開拓にとりかからざるを得なくなった。とはいえ、こちとら貯金の取り崩し以外は在学中から続けている喫茶店のアルバイトがほぼ唯一の収入源という、しがないフリーターである。あまり選《え》り好みはできないが、料金設定がお財布に優しいのはもちろん、歩いてアパートへ帰れる距離にあるのが絶対条件だ。加えてお料理が美味しかったらもう言うことなしだが、そんなムシのいい我儘《わがまま》、叶えてくれるところはないかいな、と夜な夜な、大学周辺を散策していて見つけたのが、〈篠《しの》〉だった。

間口の狭い、小さな店構えだったが、新しくオープンしたばかりのようだったので、入ってみる気になった。まだ常連客などの色に染まっていない分だけ、独りでも肩身が狭くなく、寛《くつろ》ぎやすいかもしれない、と思ったのである。

そこで奥さんと、ふたりだけで店を切り盛りしていたのが篠塚佳男さんだった。ぱっと見、篠塚さんは四十か五十くらい、奥さんの花江《はなえ》さんは多分、三十そこそこで、けっこう歳が離れているようだ。

初めて暖簾《のれん》を潜って店内へ入ったとき、電光石火の如く、ぼくへ向けられた夫婦の表情が忘れられない。露骨に喜色満面にならぬよう自重気味ではあったものの、「いらっしゃいませ」という声音には、ようやくお客さんが来てくれた、という興奮が滲み出ていた。ふたりの割烹着と作務衣《さむえ》姿がなんだか、おままごとをしているかのように頼りなく見えたことをよく憶えている。

カウンター席が五つと、あとは最大で八人ほどは座れそうな座敷席は、すべてからっぽだった。その夜は二、三時間ほどいただろうか。そのあいだ、ぼく以外に客は、ひとりもやってこなかった。

その後、いつの間にか、けっこう足繁く〈篠〉へ通うようになっていたのは、ぼくが行ってやらないと今夜も客がひとりも来ないんじゃないだろうかという変な義務感にかられた側面もあったと思う。篠塚さんは篠塚さんで、いつも眼の前にはぼくしかおらず、他の客たちの耳をはばかる必要がないという状態に、つい油断したというか、気が緩んだのだろう、最初の頃は雑談する際、「学生さんですか?」と、きちんと敬語だったのが、いつの間にか「実は、ぼくもOBなんだよ、〈安槻大〉の」と、くだけた口調が定着する。「この三月に卒業したばかり? へええ。で、いまは就職浪人?」

　ぼくは気にならないというか、むしろそちらのほうが落ち着くくらいだが、奥さんの花江さんは夫のそんな接客態度に、いささか抵抗があるようだった。いつも気弱げながらも微笑を絶やさないひとなのに、篠塚さんがぼくに対して馴れなれしく振る舞い始めた当初は、夫がひとこと発するたびにいちいち狼狽しているかのような、不快感を抑えかねているかのような、批難がましい眼つきを隠そうともしなかった。そのうち、いくらそれとなく諫《いさ》めようとしても無駄だと見切ったのか、無気力な微笑が多くなる。

　いっぽう篠塚さんは、そんな妻の胸中をどの程度、推し量っているものやら、ぼくが店へ行くといつも機嫌よく、あれこれ気さくに話しかけてくる。

　なかでも特に親近感を示してきたのは、ぼくが自動車の運転免許証を取得しておらず、それどころか自転車すら所有していない、という話をしたときだった。

「へええ、そうなんだ。じゃあ普段、移動はどうしているの」

「よっぽど遠いときは路面電車か、バスで。あとはもっぱら徒歩ですね」

「それは、なにか自分なりのポリシーがあってのこと？　例えば健康管理のためとか、大気汚染のことを考えてとか――」

「そんな大袈裟な話じゃなくて、単に遠くへ行く必要を感じないだけ、というか。もちろん、なにか用事があれば別ですけど、わざわざ旅行とかは、しようと思わない」

「旅行とかはしない、と。もしかして匠くんって、あまり安槻から出たことがないひと、だったりするのかな」

「そのとおりです」

「じゃあ当然、海外旅行なんかも」

「一度も経験、ないです。多分、これからもないんじゃないかと」

普通ならぼくのものぐさぶりに呆れたり、人間もっと見聞を広めなくちゃだめだよ的な説教モードに入ったりしそうなものだが、篠塚さんはそのどちらでもなく、ただ愉快そうだった。その理由を知って、納得。

「実は、ぼくも若い頃、生涯、運転免許証なんか取得しない、海外旅行なんかも絶対にしない、なんて依怙地に決めていたことがあってさ」と打ち明けた後、苦笑気味にこう付け加えた。「いや、さすがにいまは、運転免許も持っているし、海外旅行へいったりもしているんだけどね」

「若い頃、というのは――」

「十代から二十代にかけて。ぼく、実は、ものかきになりたくってね」

「ものかきっていうと、作家ですか」

「どちらかといえば小説とかじゃなくて、随筆の類いかな、頭にあったのは。雑文でもなんでも、文章を書くことでメシが喰えたらいいなあ、なんて考えてたんだ。屁理屈を捏《こ》ね回すのが好きな、なんていうか、ませた子どもだったんだね。なにしろ小学生のときから、人間の存在とはなんぞや、みたいなテーマでノートにエッセイを書いたりして」

「へーえ。それはまた早熟な」

「いまとなっちゃ、自分がどういうことを書いていたのかなんて、ひとつも憶えちゃいないし、良くも悪くも小学生の書いた文章、それ以上でもそれ以下でもなかったんだよね。でも、当時はけっこう、自分が書いたものに酔っていたわけ。おれって、もしかして天才なんじゃないの、って」

「あー、なるほど、はい」なんだか、我が身をたくさん省みなければならなくなりそうな予感がした。「そういう」

「中学生になっても、高校生になっても、それどころか大学生になっても、そういう慢心って、まったく自覚がない。おれって特別な才能に恵まれていると信じて疑っていないから、周囲の人間たちにとってもそれは自明の理のはずと決めつけてしまうんだね。で、うかうかと公言しちゃったりするわけだ。自分は将来、文筆業で飯を喰うようになるんだ、と。直接口にはしないけど暗に、ていうか、露骨に、あんたたちとはちがうんだからね、みたいなニュアンスを込めて。かんちがいした子どもが粋がっていると、陰で苦笑いされていることにも気づかずに。でも、世のなかって必ずしも、そういう子どもの慢心に寛容なおとなばかりじゃない。若い頃は、その現実を知らなかった」

「というと、説教でもされたんですか。おまえ、いい気になっているけど、そんな甘いもんじゃないんだぞ、とか?」

「まさしく、そういうこと。人間の存在とはなんぞやとか、そんな高尚で難解なテーマでものを書こうというのなら、まずたくさん勉強するのはもちろん、人生経験を積んだおとなになってからじゃないと、できるわけがなかろう、と」

「ありがちな言説ですね。もちろん、正論なんだけど」

「ほんとに、そのとおり。ぼくも、ばかだったんだよね。そういうふうに諭されたら、その場では、はい、よく判りましたと素直に、神妙に答えておいて、後で陰で舌を出しておきゃいいものを、ついカチンときて、反抗的な態度をとってしまった。具体的にどういう反論をしたのか、詳しくは憶えていないんだけど、ただ子どもは子どもなりに、自分の考えというものがあるんだぞ、ということを言いたかったんだろうね。自慢するわけじゃないけど、我ながら年齢不相応な反論ぶりだったと思うよ。なかなか喰えない屁理屈を弄して、善戦した」

「へええ」

「その証拠に、そいつもおとなげなく、本気で怒り出したからね。そんな、もっともらしいことを偉そうにのたまっているが、おまえこれまで、例えば外国へ行ったことがあるのか、とこうきた。海外どころか、自分が生まれた街からすら、ろくに出たことがないくせに。だいたい結婚もしていない、ひとの親になって、子育てをしたこともない。人生経験のまるでない子ども風情が人間の存在やらを云々したところで、そんなもの、説得力あるわけないだろうが、しょせん、机上の空論なんだよ、って」

「それもまあ、正論は正論ですよね」

「ご丁寧にも、そういえば、おまえ、キジョーノクーロンって言葉の意味、判るか？　なんて、付け加えられたっけ。机上の空論の部分だけ、ひどい棒読みで」

「それは厭味だなあ。そこまで言う必要、ないと思うけど」

「ははは。でも、いまなら、よく判るよ。経験に裏打ちされた教養のない身では立派な文章なんか書けっこないんだぞ、って言いたかったんだろう。仮にいま、ぼくがそいつの立場だったら、一言一句たがわず、かんちがいしている若者を同じように諭しているだろうね。でも、当時はほんとにガキというか、子どもだったからさ、やり込められたのが、ただもう口惜しくてくやしくて、むきになって決心したわけ。よし、そこまで言うのなら、おれは一生、この街から出ないでいてやる、と。見聞が広いのがどれほどのものだって言うんだ、陳腐な経験至上主義者め、教養豊かな人間なんかになってやるもんか、もちろん結婚だってしないし、子どもも一生つくらない、そんなもの、知性とはなんの関係もないんだってことを、このおれが証明してやる、誰よりもこの世界のことを理解できる人間になって、見返してやる——と」

「へええ」

「車を運転したら行動範囲が拡がってしまうから免許も取らない、海外旅行もしないし、一生独身でいてやる、なんて。説明していて我ながら呆れるというか、どうにも笑っちゃうんだけど。若いってことは、ほんと、つくづく恐ろしくも、愚かだよね」

「でも、いまはちゃんとこうしてご結婚なさっている。お子さんも——？」

「うん。男の子が、前の……」

口調そのものは淀みなかったが、篠塚さんはその点に関してはそれ以上、詳しく言及しない。どうやら離婚経験があるようだ。その想像は当たっていたが、篠塚さん、この時点では花江さんと再婚してもいなかった。後で知ったことだが、正式に籍は入れておらず、事実婚状態だったらしい。

「で、運転免許も取得して、ときには海外旅行もしたりする」

「そうなんだよね。〈安槻大〉で修士を終えて、まがりなりにも就職して社会へ出てみたら、現実というものは、それこそ、キジョーノクーロンでは喰えないんだってこと、思い知らされたからさ」

「というと、以前は別のお仕事を?」

「うん。東京の出版社で。ははは。判ってるよ。一生、安槻から出ないはずじゃなかったの、って言いたいんだろ。でも、その頃はまだ、文筆で身を立てたいって夢を諦めていなかったものだから。そのためには田舎に留まっていちゃ、どうしようもない。やっぱり中央へ出てゆかないと、なにも始まらない。職種も、普通のサラリーマンじゃなくて、なんらかのかたちで文筆にかかわれるもののほうがいいだろう、と」

「どこの出版社ですか」

「名前を言っても多分知らないと思うけど、演劇評論の専門誌を出していた某社。そこの当時の編集長が、本業のかたわら、メジャーな芝居の脚本も書いていたりする、業界では有名なひとだったから。自分もあんなふうになれたらいいな、と憧れて」

「なるほど」

「でも、だめだった。東京へ出てみると、ぼく程度の文才の持ち主なんて、セミプロの雑文書きも含めて、そこらじゅうにごろごろいる。仕事も、思ったほどはおもしろくない。人間関係もいろいろ、めんどくさい。結局、四年そこそこで会社は辞めて、安槻へ帰ってきたんだ」

こうした篠塚さんとのお喋りは、楽しいか否かは別として、興味深くはあった。なんとなくだが、彼の自意識の拗《こじ》らせ方が自分と似ているような気がしたから、という面もあったかもしれない。なので話を聞いていて、痛いというか、いたたまれなくなるようなこともしばしばだったが、ともかくぼくは定期的に〈篠〉へ通った。

そんなぼくの姿は篠塚さん夫婦——一応、夫婦という呼び方で通す——の眼に、どんなふうに映っていたのだろう。よっぽどお店が気に入って、常連になってくれたんだ、とか、そんなふうに思っていたのだろうか。まあ、普通はそうかもしれない。が。

定まった時刻に〈篠〉へ向かうたびにぼくの胸に去来するのは、今夜こそ暖簾が出ていないかもしれない、という予感だった。いつ行ってもぼく以外のお客を見たことがないという事実ひとつとっても、提供される料理がどの程度のものなのか、推して知るべし。刺身など、やたらに化粧包丁でごまかしているけれど、鮮度といい、量といい、とてもじゃないが、知人には勧められない。

花江さんにしても、いくら接客業といっても、よけいな力をもう少し抜かないと身体が保たないぞ、と心配になる。いつ追加注文が入っても即座に応じられますという気構えのアピールなのだろうか、常にビールサーバの傍らで直立不動で控えているその姿は、客というより、篠塚さんへの歪んだ献身に凝り固まっているかのようでもあり、見ていて痛々しい。

この調子では早晩〈篠〉は潰れるだろう、ぼくはそう確信していた。が。

十一月某日。お店へ行くと、座敷席に客が陣取っていたものだから、ほとんど感動に近いくらい、驚いた。ぼく以外の客を見たのは正真正銘、初めてだった。二十歳そこそことおぼしき若い娘たちばかり四人で、見覚えのある顔も交ざっている。どうやら〈安槻大〉の学生たちらしい。うら若き女性たちが、いっぺんに四人も来てくれたことがよほど嬉しかったのだろう。篠塚さん、いつにも増して絶好調のトークっぷりだ。ぼくへの対応がいささか、ぞんざいに感じられるほど。

以来、そのグループとはほぼ毎回、店で遭遇するようになった。といっても、いつも四人全員というわけではなく、そのうちの三人だったり、ふたりだったり、ときおり、ひとりだけだったりもするのだが、面子《メンツ》は同じ。毎日、四人のうちの誰かが必ず店にいるような感じで、通ってくる頻度はおそらく、ぼくよりも遥かに高かったのではないか。

これだけご贔屓《ひいき》にしてくれる向きができたのならもう、ぼくが行かなくても〈篠〉も、だいじょうぶだろう……と、普通ならば、そう思うところなのだが。

名前が判らないので、ぼくは勝手に彼女たちのことを〝Aガールズ〟——もちろん、Aは安槻のAだ——と呼ぶようになっていた。が、それとなく様子を観察しているうちに、どうにも違和感を覚えるようになった。あの娘たち、いったいどういうつもりで、あんなに来る日も来る日も〈篠〉へ通ってきているんだろう？

お料理めあてではないこと。これは明らかだ。ぼくが見る限り、〝Aガールズ〟は四人揃っているときですら、つきだし以外は二、三品しか頼まない。かといって、腰を落ち着けて飲みにきているようでもない。へたしたら酎ハイ一杯で、最後まで粘ったりする娘もいるほどだ。

ぼくがむりなく通っていられるくらいだから、たしかに〈篠〉の料金設定は学生向きではあるだろう。しかし、あんな遊び盛りの若い娘たちの足が連日、自然に向いてしまうほどの魅力とも思えない。はて。いったいどういうことだろう。

その謎は十二月の、ある夜、いともあっさり解けた。いつものように〈篠〉へ行ってみると、花江さん、ひとりしかいない。篠塚さんは、なにか急用で出かけたとかで、もしかしたら今夜は営業時間中には戻ってこられないかもしれない、と言う。

なんとはなしに、ぼくは座敷席のほうを見た。ほとんど口をつけていない、酎ハイのグラス、そしてつきだしの小皿が三つ、ぽつねんとテーブルに並べられている。

どうやら〝Aガールズ〟が先に来ていたらしいが、手荷物などは見当たらない。え。もう帰ったの？　まさか。まだ、こんな時間なのに？　たしかに今夜は篠塚さんが店へ現れないかもしれないという話だから、注文もまともにできないだろうが、どうせみんな、普段からここの料理にはそれほど……あ。

そうか。なるほど、そういうことだったのか。これほど単純明快な理由、他にあり得ないじゃないか。すっかり合点がいった。要するに彼女たち、そもそも篠塚さんをめあてに店へ来ていたんだ。

思い当たってみれば篠塚さん、なかなか男振りがいい。絶世のハンサムというほどではないが、女性にとっては、自分の手が届かない存在という距離を感じさせない、その気になればいつでも親密になれる、ご当地アイドル的魅力があるのかもしれない。

すっきりしたぼくは生ビールを注文し、いつものカウンター席に腰を下ろした。ゴブレットを運んできてくれた花江さん、何度も何度も頭を下げる。

「すみません、すみません。ほんとうに、すみませんッ。いつも、ほんとうに、いつも、いつも……」

察するに今夜のことだけではなく、篠塚さんの普段からの接客態度全般についても、この際、思い切り謝っておこうというつもりなのか、花江さんの勢いはほとんど鬼気迫っていて、こちらはたじたじ。

「い、いえッ。いえ、いえいえいえッ。だ、だいじょうぶですからッ」

「あ、あの、なにか、おつくりいたしましょうか。篠塚がおりませんので、その、大したものは、できないんですけど……」

えーと。そういえば、いつだったか、蕩《とろ》けるチーズを蒸かしたジャガイモにまぶしたおつまみが意外に美味しかったなあと憶い出し、あれなら簡単にできそうだから頼もうかと口を開きかけたそのとき、玄関ドアが、からりと音をたてて開いた。

篠塚さんだ。黒いスーツ姿で、引き戸を開けたものの、前の道路に佇んだままで、店内へは入ってこない。黒いネクタイを外しながら、花江さんを手招きした。

花江さん、篠塚さんからなにかを受け取ると、それを頭上に振り上げるような仕種。どうやら清めの塩らしい。

「どうも、お待たせしてしまって、もうしわけない」と、脱いだ黒い上着を花江さんへ放り投げると、ぼくのすぐ隣りのストゥールへ腰を下ろす篠塚さんであった。至極あたりまえのように。

「どなたか、ご不幸が?」

「うん。お通夜へいってきたんだけど。もしかして、匠くんは知っている世代かな、安槻大の英文科の小岩井先生のこと?」

「小岩井。あ、はい。新入生のとき、英会話を習いました」

「そうか。実はぼくも、在学中のみならず、修士を終えた後も先生には、ひとかたならぬお世話になって……」

「小岩井先生が、お亡くなりになったんですか」

「いや、奥さんのほうなんだ、お亡くなりになったのは。今朝の新聞に、お通夜の告知が載っていたんだけど、ほんのついさっきまで全然気がついていなくて、慌てて、お悔やみを述べにいっていたんだが……」

篠塚さんはそこで、思い詰めたような表情で口籠もった。明らかに、なにか続けたそうなのに、どんなふうに言葉を紡いだものか、決めあぐねている感じで。

「ねえ、匠くん……」酸素不足に喘ぐような面持ちで、ようやく口を開いた。「大学の一般教育棟が建て替えられるらしい、って聞いたんだけど……ほんと?」

「ええ。新しい建物はもう、ほぼ出来ています。古いほうの建物は年度いっぱいは使われる予定で、本格的な引っ越しは来年の春休みだとか、聞いてますけど」

「新年度から、一般教育棟は新しい建物へ移る……のか。じゃあ、どうなるの、古いほうの建物は」

「取り壊されるそうですよ。多分、来年の夏休みあたりまでを目処に」

「取り壊される……来年の夏までに……なくなる……のか、あの一般教育棟が」

独り言《ご》つような篠塚さんの呟きを、周囲の壁が特に反響するでもなく、無造作に掻き消すかのような重苦しい雰囲気とともに、沈黙が下りた。

そっと花江さんの様子を窺うと、いつまでもそんなところでへたり込んでいないで、さっさと着替えて厨房に立ったらどうなの、とか、夫に意見したそうではあった。したそうではあったが、押し黙ったままの篠塚さんの表情があまりにも悽愴《せいそう》苛烈《かれつ》で、圧倒されているようだ。

「……一般教育棟といえば」とにかく沈黙を破りたい一心で、ぼくはそう口にした。「LL教室がありますね、五階に。ぼくが新入生のとき、小岩井先生に英会話を習ったのは、そこです。そういえば、どうせ一般教養の、単位も少ないやつだからと、ぼくだけじゃなくて、新入生たちみんな、へらへらと緊張感なく、適当にやっていたら、先生に、ひどく叱られたっけ」

「昔気質の教育者だからね」ようやく篠塚さんの表情が、いくぶん和らいだ。「ぼくたちも、そうだったよ。なんていうか、大学なんて適当に単位を揃えておけば、あとは遊んでいても卒業できる、みたいな考えだった。でも小岩井先生は、どんな授業でも、そう簡単に単位をくれないんだよね。たかだか一般教養の英会話で、こんなに厳しく締めつけなくてもいいじゃないか、って文句を言いにゆく学生もいたけど、みんな先生に一喝されて、すごすご退散してたな」

「学問に対する真摯な姿勢に欠け、努力を怠るような輩は、今後いっさい、大学へ来なくてよろしい──と」

「そうそう、それ。ん。あれれ、ひょっとして匠くんたちのときも、先生、同じフレーズで説教してたの？」

「ぼくじゃないけど、先輩のひとりが、そんなふうにカミナリを落とされたことがあったそうです」

「ははは。いまでもあの、如何にも古き良き日本の頑固親父的な怒声が聞こえてくるようだよ。先生、引退されるときまで、自分のスタイルを変えなかったんだね」

そう低く笑った篠塚さんだったが、すぐに顔が土砂降りのように曇った。

「……ねえ、匠くん、今月の二十一日なんだけど、時間、ないだろうか」

「二十一日？　えと、火曜日、ですか。いまのところ、特に予定は入っていないけど。時間というと？」

「午前十一時……前後に」

「はい？」

「きみを見込んで、お願いがある。その日の十一時前後に小岩井先生が一般教育棟に──もちろん、古い建物のほうだけど、現れたりしないか、見張っていて欲しいんだ」

「見張っていて欲しい？」面喰らってしまった。「え。どういうことです？」

「はっきり言うけど、先生、その日、その時刻に自殺するつもりなんじゃないか……と。いや、これは冗談でもなんでもない、真剣に心配しているんだ」

結局、篠塚さん、この夜は一度も厨房には立たず、もちろん着替えもせずにカウンター席に座ったまま、ぼくへの奇妙な依頼にはどういう背景があるのかを、じっくり語ることとなった。

「あれは一九八二年のことだったから、もう十一年も前か。里見涼くんという、小岩井先生のお孫さんがいたんだ。当時、高校三年生の男の子で、実はぼくも浅からぬ縁があってね。涼くんが中学校一年生から三年生まで、家庭教師をしていたんだ」

篠塚さん、若い頃は文筆で身を立てようと思っていたというだけあって、かなりの論客で、大学、大学院を通じ、ときに古株の教授連相手の激しい議論も厭わぬところを小岩井先生に見込まれていたという。

「いつか言ったことがあったと思うけど、ぼく、大学院を修了した後、一旦、東京の出版社に就職していた。でも、そこは四年ほどで辞めて、安槻へ帰ってきた。夢破れ、己れの無力さにうちひしがれて、なんて言うとオーバーだけど、主観的にはそんな感じで意気消沈し、なんの当てもなく、ぶらぶらしているときに偶然、街なかで小岩井先生と再会したんだ。で、いまなにをしているんだと訊かれるまま、現状を説明すると――」

それなら、きみにお願いがある。実は、中学生になったばかりの孫がいるんだが、勉強をみてやってもらえないだろうか、次の仕事が見つかるまでのつなぎ、などというと失礼かもしれんが、きみも気分転換になるんじゃないかね――そんなふうに小岩井先生から提案されたという。

「ぼくも、まあたしかに、なにもしないよりはましかなと、涼くんが中学校を卒業するまでの三年間、家庭教師をさせてもらった。ほんとうは、彼が高校を卒業するまでみてやって欲しい、と頼まれていたんだが――」

「じゃあ当初は、六年間の予定だったんですか？　そんなに長期間、同じひとの家庭教師をするって、あんまり聞いたことないな。篠塚さん、ずいぶん見込まれていたんですね、先生に」

「もちろん、そもそも声をかけてくれたのは小岩井先生だけど、涼くんがぼくに、なついてくれたのが大きかったと思う。涼くんは頭もいいし、性格的にも素直な子でね。ぼくともすごく、うまがあったんだ。勉強以外のことで彼とあれこれお喋りするのは楽しかったし、刺戟的でもあった。だからぼくも、できればずっと、彼が高校を卒業するまで家庭教師を続けたかったんだけど、まあそこは、いろいろあってさ。ちょうどぼくもそのとき、いよいよ三十路を迎えたところだったし、いつまでもアルバイトでお茶を濁しているわけにもいかない。涼くんが無事、志望する高校に合格したのを見届けてから、家庭教師は辞めたんだ。その後、三年ほど、涼くんや小岩井先生とは全然会っていなかったんだが……ある日、とんでもないニュースが飛び込んできた」

いまから十一年前の一九八二年、十二月二十一日に里見涼くんは自殺したという。しかも〈安槻大学〉の一般教育棟の五階、ＬＬ教室のなかで。

「教室のドアノブに掛けたロープで、身体を水平にして、ほとんど床に寝そべるような姿勢で首を吊っていたらしい。涼くんが死亡した直後と思われる午前十一時、他ならぬ小岩井先生がその遺体を発見したというんだが、どうやら……」篠塚さん、悲愴感もあらわに唇を嚙みしめた。

「どうやら、その日、帰省シーズンで学生たちはいないけど、小岩井先生は用事があってＬＬ教室へ来ることを知っていて……知っていて、わざとそこで死んだようなんだ、涼くんは。あたかも自分の遺体を祖父に見せつけるかのようにして」

「わざとそこで……って、でも、どうしてそうだと？」

「遺書があったそうだ。いや、ぼくも現物を見ているわけじゃないが、どうやらお祖父《じい》さん、つまり小岩井先生に対する恨み言を延々と書き連ねていたらしい」

「恨み言……って、なにがあったんですか、いったい？」

「それが、なかなか複雑でね。先生、涼くんを溺愛していたんだが、そのいっぽう、ちょっと束縛しすぎなんじゃないかと危ぶむくらい、厳格な面もあった。可愛い孫には無条件に甘いのが普通のお祖父ちゃんだと思うんだけどね、いくら子どもには厳しくても。でも小岩井先生は、そうじゃなかった」

小岩井先生にとって涼くんは唯一の孫だったという。その愛しさのあまり、涼くんを立派に、教養的にも道徳的にも一人前に育て上げることこそが己れの人生の究極の使命とばかりに、いささか暴走してしまったのではないか、というのが篠塚さんの見方だ。

「涼くん、なかなか成績優秀で、本人は県外の大学へ行きたかったようだが、なぜか結局〈安槻大学〉の指定校推薦を選んだ。どうやらそれって本人の選択というより、小岩井先生の強い意向を受けてのことだったらしい。もちろん先生も、表立って強制したりはしていないという話だ。涼くんの将来のことだから、本人の好きにすればいいと、口ではそう言っていた……らしいんだが」

「本音では、ちがっていた？」

「ちがっていたんだろう。先生の本音では、たいせつな孫だ、自分の眼の行き届く〈安槻大〉の学生になって欲しかった。そんな祖父に涼くんも、いろいろ反発しつつも、逆らいきれなかった、ということらしい」

「その恨みつらみを遺書に記して、自殺したというんですか。しかも当てつけのように、お祖父さんが自分の遺体を見つけるであろう場所と日時を、わざと選んで……」

「もちろん、進学のことだけが問題じゃなかっただろう。他にもいろいろあったはずだ。小遣いの多寡やら、はては友だち選びまで、涼くんの私生活に関して、小岩井先生はかなり細かく口を出したという話だから」

「友だち選びに口を出した？　どういうことです」

「例えば涼くんが、学校で誰かと仲よくなるよね。すると小岩井先生、その相手はどこの誰か、付き合うことで涼が変なふうに感化されたりする心配はないのかとか、いろいろ自分で調べたりしたそうだ」

「それって、ちょっと……」

異常では、と続けそうになって口籠もったが、篠塚さんは、ぼくがなにを言おうとしたか、判ったのだろう。共犯者めいた苦渋の表情で、そっと頷いた。

「涼くんが友だちの家へ遊びにいったりしたら、たいへんだ。後で小岩井先生、その子に電話をかけて、涼は今日、どういう用でそちらにお邪魔していたのだろうかと、こと細かに詮索する。

いつかぼく、家庭教師をしていた頃、涼くんの口から直接、聞いたことがあるんだ。せっかく仲よくなっても、涼と付き合うといちいちお祖父さんから電話がかかってきて、めんどくさい、そう嫌がって友だちがみんな、離れてゆく……って。そう、こぼしていた」

「……あのう、それってどう考えても、常軌を逸していると思うんですけど。涼くんのご両親は、そのことについて、どう思っていたんでしょう」

「諦めていただろうね。小岩井先生って、ひとあたりは柔らかいんだけど、絶対に自分の信念を曲げない。一見ものわかりがよさそうなんだけど、少しでも自分の価値観とずれていたら、他人の意見は受け入れないし、ときには容赦なく論破する。涼くんの母親、静子《しずこ》さんは、そんな自分の父親の性格を嫌というほど知り抜いていただろうし」

「涼くんのお父さんは？」

「義父に対して、なにも言えないひとだったらしいね。もともと小岩井先生の教え子で、優秀さを見込まれ、静子さんに紹介されたという話だし」

「あの、それってひょっとして、その静子さんというひとも、父親の意向に沿った結婚しかできなかった……ということですか？」

「かもしれない。涼くんの自殺後、静子さんは夫から離婚を言い渡される。涼は本来、あんな愚かな真似をするような子ではない、こんなことになってしまったのは、おまえの教育が悪かったからだと小岩井先生に一方的に責め立てられたその娘婿が、我慢できなくなって逃げ出したという話だ。そしてその三年後、一九八五年に今度は静子さんが亡くなった。一応、交通事故死……

ということに、なっているそうなんだが」

「まさか、息子の後追いの可能性がある……とか？」

「断定はできないけどね。でも小岩井須磨子《すまこ》さん、つまり小岩井先生の奥さんは、そうだと確信していたらしい。今日、その奥さんのお通夜の席で、小岩井先生があまりにも憔悴している様子だったから、ぼくも心配で。時間が許す限り、ずっと傍にいて、いろいろ話を聞いていたんだ。そしたら……」

強張った表情。しばし沈黙が下りた。

「須磨子さん……先生の奥さんは、癌だったそうだ。乳癌が肺に転移して。それはそれは苦しんで亡くなられたそうなんだが。その、いまわの際に、奥さんは小岩井先生にひとこと、言い残したんだとか……」

篠塚さん、妙に底光りする眼つきで唇をぐるりと舐め回し、間をとった。

「奥さんは小岩井先生に、こう言ったそうなんだ……あたしは死んでも、あなたのことを赦しません、と」

「死んでも赦さない……なにを？」

「奥さんはそれ以上、詳しくは語らなかったそうだ。小岩井先生も、奥さんがいったいなにを言っているのか、すぐには判じかねたらしい。が、徐々にそれは、孫の自殺も、そしてそれに続く娘の死も、すべてあなたのせいだと、須磨子はずっと、ずっと、長年のあいだ、口には出さずとも、ひそかに呪うかのように自分のことを責めていたのかと、ようやく悟って、ひどいショックを……」

　実際にはほんの数秒だったろうが、ひどく長く、そして重苦しく感じられる沈黙が、店内に蟠《わだかま》った。

「ぼくだって、小岩井先生に非はなかったとは言わないよ。でも、ただでさえ孫、娘、そして妻と立て続けに先立たれて精神的にまいっているところへ、そんなふうに、しかも他ならぬ奥さんから呪詛めいた言葉を遺されるなんて、いったい……いったい、人間として、どんな心境になるものか。どれほどの絶望を味わうものなのか、と」

「つまり、いますぐ死にたくなってもおかしくない、というわけですか」

　孫に自殺され、間接的にしろそれが原因ではないかと疑われるかたちで娘に死なれ、そして死に際の妻にそのことで憎しみを込めて呪詛されたりしたら、たしかにこれ以上はないくらい、精神的に疲弊しているだろう。

「加えて、一般教育棟が建て替えられると知って、ぼくは一気に不安になった。来年の夏頃までに完全に解体されるのだとしたら、十二月二十一日という因縁の日付は、もう今年の分しか残っていない。つまり……」

「旧一般教育棟、最後の十二月二十一日に、小岩井先生、涼くんが亡くなったＬＬ教室で自分も……とか、そんなことを考えているんじゃないか、と？」

「先生って、なんていうのかな、いわゆる、かたちから入るタイプなんだよ、性格的に。奥さんが亡くなられたこのタイミングで、問題の一般教育棟も近々取り壊されることが判った。そこになにか已れの運命というか、巡り合わせのようなものを勝手に読み取っているんじゃないか……と。もちろん、思い過ごしかもしれないよ。いや、ぜひそうであって欲しい。ぼくの妄想に過ぎない、と。でも、心配で心配で仕方がないんだ。できればぼくが自分で、十二月二十一日、ずっと小岩井先生のこと、気をつけていたいんだけど、その日はたまたま、どうしても外せない用があって。だから頼む、匠くん、ぼくの代わりに、その日、小岩井先生のこと、見張っていてくれないか。午前十一時前後だけでいいんだ。ほんとに。もしも先生がそんなばかなことを考えているとしたら、因縁の日時を外したりは絶対にしないし、おそらく涼くんと同じ死に方を選ぶはずだ。だからLL教室の周辺にだけ注意していてくれれば、それでいい。どうかお願いする。このとおりだ」

と……あれほど切願されていたにもかかわらず、ぼくときたらむざむざと小岩井先生を死なせてしまった。地元の新聞やテレビのニュースでもかなり大きく報道されたから、篠塚さんもとっくに知っているだろうけれど、ぼくとしては直接報告をしないわけにはいくまい。気は重かったが、警察の事情聴取などを終え、とりあえず落ち着いてから、ぼくは改めて〈篠〉へ赴いた。

当初は篠塚さんに謝罪するだけのつもりだった。自分なりに疑問は多々あったが、わざわざそんなことに言及しても仕方がない。あれだけ注意して見張っていたのに、まるで魔法でもかけられたかのように、いつの間にか小岩井先生は一般教育棟の五階へ上がっていた、なんて、ミステリでいうところの一種の密室状況めいた謎を持ち出したりしても、だからこれは決してぼくの落ち度じゃないんです、と苦しい言い訳をするみたいで、みっともないだけだろう。ところが。

「……ねえ、匠くん、それって……それ、なんだか変じゃないか？」と、篠塚さんのほうから疑問を呈してきた。といっても、ぼくが引っかかっている密室状況に関してではなかった。「ほんとうに小岩井先生は自殺したんだろうか？　もしかしてだけど、例えば誰かに五階から突き落とされたとか、そういう可能性はないの？」

もしもほんとうに自殺ならば、涼くんと同じように、ＬＬ教室での首吊りにこだわったはずじゃないかという気持ちが篠塚さんとしては、どうやら強いらしい。

「いえ、まずまちがいなく、自殺だったようです」

小岩井先生の遺体を目の当たりにして、しばし茫然自失していたぼくだったが、はっと我に返り、向かいの人文学部棟の一階、学務事務室へ駆け込んだ。そこに詰めていた事務員に頼んで通報してもらう。すぐにパトカーや救急車がやってきた。

事件性の有無を調べるためだろう、制服姿の警官や鑑識課員たちに交じって、何人か、私服刑事らしきひとたちも現場へと蝟集《いしゅう》してくる。そのなかに、ぼくが見知った顔もあった。三十前後とおぼしき、黒っぽいパンツスーツ姿の凛々しいアスリートタイプの女性刑事、七瀬《ななせ》さんだ。

ボアン先輩、憧れのマドンナである。ぼくがひとりで七瀬さんに会っていたと知ったら先輩、さぞや怒りに身悶えるだろうか。それとも、卒業という大きな試練に立ち向かっているいまに限っては、それどころじゃないとばかりに無反応だろうか。ともかく以下、ぼくが篠塚さんに説明した事件のあらましはすべて、その七瀬さんから教えてもらったことである。

「一般教育棟の五階、各種教室区画の、ＬＬ教室と準備室の出入口のすぐ前の廊下で、小岩井先生のバッグが発見されているんです。そのなかに遺書が入っていた」

「遺書が？　ほんとうに？」

篠塚さんに頼まれ、小岩井先生を見張るために一般教育棟へ来ていた事情をすべて、ぼくは包み隠さず、七瀬さんに伝えた。自殺した孫、そして続けて死去した娘のことで、いまわの際に奥さんに責められ、小岩井先生はかなり情緒不安定に陥り、自殺を考えていたふしがある、と。

「先生、なんて書いていたんだろう」

「ぼくも現物を見たわけじゃありませんが、だいたい先日、篠塚さんが説明してくださったような内容だったそうです。曰く、自分はよかれと思って、涼を厳しく躾けた。それと関係があるかどうかは不明なれど、静子にも先立たれた、そのことも含めて須磨子に、死んでも赦さないと詰《なじ》られた上、自分の生き方はまちがっていたのだろう——とか、まあ、ざっとそのような」

「あのさ、それって、ほんとうに先生の筆跡だったのかな」

「鑑定は、まだのようですけど」遺書の真贋に疑問を呈する篠塚さんに、ぼくはいささか違和感を覚える。「でも、まちがいなく先生がご自分で書いたものだと思いますよ。どうして偽物かもしれない、などと？　そもそもは篠塚さんが——」

「判ってる。先生が自殺するかもしれないと心配していたのは、たしかにぼくだよ。でもね、一般教育棟から跳び降り、だなんて。どうもおかしい。釈然としない」

「そう思われるのは至極もっともですけど、どうやら小岩井先生には、そうせざるを得ない事情があったようなんです」

「え？　そうせざるを得ない事情……って、どういうこと、いったい？」

「実はですね、いま言った、五階の廊下から発見された、小岩井先生のバッグ。そのなかには遺書以外にも、いろいろなものが入っていた。先ずロープです」

「ロープ……え。すると、やっぱり？」

「ええ。おそらく首を吊るために用意してきたものでしょう。これ、その前日に小岩井先生が自分で購入したものと確認されている。つまり篠塚さんが危惧していたとおり、小岩井先生は十一年前の涼くんと同じやり方で死ぬつもりだった。少なくとも一般教育棟へやってきた時点ではね」

「それが、どうして跳び降り、なんて」

「先生のバッグのなかから、もうひとつ、重要なものが発見されている。鍵です」

「鍵？　って、どこの……あ」

「そうです。ＬＬ教室と準備室の出入口の鍵です」

「やっぱり先生、涼くんが死んだのと同じ教室で自殺しようとしていたんだ。なのに、どうして……」

「先生はＬＬ教室へ入ろうとした。しかし、鍵が開かなかった」

「鍵が開かなかった、だって？　え。きみ、まるでその場にいて、自分の眼で見てきたかのように言うけど、それは……」

「警察が調べたところ、先生のバッグに入っていたのは正規の鍵ではなく、複製だったそうです。

多分、小岩井先生が昔、自分でつくっていたものでしょう。いちいち教務へ取りにゆかずともすむように」

「そうか。ＬＬ教室と準備室は先生の、言わば個人的な城のようなものだった。教材や資料がたくさんあったし。好きなときに出入りしたかったから、勝手に複製をつくっていたんだ。退官した後も、ずっとそれを持っていたわけか」

「ええ。しかし小岩井先生が退官されたのは三年前。そのため、昨年、ＬＬ教室と準備室の出入口の鍵が新しいものに取り替えられていたことを、ご存じなかった」

「取り替えられていた？　ほんとに？」

「経年劣化による金属疲労じゃないかという話でしたが、あるとき、鍵を差し込んで回そうとしたら、壊れてしまったんだそうです。それで、新しいものに取り替えていた。そうとは知らず、古い複製でＬＬ教室へ入ろうとした小岩井先生、どうしても出入口を開けられず、仕方なく……」

「急遽《きゅうきょ》、死に方を変更した、と言うのかい。首吊りではなく、投身自殺に？」

「そういうことです。そのとき、ちょうど五階にいたから、というのも大きいでしょう。胸壁を乗り越えさえすれば、あっという間に死ねる、と」

篠塚さん、腕組みをして眉根を寄せる。しばし考え込んだ。

「たしかに……」なにか眼に見えない相手を威嚇するかのような唸り声。「たしかに遺留品や現場の状況からすると一見、そういうことだったのだろうとしか考えられないが……でもやっぱり、おかしくないか」

ひたと、まるで睨みつけるかのようにぼくを見据えてくる。

「なにがおかしいって、もしもそういう経緯だったのだとしたら、匠くんは、小岩井先生が一般教育棟へやってきたところも含めて、すべてを見逃してしまった、ということになるじゃないか。そうだろ？」

ぼくは頷いた。無意識に肩を竦めていたことに気づき、いずまいを正す。

「一般教育棟へやってくるところだけじゃない。小岩井先生がＬＬ教室の出入口のドアに鍵を差し込み、なんとか開けようとがちゃがちゃ、がちゃがちゃ、奮闘しているその姿さえ見逃してしまった、なんて……おかしくないか、いくらなんでも？　だって匠くんは、ずっと五階にいたんだろ？」

たしかに、ぼくはずっと五階にいた。より正確に言うと、一階のエレベータ・ホールから階段を使って五階まで上がった後、再び階段で一階まで降りてゆくまでのあいだ、という意味だが。

「そのあいだ、匠くんはトイレのなかも調べたし、ＬＬ以外の教室への出入りができないことも、ちゃんと確認していた」

「ええ、そうです……が」

「なのに、小岩井先生の姿にまったく気づかなかった……なんて。おかしいよ。どう考えても、おかしい」

もちろん、なにかおかしいと感じているのは、ぼくも同様なのだが。

「ぼくがいちばん引っかかっているのは、エレベータのことだ。匠くんは、見張っているあいだじゅう、エレベータが動く音を全然、聞いていないんだよね？」

いっさい聞いていない。より正確には胡麻本くん、そして少し遅れて古仁さんたち、合計四人の演劇部員が一階から三階へと上がったときのもの以外は、いっさい。

「もしもそれが匠くんの記憶ちがいではないとしたら、小岩井先生はわざわざ階段を使って、歩いて五階まで上がった、ということになる。しかし、それはいささか考えにくい話なんだ。いや、絶対にあり得ない、と断言してもいい」

「小岩井先生が高齢で、もうだいぶ足腰が弱っていたから、ですか」

「そう。そうなんだよ。歩くときは、いつも杖が必要で。加えて視力の低下も著しく、ときおりものが霞んで見えたらしいから、足どりも覚束《おぼつか》ないのに、わざわざ階段を上がる、なんて、そんな……ん。あれ。匠くんはそのこと、知ってたの？」

「五階の廊下で発見されたバッグの傍らに、杖が転がっていたとか。小岩井先生が普段、歩行用に使っていたものだと確認されたそうです」

「杖があった……五階の廊下に？」

「ですから、おそらく先生は階段を使い、歩いて五階まで上がっていったんでしょう。どのタイミングでなのかは判りませんが、ぼくがそれを見逃してしまったことだけはたしかです」

「いや……」篠塚さん、駄々を捏ねるみたいに首を横に振った。「いや、そうじゃない。ちがう。なにかが、ひどくまちがっている。そもそも小岩井先生は投身自殺なんか、していないんじゃないか」

「え……と、いいますと」

「亡くなられたとき、先生は、靴を履いていたんだよね？　そして、メガネも掛けたままだった。そうだよね？」

目の当たりにした遺体の画像が脳裡で明滅し、ふと気が遠くなりかける。小岩井先生の耳に引っかかったメガネの蔓、そして天を向いた革靴の爪先の情景が鮮烈に甦った。

「そう……でした。はい、そうでした」

「もちろん、投身自殺をする者が必ずメガネを外し、靴も脱いで、きれいに揃えておくとは限らない。限らないよ。でもね、小岩井先生に限って言えば、この前も言ったかもしれないけど、なにごとも、かたちから入るタイプだったから。ほんとうに自ら跳び降りたのなら、メガネも靴も、遺書といっしょに、きちんと、きれいに五階の廊下に並べておいたはずだ。賭けてもいい」

「じゃあ、どういうことになるんでしょう。小岩井先生は自ら跳び降りたんじゃなくて、誰かに突き落とされた、とでも？」

「そこまでは断言できないが、なにか……なにかあるんじゃないか、とは思う」

「なにか、って？」

「例えば、たまたまその日に、同じ建物のなかで稽古をしていたっていう演劇部の連中。どうなのかな」

「は。ど、どう、って？」

「怪しくないのか、って話だよ」

「え、えと。なにがどう怪しいのか、どうもよく判りませんが……」

「いや。ぼくも、なにか具体的な考えがあって言っているわけじゃないんだが。その、誰といったっけ、演劇部の部長」

「胡麻本くんのことですか」

「その彼、紹介してもらえないかな」

「もちろん、おやすいご用ですけど。あの、なぜ？」

「ちょっと話を聞いてみたいんだ」

話を聞いてみて、それでどうするつもりなのか、篠塚さん自身、はっきりしているわけではなさそうだったが、ともかく、まだキャンパスに居残っていた胡麻本くんに声をかけた。ただの飲み会ではなく、十二月二十一日の小岩井先生の墜死について話を聞きたいというひとがいると伝えると、腑に落ちない表情ながらも興味をそそられたのか、〈篠〉へ付いてくる。

篠塚さんに引き合わされた胡麻本くん、当初はそつなく愛想笑いを浮かべていた。が、なぜだか「〈安槻大〉ＯＢの篠塚佳男だ」という自己紹介に微妙な反応を示した。下の名前の漢字を確認したりする。

遠慮がちながら小首を傾げるような仕種からして、篠塚さんのこと、見覚えがないか、記憶を探っているようだったが、ぼくが小岩井先生の自殺を心配して見張りにいっていた事情を説明すると俄然、それどころではなくなったらしい。胡麻本くん、眼を瞠《みは》り、身を乗り出してきた。

「――なるほど。そういうことだったんですか。なんだ、匠さんたら、水臭いな。だったら、あのとき、そう言ってくれれば、おれも協力してたのに」

「え。協力?」

「先生が自殺なんて、ばかなことをしないよう、しっかり見張るためには、ひと手が多いに越したことはないじゃないですか」

たしかにそうだが、いまのいままでそんなこと、思いつきもしなかった。とはいえ、思いついたからといって、実際にそうしていたかどうかは疑問だが。

「胡麻本くん、だっけ」と、篠塚さんは、最初から客として接するつもりはないと意思表示をしているかのような口調と態度だ。「あの日、一般教育棟にいたんだってね。そのことについて、ちょっと聞かせてもらいたいんだけど」

「どうぞ。なんなりと」

「なにか変わったことに気がつかなかっただろうか。例えば不審な人物が一般教育棟や、その周辺をうろついていた、とか」

「さあ。そういうのは全然。おれ、匠さんとエレベータ・ホールで会った後、三階へ行って。教務で借りた鍵で部屋へ入って、待っていたら、女の子たちがやってきたんで。本の読み合わせとかを始めて」

「そのあいだ、なにも変わったことはなかった?」

「そのあいだは、ね。なかったですよ。正確な時刻は憶えていないけど、十一時半か、そのくらいかな、急に外が騒がしくなった。廊下へ出てみたら、救急車やパトカーが構内へ入ってきているじゃないですか。なにごとだろうって、みんな、胸壁越しに下を覗き込んだんですよ。そしたら女の子のひとりが、その、もろに見ちゃって」

出水亜由美さんだったという。

「ブルーシートもなにもかけていない状態の死体を見たショックで、彼女、吐いちゃったんですよ。口を押さえて、急いでトイレへ走ったんだけど、間に合わなくて、廊下やエレベータ・ホールに……」

それは七瀬さんからも聞いた。棟内に誰か目撃者はいないかと、一階から順番に回っていた警官が三階へ行くと、胡麻本くんがトイレ備え付けのモップで、ひとり、床を拭いていたという。

「部屋へ引っ込んで泣いているアユちゃんのことは、ミサちゃんとノリちゃんに任せて、おれがとりあえず掃除しておこう、と。そしたら、そこへおまわりさんがやってきて。おれたちが知っていることはそのとき全部、話しました。といっても、ただ芝居の稽古をしていただけで、なにか不審なこととか、目撃したわけじゃないんだけど」

いろいろ胡麻本くんに質問する篠塚さんだったが、ほぼすべて、これまでに判明している事実の確認作業に過ぎず、収穫はなにもありそうにない。やはり、なにか具体的な考えがあって胡麻本くんの話を聞きたかったわけではないのだろう。そのこと自体は半ば予想通りだったが、初対面であるはずの胡麻本くんに対する篠塚さんの妙におとなげない態度が、ぼくは気になった。まるで胡麻本くんが小岩井先生の墜死についてなにか知っているはずだと頭から決めつけている、いや、それどころか、直接関与しているんじゃないかと疑っているふしすらある。

そんな露骨な〝容疑者〟扱いをどう思っているのか、対照的に胡麻本くんは終始、おとなの態度を貫いた。少なくとも〈篠〉にいるあいだは。

いよいよ質問も出尽くしたと見てとったぼくは、長居するのも気まずい。胡麻本くんを促し、辞去しようとした。すると篠塚さん、まるで独り言のように、こう呟いた。

「……もしかしたら小岩井先生、あの日、そもそもエレベータどころか、階段も使っていないのかもしれないいな」

「え……と」ぼくはつい、足を留める。「どういう意味です？」

「いや、ふとね、変だなあと思ったのさ。ほら、一階のエレベータ・ホールの、エレベータの扉の付近には同好会のポスターやチラシがいっぱい、貼られていただろ？」

その口ぶりからして篠塚さん、どうやら現地に足を運び、自らの眼で確認してきたらしいな、と知れる。

「ぼくの記憶が正しければ、正規の掲示板以外であああいう宣伝行為をすることは禁じられているはずだ。そしてひと一倍、生真面目で頭の固かった小岩井先生は、学内のルールを守らない学生に対して、殊の外、厳しく接していた。いまでもよく憶えているよ。ちょうどあんなふうに、サークルのイベントのお知らせがべたべたと、一般教育棟のエレベータ・ホールに貼られているところへ行き合わせた先生の激怒ぶりを」

ぼくは無意識に、胡麻本くんと顔を見合わせた。

「その場に居合わせた学生や教職員たちの眼もはばからず、問答無用で、かたっぱしからポスターやチラシを剝ぎ、破り棄てたんだ。一枚残らず、ね。もしも二十一日、ほんとうに小岩井先生が一般教育棟へ行っていたのだとしたら、あんなふうにポスターやらチラシやらがいまでも無事に残っているのって、ぼくにしてみれば、ひどく違和感がある。まるで先生、最初からエレベータ・ホールには行っていない、みたいな。ははは。もちろん、妄想さ。結局、先生も高齢で、お身体もだいぶ弱っていたから、ポスターを破り棄てるなんて、それどころじゃなかった、というだけの話なんだろうけど」

妄想だと断りながらも、篠塚さん、露骨に含みありげだった。それは胡麻本くんも同じように感じたらしい。〈篠〉を出るや否や、声を低めて、ぼくに近寄ってきた。

「……匠さん、すみません。ちょっといいっスか」

「どうしたの?」

「話しておきたいことがあるんです、どうしても。小岩井先生のことで」

「え。それなら、どうしてさっき、篠塚さんに――」

「差し障りがあるんですよね、それは、ちょっと」

「……どういう意味?」

「おれの考え、説明しますから、匠さんがどう考えるか、聞かせてくださいよ」

とりあえず歩きながら話すことにした。

「――匠さん、ずっと見張っていたんですよね、一般教育棟で」

「うん」

「でも、匠さんが階段を上り下りする途中、誰にも出くわさなかった。エレベータも、おれや演劇部の女の子たち以外、使われた様子はない。どう考えても、小岩井先生がいつ、どうやって五階へ上がってきていたのかが判らない。そういうことですよね」

「そういうこと、だね」

「それ、警察にも言いました？」

「一応は」

「警察は、その奇妙な謎について、どう考えているんです？」

「はっきりとそう言ったわけじゃないけど、単にぼくが見逃しただけ、と考えているんじゃないかな、きっと」

「匠さん自身は、どうなんです。ほんとうに自分がうっかり見逃しただけ、と思っているんですか？　本気で？　この際、正直なところを聞かせて欲しいな」

胡麻本くん、一旦立ち止まり、こちらの表情を窺ってくる。

「正直に言うなら、見逃してはいない。決して見逃していないはず、なんだ。でも、結果から見ると、ぼくが見逃したとしか考えられないこともまた、たしかで——」

「だとしたら、どうして見逃してしまったんだと思います？　それほど注意していたにもかかわらず」

「それは……それは、なんとも」

胡麻本くん、妙に思い詰めたかのような、真剣な表情で、こちらはただ鼻白む。

「いいですか、よく聞いてください。匠さんは常時、五階のエレベータ・ホールでだけ待機していたわけじゃないんですよね。そのあいだ、各種教室区画へもチェックしにいっているんだから」

「うん。どこかの教室の出入口の鍵が掛かっていなかったりするんじゃないかと思ったけど、そんなことはいっさい——」

「もしも、ですよ」と、いささか性急に、ぼくを遮る。「もしも匠さんが、各種教室区画の廊下へ出ているときに、いいですか、まさにそのときにですよ、エレベータが動いたとしたら、その音、聞こえたでしょうか？　それとも——」

「廊下へ出ているとき？　それは——」考えてみた。「聞こえなかった……んじゃないだろうか。廊下へ出るドアはその都度、閉めるし。特に端っこの、エレベータ・ホールからいちばん遠い教室を調べているときだったりしたら、まずまちがいなく聞こえなかったと思う。でもね——」

「いいですか」と、胡麻本くん、怒っているのか、それとも笑っているのか、とっさには判別できないほどの剣幕だ。「そのときに、いいですか、まさにそのときに、小岩井先生はエレベータで上がってきたんじゃないかと、おれは考えます」

「いや、それはないよ。だって、廊下に出ているときならたしかにエレベータが動いても聞こえなかったかもしれないが、その後、エレベータ・ホールへ戻ってみたら、誰もいなかったんだよ。これはまちがいない。トイレのなかも覗いてみた。絶対に、誰も——」

「小岩井先生はそのとき、五階までは上がってこなかったんですよ」

「な……なんだって？」

「例えば、四階で降りる。そこでエレベータから出て、トイレかどこかへ隠れる」

「え。か、隠れるって、どうして？」

「そこでじっと待っていれば、匠さんはやがて一階へ降りてゆく。匠さんをやり過ごしておいてから、改めて階段で五階へ向かう。どうです？　これなら匠さんに見咎められることなく、上がってゆけるでしょ」

「いや、ちょ、ちょっとまて。どういうことだいそれ。それだと、まるで小岩井先生、ぼくが見張っていることを知っていた、みたいな……」

　はっ、と口籠もってしまった。そんなぼくを見据え、胡麻本くん、重々しく頷く。

「そうなんです。小岩井先生は知っていた。匠さんと鉢合わせしたら、自殺するのを阻止される。だから隠れたんです」

「あり得ないよ。そんな、だいいち、どうやって——」胡麻本くんの、役者特有の眼光に射竦められる。「まさか……まさか、ぼくがあの日、一般教育棟周辺で見張っていることを小岩井先生は知っていた、なぜなら、先生にそうだと教えたひとがいたから……というのかい？」

「いいですか、いま説明した、四階で一旦エレベータを降りて、トイレに隠れ、匠さんをやり過ごしたというのは、あくまでも一例にすぎません。降りたのは三階かもしれない。具体的なルートがどうだったかは、問題じゃないんです。要は小岩井先生は、匠さんが自分のことを見張っていると、ちゃんと知っていて、鉢合わせしないようにした。だったら匠さんが見逃したとしても、なんの不思議もありません。というか、絶対に見逃したりしていないという自信が匠さんにあったにもかかわらず、小岩井先生といきちがいになってしまったのだとしたら、そのからくりの真相は、これしかあり得ない」

「しかし……し、しかし、だったら誰が小岩井先生に教えたというんだ？」

「小岩井先生が特にあの日を選んで自ら死のうとしているということを知り得たひとが、他にふたりも三人もいるとは、いくら部外者のおれだって、思わないですよ」

まさか、篠塚さんが、なぜ……と口にしかけて思わず、うっと呻いてしまった。

そ、そうだ、憶い出した。あの女性……一般教育棟へ入ろうとしたときと、そして出てきたときに目撃したあの女性。トンボの複眼のようなメガネにポニーテール。明らかに変装くさい扮装の彼女、どうもどこかで見たことがある、と思っていたのだが。

花江さんだ……篠塚さんの奥さんの。

＊

「五階？　五階に？　止まっていた……んですか、エレベータが」

我ながら腑《ふぬ》抜けきった声だった。驚くべきなのか、はたまた素直に納得すべきなのか、ただ惑乱する。それでいて受話器を持つ左手に、かつて経験したことがないほど、じっとり妙な緊張が籠もった。

「そ」と、受話器から淡々とした七瀬さんの声が流れてくる。「通報を受けて、現場へ駆けつけた警官のひとりが憶えていた。はっきりと、ね」

「はっきり……と、ですか」

「墜死というからには投身自殺なのか、事故なのか。事件性はあるのか、否か。遺体の検分は別の警官に任せて、一般教育棟内での目撃者の有無などを確認するため、真っ先にエレベータ・ホールをチェックしたそうよ。ひと影は見当たらなかったけど、昇降ボタンを押してみたところ、そのとき、エレベータは五階から降りてきた」

「五階から……それは、まちがいなく？」

「まちがいなく、五階からだったって」

あのとき……一般教育棟を立ち去る間際、ぼくは念のため、昇降ボタンを押してみた。三階に止まっていたエレベータが一階へ降りてきた。まちがいなく三階から、だった。ドアが開くと、函のなかは無人だった。誰も乗っていなかった。これも、まちがいない。

「と、いうことは……」

「そう。つまり、きみが五階をさんざん調べ回った後、階段で一階のエレベータ・ホールまで降りていった時点で、すでに小岩井氏は三階か四階か、どこの階かはともかく、すでに建物のなかに潜んでいた、と。そういうことになりそうね、どうやら」

潜んでいた、という表現が、ひどく禍々《まがまが》しく響く。

「きみが、一階へ降りてきたエレベータが無人であることを確認し、一般教育棟を出た後で、小岩井氏はエレベータを自分のいる階まで呼び、それに乗って五階へ上がった。ほんとうなら持参したロープを使って、LL教室で首を吊るつもりが、鍵が合わなくて、なかへ入れず、急遽、廊下の胸壁を乗り越えての投身自殺に切り換えた、と。ざっと、そういう流れだったんでしょうね」

「それって……あの、七瀬さん、それって、まさか」外の冷気が染み入ってくる電話ボックス内で嫌な汗が滲む左手から右手へと、ぼくは受話器を持ち替えた。「まさか、意図的な行動だったんでしょうか？　つまり小岩井先生は、ぼくが見張っているということを知っていて、わざと……」

「まず大前提として、きみは単独で小岩井氏を見張ろうとしていた。例えば応援をたくさん駆り出し、各階にひとりずつ監視をつけるとか、そんな本格的な態勢を敷いていたわけじゃないんだから。どれほど眼を皿のようにして注意を払っていたのだとしても、建物へ入る小岩井氏の姿を見逃してしまったこと自体は決してあり得ない話じゃない。ただ、この場合、その見逃してしまった経緯というのが、いささか問題よね」

「建物へ入ってくる小岩井先生の姿をぼくが見逃し得る可能性って、たったひとつ……たったひとつだけ、のはずですよね。それは、ぼくが各種教室区画の廊下へ出ている隙を衝き、小岩井先生はエレベータで上がってきていた。のみならず一旦、五階以外の階で降りて、その後、五階へ上がりなおした、と。そういう二度手間をかけられた場合にしか、こんな見逃しは起こり得ない」

「きみが記憶ちがいをしていないという前提に立って論理的に考えるならば、おそらくそれが唯一の解答でしょう。でも仮に、敢えてそういう行動をとったのだとしたら不自然極まりないこともたしかよね。足腰や視力の弱っていた小岩井氏がわざわざ階段を使ったとは思えないから、エレベータに乗り込んだらそのまま、まっすぐ五階へと向かったはず。何階かはともかく、途中で一旦、降りなければならない理由なんて、ちょっと考えつかない。なにしろ彼は、これから死のうとしていたんだから」

「他の階に用事があったとは思えない。自殺するに当たり、なにか必要なものがあって、それを調達しにいこうとしていた、なんてこともありそうにない」

「首を吊るためのロープやLL教室の鍵は、ちゃんと用意していたんだしね。これから死のうってひとが、はたしてご不浄の心配をするものなのかどうか、一概には判断できないけど、小岩井氏のケースに限って言えば、例えば急にトイレへ行きたくなったから、なんてことも——」

「あるわけないですよね。だって、どの階にもトイレはあるわけで。いくら旧式のエレベータでスピードが多少のろいとはいえ、とても五階へ着くまで待てそうになかった、なんて、ありっこない。ということは、やっぱり先……いや、まてよ、そういえば」

ふと、篠塚さんが言っていたことを憶い出し、簡単に七瀬さんに説明してみた。一階のエレベータの扉の付近に同好会のポスターやチラシがたくさん貼られたままになっていたことに違和感を覚えた、という件だ。

「——篠塚さんによれば、まるで小岩井先生があの日、最初からエレベータ・ホールには行っていないんじゃないかと疑ってしまうほど、だったとか。もちろん、現に五階から墜死しているわけですから、エレベータも階段も使わなかったなんてことはあり得ない。でも、規律にひと一倍厳しかった小岩井先生です、もしかしたらポスターやチラシを目の当たりにして、けしからんと立腹し、犯人捜しをしようとしたのかも」

「犯人捜し？　つまり小岩井氏、そのとき、それらのポスターやチラシを禁止場所に貼った不届き者がまだ一般教育棟内をうろついているかもしれないと思った、と言うの？　いやいやいや、匠くん、あのね、それはちょっと、いくらなんでも」

「あるいは」さすがにむりがあると、ぼくも軌道修正を試みる。「えと、あるいは先生、自分でチラシを撤去していたら時間がもったいない、とでも思いなおし、代わりに始末してもらえそうな者を探しに一旦、二階か三階へ行ってみた——というのは？」

「いや、それもない。あの日、一般教育棟内で使われていた教室があったかどうか、学務事務室に詰めていた事務員に確認をとったんだ。たしかに冬期休暇中にもかかわらず、演劇部が鍵を借りていった三階の小部屋が使われてはいた。でも、そのことを小岩井氏が知っていたとは考えられない。むしろ教官も学生も、とっくにキャンパスからいなくなっている、と思い込んでいたはずよ。十二月二十一日という、時期的に言っても、ね」

「そう……か。そうですよね、なにしろ、すでに帰省シーズンだ。いくら建物のなかを探し回ったところで、チラシを撤去するよう指示できそうな教官や学生が居残っていたりするわけはない、と。長年、大学にお勤めになっていた先生だ、そんなこと、百も承知だったでしょう」

「関係者たちの証言から浮かび上がる、小岩井氏の厳格で生真面目な性格からして、規則違反のポスターやチラシがそのまま残されていたという事実は、たしかにちょっと、気にならないでもない。でもね、何度も言うようだけど、なにしろ彼は、これから死のうとしていたんだから。いまさら風紀の乱れを嘆いている場合じゃなかった、と。単にそれだけの話なんじゃないかしら」

「そう……だったんでしょうか、やはり」

「以上の事実に鑑みるに、きみといきちがいになったのが偶発的な出来事だったとは、ちょっと考えにくい。小岩井氏は意識してきみを避け、まんまとやり過ごした、と。そう結論せざるを得ないわね」

「しかし、自殺を阻止しようとぼくが見張っていることを、小岩井先生はどうやって知ったんでしょう」

「誰かが教えていた、と考えるのが妥当でしょうね。だとしたら、きみに見張りを依頼したという篠塚氏本人が、まず怪しい。自分で見張りを頼むいっぽうで、その存在をわざわざ小岩井氏に告げ口し、きみの裏をかいてやろうとした、と。問題は、彼がわざわざそんなマッチポンプな行為に及ぶ理由だけど、なにか心当たりは？」

「いや、ぼくも篠塚さんのことをよく知っているわけじゃないけど、わざわざそんな変な真似をして、おもしろがるようなひととは、ちょっと思えません」

「となると、いちばん可能性があるのは、その篠塚氏の妻ってことになるね。なんといっても、きみ自身が当日、変装くさい恰好をした彼女を現場で目撃しているんだし」

「で、でも、しかし、それは……」

「きみが篠塚氏に見張りを依頼されたとき、その奥さん、えと、花江さんだっけ、彼女も〈篠〉というお店のなかに居合わせたんでしょ？　つまり、二十一日のきみの予定を把握していたんだから、これは決してむりな仮説じゃないわよ」

「いや、しかしですね、そんなこと、あり得るのかな。あのときの様子からして、花江さん、小岩井先生のこと、知っているような感じじゃなかったけど。それにだいいち、仮に花江さんが小岩井先生と知り合いだったのだとしても、そんな変なご注進に及んだりするものでしょうか。だって、ことは、あなたが自殺するのを止めようとしている不心得者がいるようなのでどうか捕まらないよう、くれぐれもお気をつけあそばせ、って話ですよ。そんな突拍子もない助言、いきなりされたところで、声をかけられたほうは戸惑うだけでしょ。それどころか、なんだこいつ、自分が死のうとしていることをなんで知っているんだと先生、疑心暗鬼に陥って、逆に不審を覚えかねない。そんな展開は花江さんにだって容易に想像がつい――」

「それはちがうよ、匠くん。いい？　花江さんは――告げ口をしたのが彼女だという前提で話すけど――なにも具体的な説明を小岩井氏にする必要なんて、ないじゃない」

「は？」

「花江さんがどの程度、小岩井氏と親しかったのかは知らないけれど、どのみち、彼女には別に、たいへんです、誰かがあなたの自殺を止めようとしています、とかストレートな伝え方をする必要なんて全然ない。ただ例えば、こんなふうに言えばいいわけよ——どうもこのところ、先生の周辺を嗅ぎ回るかのような不審な行動をとる若者がいる、その目的は不明なれど、心配なので、どうか頭にお留めおきください、と。ね？」

なるほど。言われてみれば、まったくそのとおり。単純明快だ。

「そう言われたら、ただでさえ自殺志願という引け目のある身だもの、小岩井氏だって当日は、もしや誰かが自分を尾行したりしていないかとか、充分に気を配りながら大学へやってきたでしょう。で、一般教育棟の建物へ入ろうとして、ふと頭上を見てみると、なんと、自分がこれから行こうとしている五階の各種教室区画の廊下でなにやらこそこそ、うろつき回っている若者の姿があるじゃない。ははあ、さては花江が言っていたのは、あいつのことだな、と得心した小岩井氏。きみが廊下へ出ている隙に先ず、例えば四階へ上がる。もちろんエレベータでね」

頷いた拍子に息が白く凍ったが、納得した分だけ却って不穏な心地にかられ、再び受話器を右手から左手へと持ち替える。

「そして、なにも異状を見つけられなかったきみが諦めて、五階から降りてくるのをじっと待つ。小岩井氏がどの階に身を潜めていたのかはともかく、各種教室区画の廊下だとエレベータ・ホールの音は聞こえにくいし、寒いから、多分トイレのなかにいたんでしょうね。で、誰かがエレベータか階段を使う気配を窺う。やがて、きみが階段を降りていったのを確認した小岩井氏は、改めてエレベータで五階まで上がった——と。ざっと、そういう経緯だったんでしょう」

考えれば考えるほど、それしかあり得ないという気がしてくる。が、その分、不可解な思いは募るばかりだ。

「し、しかし、じゃあいったい、どうして花江さんは、わざわざそんな……そんな、まるで小岩井先生が首尾よく死ねるよう、とりはからうような真似を？」

「さあね。あたしもそこまでは判らない。でも、小岩井氏の自殺をなんとか阻止しようと躍起になっていたのが篠塚氏、すなわち他ならぬ彼女の夫であったことを考えれば、存外そこには夫婦間の問題、例えば外からは窺い知れぬ、確執かなにかが横たわっているのかもしれない」

「確執……つまり花江さんは、篠塚さんが止めようとしたからこそ、その善意を反故《ほご》にしてやろうと、敢えて小岩井先生が死ぬようにもっていった……そういう意味ですか？」

「要は彼女にとって、小岩井氏の生死なんかは問題じゃなかった、ってこと。どうも篠塚ってひとは、亭主関白とか封建主義とかって表現が当たっているかどうか判らないけど、少なくとも夫婦間の力関係において、花江さん側に妙な心理的抑圧をかけているような印象がある。事情聴取で一度しか会っていないから断言しちゃいけないんだけど、きみの話をあれこれ聞いていると、どうも、ね」

たしかに。それは〈篠〉でのふたりの接客態度の温度差などから、常々ぼくも感じているところだ。

「実生活に於いて、女性パートナーに対して支配的な男ほど、外面は好かったりするでしょ。自分たち夫婦はこれこのとおり対等な関係をうまく築いていますとリベラルな価値観を装ったりするのもありがちで、ものわかりのいい夫を男に公的に演じられると、女はなかなか表立って反目しにくくなったりして、自我を抑え込まれてしまう。これまたありがちで、結果、たまに女が日頃の鬱憤を晴らそうとするなら、陰でこっそり舌を出すじゃないけれど、どうしても裏へ裏へと、隠れたやり方にならざるを得ない。なぜかといえば、そういう女にとって、男への隷属は屈辱と表裏一体の、ある種の悦楽でもある理屈で、失いたくないわけよ。なにか機会があればちょっとした腹いせはしたいんだけど、それを自分がやったんだと旦那に知られるのは困る。万にひとつも自分たちの関係を破綻させかねないリスクは慎重に避けたうえで、日頃のストレスを発散しようとする。そういうアンビバレントな心理なわけ」

「つまり花江さん、基本的には従順な妻なんだけれど、無意識下では支配的な夫への反感も燻《くすぶ》らせている、と。今回の小岩井先生の件にしても、篠塚さんに対するひそかな背信行為というか、ぼくに邪魔をさせないことで、まんまと先生を死に至らしめ、そして、失意に暮れる篠塚さんを、そっと横眼で窺い、ひと知れず溜飲を下げた……と？」

「そんなことも、ひょっとしたらあり得るのかもね。ただ、きみから聞いた、小岩井氏の自殺の動機に関して篠塚氏に確認をとろうと事情聴取にいった際、花江さんも同席していたんだけど、彼女によれば、自分は夫の学生時代については恩師のことも含めて、なにひとつ知らない、と。その発言を、いっしょにいた篠塚氏も不審がる様子は全然なかったから、おそらく花江さんはほんとうに——」

「小岩井先生とは面識もなかった？」

「なかったんじゃないかしら。小岩井氏のみならず、安槻大とはなんのかかわりもない、と。でも、それが嘘じゃないのだとしたら、いったいどうやって——」

「赤の他人である小岩井先生に、ぼくの動向を吹き込めたのか……」

「もちろん、小岩井氏の顔さえ判れば、以前に会ったことのあるふりをして彼に近づくことだって不可能ではないだろうけど」

「そう……か」

「まあ、花江さんが黒幕だっていうのが、仮に真相だとしても、いまさら立証しようもない。単なる想像だし。いや、想像っていうより、ほとんど妄想。って。ありゃりゃりゃりゃ。やれやれ。あたしとしたことが」

「どうされました？」

「いやあ、リアリストたるべき警察官のくせして、こんなふうに変に想像力が豊かな後輩のことを、いつもは鼻で嗤《わら》ってやってるんだけどなあ。気がついたら、自分も同じこと、やってるじゃん、と思って」

「えと、それって、ひょっとして平塚さんのことですか」

「そ。どうも最近、ヤツに毒されてきたような気が。あ。いや、ちがうな。これって他ならぬ、きみの影響なのかも」議論も煮詰まってきたことだし、そろそろ電話を切り上げたいのだろう、七瀬さん、からっと明るい声音になった。「そうそう。平塚といえば、先日は彼の実家のお悩みのことでお世話になったそうで。いやあ、どうもどうも。あたしが紹介した辺見くんの代わりに、きみが行ってくれたんだってね。しかも、快刀乱麻を断つが如く、すぱっと鮮やかに謎を解き明かしちゃったとか」

普段からぼくのことを過大評価しがちな平塚さん、いったいどれだけオーバーに脚色して報告したのやら。冷や汗が出てくる。

「さすが、お見事。も、平塚は、すっかりきみの信奉者だよ。心酔しきっているよ、できれば匠さんに弟子入りしたい、って。おまけに可愛い花嫁まで紹介してもらったときちゃあ、もう一生、きみには頭が上がらないね。いつぞや、あたしも大学の近所の食堂で会ったことのある、あの可愛い娘でしょ？　しっかし、お互いにひとめ惚れ、とはねえ。おみそれしちゃったわ。つか、あんな苦労知らずのお坊っちゃんの、どこがよかったんだか。うちの男連中も署長以下、こぞって憤慨してるよ。なにぃ、あの平塚が華の女子大生と結婚だとぉ？　青二才のくせに、生意気な、赦せん、だってさ。うん。あれは近いうちに袋叩きにされるね。ははは。殴ってやれ殴ってやれ、みんな。手加減するな」

七瀬さんの軽口につられて笑ったものの、ぼくは半分以上、上の空だ。先日、篠塚さんに訊かれたときには自分自身、戸惑っただけだったが、やはりこの質問は、しておかなければなるまい。

「あの、七瀬さん、最後にあとひとつだけ、いいですか。その、例えば、ほんとに、あくまでも例えば、なんですけど、小岩井先生の遺書に、なにか不自然な点があったとか、そういうことは……？」

「全然」即答だった。「特徴のある筆跡で、小岩井氏が書いたものにまちがいないと、関係者たちの見解は一致している。内容も、十一年前に縊首《いしゅ》した孫の死に方をなぞってみせるのがいまの自分のせめてもの良心だ、みたいに、いささか強迫観念的に己れを追い詰めようとした節のあるくだりなども見受けられるものの、全体的には、これといって不自然な点は皆無だったわ」
「そうですか……あ、長々と、すみません。お忙しいところ、どうもいろいろ、ありがとうございました」

電話を切った後もしばし、ぼくは放心状態だった。普段の〈篠〉での作務衣姿と、大学構内で目撃したトンボの複眼のように大きなメガネにポニーテールという、相反する花江さんのイメージがぐるぐる、ぐるぐると交互に脳裡に渦巻く。

もしも彼女が仄めかし程度だったにせよ、ぼくの存在を小岩井先生に教えていたのだとしたら、これは実質的な自殺幇助《ほうじょ》だ。刑事責任や民事責任が発生するかどうかまでは知らないが、道義的責任の意味で、ことは重大である。花江さんだって、それくらいの道理、認識していただろうに、ほんとうにそんな愚挙に及んでしまったのだろうか？　ほんとうに、日頃の篠塚さんへの不満ゆえに？

夫婦の私生活を覗いたりしたわけではないので断言はできないが、相手への気配りの濃やかさにお互い、大きな落差があるのはほぼ確実だ。そして篠塚さん側には、その自覚がない。妻の自分への奉仕と努力を自明の理としているからで、当然そこには感謝の念もない。少なくとも、ぼくには感じ取れない。花江さんを観察していると、彼女は常に、夫への己れの献身の不毛さと戦っているんだろうな、と感じる。

花江さんは、寂寞たる日々に苦しんでいるはずだ。ときおり覗かせる虚無的な微笑からして、人生に絶望しているかもしれない、とすら危ぶむ。なんの報いもない現実から、できれば逃げ出したいだろう。かといって、自ら篠塚さんと別れることはできない。七瀬さんも指摘していたように、ある特定のタイプの女性にとって、虚しいと弁《わきま》えつつ男に尽くすという行為は二律背反的な快楽を伴う麻薬のようなもので、止めようと思っても、そう簡単には止められない。

そんな日常の狭間で、絶対に自分の仕業だとは露顕しない事案に限定して、ささやかな意趣返しを無理解な夫に対し、仕掛ける。それ自体は普通にあり得ることだろう。だが、恩師の自殺をなんとか阻止しようと懸命な夫の想いを作為的に台無しにしてやろうというのは、話の次元が全然ちがう。ほんとうにそんな取り返しのつかないことまで、やってやる、という気になれるものなのか？

まさか、とは思う。しかし、お店での夫婦間の曰く言い難い、お互いの心情の齟齬《そご》めいた空気をずっと直接肌で感じてきた身としては、考えれば考えるほど、あながち否定しきれないこともたしかだ。無責任な想像になるが、花江さんは存外、それほど深い罪悪感は抱いていないかもしれない。すなわち、この程度の悪意、自分の日常的な苦しみに比べれば大したことはないはずだ、と。だって小岩井某はどうせ自ら命を絶とうとしていたんだから、その願いをすんなり叶えてやっただけじゃないの、とか。例えば、そんなふうに自己正当化しているのかも……ん。

まてよ。ひょっとしたら、篠塚さん、薄々勘づいているのでは？　つまり、花江さんが二十一日に、間接的にしろ、ぼくを妨害したことを、ちゃんと知っている……そうか。そうなのかもしれない。

そう考えると、すっきり説明できることもある。他でもない、篠塚さんの胡麻本くんに対する、あのおとなげない態度だ。まるで頭っから、おまえが小岩井先生の死にかかわっていることは明らかだ、とでも決めつけているかのような。

あれはひょっとしたら、花江さんへ疑惑の目が向けられることを防ぐためのカモフラージュだったのかもしれない。つまり、どうやら篠塚さんも、小岩井先生の墜死にまつわる不可解な謎は花江さんの作為に起因しているのではないか、と気づいているのだ。七瀬さんも指摘したように、小岩井先生の見張りをぼくに頼んだ際、花江さんも同席していた事実に鑑みれば、これは誰しもが思い当たって当然の可能性である。それを、ぼくや他の者に深く掘り下げられてはまずいと篠塚さん、ことさらに胡麻本くんを容疑者扱いしてみせることで花江さんを庇い、糊塗しようとしたのではあるまいか？

そうか、そういうことだったのかもしれないな……と、納得しかけた、そのとき。

すぐ耳もとで、コン、コンとノックのような音がして、ぼくは我に返った。受話器をフックに戻した後も電話ボックスのなかでぼんやりしていたものだから順番待ちをしているひとに急かされたようだと早合点して、「すみません」と慌てて外へ出ようとしたら、透明のドア越しに見知った顔と眼が合った。

「どうもお」と、馴れなれしげに掌をひらひらさせている、愛嬌たっぷりの童顔。胡麻本くんだ。

「どうもです」

「あ……ああ、きみか」とりあえず電話ボックスから出た。大学構内の掲示板が、すぐ眼の前だ。

「どうしたの?」

「いや、別に。たまたま通りかかったら、匠さんの姿が見えたんで、ちょっとご挨拶を、と思って」

言葉とは裏腹に、実を言うとたまたまでもないんですけどねという肚《はら》の裡《うち》を、露骨にとまではいかないものの、隠そうとはしない挑発的なその口ぶりに、こちらはただ戸惑う。だいいち今日はもうクリスマス、十二月二十五日だ。たしか胡麻本くんの実家は県外だと聞いているが、まだ帰省していないとは。まさか、なにか思惑があって、ぼくを付け回していたんじゃあるまいなと、いささか被害妄想気味に訝っていると、意外なひとことを、ぶつけてきた。

「いま電話していたのって、警察のひとじゃないっすか? そうでしょ」

「え。ど……」どうして知ってるの、と続けそうになり、慌てて言いなおした。「どうして、そう思ったの?」

「匠さんて、なにげに警察関係にコネが豊富らしいって噂なんで、なんとなく。ははあ。てことは、当たってました?」

ちょっとカマをかけてみただけですよ、という言外の含みが、いかにもわざとらしく、こちらはますます警戒感が募る。

「そうですか、警察のひとにねえ。そうか、やっぱり、そうだったんだ」

「そうだった、って、なにが?」

「もちろん、小岩井先生の一件ですよ。やっぱり匠さんも、いろいろ腑に落ちないから、あの手この手でコネを駆使して、情報収集しているんでしょ？　不可解な謎を、なんとか自分で解いてやろうと」

こんなふうに決めつけられると、普段からの彼に対する苦手意識も相俟《あいま》って、なかなか否定しづらい。かといって、素直に肯定していいものかどうかも判断しかねる。いったいどういうつもりなんだろうと対応に困っていると、胡麻本くん、またもや予想もしなかった爆弾を投げつけてきた。

「ときに、匠さん、二十一日のことなんですけど、ひょっとして篠塚さんの奥さんの姿、目撃したりしませんでした？　もちろん、一般教育棟付近で」

どうやらぼくは、ぽかん、と間抜け面を晒していたようだ。その表情こそが雄弁な肯定であると解釈してか、胡麻本くん、してやったりとでも言いたげに、得意満面。

「ああ、やっぱりね。やっぱり、そうか。なるほど、なるほど」

「い、いや、ど……」またもや、どうして知ってるの、と続けそうになる。「どうしてそんなふうに思ったの？」

「あれから、おれなりにいろいろ考えたんですよ。小岩井先生はいったいどうやって、注意して見張っていた匠さんの眼を盗んで、五階へ上がっていけたのか、って。この前も言いましたけど、それって絶対、小岩井先生に告げ口をした人物がいたという以外、合理的な解釈はあり得ない。でも問題は、じゃあ誰が、って話なんですけど」

胡麻本くんにつられるかたちで、ぼくは電話ボックスを離れ、ひとけのないキャンパスを歩き出した。

「これまた、この前も言いましたけど、小岩井先生が特定の日時を選んで自殺しようとしている、なんて特殊な事情を知っている人間が、そう何人もいるはずはない。見張りを頼まれた匠さんを除けば、あとは言い出しっぺの篠塚さんくらいしかいない、と。当初はおれも、それでほぼ決まりだと確信していたんだけど。でもねえ、考えれば考えるほど、そんなおかしな真似をしなければならない理由が篠塚さんにあったとは思えない。わざわざ匠さんに見張りを頼んでおいて、小岩井先生には、あなたの自殺を阻止しようとしているやつがいますよ、とチクってみたところで、いったいどんなご利益があるものやら」

でしょ？　と、同意を求めるみたいな笑顔で胡麻本くん、一旦立ち止まった。

「そこで思い当たったのが、篠塚さんと匠さん以外に、そのことを知り得た人間がいたのではないか、という可能性です。そう考えると、出てくる答えは、ひとつ」

「該当する人物は花江さんしかいない、というわけか」

「いまの匠さんの反応を見て、おれ、確信しましたよ。花江さん、あの日、キャンパスに来ていたんでしょ？」ぼくが渋々頷くのも待たずに、畳みかけてきた。「だったら彼女、まちがいなく小岩井先生に匠さんのこと、教えていたはずです。直接告げたのか、それとも暗に仄めかしたのかはともかく、絶対に。だって、そうじゃなかったら、匠さんが全然気づかないうちに小岩井先生が五階まで上がっていたという事実に、合理的な説明はつけられないじゃないですか。そうでしょ？」

ふと、花江さん、という妙に親しげな呼び方に違和感を覚えた。胡麻本くんを〈篠〉へ連れていったとき、お店が営業中だったこともあり、たしかに彼女は同席していたが、ぼくが記憶している限り、一度も会話には入ってこなかったし、篠塚さんだってわざわざ自分の妻だと紹介してもいない。花江という名前は、さきほどのぼくのひとことから見当をつけたのだとしても、彼女が篠塚さんの身内ではなく単にお店の従業員かもしれない、などと胡麻本くんは、まったく思いもしなかったのだろうか？

「仮に……あくまでも仮に、だけど、花江さんがそんなことをしたのだとしたら、どうしてだと、きみは考えているんだ？　いったい、どういう理由で？」

「さあ、そこだ。そこが問題なんですが、その理由をここで、おれたちがああだこうだ、議論したって始まらない。判りっこないですよ。本人に訊かない限りはね」

判りっこない、と言うからには、これでこの話は打ち切りだなと一瞬、安堵しかけたのだが、とんでもなかった。

「だから、訊いてみましょうよ」

「……え？」

「これから。花江さん本人に」

「な……なにを言ってるんだ、きみは」

「ご心配なく。おれ、ちゃんとアポ、とってますから。花江さんに。いや、ほんとですってば。じっくりお話を伺いたいからと、お願いして。とはいえ、おれひとりで聞くより、この件に最初からかかわっている匠さんにも同席してもらったほうが、彼女もなにかと気が楽じゃないかな、と。こうしてお誘いに参上したってわけです。はい」

当然ながらぼくには、彼が冗談を言って、ふざけているとしか思えなかった。ところが胡麻本くん、いったいどうやって花江さんを口説いたのやら、ほんとうに会談の段取りを組んでいたのである。

待ち合わせ場所へ連れてゆかれるまで、ぼくは信じていなかった。しかし花江さんは、ランチタイムが終了しているにもかかわらず満席のお洒落なカフェに、ほんとうに来ていた。〈篠〉での作務衣姿でもなく、先日のメガネとポニーテールでもない、妖艶なおとなの女のイメージを纏《まと》って。

「あら、どうもお」と、唖然としているぼくを見て、花江さん、にぃっと唇の端っこを吊り上げた。「わざわざご足労いただいちゃって、どうもどうも」

普段とは打って変わって花江さん、蓮っ葉な物腰だ。ふんわりボリウムたっぷりの華やかな髪形や、いかにもお金がかかっていそうな服装がそれに拍車をかけている。加えて、なにやら軽薄なその言い回し、誰かに似ているような気がして、ふと思い当たった。胡麻本くんだ。つまり、この時点ですでに、ふたりの不適切な接近を匂わせる空気はそこらじゅうに漂っていたわけである。

それにしても花江さん、今夜もお店があるだろうに、こんなところで油を売っていて、いいのだろうか……という懸念が顔に出たのかもしれない。

「篠塚のことなら平気よ。あたしなんかに、かまっている場合じゃないんだから。お店の資金繰りに必死で」ことさら露悪的、かつ自暴自棄的に振る舞おうとしているのが、へたな役者の棒読み科白のようだ。「昨夜もイヴだったたから、もうたいへん。きっと女子大生相手に、はりきりすぎたんでしょ。家には帰ってこなかったし」

「女子大生……?」

というと、ひょっとして、いつもお店で見かける篠塚さんの親衛隊もどき――〝Aガールズ〟の誰かのことだろうか。だとしても篠塚さん、外泊してまでなにを「はりきりすぎた」のかはともかく、それとお店の資金繰りと、どういう関係があるのだろう。

「篠塚に、ぞっこんのお客のひとりよ。これがなんと、びっくりするような資産家のお嬢さんでさ。そうと知って彼が、はりきらないわけがない」

ぼくの胸中を読み取ってか、花江さん、再び唇の端を鋭角的に吊り上げてみせた。その拍子に、前歯に付着した、まるで小さな血痕のような赤い口紅が、ちらりと覗く。なんだか見てはいけないものを見てしまったような気がして、いたたまれなくなった。

「資産家……って、いや、だけどその娘、まだ学生なんでしょ?」

「娘に大甘の母親がいるんですってよ。本丸はむしろそっちでしょうけど、篠塚にとっちゃ、望むところよ。親子どんぶりでもなんでも、やってやればいい」

「あー、ところで、本題なんスけど」胡麻本くん、苦笑を洩らすと、咳払いした。「花江さんにお訊きしたいのは、二十一日の午前十一時頃、大学の一般教育棟の近くにいましたよね? ってことなんですが。どうなんでしょうか。匠さんも当日、お姿を拝見した、と言ってますが」

花江さん、胡麻本くんの言葉が聞こえなかったかのように、ぼくを見た。「タバコ、持ってない？」

「いえ、すみません。喫わないんで」

「きみは？」

顎を突き出すようにして睨まれた胡麻本くん、黙ってタバコを一本、花江さんに差し出すと、使い捨てライターで火を点けた。さすが、ホスト並みに、さまになっている。

「あー、ひさしぶりのモクだ」ふううと、まるで自分の髪に振りかかるのを避けるみたいにして盛大に、煙を高く、遠くへ噴き上げると、花江さん、訊かれてもいないのに、あれこれ喋り始めた。「六年。いや、七年ぶりかな。やめろと篠塚に命令されて以来だわ。おれは嫌いだから、とか。せっかく調理師免許を持っているのなら飲食業でもやれ、と言うのなら当然の協力だろ、とか。いくつ口実を聞かされたっけ。あー、うんまい」

彼女のそのやさぐれた言動、そして先刻の「資金繰り」というキイワードからして、どうやら〈篠〉はいま相当、末期的な状況に陥っているらしいと知れる。それに「飲食業でもやれと言うのなら当然」という理由で禁煙を迫ったということは、そもそも篠塚さん、自らの意思ではなく花江さんに勧められて、というか尻を叩かれるかたちで開業したのだろうか？　仮に篠塚さんが、いまのぼくと同様、以前は根無し草の如き生活を送っていたひとだとしたら、なんとか彼を堅気にするべくパトロンとして名乗りを上げたのが前の奥さんであり、そして花江さんだった、という可能性もあるのかもしれない。そんな無責任な想像が的を射ていたと知るのは、かなり後になってからである。

「で？　もしもあたしがあの日、一般教育棟の近くをうろついていたとして、それがいったい、なんだって言うの」

五階へ上がる小岩井先生の姿をぼくが見逃したという事実の不自然さについて説明する胡麻本くんと、それを如何にも関心薄げに聞いている花江さんを見比べているうちに、ぼくはふと、奇妙な想像に囚われた。あれ。まてよ、このふたり……って、もしかしてこれまでに、もう何度も同じやりとりを交わしているんじゃないのか？　顔を合わせるのが今日で何度目なのかは知らないが、すでに互いの呼吸の間合いが、悪い意味で練れすぎている。そんな感じがしたのだ。

「――つまりですね、匠さんが見張りを頼まれた、まさにその場に居合わせた者こそが密告者なのではないか、と。少なくとも、そう解釈するのがいちばん合理的だと思うんだけど、どうでしょう」

「なるほど。つまり、このあたししかいないだろ、って言いたいわけね」ぐりぐりと吸殻を灰皿に押しつけた。「まず、ひとつ断っておくけど、あたしはその小岩井某とやらに会ったことはない。ただの一度もね。これは二十一日も含めて、という意味。たしかにあたしはあの日、大学の一般教育棟周辺をうろついていた。匠くんに、そうとは知られないよう、へたな変装までしてね。そこまでは認める。うん。認めましょ」

お店での接客態度とは徹底的に差別化を図ろうという意思の顕れなのか、花江さん、ことさら無愛想、かつ尊大にぼくのことを「くん」づけする。

「だけど、それは決して小岩井某に接触しようとしたからじゃない。匠某なる若者があなたの自殺を阻止しようとしているからお気をつけあそばせ、なんて告げ口するつもりも毛頭なかった。実際、していない」

「じゃあ」と、胡麻本くん、一旦花江さんからぼくへと移した視線を再び彼女へ戻すことで、間をとった。「じゃあ、なんのために大学へ行ってたんです?」

「ひとことで言えば好奇心、よ。篠塚はいったい、どういうつもりなのか、という」

「えと、どういうつもり、とは?」

「二十一日、篠塚に用事があったのは、ほんとよ。お店の資金繰り関係でね。ちょいと小金持ちの有閑マダムのご機嫌伺いも含めて、いろいろ予定が入っていたことは、うん、ほんとうにほんと」思い切り皮肉っぽく吐き捨てようとしたようだが、ぼくの耳には無気力な呟きとしか響かなかった。「でもね、問題の時刻は午前十一時。まだお昼前だった。あたしが引っかかったのは、そこ。もしも、いい、もしも篠塚が本気で小岩井某なる人物の自殺をピンポイントでその時刻だと予測し、心配していたのなら、時間の融通なんて、いくらでも利いたはずなのよ。ほんとに、いくらでも。その気になれば」

たしかに、言われてみれば、恩師の自殺阻止よりも優先されるべき用事なんて、そうそうあるとも思えない。

「いろいろ忙しくなるのは午後から夜にかけて、なんだから。なのに、それほど心配だと言っていながら、自ら小岩井某を止めにいこうとはしない、なんてさ。どうして？　おかしいでしょ。そうは思わない？」

「つまりそれは、なにか隠された思惑があるからではないか……と」ぼくはおずおずと口を開いた。「花江さんは、そう考えたというわけですか」

「まさしく、ね。篠塚って、ほんとにその小岩井某のことを心配しているのかしら、とすら疑ったわ。本気で自殺を止めようというのなら、自分で行くはず。なのに、わざわざ匠くんに頼んだ。匠くんのこと、よっぽど信頼できるひとだと見込んでいたのかもしれないけど、それを割り引いても、釈然としない。なにか、裏がある。絶対に。一旦そう思い至ったら、自分の眼でたしかめにゆかずにはいられなかった、ってわけ」

「裏というと、例えば、どんな？」

「それが判らないからこそ、わざわざたしかめにいったんじゃないの。行ってはみたものの、一見なにも変わったことは起こらなかった……ようにも思えるんだけどね。小岩井某は結局、自殺しちゃったし。ただ、その死に方が予測とはちがっていた、というあたりにポイントが潜んでいるのかもしれない。どういうことか、というと――」

花江さんが思わせぶりに黙り込むタイミングを待ちかまえていたかのように、胡麻本くん、ぼくを一瞥し、肩を竦める。さあ、はたして、どんな衝撃的な内幕を聞かせてもらえるんでしょうね、とでも言わんばかりの期待に溢れる表情だったが、いくらぼくでもこんな安い演技には騙されない。これから花江さんがなにを喋るのか、彼はちゃんと知っている。すでに細部に至るまで、彼女から聞き出している——もしくは彼女に吹き込んでいる——からだ。すなわち、これはふたりにとって、ぼくを観客として想定した、何度もリハーサル済みの〝舞台〟にすぎない。それがはたして、どういう内容の〝演目〟なのかは、これから見極めなければならないが。

「……どういうふうに言えばいいのかな」充分に間をとったと判断してか、花江さん、再び喋り始めた。「篠塚ってさ、あんなふうに浮世離れしているようでいて——いえ、だからこそ、と言うべきかもしれないけど、けっこう策士なのよ」

「策士？　というと——」

「陰謀って言うと、ちょっとオーバーかもしれないけど、いろいろ小細工を弄して、そうとは悟られずに、他人を自分の思いどおりに操ったりする、という」

「他人を自分の思いどおりに操る……って、例えば、どんなふうに、ですか？」

「具体的に挙げられる例を知っているわけじゃなくて、これはあくまでも、あたしが彼という人間から受けるイメージ、ってこと。なんていうのかな、ときおり覗くのよね、邪悪な芸術家きどりの顔が、さ」

策士と言ったかと思えば、今度は芸術家ときた。なんだかますます、わけが判らなくなる。そんな本音が表情に出てしまったのか、花江さんの口調が少し苛立ちに尖った。

「要するに篠塚って、こっそり自分が仕込んだ作為が思わぬ結果をもたらすさまを見て、昏《くら》い悦びに浸るタイプなのよ。といっても、抽象的すぎて判りにくいかな。ドミノ倒しに譬えると、彼はいちばん最初の小さいドミノを、そっと倒しておいて、ひとりその場を離れ、見物人たちの後ろで北叟笑《ほくそえ》む。そういうタイプ。ドミノ倒しって、見物人はみんな、ドミノが次々に倒れてゆき、最後に派手なフィナーレを迎える、そういう一連の流れにばかり魅了される。でも、いちばん最初のドミノを倒したのは誰か、なんてことを気に留めるひとはいないでしょ？　その匿名性にこそ篠塚は快感を覚えるわけ。すべてのドミノが倒れた、そもそもの原因をつくったのが自分であるとは誰も気づかない。その現象は彼にとって、ひとつの演出であり、作品なの。そこにある種の全知全能感を覚え、独り悦に入る。ざっくり言うと、そういう人間」

なんとなく判るようでいて、よく判らない説明である。これはおそらく、事前に胡麻本くんにレクチャアされた内容を花江さん、自分なりに嚙み砕き切れていない、ということではないか、と。このときぼくは、そう思ったのだが。

「多分、あくまでも多分なんだけど。篠塚があの日、わざわざ自分の代わりに匠くんを一般教育棟へ行かせたのは、それによって事態が、普通に予測され得る展開とはまたちがった結末を迎える、とか、そんな期待をしたからじゃないか、と――」

え……？　ふたりの手の内をすっかり見切ったつもりになっていたぼくは、意外な言葉に虚を衝かれてしまった。

「って……えと、ど、どういうことです」

「ほんとうなら小岩井某はＬＬ教室で首を吊るはずだった。そのために遺書も、そしてロープも用意していたんだから。にもかかわらず結果的には跳び降り自殺になった、と。要するに、そういうこと」

しばしその意味を考えていたぼくは、今度こそ唖然となった。

「ちょ、ちょっと待ってください。つ、つまり、小岩井先生は、ほんとうなら首吊り自殺をするつもりだった。それが、ぼくという異分子が現場に紛れ込んだせいで、なんらかの化学反応が起こってしまい、先生は投身自殺に切り換えた、と。しかも、そういう展開を篠塚さんは見越したうえで、ぼくにあの日、先生の見張りを頼んだのだ……と。花江さんがおっしゃっているのは、そういうことなんですか？　そんな、まさか、そんなこと、いくらなんでもあり得……」

「そういうことだったと言ってるんじゃなくて、これは一例よ。あくまでも一例なんだってば」

どうせ自分の思考はうまく言語化できっこない、とでも諦観したのか、花江さん、急に気弱げに微笑み、普段の〈篠〉での顔を覗かせた。「ともかく篠塚は、匠くんを現場に投入することで、小岩井某の自殺劇に、なにか自分独特の演出を施そうとしたのよ。って。突拍子もなく聞こえるかしら？　うん、そうでしょうね。でも、あたしは確信しているわ。きっとそうだったんだ、と。すんなり首吊り自殺では終わらないような、なにか複雑なシナリオを篠塚は書いていたのよ。具体的にどういう筋立てか、なんてことは訊かないでちょうだい。あたしなんかには判りっこない。あ。ただ、投身自殺で終わるとは、けっこう予想外だったんじゃないかしらね、篠塚としては。うん、そうだ。もしかしたら不本意ですら、あったかもしれない」

「不本意……ですか」

「そ。つまり、自分の美意識に則《のっと》った演出からは外れている、という意味においてね。そうか、なるほど、そういうことだったのよ、きっと。だからこそ篠塚は、いったいどうなっているんだと、あれこれ調べようとしたんだ。なにか知っていないかと、たまたま一般教育棟に居合わせたきみにも――」胡麻本くんへ向ける流眄《りゅうべん》が露骨に意味ありげだ。「強引に話を聞いたりして、ね」

演出といえば、この説明そのものが胡麻本くんが書いたシナリオではないのかと、ぼくはずっと疑っている。いや、多分そうだ。しかし、その表情を窺う限りでは、花江さん自身の切実な訴えも、いくばくか混ざっているような気もしないではないのだが。「……ぼくを現場に投入することで、小岩井先生の自殺劇がどういう展開を見せるはずだと、篠塚さんは予想していたのでしょう?」

「だから、言ったでしょ。それが判らないからこそ、あの日、わざわざ大学まで行って、自分の眼でたしかめようとしたんだってば。好奇心。そう。純然たる好奇心にかられ……ん」あ、そーか、と花江さん、ふと頭上からご神託でも聞こえたかのように視線を虚空にさまよわせた。そして心底、拍子抜けしたかのように、渇いた笑い声を上げた。「ひょっとしてこれまで、ずーっと考え過ぎてたのかしら、あたし。実はもっと、もっと単純なことだったのかもね」

「と、いいますと?」

「要するに篠塚は小岩井某があの日、特定の時刻に、特定の場所、特定の方法で自殺するという予測が的中することを、第三者に確認してもらいたかったんじゃないの? 単にそれだけの話なのかもよ」

「自分の予測が的中することを……第三者に確認してもらいたかった?」

「確認というより、観劇って言い方のほうが正しいかもね」

「観劇……」

「どうだ、おれの予測ってすごいだろ、みたいな。もちろん表立って自慢したりするわけじゃない。篠塚だって、そこまで馬鹿じゃないでしょ。ただ、予測どおりの結果になって驚いている匠くんを横目に、ひそかに全知全能欲を満足させ、昏い優越感に浸るのが目的だったというわけよ。ところがどっこい、篠塚の予測は外れた。小岩井某、自殺することはしたけど、予測していた首吊りではなく、投身自殺をしてしまった」花江さん、唐突に笑いを引っ込めるや、虚脱したような表情になった。「そんな予想外の事態に篠塚はいま、自尊心を傷つけられているのかもね。こんなの、おれが思っていたのとはちがう、みたいな。よく知らないけどさ。でも、いくらかつての恩師だからって、他人の自殺の方法が不自然だのなんだの、そんなどうでもいいことに拘泥し、根掘り葉掘り、調べようとするなんて、変よ。それだけは明らかに、変。なにか裏がある、絶対に、ね。あたしに言えることは、それだけ」

花江さん、おもむろに立ち上がった。無言で立ち去ろうとしたので、てっきりトイレかと思っていたら、つと足を止める。こちらを振り返らずに、ぼそりと呟いた。

「……いま、ふと思いついたんだけど、篠塚に子どもがいたこと、知ってる?」

「そういえば、前の奥さんとのあいだに男の子がいる、とかって話でしたっけ」

「あたしと篠塚が知り合ったばかりの頃だから、もう十年以上も前か。当時、中学生になったばかりだったその息子さん、マンションの屋上から跳び降り自殺したそうよ」

「え」驚いた。「跳び降り……なぜ?」

「そんなことまでは知らない。前の奥さんとは学生時代に、できちゃった婚をしたらしいけど、息子がそんなばかな真似をしたのはどちらの教育が悪かったせいだとかって夫婦で不毛な争いになって、結局それで離婚に至った。もしかしたら篠塚は、それがトラウマになって、跳び降り自殺という言葉自体に過敏に反応しているだけ、なのかもね……これから篠塚に会いにゆくの？」

花江さんの唐突なひとことに胡麻本くん、えーと、と言葉を濁したが、結局否定はしなかった。

「今日は彼、どちらに？」

「ひとりでも開ける、って言ってたから、もういまごろ、お店にいるでしょ。あんまり遅くならないでね」

そう言い残した彼女、もう二度と立ち止まらなかった。篠塚さんがひとりでも、って、つまり花江さんは、もう〈篠〉へ戻るつもりはない……という宣言なのか？　カフェを出てゆく長い髪と背中が悄然としている。

どうやら胡麻本くん、不毛な日々に倦《う》み疲れている彼女の心の隙間に、まんまとつけいってしまったようだ。ふたりがすでに男女の関係になっているであろうことは容易に想像がつくし、最後の科白からして花江さん、それを隠そうという気もないらしい。

「——ね、匠さん」いくらなんでも手が早すぎやしないかと皮肉のひとつでもかましてやるべきか否か迷っているぼくを尻目に胡麻本くん、悪びれもせず、身を乗り出した。「判っちゃったかもしんない。おれ、判っちゃったかもしれないです」

「って、なにが？」

「篠塚さんの思惑ですよ。ほんとうの目的っていうか、彼はいったい、なにがやりたかったのか。おれ、それが判っちゃった」

「判った……って」なるほど、そういうことね、とピンときた。「いまの花江さんの話を聞いて判った、という意味？」

自信満々に頷くその表情を見て、ぼくは確信をさらに深めた。胡麻本くんがやろうとしている〝演目〟とは、ずばり、名探偵ごっこだ。まちがいない。謎を解く主役は彼で、ぼくをわざわざ巻き込んだのは、自分に拍手喝采を送ってくれる観客が必要だからだ。

もちろん、断罪すべき犯人役も決まっている。篠塚さんだ。というか、最初から篠塚さんを犯人に仕立て上げるという目的があったからこそ、すべてをそれに合わせてシナリオを書いたのだ。おそらくは先日、篠塚さんから〝容疑者〟扱いされたことに対する、子どもじみた報復として。

その戦略として胡麻本くんは、まず花江さんに接近したのだろう。いくら彼女の満たされぬ心にはつけいる隙がたっぷりあっただろうとはいえ、小岩井先生の死からわずか四日目という短時間で歳上の女性を籠絡してしまった手練手管もさることながら、どの関係者が自分にとってどういう利用価値があるのかを見定める嗅覚もなかなかのものだ。皮肉抜きで、お見事としか言いようがない。

自分は小岩井先生に告げ口などしてはいない、と花江さんは主張した。それが事実か否かはともかく、少なくとも胡麻本くんにとって好都合な証言であることはたしかだろう。実はすべて花江さんのちょっとした出来心が原因だったのでした、だけで幕引きをされては、名探偵が恰好よく真犯人を指摘する推理ドラマは成立し得ないからだ。

さも当然の如く胡麻本くんに促され、ぼくは開店前の〈篠〉へ連れてゆかれることになった。はっきり口には出さずとも、これから繰り広げられる〝真犯人〟との一騎討ちとその決着を、しかと見届ける証人に匠さんがなってくださいよ、という威圧感が鬱陶しい。正直うんざりしたが、ちょっと興味をそそられたこともたしかだ。

なにがこれほどまでに過剰に、胡麻本くんを衝き動かしているのだろう？　それはたしかに、さしたる根拠もなさそうなのに、ひとを〝容疑者〟扱いするかのような非礼な態度を先にとったのは篠塚さんだ。胡麻本くんにしてみれば、生来の〝主役〟魂が黙っちゃいない。おもしろい、そっちがその気ならば受けて立ってやろうじゃないか、という対抗心は当然あるだろう。が。

しかし、それだけでは説明しきれないような気がする。なんとしてでも篠塚さんを吊るし上げてやるという胡麻本くんの意気込みと情熱は尋常ではなかった。情熱というより、もはや妄執とでも称すべきほどで。

もしや、このふたりにはなにか浅からぬ因縁でもあったりして……とか思っていたら、なんと、そのとおりだった。後で知ったことだが、篠塚さんも、かつて〈安槻大〉の演劇部に所属していたというではないか。なるほど。だからこそ大学院修了後の一時期、演劇評論専門誌を刊行していた東京の出版社に就職したりもしていたわけだ。そして篠塚さんの場合、その活動は単なる学生サークルとはひと味も、ふた味もちがっていたという。

俳優として表舞台にこそ立ちはしないものの、全公演の脚本や演出を一手に担い、観客動員数の新記録を樹立。学生の素人集団ながら、複数の追っかけグループが出来るまでになった。その立役者である篠塚さんは当時のメンバーたちにとってのみならず、アマチュア演劇界に於いてもカリスマ的存在であったらしい。

文筆業で身を立てたかったと自分でも言っていたように、篠塚さん、かなりの論客で、現在は休刊になっている当時の演劇部の機関誌や、地元新聞の文化欄にまで定期的、かつ精力的に演劇論や随筆などを寄稿していたという。問題は、二十年以上も前に書かれたそれらの文章を、部室に残されていた機関誌のバックナンバーや新聞記事のスクラップブックで胡麻本くんが、すべて読んでいたことである。そう。篠塚さんは現在に至るまで、ＯＢ現役を問わず演劇部のメンバーにとっては伝説のひとだったのだ。道理で。最初に紹介した際、胡麻本くん、篠塚さんの名前の漢字を確認したりしていたはずだ。

専門的なことはよく判らないが、胡麻本くん、特に脚色に関しては大先輩である篠塚さんの理論派ぶりに、かなり傾倒していた時期もあったようだ。にもかかわらず、素直に心酔するに至らなかった背景には、いろいろとアンビバレントな感情が垣間見える。

篠塚さんの才能に対する嫉妬もむろん、あるだろう。加えて、篠塚さんの展開する論理は、非常に説得力があると認めつつも、胡麻本くんにとっては自分の信条や価値観には馴染まないと感じるものがけっこう多かったらしい。これらをうまく論駁《ろんばく》できない限り、己れの〝主役〟の座は安泰ではない、と。門外漢には正直、理解しづらいが、そういう強迫観念めいたライバル意識もあったようだ。

ずっと畏敬と反発という二律背反に揺らいでいたその篠塚さんと、ひょんなことから知り合った。胡麻本くんにしてみればこの際、直接対決をしない手はない、という気持ちなのだろう。ひそやかな己れのコンプレックスを、すっきり解消するためにも。

〈篠〉には暖簾が出ていなかったが、篠塚さんは店内にいた。ただし厨房には立たず、私服姿でテーブルについている。コップに瓶ビールを注いでいるところを見ると、どうやら真面目に仕事をするつもりはないらしい。明日、店が潰れてもおかしくなさそうだ。

胡麻本くんとぼくが断りなく店内に入ってきても、篠塚さん、特に咎めだてする様子はない。むしろ、胡麻本くんがなにをしにきたのか、すでに事情を承知しているかのような面持ちですらある。花江さんから話が伝わっているのか、それとも、ぼくの知らないところで前哨戦でもあったのか。

「座ってもいいですか」と胡麻本くんが訊くと、篠塚さん、頷いた。新しいコップをふたつ、ぼくたちの前に置き、ビールを注ぐ。飲みながら話せ、ということらしい。

「二十一日のことだけど」胡麻本くん、コップには見向きもせず、切り出した。「あなたが匠さんを一般教育棟へ行かせた、ほんとうの理由を、これからおれが説明します」

篠塚さんは無言で、コップを傾けた。

「……ほんとうの理由、って」篠塚さんが反応を示そうとしないので、ぼくはつい、そう口を挟んだ。「小岩井先生の自殺を阻止させるためじゃなかった、と言うのかい」

「ちがいます。だって、結果的に匠さんが先生の自殺を阻止しようが、しまいが、そんなことは関係なかったし」

「関係なかった？　って、そんな」

「問題は、どうして篠塚さんが自分で行かなかったか、ということなんです。その気になれば、行けたはずなのに。匠さん、どうしてだと思います？」

「さあ……」胡麻本くんと篠塚さんの様子を交互に窺ったぼくは、ビールを飲むほうを選んだ。

「どうしてだと言うんだい」

「簡単なことです。篠塚さんは自分で行くわけにはいかなかった。なぜならば、そもそも小岩井先生の自殺そのものが、篠塚さんが仕向けたことだったから」

「仕向けたことだった……？」

なにげなしに篠塚さんの表情を窺う。またもや無反応かと思いきや、うっすらと微笑を浮かべている。無邪気なのか、それとも邪悪なのか、とっさには区別のつかない……嫌な予感を覚えた。ほんとうに嫌な予感を。

「そうです。小岩井先生が特定の日時、特定の場所、そして特定の方法で自殺を図ると、篠塚さんは予測したわけじゃありません。そう仕向けたんです、自ら」

「いや、ちょ、ちょっと待ってくれ。自ら仕向けた……って、どういう意味だ、それ」

「小岩井先生の奥さんが亡くなられたとき、篠塚さん、通夜へ行かれてたんですよね。そこで、憔悴しきっていた先生に、時間が許す限り付き合った、とか。いいですか、ここがポイントなんです」

「ポイント、って、なんの?」

「おれね、匠さんの話を聞いていて、どうにも腑に落ちないことが、ひとつあった。奥さんは、いまわの際に、小岩井先生にこう言い残したそうですね――あたしは死んでも、あなたのことを赦しません、と。そう言ったんですよね、まちがいなく?」

「らしいね。もちろん、ぼくは直接、聞いたわけじゃないけど……」

「加えて、奥さんはそれ以上、詳しくは語らなかったそうですね。もしも奥さんが発したのが、ほんとうにそのひとことだけだったとしたら、変だとは思いませんか」

「変? いや、なにが?」

「奥さんにそんなふうに言われても、小岩井先生は、いったいなんのことで自分が責められているのやら、さっぱり理解できなかったはずなんです。絶対に。あの独善的な性格からして」

あの独善的な性格からして……そのひとことが妙にじわじわ、心に染み込んでくる。

「だって、そうでしょ? なにしろ奥さんは癌で苦しみに苦しんで亡くなられたんだ。つまり、いまわの際に夫を貶《おとし》めるような、普通ならあり得ないほど過激な科白を発したとしても、彼女はいま正常な精神状態じゃないんだから仕方がない、と。小岩井先生は、そう決めつけていたはずなんです。激痛で譫妄《せんもう》状態に陥った妻が、なにかわけの判らない幻覚にでも悩まされて、あらぬことを口走っただけなんだ、と。先生としては、そう納得して終わりだったはずだ。そうでしょ?」

あ……と、思わず声が洩れた。

「ね？　小岩井先生が病床の奥さんの言葉をまともに受け取ったなんて、到底考えられない。仮に一歩譲って、妻はいったいなにを言いたかったのかと真面目に悩んだのだとしても、はたして孫や娘の死のことに改めて思いを馳せられたかどうかは疑問です。いや、むしろ、いくら自分の人生を回想してみたところで、他人に責められるべき落ち度なんかない、という結論しか出てこない。なにしろ自分が言うこと、為すこと、常にすべて正しいと信じ切っている小岩井先生ですよ、いくらいまわの際とはいえ、奥さんから、死んでも赦さないと呪いみたいな言葉を投げかけられたからといって、そりゃ多少は情けないというか、哀しい気持ちにはなるかもしれないけれど、はたして具体的になんのことで責められているのかなんて、まったく想像外だったはずなんだ。そうでしょ？」

まったくそのとおりだと、ぼくも認めざるを得なかった。なにしろ孫の涼くんが自殺したときでさえ、遺書で名指しで批難されていたにもかかわらず、自分に非があるとは露認めず、おまえの教育が悪かったからだと娘婿を詰ったというし。

「妻は自分を責めているわけではなくて、まともに思考できない状態になっている、それだけのことなんだ、と。そう単純に解釈して終わるのが、小岩井先生のあの性格に鑑みれば自然ってものじゃないですか。なのに、孫と娘の死に関しては自分にも非があったんだと思い至れた、なんて。あり得ません、絶対に。少なくとも先生が自分ひとりで思い至れたはずはない」

「自分ひとりで……って、それはつまり」胡麻本くんがなにを仄めかしているかを察知した途端、背筋が凍るような説得力が迫ってきた。「つまり、通夜の席で、奥さんが遺した言葉の意味を、さりげなくレクチャアして、先生を絶望の淵へと導いた黒幕がいる……そう言いたいのか」

「まさしくそのとおりです。他に考えられません。ならば、いったい誰が、奥さんの最後の言葉を、孫と娘の死に関連づけてみせたのか。篠塚さんしかいません。おっと。具体的にどういう言い方をして先生をその気にさせたのかっていうのは訊きっこなし、ですよ。そこは巧妙に、暗示をかけるようにして、じっくりと外壕を埋めていったんでしょう」

「篠塚さんは言葉巧みに小岩井先生を絶望へ追い込んだのみならず、どうせ死ぬのならば自殺する方法や場所も涼くんのひそみに倣うべきである、さりげなくそう吹き込んだ……と。そういうことなのか、きみが言いたいのは。しかし、いったいなんのために……」

「自分が、そっと指で弾《はじ》いて倒した一個の小さなドミノが、次々にドミノの山を崩してゆき、最終的にどれだけ大きなドミノを倒せるか、見極めたかったんですよ。さきほどの花江さんの譬えを借りるなら、ね」

「ちょっとまて。だったら、どうしてわざわざぼくに見張りを頼む必要があるんだ。自分が仕掛けた作為の結果を知りたいのなら、直接見にいけば、それですむ」

「匠さん、肝心なことを忘れていますよ。自分が囁いた暗示が連鎖反応を起こし、ひとがひとり死ぬ。そのドミノ倒しは、篠塚さん独自の演出によって完成した、ひとつの作品なわけです。でも、作品は完成すれば、それでいいってものじゃない。しっかり観賞してもらう必要がある。観客に、ね」

「それがぼくの役目だった、と?」

「まさにそういうことです。匠さんをわざわざ行かせたのは、しっかりと見届けてもらいたかったからです、すべてを」

「いや、しかし、もしもそれで、ぼくが小岩井先生の自殺をちゃんと阻止できていたとしたら、どうなっていたんだ、いったい」

「どうにもならないですよ。まだ判りませんか？　小岩井先生が結果的に死ぬか否かは問題じゃないんです。篠塚さんにとって重要なのは、自分のかけた暗示が効くかどうか、はたして小岩井先生はほんとうに自殺を図るかどうか、それだけなんだから」

「ぼくが先生を止められようと、止められまいと、関係なかった……」

「まさしく、ね。結果的に匠さんは止められなかった。それだけだったら、篠塚さんは、仕方がない、運命だったんだ、みたいな愁嘆場を匠さんの前で演じて、それで終わりだったでしょう。ところが、彼のシナリオには本来書かれていなかったことが起こった。匠さんは、ただ単に止められなかっただけじゃなくて、なぜか小岩井先生が五階へ上がるのを見逃してしまった。そのうえ先生は、篠塚さんが事前に暗に唆しておいた、孫と同じ方法ではなく、投身自殺を選んだ。意図した演出からは少し外れた、不本意な結果になってしまったが、まあ、投身自殺に関しては存外、ＬＬ教室の鍵が取り替えられていたことによる不可抗力だったと、いまは割り切っているんじゃありませんか？」

最後のひとことは、横目で篠塚さんへ向けて放つ胡麻本くんだった。

そんな彼に、篠塚さん、愉快そうに頷いて返した。「ひょっとして、お礼を言わなきゃいけないかもな、これは」

「お礼？」なんの前振りか、見当がつかなかったのか、胡麻本くん、用心深げに口をつぐみ、間をとった。「なんの？」

「普通ならば誰も気づかなかったであろう、ぼくの企みを正確に理解してくれたことへの、さ。すばらしい。いや、皮肉じゃないよ。よくぞ、そこまで見抜いてくれたもんだ。もちろん、あと、なぜ匠くんが五階へ上がる小岩井先生の姿を見逃してしまったのかを説明できれば完璧だったがね」

「それは……」

腰を浮かしかけた胡麻本くんを掌を掲げて遮ると、篠塚さん、ゆっくり立ち上がる。新しい瓶ビールといっしょに、なにかを持ってきた。無造作にテーブルに置かれたそれは、大判サイズの茶色の封筒だ。が、無為に弄ぶだけで、いっこうに開ける気配はない。

「そこまで鮮やかに解き明かしたんだから、謎のひとつくらい、こちらに譲って、花を持たせてくれよ。が、その前に、補足しておこう。言うところの暗示について、だ。ぼくはいったいどうやって小岩井先生を自殺へ駆り立てたか、具体的に教えておく。むろん一言一句、すべてを再生、羅列することはむりだが、ポイントは押さえられる。きみにも簡単にできるよ、要領さえ判れば」

「へええ。簡単に、ですか。そりゃあ、ぜひ拝聴しておかなきゃ」

おもしろがってみせることで胡麻本くん、余裕を示そうとしたようだが、ぼくの眼には虚勢を張っているとしか映らない。篠塚さんがあまりにもさらっと自分の作為を認めたものだから、ちょっと不安なのだろう。

　指摘された疑惑を篠塚さんが否定しないという可能性までは、あるいは胡麻本くんにとっても想定内だったかもしれない。しかしまさか、他者を自殺に追い込むテクニックを伝授してやろう、などと言い出すとは。少なくともぼくは完全に意表を衝かれた。ひょっとして胡麻本くん、いちばん敵に回しちゃいけない相手に喧嘩を売ってしまったんじゃないか……そんな懸念すら湧いてくる。

「小岩井先生のようなタイプの人間って、実はその気になれば、いとも簡単に手玉に取れるんだ。ひとくちに頑固親父といっても、いろいろだからさ。性格によって攻め方を変えればいい。他人の評価を全然気にしない爺さんもいれば、気にしないふりをして実は、ものすごく気に病む爺さんもいる。小岩井の爺さんは後者の典型だった」

「他人の評価を気にする？　あの小岩井先生が？　いや、それはちょっと、ちが……」

「もちろん基本的には、他人の思想や世界観には安易に影響されまいという、我が道を往くタイプではあったよ。でもね、自分がそんな頑迷固陋《ころう》な、柔軟性のない人間だと看做されることには意外に強い心理的抵抗があるひとだった。己れの信念は絶対に曲げないが、そのいっぽうで、みんなにはものわかりのいい、包容力のある人間だと思われたがっていた。いや、実際、自分は他人に寛容で、リベラルな人間だと信じていたんだよ。こう言うと、きみたちは、あの頑固一徹親父が、まさか、そりゃいったいなんの冗談だ、と思うだろ？　しかしこれは小岩井の爺さんだけじゃない、人間、誰しもが陥る罠なんだ」

篠塚さんが「先生」という呼び方を止めていることに、ぼくは少し遅れて気づく。

「自分は友だち想いで、いいやつだと思い込んでいる者ほど、実は周囲に嫌われていたりするのもありがちだろ？　いわゆるセルフイメージの罠さ。人間、自分はこういう人間だと思い描いている姿というのは、まずまちがいなく現実からは大きく乖離《かいり》した虚像だ。そして本人も薄々はそのことに気づいている。気づいてはいるが、認めたくはないんだ、決して。世間と自己とのあいだに横たわるそのセルフイメージの落差こそが、人間が根源的にかかえる不安の正体だといっても過言ではない。だからこそ、そこにつけいる隙ができるってわけさ。詐欺師の手法っていうのは、基本的にはどれも同じだよ。判るだろ。自分がどうか本物であって欲しいと願っている虚像のセルフイメージを、さも本物のように取り扱って、接してやればいい。これだけでたいがいの人間は、ころっと騙される。きみこそがオレの、真の理解者なんだ、とね」

胡麻本くんの様子を、そっと窺う。なにか言いたそうな顔をしていたが、とりあえず篠塚さんの話を全部聞くつもりのようだ。

「通夜の席で、奥さんの最後の言葉の話が出たのは、ぼくが先生にお悔やみを述べた、すぐ後だった。というか、ぼくの言うことを半分も聞かないうちに先生、こう切り出した。須磨子は臨終間際に、こんな変なことを口走っていたんだ、まあ多分、なにか怖い夢でも見て、幻と現実とが、ごっちゃになっていただけなんだろうが……と」

篠塚さんの口もとには微笑が浮かんでいたが、その双眸は空洞のように昏い。

「呆れたよ。ほんとうに呆れた。爺さん、涼くんと静子さんのことに全然、これっぽっちも思い当たっていないんだ。奥さんじゃないけど、赦せないような気持ちになった。ほんとうに。義憤にかられたとか、偽善的なことを言うつもりはないが、ぼくはそのとき、決めたんだ。この爺さん、ちょっと思い知らせておいたほうがいい、と」

一度「先生」に戻ったと思ったら、すぐにまた「爺さん」と、忙しい。そのめまぐるしさこそが、小岩井先生に対する篠塚さんの複雑な心情を象徴しているかのように、ぼくには感じられる。

「そこでぼくがどうしたか、教えてやろう。すぐさま土下座したんだ、額を畳にこすりつけて。そして、こう言った。先生、ほんとうにもうしわけありません、奥さまは涼くんの死の責任が先生にあるとかんちがいしていたんです。そんな誤解を招いてしまったのはすべて、ぼくが悪いんです。ぼくが途中で家庭教師を辞めず、ずっと涼くんに付いてやっていれば、あんなばかな真似は絶対にさせなかったのに、と。ほんとうに、すべてがぼくの責任なんですと、泣かんばかりにして、何度も何度も謝ってやったのさ」

朧《おぼろ》げながらも話の道筋が見えてきて、ぼくは、ぞっとした。胡麻本くんも心なしか、怯えた表情を浮かべている。

「涼くんさえ、あんなばかな真似をしなければ、静子さんだって離婚することもなく、非業の死を遂げることもなかった、ひいては奥さまも死に際に変な誤解を抱くこともなかったでしょうに。すべて、ぼくが悪いんです、と。そこでようやく、爺さん、孫と娘の死のことで奥さんは自分を責めていたのかもしれない、という可能性に思い当たったようだった。しかし、いったい自分にどういう落ち度があったのか、いや、そんなものはあるはずがない、という葛藤が、おもしろいくらい判りやすく顔に描いてあったよ。だから、くり返し、強調してやった。あくまでも、ぼくのせいです、先生には、なんの非もない、と。するとそこで、ほんの少しだけだったが、妥協を引き出せた。いや、わしもちょっと思慮が足りなかったかもしれない、という意味のことを爺さん、呟いたんだ。もちろんそれは建前で、本音ではなかったかもしれないよ。少なくともその時点ではね。でも、そこまで来れば、あとはもうひと押しさ」

ぴん、と立てたひとさし指を篠塚さん、胡麻本くんへと向けた。

「ここで忘れちゃいけないのは、あくまでも相手のセルフイメージを、こちら側で守ってやることだ。それが極意であり、テクニックなのさ。小岩井の爺さんのような人間から、思わず死にたくなるほどの罪悪感を引き出すためには、闇雲に非を責め立てたって効果はない。逆にこちらが相手の清廉潔白なセルフイメージを守ってやればやるほど、あちらはそれが信じられなくなって、自ら放棄してしまう。あとは攻め落とすのは簡単さ。具体的には、どうするかって？　あなたのせいじゃなくて、周囲の者たちが無理解だったのが悪いんです、という話にすればいい。だからぼくはこう言って、とどめを刺した——涼くんも静子さんも、そして奥さまも、もっと先生の、家族のことを思いやる広いお心を、ちゃんと理解できていたら、すべてがうまくいって、みんなが幸福になれていたのに、と」

「それ……だけ、で？」篠塚さんのひとさし指が気になるのか、胡麻本くん、若干のけぞり気味だ。「たったそれだけの暗示で、先生は自殺するだろうと予測できた、と？」

「独りになった爺さんが徐々に、しかし確実に自分を責め始めるだろう、という手応えはあった。あとは帰り際に、雑談めかして、こう付け加えれば完璧さ。そうそう、そういえば大学の一般教育棟、新しい建物がそろそろ出来上がるようですね、古いほうは来年にでも取り壊されるとか……と」

「あまりよけいなことは付け加えず、じっくり自分で考えさせるほうが、より罪悪感は深まる……というわけですか」

「そのとおり。断っておくが、ぼくだって神でもなければ、悪魔でもない。ただの人間なんだからさ。これで爺さんは涼くんのやり方を踏襲して自殺するだろう、なんて確実に予測できたわけじゃないよ。むしろひと晩、寝てみたら、そんな罪悪感など、ころっと忘れていた、なんてオチのほうが確率としては高い。が、ぼくの暗示が現実化する可能性もゼロではないだろう、という手応えはあった。手応えはあったが、自分でたしかめにいくわけにはいかなかった。万一構内で爺さんと鉢合わせしたりしたら、どうしたんだ、きみ、もう冬休みの大学なんかでなにをしている、という話になりかねない。ぼくの態度に不審を覚えたが最後、さては、通夜の席でのあのやりとりによってわしはこいつに自殺を唆されたのか、と爺さんが察知することだって絶対にあり得ない話ではないからね」

そんな用心までしていたのかと、ぼくは呆気にとられた。ほとんど敬服する気分だ。

「だから、匠さんに見張りを頼んだ……」

「そういうこと。さきほどきみも指摘したように、ぼくは、なにがなんでも先生に死んで欲しか

ったわけじゃない。自分の独善が娘や孫を如何に精神的に追い詰めたかを、思い知らせてやれば
それでよかった。だから、もしもほんとうに先生が自殺を図ろうとしたとしても、きっと匠くん
がうまく止めてくれるだろうと思っていたんだ、が」茶色の封筒を手に取ると指で、ぴんと弾い
てみせた。「まさか、殺されることになるとは、ね」
「は？　な、なにを言ってるんですか」
……まさにこの瞬間だった。ぼくが胡麻本くんの〝敗北〟を確信したのは。すっとぼける彼の
演技そのものは素人目にも完璧だったが、如何せん、タイミングが早すぎた。
「殺された、とかって、どこからそんな極端な話が出てくるんです。遺書だってちゃんとあった
し、ロープだって本人が――」
「もちろん、小岩井先生は自殺するつもりだったが、死んだのは自分で跳び降りたからじゃない。
誰かに突き落とされたんだ」
「つ」胡麻本くん、ほんの一瞬だが、呂律が回らなくなった。「突き落とされた、って、そんな、
か、簡単に言うけど……」
「きみだって知っているだろ。小岩井先生を殺したのはあの日、一般教育棟へ来ていた演劇部の
女の子たち、古仁さん、出水さん、包枝さんのうちの誰かだ、と」
胡麻本くんを、そしてぼくを、交互に睨みつけ、いっさいの反論を封じる篠塚さん。
「誰だったのかは、本人たちに訊かない限り特定できないが、あるいは全員の仕業だったのかも
しれないな」

胡麻本くんもぼくも、さながら蛇に睨まれた蛙の如く、ただ無言で、固まる。胃が凍りつきそうだった。

「順番に説明しよう。二十一日、小岩井先生は一般教育棟へやってきた。匠くんが五階へ上がる途中だったか、あるいは上がった後だったかはともかく、その姿を見逃してしまったのは、先生本人が意図して避けたわけではないんだ。結果的にそうなった、というだけの話さ。先生が行こうとしていたのはもちろん、五階のＬＬ教室だ。ところが、ほんとうならエレベータを使うはずだった先生が、なぜか、ここで階段を上がり始めた」

「……なぜです？」

「その点については後で詳しく説明しよう。ともかく先生はエレベータではなく、階段で五階へ上がろうとしていた。これが、いちばん重要な点だ。だからこそ悲劇が起こってしまったんだからね」篠塚さん、茶色の封筒から、折り畳んだ紙を一枚、取り出した。「三階まで上がったところで先生は、疲れたんだろう、ひと休みするためにトイレへ入った。そこで出くわしたのが、演劇部の三人娘だったというわけさ」

そっと胡麻本くんの様子を窺おうとしたのに、なぜか首を、うまく動かせない。

「三階の男女共用トイレのなかで小岩井先生と遭遇した三人娘は、持っていたピコピコハンマーや張り扇で襲いかかった」

「な……なんで、そんな、いきなり」

「彼女たちは、とりちがえてしまったのさ。小岩井先生のことを、きみと、ね」

先生を……胡麻本くんと？

「きみたちが稽古することになっていた寸劇の内容は、サンタクロースに化けてクリスマスにやってきた泥棒を子どもたちが一致団結して撃退する、というものだったそうだね。いま言ったピコピコハンマーや張り扇は、そのための武器だ」

すぐ横から、胡麻本くんの荒い、瀕死のような息遣いが聞こえてくる。

「衣装は揃えられなかったと聞いているが、トイレで小岩井先生に出くわした三人娘はおそらく、きみが間に合わせの衣装で泥棒に扮しているとかんちがいし、ふざけて、三人がかりで、いっせいに襲いかかったんだ。稽古の予行のつもりで、台本通りに」

あのとき……ぼくが五階の各種教室区画のチェックを終え、エレベータ・ホールへ戻ってきたとき、階下から彼女たちの歓声が聞こえてきた。いかにも楽しげに、和気藹々と、はしゃぎまくっている雰囲気だった……のだが、あれが……まさか、あれが？

「匠くんはそれを、きみたちが脚本の読み合わせでも始めたのかと思ったそうだ。が、そんなわけはない。稽古をするとしたら、教務から鍵を借りた小部屋で、だったはずだろ。つまり各種教室区画のほうだ。いくらきみたちの声が大きかろうとも、エレベータ・ホールにいた匠くんに聞こえたとは考えにくい。少なくともそれほど、はっきりとは、ね。しかし実際に聞こえた、ということは、三人娘がトイレにいたからだったのさ」

胡麻本くんの息遣いが聞こえなくなる。

「三人娘が自分たちのかんちがいに気がついたのは、想像だけど、身体をあちこち叩かれた先生が、ショックでその場で昏倒してしまったからだろう。なにしろ彼女たちは相手がきみだと思い込んでいるものだから、力の入れ方も容赦なかった。きみなら張り扇で少々ぶっ叩かれても平気だろうが、高齢で足腰も弱っていた先生は、たまったもんじゃない。ふらふらよろめいて、倒れた拍子に、壁か床か、はたまた便器だったかは判らないが、頭でも打ってしまったんじゃないか？」

再び胡麻本くんの息遣いが聞こえ出す。

「年齢からして、三人娘は小岩井先生が大学の元教官だとは知らなかったと思われるが、ともかく、ひとちがいでたいへんなことをしてしまったと青くなっただろう。その時点で小岩井先生にまだ息があったかどうかは判らない。が、いずれにしろ、彼女たちに泣きつかれたきみは、このままだとまずい、なんとかしなければ、と考えた。そして、ふと思いついたのが匠くんの存在だったんだ」

「いや……」と、慌てて、こちらを盗み見る胡麻本くんと、ようやく首が動くようになったぼくの眼が合った。「それは……」

「きみはこう考えたんだ。匠くんを目撃者に仕立てて、小岩井先生が一般教育棟から投身自殺をしたかのように偽装できないか、と。そうすれば、三人娘が先生の頭につけてしまった傷も、うまくごまかせるかもしれない。三階ではなく、五階から落ちたかのように偽装すれば、自分たちに疑いがかかる恐れもまずあるまい、と。もちろん、先生が自殺するつもりだったことなど、きみたちは知らなかったわけだが、遺書やロープが用意されていたのは、まことにラッキーこのうえない偶然だったよね。もちろん、ＬＬ教室の出入口の鍵が取り替えられていたことも含めて」

篠塚さん、ぼくを見て、なにやら皮肉っぽく、にやりと笑った。そのときは意味が全然判らなかったが、もしかしたらこう言いたかったのだろうか、と後で思い当たる。すなわち、先生が五階から落ちたことにすれば、たとえ自殺や事故ではなく殺人が疑われても、五階に用があると言っていたきみが容疑者になってくれるんじゃないかと胡麻本くん、期待したのかもしれないよ……と。

「匠さんは五階に用があると言っていたが、もう上がっているだろうか？ 確認する術はないものかと、きみが思案していると、古仁さんという娘が憶い出した。そういえば、一般教育棟へやってきたとき、五階の廊下に誰かがいたような気がする、と」

見てきたような嘘を言いだが、あのとき、ぼくと古仁さんとの眼が合ったような気がしたのはたしかだ。

「匠くんがバイトの関係で十一時半頃までには一般教育棟を立ち去るはずだと知っていたきみはとっさに、それを利用することを思いつく。そして、匠くんが一階へ降りてゆくのを辛抱強く待った。首尾よく匠くんをやり過ごしておいてから、きみたちはみんなで協力し、小岩井先生を三階のトイレから各種教室区画の廊下へと運び出した。ぐったりしている先生をかかえ上げると、その身体を三階の廊下の胸壁越しに下へと落とした」

胡麻本くん、ぼくから眼を逸らした。

「誰がどの役をやったかまでは判らないが、三人がかりで小岩井先生を突き落としているあいだに、あとのひとりはエレベータで五階へ上がり、先生のバッグや杖をＬＬ教室の出入口の前の廊下に置いた。これは、きみが自分でやったのか、それとも他の娘にやらせたのかは判らないが、ともかくきみの発案だったんだろう。演劇部の四人のなかで、小岩井先生が元ＬＬ担当の教官だということをかろうじて知っていたのは、きみだけだったからだ。先生のバッグと杖を置いた後は、階段で三階へ戻る。だからエレベータは、最終的に五階に止まっていた」

篠塚さん、折り畳まれている紙を、ゆっくり開いた。それを見た途端、ぼくは、あッと叫び声を上げそうになった。そうか……そういうことだったのか、と。しかし肝心の胡麻本くん、まだそれに気づいていない。

「先生が転落したのを知って、匠くんは慌てて、学務事務室へ駆け込む。警官たちがやってきたとき、きみは三階のエレベータ・ホールをモップで掃除していたそうだね。三階の廊下から先生の遺体を直視した女の子のひとりが吐いてしまったからだという話だったが、どうかな。それが嘘だとは断定できないが、もっとちがう理由があったからじゃないか？　例えば、三階のトイレから先生を運び出した際、血痕が床に付いてしまった、とかさ」

胡麻本くん、屈辱感も露に眼尻が、うっすら赤らんだ。勢い込んで口を開こうとした彼を篠塚さん、鷹揚に遮った。

「判ってるよ。そろそろ反論したいんだろ。以上の推理はすべて、そもそも小岩井先生がエレベータではなく、階段を使ったという前提に立脚しているじゃないか、と。先生がどうしてそうしたのか、納得できる理由を提示できなければ、すべてはキジョーノクーロンで終わりだ、と。そう言いたいんだろ？」

「机上の空論」をひとことのみ棒読みする、そのわざとらしさが、恐ろしいほどの生理的嫌悪を伴い、耳のなかで残響した。

「その理由はこれさ」篠塚さん、さきほどの紙をゆっくり前へ差し出した。「先生はあの日、エレベータは使えない、とかんちがいしてしまったんだ。これのせいで、ね」

それは、ぼくがチケットを押しつけられたあの演劇部の公演のポスターだった。数あるチラシのなかでも、ひと際めだつ、真っ赤な文字……そして、その独特の字体。

「問題はこの赤いサブタイトルだ。アルファベットと記号を併用している」

左から右へ『♀』『X』『P』『♂』と、横書きで並んでいる。特徴的なのは『♀』と『♂』の記号が、それぞれ上下がひっくり返っていて、逆さまになっていることだ。

「この独特のデザイン。これ、きみは漢字二文字に見えるよう、苦労したそうだね？」

胡麻本くん、答えない。

「メインタイトルは『セックス・ディスオーダー』だから、ほんとうなら『乱脈』と読ませるようにしたかった。しかしなかなか、うまくいかなくて、結局諦め、近似値的な線で妥協したんだそうだね。その妥協した漢字二文字とは、さて、なんだったのかな」

胡麻本くんが口を開こうとした気配を見透かしたみたいに、篠塚さん、畳みかけた。

「ディスオーダーの和訳で、乱脈ではなく、なにかこのデザインに似せられそうな単語はないものかと、辞書を片手に頭を絞ったんだろ？　そして、行き着いた答えが『故障』だった。そうなんだろ？」

すぐ横で、歯を喰いしばるような気配。

「♀の記号をひっくり返せば、故障の故の偏に似ている、と気づいたんだろ？　そしてPは故障の障の偏。故障の故の旁《つくり》はXで代用、故障の障の旁は♂の記号をひっくり返す、という具合。むりめはむりめだが、なるほど、その気になって眼を細めてみれば、故障という漢字二文字に見えなくもない。が、もちろん、言われなければ大半のひとはそうとは気づかない。普通の視力の持ち主なら、ね」

胡麻本くん、大きく息を吐いた。

「ときおり眼が霞んで見えていた小岩井先生の場合は、どうだったろう。ぱっと見、赤くて目立つ字体に惑わされ、すっかり誤解してしまったのかもしれないね。これはイベントのポスターなんかじゃなくて、エレベータはいま故障しています、という管理者からのお知らせなんだ、と。だからこそ先生、このポスターを破り棄てたりもしなかった。そして仕方なく、階段を上り始めたというわけさ。さきほどの説明のおさらいになるが、三階まで辿り着いた先生、一旦トイレへ入った。そのとき、先にトイレにいた演劇部の三人娘は先生の姿を見て、どう思ったか？　なにしろ冬休みという時期が時期だ、大学構内からは教官や学生たちの姿は消えている。なのにそこへ、なにやら怪しい風体《ふうてい》の――と彼女たちの眼には映ったんだろう――人物がいきなり現れたりしたら、これはどう考えても、演劇部の仲間、すなわちきみが、珍妙な扮装をして自分たちを驚かそうとしているんだと、かんちがいしてもむりはないさ」

反論したくてもできない苛立ちに、胡麻本くんの眼は刃物のように尖っていた。

「三人娘はきみが、どっきりの類いの悪戯をしているんだと思い込み、小岩井先生を袋叩きにする。ぼくの考えでは、胸壁越しに遺体を見て吐いてしまったという娘、えと、出水さんだっけ？　その娘がおそらく、先陣を切ってしまったんだろうね。だからこそ、自分のかんちがいに気づいて、ひどくショックを受け、泣いていたんだ。あとのふたりは、もしかしたら出水さんにつられただけで、自分たちのせいじゃない、みたいに考え、苦しい自己弁護をしているのかもしれないね」

＊

翌日の早朝、七時。ぼくは一般教育棟の建物を遠くから見ていた。黄色い立入禁止テープが張りめぐらされ、数人の制服姿の警察官が仁王立ちしている。そのうちのひとりに、ぼくはおずおずと歩み寄った。

あのう、と声をかけると、ん？　と、ぼくの父親と同年輩とおぼしき警察官は手を横に振った。

「学生さん？　だめだよ。いま、ここは立入禁止」

「あ、はい。判っています。判っていますけど、その、七瀬さんという刑……」

そのとき、ブルーシートの近くにいた、黒っぽいスーツ姿の男性がぼくに気づき、近寄ってきた。屈強そうな体軀は腰の重心が定まっていて、さりげない所作にも隙がない。たとえどれほどの修羅場をくぐり抜けてきたその筋の方々でも、このひとにだけは因縁をつけたくないだろうなあ、と思わせる強面《こわもて》が、警察官に微笑みかけた。

「ああ、いいんですよ、彼は。入ってもらってください」愛想笑いは愛想笑いでまた迫力満点で、顔見知りでなかったら、びびってしまうこと必至である。「関係者なんで」

すんなり納得してか、警察官は立入禁止テープを持ち上げ、招き入れてくれる。

「——どうも、ご無沙汰。すまないね、匠くん。こんな朝早くからお呼び立てして」

強面の私服刑事、佐伯《さえき》さんは気安く、ぼくの肩に手を置いた。以前、ぼくの同級生だった警察官が殺害された事件で、ひとかたならぬお世話になったひとである。

「どうやらこのところ、平塚よりも七瀬のほうが、きみにご執心のようだな」と、自分が嵌めているのと同じ白い手袋を、ひと組、ぼくに手渡してくれる。「ぜひともきみの意見を聞きたい、と言って譲らなくてね。まあ、ちょっと付き合ってやってくれ」

一般教育棟の前の道路一帯が、青いビニールシートで囲われている。「あそこに……花江さんが?」

佐伯さん、重々しく頷いた。「遺体は、これから運び出すところだ」

エレベータ・ホールへ入ると、鑑識課員たちが指紋採取の作業をしている。

「すまんが、階段を使ってくれ。五階だ」

ということは、花江さんは五階から転落死したのか……階段で五階まで上がり、各種教室区画の廊下へと出る。LL教室の出入口の前に、鑑識課員たちといっしょに、いつものショートカットで紺色のパンツスーツ姿の七瀬さんがいた。佐伯さんとぼくに気づいて、屈んでいた背を伸ばす。大仰に両手を拡げたかと思うや、溜息をついた。

「はー、ったく。やれやれだよ、もう」

「おいおい」と、佐伯さん、苦笑気味に、そうたしなめた。「わざわざ来てもらっておいて、なんだ、その仏頂面は」

「どう思う、これ」と、七瀬さん、聞こえなかったふりをして、白い手袋を嵌めた手で、なにかをぼくに差し出してきた。葉書サイズの白い封筒だ。七瀬さんが顎をしゃくってみせた先に眼をやると、胸壁によりかかるようにして女性もののパンプスが、ひと組。

「――そこに置いてあったのよ」

「ひょっとして、遺書……ですか?」

七瀬さん、顰《しか》めっ面のまま、頷いた。「まあ、読んでみてごらん」

封筒には『佳男さまへ』と表書きされている。これはもちろん篠塚さんのことだろう。が、その下に『深町《ふかまち》花江』とあったので、ちょっと戸惑った。ふたりが籍を入れず、内縁関係のままだったことを、ぼくが初めて知ったのはこのときだった。封筒から取り出した便箋は『佳男さんへ。死んでお詫びします』との一文から始まっている。

『佳男さんへ。死んでお詫びします。匠くんが見張っていることを小岩井先生に教えたのは、あたしです。なぜそんなことをしたのかというと、女子大生にうつつを抜かす、あなたの裏切りがゆるせなかった。ほんとうに、ほんのちょっとした出来心でした。

でも日が経つにつれ、良心の呵責に耐えられなくなりました。せめて小岩井先生と同じかたちでお別れします。これまでいろいろ、ありがとう。さようなら』

便箋から顔を上げたぼくと七瀬さんの眼が合った。「……本物ですか、これ？」

「やっぱり、そう疑っちゃうわよね」七瀬さん、再び溜息をつき、首を横に振った。「判ってる。判ってるってば。たしかに昨日、きみの見張りのこと、小岩井氏に告げ口した人物がいるとすれば、いちばん怪しいのは花江さんだと言ったのは、このあたし。でもね、こうして現物をつきつけられてみると、ちっとも説得力がない。胡散臭いばかりだ」

「筆跡鑑定は？」

「まだこれから。身元確認のため、いま宛名書きされている内縁の夫と、それから彼女の母親が、こちらへ向かってきている。ふたりに見せてみて、さて、どうなるか。本人が書いたものだと思います、なんて答えが返ってきそうな嫌な予感がしているんだけど。匠くん、どう思う。ほんとうに彼女、ここに書いてある理由で跳び降りたのかしら」

「ちがうと思います。おそらく誰かに、むりやり嘘を書かされたうえで、ここから突き落とされたんでしょう」

七瀬さん、佐伯さんと顔を見合わせると、ずい、と半眼で詰め寄ってくる。

「……心当たりがあるんだね？　五階へ上がる小岩井氏の姿をきみが見逃してしまった原因を彼

女のせいにしておきたい、という特殊な動機を持っている人物に?」

ぼくは頷いた。「ただ、遺書のこともそうですが、いったいどうやって花江さんを、ここまで連れてこられたのか……」

「よっぽどうまく言いくるめたのか、それとも睡眠薬でも使ったのか。具体的な方法は後回しよ。その人物の素性、教えて」

さすがに、ぼくは躊躇した。もしかしたらほんとうに投身自殺かもしれない事案を、殺人事件だと喝破したうえで、その容疑者を名指ししなければならないのだ。

「さきほど七瀬さん、特殊な動機とおっしゃいましたよね。まさにそのとおりです。こんな異常な動機を持っている人物はこの世に、たったひとりしかいない。それだけに、自殺を装って花江さんを殺したりしたら、事情に通じているぼくは、すぐに彼の仕業だと気づいてしまう。そんなことは、彼にだってよく判っていたでしょうに、なぜ……なぜ、そんな……そこまで……そこまで、精神的に追い込まれていたんだろうか」

口を開きかけた七瀬さんを遮るかのようにして私服刑事が、ひとり、やってきた。なにか佐伯さんに手渡しながら、耳打ちする。

「……なんだと?」

佐伯さん、眼光鋭くぼくを見て、手渡されたものをこちらへ寄越す。先刻の遺書と同じサイズの封筒で、署名も同じく『深町花江』となっていたが、宛名がちがっていた。『匠千暁《ちあき》さまへ』となっている。「……え?」

「さきほど、花江の母親を名乗る女性が、ここへ直接、持ってきたそうだ。自分になにかあったらこの封書を、警察を通じて、きみに渡して欲しい、と言っていた……とか」

*

「――で、花江は、なんと書いていたんだ、きみに宛てた、本物の遺書のほうに？」

「要するに、胡麻本くんの偽装工作に協力するふりをした、という告白です。篠塚さんとの推理対決の後、胡麻本くんはその足で花江さんに会いにいった。そして彼女に、小岩井先生に告げ口などしていないという主張を撤回し、やっぱり自分がやりました、という遺書をつくってくれ、と頼んだそうです」

「そうすることで、自分たち演劇部の犯行を糊塗しようとしたわけか」

「それもないとは言いませんが、主な動機ではないでしょう。胡麻本くんは、あなたに負けて、口惜しかったんだ。颯爽と名探偵を演じるべく書いたシナリオを台無しにされ、一転、愚かな犯人に貶められてしまった」

いま篠塚さんとぼくが対峙しているのはシャッターが下りた店舗の前だ。『貸』のプレートが貼られた〈篠〉の成れの果てから持ち出してきたばかりの私物を詰めた紙袋がいくつか、篠塚さんの傍らに置かれている。

「花江さんは胡麻本くんに、こう指示をされたそうです。目撃者を仕込んでおくから、一般教育棟の五階の廊下から跳び降りるふりをしてくれ、と。もちろん、ほんとうに跳び降りる必要はない、異変に気づいた自分が助けにゆくという設定で、そのひと幕を目撃者の前で演じておけば、用意した偽の遺書の告白の内容にも信憑性が増すから、と」

「しかし、胡麻本は最初から花江を殺すつもりだったんだろ？　目撃者を仕込んでおくというのも嘘で、助けるどころか、そのふりをして、彼女を胸壁越しに突き落とした」

「そのとおりです。おそらく胡麻本くんは、本人の筆跡の遺書を確保したうえで、花江さんの口さえ封じてしまえば、あなたの推理を覆せると踏んだんでしょう」

「そして、ぼくに勝てる、と？　それにしては、なんだかずいぶん雑なプランだな」

「まったくです。胡麻本くんは焦り過ぎた。敗者の汚名をすすぎたい一心で」

胡麻本くんは現在、花江さん殺害容疑で警察の取り調べを受けている。いずれ彼の口から出水さん、古仁さん、包枝さんの名前が出て、小岩井先生の件も併せて、彼女たちも事情聴取される展開は免れまい。

「先生を胡麻本くんととりちがえたことに気づいた時点で、へたな偽装工作なんかせず、すぐに通報していれば……」

「しかし、本物の遺書を別に用意して、きみに宛てていた以上、花江は胡麻本の思惑に気づいていたわけだ。なのに、むざむざと殺されてしまったのか」

「直接手にかけたのが胡麻本くんでも、実質的に花江さんは自殺だったんです。男に利用されるだけの人生は嫌になった、という意味のことが遺書には書いてありました」

「男に利用されるだけの人生、か」

「篠塚さん」

「なんだ」

「これも……これもすべて、あなたの仕組んだことだったんですか」互いの眼が合った瞬間、ぼくは自分の指摘が的を射ていると確信した。「こうなることを予測して、胡麻本くんを、あそこまで追い詰めたんですか」

「まさか、最終的に花江を死に追いやるために、かい？　きみはまたずいぶん、ぼくのことを買いかぶってくれているようだが、そこまで深謀遠慮な策士じゃないよ」

「花江さんは精神的な爆弾をかかえていた。そのことを、あなたは知っていたはずだ。つまり、意図的に不誠実な態度をとり続けていれば、絶望した花江さんが、いずれ自ら命を絶つ選択をしかねない、と充分に承知していたということなんだ。ちがいますか」

報われない愛に絶望していた花江さんも、最後の選択をするためにはもうひとつ、なにか強力に自分の背中をひと押しするものが必要だったのだ。だからこそ胡麻本くんが眼の前に現れたとき、敢えてその誘惑に乗った。篠塚さんへの背信行為という負の実績をつくることによって、自らを追い詰めたのだ。

「たとえ今回、胡麻本くんのことがなかったとしても、花江さんは遠からず、こういう選択をするだろうと、あなたは予測していた。彼女に陰に陽に心理的圧力をかけ、そう仕向けていたからだ」

「陰に陽に、というが、具体的には？」

「真面目にお店を経営するつもりもないくせに、資金繰りのためと称して女子大生と浮気した。あと店内で、仮にも客であるぼくに対して敢えてタメ口を貫き通していたことも、いまにして思えば作為的だった。いくら同じ大学の大先輩とはいえ、あなたのそんな雑な接客態度に花江さんが苛立ち、厭世的な気分を募らせないはずがない」

軽く首を横に振ると篠塚さん、拍手する真似をした。「花江は重たい女だった。ただ重くて重くて、何度も振り落とそうとしたが、だめだった。彼女から離れるには、もう死別しか方法はないな、と思ったこともある。従って、予測かどうかは別として、彼女の死を夢想したことなど一度もないと言えば、それはたしかに嘘になるね」独り言つように、こう付け加えた。「これで四人目……か」

「なんのことです」

「ぼくが死に追いやった者の数さ。花江、小岩井先生、そして、涼くん」

「涼くん……え」

いや、まて、三人……ではなくて、四人？

「十三年、いや、もう十四年前か。三十路を迎えたのを機に、ぼくは里見涼くんの家庭教師を辞めた。置きみやげをして、ね」

「置きみやげ……って」

相手がなにを言おうとしているかを漠然とながら悟り、ぼくは戦慄した。これから始まるのは、そう、悪魔の口上なのだ、と。

「涼くんは頭のいい子だった。本もよく読んでいて、中学生にはちょっと難解だと思われるような議論にも、ちゃんと付いてきた。とりわけ彼が喰いついてきたのは、親のエゴが如何に子どもを精神的に支配、束縛し、自立心を奪い、最終的には魂の殺人とも称すべき悲劇的な袋小路へ追い込むか、そのメカニズムについてだ。もちろん、涼くんの頭にあったのは自分とお祖父さんの関係だろう。その苦悩がこちらには手に取るように判っていたから、ぼくは敢えて、小岩井先生の話題は避けた。中学一年生から三年生までの三年間、一度も彼と先生との関係性については言及しなかったよ。その代わり、ぼくが開陳したのは自分と父親との関係だ」

「お父さんとの？」

「あらかじめ断っておくが、ぼくはなにも直接、手を下したりしてはいないよ。涼くんの死は、現象的には正真正銘の自殺だ。彼は自分の意思で遺書を書き、自分の意思で首を吊ったんだ。その事実に揺らぎはない」

「だが、表面には決して浮かび上がってこない、あなたの作為がそこにはあった……」

「浮かび上がってくるはずがない。なぜなら涼くん本人も、そんなぼくの思惑が裏側で働いていたとは夢にも思っていない。自殺を決意したのも、実行したのも、純然たる自分の意思だと信じていたからさ。つまり、すべての経過は自発的なものだと思い込ませるように心理操作すれば、自殺というかたちで他者を葬ることが、理論的には可能となる……はは、キジョーノクーロンだと思うかい？」

「あなたは、自分の父親との葛藤を語ってみせることで、涼くんに、彼とお祖父さんの関係性の本質に改めて気づかせた……」

「さすがだ。きみにはこれ以上、詳しい説明は不要じゃないかと思うが、もうひとつ断っておこう。ぼくはなにも、涼くんにつくり話をしたわけじゃない。父親の干渉、管理によって如何に苦しめられたか、その体験談を語っただけだよ。偽善的な独裁者のくせに、ニュートラルでものわかりのいい慈父みたく振る舞いたがるという点で小岩井の爺さんと、ぼくの親父はとてもよく似ていた。そんな偽善に騙されて、うっかり父親を尊敬してしまった時期もある。だが、ふと気がついてみると、ぼくは自分自身の意思ではなく、親父の価値観によってすべてを決定している、というか、決定させられているじゃないか」

「ものごとを是だ非だと判断しているのは、自分自身ではなく、自分の心に内在化された父親の声だった……と」

「どうしてもっと早く、きみに出会えなかったんだろうね。まさにそういうことさ。ぼくは、ぼくという人格ではない。親父のエゴを心に内在化させた人形であり、作品にすぎない。そう気づいた途端、激しい憎しみが湧いた。こいつは自分の息子のことを、まるで粘土人形みたいに扱っている……と。なにより赦せないのは、そうやって息子のすべてを支配し、魂を殺しているくせに、自分は愛情と理解に溢れる、立派な父親であると信じきっているってことさ。そんな自己満足、ぶち壊してやると、そう誓ったんだ。いまに手前《てめえ》の立派な作品をぶち壊してやる、とね」

「つまり、自殺を考えた」

「そういうこと。もしもぼくが院生のとき、親父が交通事故死していなかったとしたら、おそらく実行していただろう。ぼくがひとつだけ親父に感謝しているとすれば、早死にしてくれたことだけさ」

「そういう話を三年間にわたり、じっくり聞かされた涼くんは学習したわけですね。自分もまた魂を殺された人形であり、そして殺人者であるお祖父さんに対する復讐の方法は自殺しかない……と」

「さっきも言ったように、ぼくのほうから小岩井先生のことは話題にしない。あくまでも涼くんが自分で気づくように持ってゆく、それが極意であり、テクニックだった。そして仕上げに――」

「言うところの置きみやげ……ですか」

「志望高校に合格した涼くんに、家庭教師を辞めることを告げると、とても残念そうだった。なんとか続けてもらえないか、と懇願された。友だち付き合いでさえ祖父に制限されている彼だ、家族公認で親身になってくれる相談相手として、ぼくの存在は想像以上に貴重だったということだろう。そこでぼくは、とどめのひとことを、さりげなく発する……いや、ぼくもできれば続けたいんだけど、どうもこのところ、教育方針を巡って、お祖父さんに好ましく思われていないみたいで、やりづらいんだよね、と」

「それを聞いて、涼くんは絶望したんだ。お祖父さんは自分から、なにもかも奪ってしまう、学校の友だちばかりでなく、ついには唯一の理解者だった家庭教師の先生まで、と。そしてあなたがさりげなく点火していった、涼くんのお祖父さんに対する激しい憎悪は、ついに爆発してしまう……なぜ？　なぜ、あなたは、そんな罪深いことを？」

「別に。ぼくはただ、小岩井の爺さんがどんな顔をするのか、見てやりたかっただけさ。ろくに人生経験も積んでいないおまえの論理なぞ、すべてキジョーノクーロンだと嘲笑したあいつは、もしも自分の孫が、そのぼくの机上の空論に操られて自殺したりしたら、いったいどんな顔をするのか……ってさ」

　ぼくの眼前には悪魔がいた。恐るべき、そして憐れむべき、悪魔が。

「……しかし、神さまっていうのは、いるんだね。涼くんが死んだのは、ぼくが時限装置を仕込んでから、約三年後だったが……それとほぼ同時期に幸典《ゆきのり》が……ぼくの息子が、死んだんだ。跳び降り自殺をして」

　悪魔が死に追いやった者の数……それは三人ではなく、四人。

「気がついてみれば、ぼくは、かつて親父がぼくにしていたのとまったく同じ仕打ちを、幸典にしていたんだ……支配する父親を憎みに憎んだ息子が、父親になった途端、今度は自分の息子を支配し、憎まれていたんだ」

意匠の切断

「ただ単に頭がおかしいやつ、というか、危ないやつ、というか……」と佐伯《さえき》さん、しきりに指で自分の眉毛を掻いている。斜め前に座っているタカチをちらりと一瞥した。普段の強面ぶりからはちょっと想像できないほどの気まずげな色が、ほんの一瞬ではあったものの、その眼によぎったのが印象的だった。説明している事件の内容が内容なだけにある意味当然なのかもしれないけれど、けっこう意外な気もした。「ともかくそういう変質者の類いによる無意味な残虐行為、というだけの話なのかもしれないんだが」

「たしかにそうですよね」当のタカチこと高瀬千帆《たかせちほ》は、そんな佐伯さんの表情に気がついているのか、いないのか、同意を求めるかのように、ぼくに頷いて寄越す。「犯人は、なぜわざわざ被害者ふたりの首と手首を切断して殺害現場から持ち去ったのか？　ふたりの胴体のほうは、まるまる被害者宅へ放置していっている。動かそうとした形跡も皆無だったわけだから、遺体をどこか余所《よそ》で処分して犯行を隠蔽しようとしたとか、そういう理由ではなかったことは明らかですよね」

タカチの「胴体のほうは、まるまる」という言い回しに、そこはかとなく不謹慎な響きを感じるぼくだったが、これまた血腥い事件が事件なだけに、あまり他に表現のしようもない。

「しかも、わざわざ殺害現場から持ち出したふたりの首と手首にしても、ひと眼につかないところへ遺棄しようとしたとか、そういう目的だったとも思えない、と」

「それぞれ別々の場所に、これみよがしに放置していったんだからな。女性被害者の首と手首は、城所公園の阿舎《あずまや》に。男性被害者のほうは、民家の玄関の真ん前の歩道に。いずれも、まるでオブジェをディスプレイするかのような趣きで。生首をきれいに立たせて、その顎に手首を添えるかたちで」

もちろんぼくは実際には見ていないが、それはあたかも遺体が自分の顎を撫でるポーズに見立てているかのようだったという。それぞれ離れた場所で発見された男性被害者と女性被害者の首と手首、どちらも同じ構図で放置されていた以上、決して偶然そうなったのではなく、犯人が意図的にそういう置き方をした、と解釈すべきだろう。

「しかも犯行時、ふたりといっしょにいた三人目の男性被害者の遺体にはなにも手をつけずに、全裸のまま、厳密に言えば腰にバスタオルを巻き付けただけの恰好のまま、殺害現場である女性被害者の部屋へ放置していっている、とくる」

「いったいどういうつもりで、そんなおぞましい真似を……」

「おぞましいというか、なんだかちぐはぐというか。もちろん、合理的な理由なんて、なにもないのかもしれん」佐伯さん、溜息交じりにかぶりを振った。「頭がいかれている、というか、自己顕示欲が異常に肥大した犯人なのかもしれん。例えば、己れの犯行を世間に対して大々的にアピールしないとどうにも気がすまないやつ、とかな。単にそれだけの話なのかもしれん。いや、きっとそうなんだろう。ほんとうに、単にそれだけの話。それだけの話……なのかもしれないんだが」

佐伯さん、再び自分の眉毛を掻いた。しかも、かつて見たことがないほど落ち着きのない、憂いの籠もった仕種で。「どうも気になる。気になって仕方がないんだ。ほんとうにそれだけの話なんだろうか、と。きみたちは……きみたちは、どう思う？」

＊

一九九四年、一月五日、水曜日。

ぼく、匠千暁《たくみちあき》は学生時代から相も変わらぬバイト先である喫茶店〈アイ・エル〉の店内で、無人の各テーブルを拭いて回っていた。時刻は午後五時。今日の営業終了まであと二時間だが、ぼくのシフトはそろそろパチンコから戻ってくるはずのマスターと交替すれば上がりである。さて、今日はどこへ飲みにゆこうかと算段していたそのとき、店の出入口のカウベルが鳴った。

反射的に「いらっしゃいませ」と声をかけたぼくは、ちょっと戸惑った。黒っぽいスーツ姿で中肉中背の、四十歳くらいの男性。普段はモラトリアム感丸出しの〈安槻《あつき》大学〉の学生たち御用達の〈アイ・エル〉にはいささか似つかわしくない、というか、違和感が半端ない。もしも他にお客さんがいたら、すわ、その筋の方ご来店かと、かんちがいされたかもしれない。

そんな己れの威圧感たっぷりのいかつい風貌を自覚しているのか、安槻署の刑事、佐伯さんは

「やあ」と少々ぎこちない微笑を浮かべ、カウンター席についた。

「めずらしいですね」と思わず本音を口にしつつ、佐伯さんの前にお茶とおしぼりを置いたぼくは、これまた無意識に、閉まったばかりの出入口のドアのほうを窺った。「おひとりですか?」

「まあね。あ、ホットを」佐伯さん、手を拭ったおしぼりを、きれいに畳んだ。「といっても実は、ゆっくりコーヒーを楽しみにきたわけじゃないんだ」

「え。と、いいますと?」

「きみ、もうすぐここのバイト、上がり、ということでいいんだよね」

「そうですけど」よく知っているなと、ぼくはますます戸惑ったが、後から思えば多分、同僚の七瀬《ななせ》さんか、平塚《ひらつか》さんあたりから聞いたのだろう。

「だったら、すまないが、いまから少し時間をもらえないかな」小さな湯吞みを取って、お茶をひとくち。「ちょっと相談したい、というか、ぜひきみの意見を聞いてみたいことがあってね」

「えと。もしかしてそれって、お仕事のことで、ですか?」

「もちろんそうなんだが、今回は公式の面談ということではなく、基本プライベートできみと雑談をする、というかたちにしておいてもらいたいんだ。もしも後日、誰かに、このことについて訊かれたりした場合には」

「誰かに、というと、例えば?」

「まあ、七瀬とか、平塚とか。なんせ、こっそりきみに会いにきていたなんてことが、もしもあいつらにバレたら、どれだけ冷やかされることになるか、判ったもんじゃないからな」

なにごとにせよ同僚の耳目をはばかって行動するというのもなんだか佐伯さんのイメージにはそぐわない感じだし、ぼくと会っていたことが七瀬さんや平塚さんに知られたとして、どうしてそれほど冷やかされなければならないのか。どうもいまいちよく判らなかったが、いずれにしろプライベートで、というのなら気は楽である。

「そういうことでしたら、ちょうどいまから飲みにいこうと思っていたので、ごいっしょにいかがですか」

「お、いいね」相好《そうごう》を崩すと佐伯さん、ちらりと壁の掛け時計を見上げた。「明日は非番だし。ひさしぶりに、ゆっくりやるか。今夜はもう、建前でもなんでもなく、仕事っけ抜き、ということで」

という佐伯さんの声に被さるようにして、店の奥のお手洗いのドアが開閉する音が響いた。カツン、カツンと小気味よいリズムの靴音とともに現れたのはタカチだ。佐伯さんの姿を認めた彼女、普段は氷柱《つらら》並みのクールさがたちまち溶けて破顔一笑するや、足早に歩み寄ってきた。

「どうもごぶさたしています、佐伯さん。お元気でした?」

普段は滅多に已れの感情を露にしないタカチの、かくも無防備な喜びっぷりは、なかなか貴重な眺めである。傍《はた》で見ていて幸せというか、ちょっと得した気分になれる。が、肝心の佐伯さん、突然の再会によほど驚いたのか、ぽかんと口を半開きにして、彼女をただ見上げるばかり。

そんな佐伯さんの反応にタカチも困惑したのか、自分のグレイのパンツスーツの上着の肩の部分を左右交互に、まるで埃でも払うかのような手つきで、そっと触れる。「えと、高瀬です……

し？」

けど」と、めずらしく自信なげに、ぼくのほうを見た。「そんなに変わっちゃったかしら、わた

「いや。いやいやいや、そうじゃなくて」と佐伯さん、慌てて手を左右に何度も何度も振る。

「すまない。そういうことじゃなくて、だね。その、びっくりしたんだよ。だって、きみはたしか、大学卒業後、東京で就職したと聞いていたから、まさか、こんなところで会えるとは……」

「運良くお正月休みに有給をつなげられたので、ただいま帰省中です」

もちろんタカチは安槻出身ではないので、帰省中と称するのは全然正しくないのだが、もしかして存外それが彼女の心からの実感なのかなと思うと、なんだかじんわり、胸が温かくなる。

「ほんとうは昨年の夏に帰ってこようと思ってたんですけど、なかなか調整がむずかしくて、結局実現できず。今回ようやく。いわばリターンマッチってところですね」

と、そこへ奥の厨房との仕切りのカーテンをひょいと捲って、マスターの奥さんが顔を覗かせた。「匠くん、今日はもう上がっていいわよ」

「え。でも」まだマスターが戻ってきていませんがと言おうとしたら、奥さん、からっと笑って掌をひらひら、宙に泳がせた。「いいのいいの。どうせもう今日は、お客さんも来ないだろうしね」

たしかに学生たちが本格的にキャンパスへ戻ってくるのは来週以降だし、この数日、来店しているのはモーニングとランチ目当てのご近所の独り暮らしの高齢の方々ばかり。長年の常連さんたちとはいえ、そのために元日から夫婦で、ずっと店を開けているというのも、なかなかの功徳《くどく》

と言うべきだろう。

「また明日のお昼、お願いね。あ、こちらの方の」と、上向きにした掌で佐伯さんのほうを指す。「コーヒーはキャンセル、ってことでいいのね？」

その悪戯っぽい、わけ知り顔からして、どうやらさきほどのぼくたちのやりとりを厨房で聞いていたらしい。「えーと、どうしましょう」と訊くと佐伯さん、一拍間が空いたものの、頷いたので、ぼくは「はい、ではそういうことで、お願いします。どうもすみません」と奥さんに頭を下げ、サロンエプロンを外した。

「じゃあ、行きましょうか」と促すと佐伯さん、一瞬虚脱したかのような面持ちでタカチとぼくを交互に見たが、すぐに「あ、ああ、行こうか」と立ち上がった。三人揃って〈アイ・エル〉を後にする。

「さて、と。今日はどの店にしよう？」

「どうせなら、街まで出ましょうか」とのタカチの鶴のひと声で、ぼくたちは大学正門前の電停から路面電車に乗り込んだ。

「佐伯さん、ひょっとして」吊り革をつかみながら、ぼくは訊いた。「個室のあるところがいいですかね、やっぱり？」

「え。うーん」電車の振動に身を委ねつつ、佐伯さん、吊り革を持っていないほうの手で顎を撫でた。「まあ、できるならね。そのほうが、なにかといいかもな」

「おや、なんですか？」佐伯さんとぼくに挟まれるかたちで立ったタカチ、悪戯っぽい笑みを浮かべた。こうして三人で並ぶと彼女の長身が際立つ。「おふたりで、なにか密談の類いなのかしら」

「密談と言っていいものかどうか判らないけれど、なにかお仕事関係の話らしいから」

「そうか、個室ね。どこか、あったかしら、適当なお店」

仮にあったとしても今日あたりは予約していないと厳しいかもしれないなと思った、そのぼくの胸中に呼応するかのように、タカチはこう提案した。

「そうだ。わたしの部屋で、なんてどうかしら」

「え」心なしか佐伯さんの声が裏返る。「きみの部屋？　というと、まだこちらに住居を残したままなのかい？」

「いいえ。いま泊まっているホテルの部屋のことです。シングルじゃなくてダブルなので、わりとゆったりできると思いますよ」

「てっきり、きみは」と佐伯さん、ぼくのほうに顎をしゃくってみせる。「こちらへ来るときは彼のところに泊まるものだとばかり、思っていたんだが」

「まさか。あんな倒壊寸前のアパートなんかで寝起きできませんよ。いまどき風呂なし、トイレと流しは共同までは、まあいいとしても、この季節に暖房器具がなにもない。これでよく生きてるなあ、って皮肉抜きで感心するくらい。そのくせ、佐伯さん、知ってます？　わたしがこちらへ帰ってきたその日からずっと、彼、ちゃっかりホテルへシャワーを借りにくるんですよ。どう思います？　そんなに不自由しているのなら、いい加減にどこか、もっといいところへ引っ越したらどうなの、って話で」

「いや、それはだって、シャワーを借りるのが目的じゃなくて、他ならぬきみに会いにきている、ってことなんだろ？」

「だったら、まだ可愛げってものがあるんですけどね。この前なんか、だいぶ酔っぱらっていたせいもあるんだけど、ほんとにシャワーだけ浴びたらその後、ことっと寝入りやがったんですよ、こいつ。まあ、あのときの、なさけなさといったら。卓袱台《ちゃぶだい》返しじゃないけれど、ベッドごとひっくり返してやろうかと思いましたよ。なにしに来たんだ、オマエは、って感じで」

やはり佐伯さんとの思わぬ再会に心が弾んでいるのだろう、これほど饒舌なタカチも極めてめずらしい。饒舌なだけではない。こんな軽めの内容のトークもできるのか、と彼女との付き合いの長いぼくでさえ、ちょっとびっくりである。

この芸風、なんだか誰かに似ているなと思ったら、そうだ、ボアン先輩こと辺見祐輔《へんみゆうすけ》ではないか。学生だったときのタカチは年がら年じゅう、ボアン先輩と夫婦漫才をしているようなものだった。軽佻浮薄にボケ倒す先輩にタカチが辛辣かつ徹底的なツッコミを入れるというのが基本スタイルなのだが、いまは彼女のほうがボケ役に回っているみたいな趣きである。指摘したら本人はさぞ嫌がるだろうが、知らないうちにけっこうボアン先輩の影響を受けているんじゃないかしら。

そんなタカチの言葉に妙に放心の態でいちいち頷いていた佐伯さん、ふいに、ぷっと噴き出した。「なるほど。なるほどな。いかにも匠くんらしいエピソードで。って、あ、いや、失敬。そんなふうに断定できるほど、きみのことをよく知っているわけじゃないんだが、その、なんとなく、ね」

「かまわないから、どんどん断定しちゃってください。彼ってけっこういろいろ、見たまんまの人間ですから」

タカチが泊まっている〈ホテル・ニュー・アツキ〉には県庁前電停がいちばん近いのだが、ぼくたちは買い出しのために、そのもうひとつ先、市街地でもっとも大きな商店街アーケードの出入口付近で降車した。

「さて、と」佐伯さん、腰に両手を当てて、アーケード内を見回した。「なにかリクエストはあるかな」

「食べるものは佐伯さんにお任せします。なにせ」タカチは、ぽん、とぼくの肩を叩いてみせた。「たらふく飲めればそれでいい、という御仁ですから」

「そうか。じゃあ先ずは酒屋に」

「あ。そちらもご心配なく。こういうバカみたいに飲むやつと長年付き合っていると、会うときには必ずアルコール飲料をたっぷり用意しておく癖が知らないうちについちゃってて。当然、今日もホテルの部屋にはいろいろ取り揃えてありますので。はい」

「なるほどな。了解」苦笑して佐伯さん、歩き出した。鄙《ひな》びた雑貨屋と鮮魚店のあいだの小さい路地へと入ってゆく。「ごめんよ」と勝手知ったる物腰で引き戸を開けたのは間口の狭い、まだ暖簾は掛かっていないものの、どうやら小料理屋らしい、古い家屋だ。煤けた色合いのカウンターの向こう側の厨房では頭巾を被った老婆と、作務衣姿の中年男性が忙しそうにしている。歳恰好からして親子だろうか、仕込みの真っ最中のようだ。

「折詰、頼めるかな、三つ」

「飯、炊いたばかりなんで」中年男性、佐伯さんにだけでなく、タカチとぼくにも会釈してくる。「ちょっと時間がかかりますが」

「いいよ。待ってる。あ、ビールを一本、もらおうかな」

手振りでタカチとぼくをテーブル席につかせた佐伯さん、厨房の奥からセルフサービスで瓶ビールを一本とコップを三つ、取り出してきた。手早く三人分ビールを注いでおいてから、店内の壁に掛けられた年代もののおしながきを見上げる。

「なにを包んでもらおうか。きみたちは、なにがいい？」

タカチとぼくは顔を見合わせた。折詰を三つ頼んだということは、それで酒の肴を適当にみつくろってもらうんだろうな、とばかり思い込んでいたのだが、そうじゃないのかな？

「じゃあ、そうですね、えーと、わたしは」とタカチは楽しそうに、おしながきを指さし確認。「牛刺しが気になります」

「お、いいね。匠くんは？」

「えと、玉子焼き、とか」

「よし。おーい、すまんが」と佐伯さん、厨房のほうを振り返った。「追加で牛刺し、玉子焼き、それから和風餃子だ。全部、持ちかえりでな」

「はいよ。でもセンセー、そうそういつもいつも持ちかえるばかりじゃなくって、たまにはここでじっくり腰を据えて、飲んでいってくださいよ」

先生と呼んだからといって学校教師だと思っているとは限らないわけだが、佐伯さん、ここではどんなふうに自己紹介をしているんだろ。やっぱり定番で、公務員とか？

「うん。そのうちに。そのうちに、な」

他の予約客たちの分の仕込みなどで忙しかったのか、結局持ちかえりの折詰を全部用意してもらえるまで四十分余りと、けっこうな時間がかかった。その間、ぼくたち三人はといえば、瓶ビールを五本、空けてしまう。支払いを割り勘にしようとしたら佐伯さんに固辞された。「そういうわけにはいかんよ。こちらからお願いして、時間をもらっているんだから」

店の外へ出ると、辺りはもう暗くなっている。ぼくたちは折り返しの電車には乗らず、てくてく、てくてくと歩いて〈ホテル・ニュー・アツキ〉へと向かった。

ホテルのフロント前のロビーを通ってエレベータへ向かいながら、佐伯さんは三階分吹き抜けになっている天井を感心したように見上げた。「なかなか豪華だな」

「ここは初めてですか」

「リニューアルされる前に何度か来たことがあるよ。プライベートじゃなかったがね」

タカチが泊まっているダブルの客室へ入ると、なんとも食欲を刺戟する、焼き物のそれとおぼしきいい匂いが、電車通り沿いの道を歩いているときよりもなおいっそう濃厚に、まとわりついてくる。玉子焼きのものか、それとも和風餃子か。

備え付けの冷蔵庫を、身を屈めて開けるタカチの手もとをなにげなさそうに覗き込んだ佐伯さん、ちょっと、いや、大いに呆れ顔になった。たはは っ、と腑抜けた笑い声を洩らす。「よくもまあ、これだけ缶ビールばっかり詰め込めたもんだね」

ホテル側が冷蔵庫に通常用意しているソフトドリンクや缶コーヒーなどはすべて外へ追いやってまで、むりやりスペースを確保してしまうという、いじましさが可笑しかったようだ。もちろん、そのいじましさにいつもツッコミを入れているのは他ならぬぼくたち自身だったりするわけだが。

「だから言いましたでしょ。バカみたいに飲むやつがいるから、と」窓際の簡易応接セットの小振りのコーヒーテーブルに、三人分の缶ビールをタカチは置いた。「佐伯さん、ビールでいいですか？　安物だけどウイスキィやブランデーもありますよ」

「うん、やっぱり最初は、って全然、最初じゃないわけだが、とりあえずはビールで乾杯するか」

折詰のパックの輪ゴムを外して牛刺し、玉子焼き、和風餃子を所狭しとテーブルに並べた。さて、そもそも最初に佐伯さんがオーダーした折詰の中味ってなんだろうと包装紙を開けてみると、にぎり寿司だ。赤身と白身、とりまぜて十貫、並んでいる。が、普通のにぎりとちがってネタに琥珀色の照りがあり、その表面には刻み葱がたっぷり、まぶされている。

「これって、ヅケですか？」

「そう。漬けにぎり。まあひとつ、喰ってみてくれ」

折詰に添えられている割り箸で赤身をつまみ上げ、頰張ってみた。いわゆるマグロのヅケ的な味を予想していたら、これが微妙に、かつ良い意味で裏切られる。

醤油ベースだが、塩気があまり出しゃばらず、ほんのり甘味を感じる。かといって味醂や砂糖のような尖った風味でもない。なにか独特の出汁《だし》を使っているようだ。

「おいしいですね」

「だろ?」お店の瓶ビール程度ではまだ酔ってはいないと思うが、佐伯さん、子どもがはしゃいでいるみたいに得意げだ。「刺身でもいけるものを、敢えてヅケにするのが贅沢なんだよな。お値段も手頃だし。サイズも普通より心持ち小さめなんで、忙しいときにはお手軽に喰えて重宝するんだ。おれって実は、パンが苦手でさ。張り込みのときなんかに菓子パンとかを差し入れされるともう、どっと萎《な》えるんだが、これだと、うん、実にいい具合で」

普段ぼくたちの前では「わたし」という一人称で通すことの多い佐伯さんが「おれ」とは、よほどリラックスしているらしい。ときおりタカチへ向けられる、少し眩《まぶ》しげな眼差しを見ていると、佐伯さんは佐伯さんで、彼女との再会を喜んでいるんだろうな、と察せられる。

「ひょっとして」ふむふむと漬けにぎり、牛刺し、玉子焼き、和風餃子と順番に味見をしたタカチ、虚空に視線をさまよわせた。「これ全部、ベースは同じ出汁、とか?」

かもしれない。牛刺しのタレは葱、タマネギ、ニンニクと薬味は至ってオーソドックスだが、醤油ベースの味付けがやはりほんのり優しく、甘い。和風餃子も、独特の甘味を利かせたポン酢が湯葉の皮の食感を引き立たせているし、多分玉子焼きも同じ出汁を使っているものと思われる。

「なんだろ。例えば、梅干しと日本酒あたりを煮詰めて、野菜スープかなにかを加えたとか、そんな感じ？　いや、単なる当てずっぽうなんだけどさ」

「いますぐにでもお店へ引き返して、教えてもらいたそうな顔ね」

「ははは。そこは企業秘密だ。そうそう簡単には教えてもらえんよ。さて……」ウイスキィの水割りに切り換えた佐伯さん、さっきまでの楽しげな様子から一転、肩を落とし、深く嘆息した。「せっかくうまいものを喰っているときに、あまり愉快ではない話で、ほんとうにもうしわけないんだが」

　どうやら本題に入るようだ。美味に緩んでいた表情が引き締まる。

「事件かなにかですか」

「そうなんだ。一昨年の七月に起きた、猟奇事件でね」

　一昨年ということは、一九九二年。その年の七月はタカチやぼくはまだ大学四回生で、卒業準備諸々に追われていた頃だ。

「事件の第一報は、もしかしたらきみたちも新聞かテレビのニュースで眼にしたかもしれない。が、その後、この事件に関する後追いの報道はいっさい為されていない。これにはいろいろ、ややこしい事情があってね」苦々しげに水割りを、がぶり。「被害者のひとりが、いわゆる華麗なる一族というか、中央政財界の大物の血縁だったんだ。しかも彼女が殺害された状況が状況だけに、へたしたら全国的な一大スキャンダルに発展しかねない。実名報道はもちろん、いかなるかたちでの後追い記事もまかりならんと、マスコミには徹底的に箝口令《かんこうれい》が敷かれた」

「彼女、ということは女性だったんですか、被害者は」

「ひとりはね。当時、高校二年生。名前は、きみたちを信頼して本名で言うが、蜂須賀美鈴《はちすかみすず》」

そう言われても全然ピンとこない。そっとタカチを窺うと、彼女もただ肩を竦めてみせるばかり。そんなぼくたちの薄い反応に佐伯さん、いささか拍子抜けしたようだ。

「本来、蜂須賀家は東京在住なんだが、いろいろ家庭の事情があって美鈴は遠く離れた安槻で独り暮らしをするようになり、〈丘陽《きゅうよう》女子学園〉に通っていた。その親戚には都知事や官房副長官を務めた人物をはじめVIP級が何人もいるという、なかなかアンタッチャブルな家系で。って、ま、そんなことはどうでもいいか。その蜂須賀美鈴の首と手首が発見されたのは……ん。あ、いや、まてよ。ちゃんと事件の時系列に従って、順番に説明したほうがいいかもな。最初に首と手首が発見された被害者は桑満到《くわみついたる》。当時、二十歳。地元の暴走族のアタマだった男で、生前、蜂須賀美鈴の部屋に頻繁に出入りしていた」

切断された桑満到の首と手首が発見されたのは一昨年の七月二日、木曜日の午前三時。船引町の、とある民家の玄関前の歩道で、だったという。

「通報したのは、その民家で独り暮らしをしている上山由利《かみやまゆり》という、当時七十二歳の女性だった」

「それって、首と手首を発見して、すぐに通報したんですか？」

「もちろん、そうだ」

「午前三時だったということは、なにか不審な物音で目が覚めて、様子を見ようと外へ出てみて、

「とか、そういう経緯で?」

「いや。上山由利はいつもその時間帯に起きて、近所を散歩する習慣だったそうだ」

「早朝にウォーキングをされる方はめずらしくないけど、午前三時って、ちょっと早すぎませんか。しかもお歳を召した女性が、ひとりで、とは。いささか不用心な気も」

「近所に棲み着いている野良猫たちに、餌付けをして回るのが楽しみだったらしい」

「ははあ。猫は夜行性だから、と?」

「高齢で独り暮らしの寂しさを、まぎらわせるためなのかもしれないね。ただ、近所の住民たちのなかには野良猫の鳴き声や糞害に悩まされている者も多くて、町内会が彼女に、餌付けを止めるよう、厳重注意していたという。上山由利本人は、こんなにも動物愛護精神に溢れる自分がどうしてそんな的外れな批難をされなければならないのか、まったく理解できないと、まあ、いくら激しく抗議されてもそんな調子で、議論がいっこうに嚙み合わず、埒があかなかったらしいがね」

桑満到の首と手首を発見した上山由利は当初、誰か不届き者が、壊れたマネキン人形を自分の家の前に棄てていったのかと思った、という。だが、街灯の淡い明かりのなかで陰影を刻んで浮かび上がるその相貌の質感が、どうも造りもののそれとはちがう。もしかしたら人間の生首かもしれない、と気味が悪くなって、自宅へ取って返し、警察に通報したという。

「気味が悪くなったと言うわりには、どっしり落ち着いた印象のほうが、少なくともわたしは強かったな。最初に駈けつけた警官たちの質問にもはっきり、しっかり、特に動揺した様子もなく、受け応えしていたらしいし。もともとものに動じない質《たち》なのか、それとも人生経験の多様さの差か」

むろん、この段階ではまだ被害者の身元は判明していない。ぱっと見た限りでは、どうやら若い男性のようにも思えるが、なにしろ首と手首しかないのだから即断はできない。唯一はっきりしているのは、被害者はどこか余所で死亡後、首と手首を切断され、運ばれてきた、ということだ。周辺の歩道には血痕などがいっさい見当たらなかった。

「猟奇事件発生でただでさえ騒然となっているところへ、それからわずか二時間半後に再び、人間の生首が転がっているとの通報があったものだから、たまげたよ」

通報したのは、今度も独り暮らしの女性、戸沼加奈恵《とぬまかなえ》、六十五歳。ただし発見場所は船引町ではなく、城所町。おおまかな位置関係としては、電車通りを挟んで船引町は南側、城所町は北側である。

「同じ日の午前五時半に発見された、そちらのほうが蜂須賀美鈴の首と手首だった、というわけですか」

「そうだ。発見場所は城所町の城所公園。発見者の戸沼加奈恵はいつもその時間帯にウォーキングに出かけて、公園内の阿舎で鳩に餌をやりながら、ひと休みするのが常だったという」

七月の早朝五時半といえばもう明るく、お天気さえ好ければウォーキングには最適だったろう。ちなみに、桑満到の首と手首の発見場所である船引町の上山由利宅から、蜂須賀美鈴の首と手首の発見場所である城所町の城所公園までの距離は、おおよそ徒歩二十分、ないし三十分くらいであるという。

「阿舎のなかには対面式の長椅子がふたつあるんだが、そのうちのひとつに蜂須賀美鈴の首と手首は置かれていた」

上山由利とは対照的に、戸沼加奈恵の恐慌狼狽ぶりはそれはそれは、すさまじかったらしい。むりもない。なにしろ若い娘のものとおぼしき生首に、無数の鳩が餌を啄《ついば》もうとするかのように群れ集っているという、世にもおぞましい光景を目の当たりにしたのだ。何度も転びそうになりながら公園内の電話ボックスへ駈け込んだそうだが、その際、彼女の上げた悲鳴は周辺にあますところなく届き、なにごとかと驚いた住民たちが、警官が到着する前に公園へやってきたという。

「むろん、この段階では男女ふた組の首と手首の身元は判っていない。厳密に言えば、遺体の性別すら確定していない。猟奇的な手口の類似性からして互いに関連があるだろうということはほぼまちがいないものの、遺体の他のパーツが発見されないと、被害者たちの身元を特定するにはかなり時間がかかるかもしれない、と懸念された。ところが、似顔絵作成を検討する間もなく、その日のうちに、ふたりの身元はあっさり判明した」

被害者たちの遺体の残りのパーツを発見したのは、蜂須賀美鈴が通っていた〈丘陽女子学園〉のクラス担任教諭だったという。その日の朝、蜂須賀美鈴がなんの連絡もなく登校してこなかったため、怠学を即日戒めるべく、昼休みを利用して彼女の自宅へ押しかけた。説教する気満々で部屋へ乗り込んでみたら、なんと、眼前には戦地もかくやという血の惨状が拡がっていた、というわけだ。

「部屋というのは〈ハイツ船引〉というワンルームマンションの一室だ。蜂須賀美鈴は当時、そこで独り暮らしをしていた」

「家族は東京の方たちなんですよね。なのになぜ、まだ高校二年生だった彼女は独りで、こちらの学校へ通っていたんです？」

「中学生の頃から登校拒否に陥って、家庭内暴力とかさまざまな問題行動を起こすものだから、両親も持て余していたらしいね。このままだと家庭崩壊を招きかねないから、いっそ娘をどこか全然環境のちがうところで気分転換させよう、ということで、選ばれたのがたまたま親戚が理事会と伝《つて》のあった〈丘陽女子学園〉だったとか」

「もちろん考え方はいろいろでしょうけど、そんな不安定な時期に親元から離したりしたら、却《かえ》って事態は悪化しかねないような気もするな」

「まさに、ね。だからおそらくは世間体を気にしての態のいい厄介払いだった、というのがほんとうのところだろう。実際、蜂須賀美鈴は、遠く親の眼の届かぬ独り暮らしをいいことに、やりたい放題だったらしいから。常習的に若い男をふたり、自室に連れ込んだりして」

「若い男をふたり。そのうちのひとりが、桑満到だったわけですか」

「そう。もうひとりは羽染要一《はそめよういち》といって、桑満の同級生だ。こいつは暴走族とはまったく関係なかったが、幼馴染みという関係で、桑満とはしょっちゅう、つるんでいたらしい。美容師専門学校に通っていて、本来は真面目な性格だったというが、桑満といっしょに蜂須賀美鈴の部屋へ出入りするようになってからはすっかり自堕落になり、家にも学校にも寄りつかなくなっていたらしい」

実は〈丘陽女子学園〉のクラス担任教諭が七月二日の昼休み、蜂須賀美鈴が独り暮らしをしている〈ハイツ船引〉二〇四号室へ押しかけた際、いちばん最初に発見したのが、この羽染要一の遺体であったという。

ドアチャイムを何度鳴らしても応答がない。業を煮やしてドアノブに手をかけると、ロックされていない。ドアを開けてみると、そこには沓脱ぎに下半身を放り出すような恰好で、羽染要一が仰向けに倒れていた。腰にバスタオルを巻き付けただけの全裸で、胸からは明らかに包丁の柄と知れる物が生えている。辺りは一面、血の海で、彼が絶命していることは疑いようがなかった。

ちなみにこの発見者の教諭は四十七歳の女性で、腰が抜けそうなほどのパニック状態に陥りながらも、すぐさま隣りの部屋へ助けを求めたという。マシンガンの如く間断なくドアチャイムを鳴らし、がんがん、がんがん激しくドアをノックし続ける。しかし、いっこうに反応がなく、留守かもと思われたそのとき、ようやく三十か四十くらいの男性がドアを開け、出てきてくれた。

この男性、夜勤明けなのか、髪は寝癖でぼさぼさ、ランニングシャツとトランクスという恰好で、あくびを連発。「なんなんスか、もー」と文句たらたらだったのが、女性教諭に羽染要一の遺体を見せられ、これまた腰を抜かしそうになった。慌てて自分の部屋へ取って返し、警察へ通報したという次第。

「駈けつけた警官たちが目の当たりにしたのは、羽染要一の遺体だけではなかった。1Kの部屋のベッドの上に、重なり合うようにして倒れている男女の遺体があったんだ。ふたりとも全裸で、しかもそれぞれ、首と手首を切り落とされていた……」

「それが、蜂須賀美鈴と桑満到の遺体だったたんですか」

「そういうことだ。もちろんその時点では、ふたりとも首を持ち去られていて、いったい誰の遺体なのか、判別はつかなかったわけだがね」

「ちょっと待ってください」タカチは水割りのグラスを持ち上げた手を、唇の手前で止めた。「すると羽染要一の遺体のほうは、まったく毀損されていなかったんですか？」

「うむ。五体満足なんて言い方はこの場合、不謹慎かもしれんが、頭部や手首を切断しようと試みた痕跡すら皆無だった。この事実に鑑みるに、仮に犯人の動機が怨恨だったとしたら、その対象は蜂須賀美鈴と桑満到のふたりだけだったのだろうな。つまり、犯行に及んだ際、そこに羽染要一が居合わせていたのは、犯人にとっては予想外のことだったわけで……」

「そうでしょうか」

「というと？」

「だって、凶器の包丁は羽染の胸に刺さったままだったんでしょ？　遺体の位置関係からして、〈ハイツ船引〉二〇四号室へ押し入った犯人は、先ず羽染を殺害したはず。そうですよね？」

「多分、そうだったんだろう。犯人はおそらく合鍵などは使わず、ドアチャイムを鳴らすか、ノックするかした。たまたま羽染がそれに応対する。だから彼だけ、腰にバスタオルを巻いていたんだな。どちらさんですかとドアを開けたところ、いきなり犯人に胸を、ひと突きされた、というわけだ」

「その後、続けて蜂須賀美鈴と桑満到を殺害しようと思ったら、犯人は先ず羽染の胸から包丁を抜かなければならなかったはずでしょ？　もしも他に凶器を用意していなかったのなら、ね」

「なるほど。高瀬さんの言いたいことが判ったよ。たしかにベッドの傍らに、蜂須賀美鈴と桑満到を刺殺した包丁が残されていた。首と手首を切断するために使ったノコギリも、いっしょにね」

「犯人はあらかじめ複数の凶器を用意していた。つまり、羽染がふたりといっしょにいるということは、犯人にとって想定内だったわけです」

「たしかに。犯人は最初から、三人とも殺すつもりでいたんだろう。なにしろ三人が昼夜を問わず、蜂須賀美鈴の部屋に籠もっては乱痴気騒ぎをくり返していたことは〈ハイツ船引〉内のみならず、近所でもけっこう有名だったそうだから。犯人にしてみれば、ふたりの隙を衝いて犯行を完遂しようと思えば、ついでに羽染もいっしょに殺さざるを得なかった、ということなんだろう」

「つまり佐伯さんの見解としては、犯人の目的はあくまでも蜂須賀美鈴と桑満到のふたりであって、羽染要一はその巻き添えを喰らっただけ、ということですか？」

「だと思うね。そうでなければ、三人の遺体の損壊状況に、あれほどの差が出たことの説明がつかない」

「もしかして」と、ぼくはあまり深く考えずに、思いついたことを口にした。「単に時間的余裕がなかっただけ、ということじゃないのかな？」

「ん。というと？」

「犯人は、ほんとうなら羽染も含めた三人とも殺し、全員の首と手首をあっちこっちへ、ばら撒いてやるつもりだった。が、蜂須賀美鈴と桑満到の首と手首を切断し、余所へ遺棄してきた段階で、もう体力と気力が尽きてしまった。ここまでやったんだから、あとはもうどうでもいいやと投げ出した、とか。そういうこともあり得るんじゃないか、と」

佐伯さん、腕組みをして、しばし考え込んだ。「いや、それは……それはないんじゃないか？犯人の異常心理がどの程度のものなのかを安易に推測しないほうがいいかもしれんが、普通に考えれば、もしも三人全員が標的だったのだとしたら、まず殺害現場である二〇四号室内で、すべての遺体を解体する作業に専念していたはずだ」

「あ。なるほど」

「たしかに、殺害現場である〈ハイツ船引〉と桑満到の首が遺棄されていた上山由利宅は同じ町内で、距離も近い。徒歩二、三分といったところだろう。だが、蜂須賀美鈴の首と手首が発見された城所公園へ殺害現場から向かうには、それなりの距離がある。もしも最初から三人全員の遺体を損壊するつもりがあったのなら、移動する前にそれをすべて、すませておいたはずだ。そうでないと、たとえ首と手首を運ぶのに自転車や車を使ったのだとしても、犯人にとっては再度〈ハイツ船引〉へ舞い戻ってこなければならなくなるという、よけいなひと手間が増えることに変わりはない」

「そうですよね。どちらが先だったのかはともかく、ひと組の首と手首を一旦余所へ遺棄してきてから、再度〈ハイツ船引〉へ引き返し、次の遺体の切断作業にとりかかる、なんて。そんな二度手間をかけなければならない理由は普通、ありそうにない。もちろん、さきほど佐伯さんがおっしゃったように、犯人の精神状態がどの程度まともだったのかは簡単に推定できませんけど」

「もしも全員の首と手首をあっちこっちに遺棄するつもりだったのなら、三人を殺害した後、先ず切断作業を全部すませようとしたはずだ。ということは、仮に時間が足りなくなったなどの理由で犯人が途中で己れの計画完遂を断念したのだとしても、羽染要一の遺体にもそういった損壊の痕跡が少しはあったはずだ。しかし実際には、まったくなかった。これは明らかにおかしいだろ」

「首と手首を運ぶために、その都度いちいち殺害現場と遺棄現場を往復したりしたら、それだけ通行人などに自分の姿を目撃されるリスクも増えるわけですもんね。となると、やはり犯人には最初から、羽染要一の遺体を損壊するつもりはなかった……と」

「蜂須賀美鈴と桑満到、このふたりを殺害するのみならず、その遺体を切断することに特に拘泥する理由がなにかあった、と考えるべきだろうな。それが怨恨なのかどうかは、さて措き」

「犯人は、ふたりといっしょにいたから仕方なく羽染も殺したけれど、それは自分の犯行発覚を防ぐための口封じ以上の意味はなく、彼のことは本来、どうでもよかった、と。つまり仮に動機が怨恨だとしても、それは犯人が蜂須賀美鈴と桑満到の男女関係を妬んだからとか、そういうことではなかった……という理屈になりますよね」

「もちろん、ちがうだろう。もしもこれが男女関係を妬んでの犯行だったのだとしたら、羽染要一だって殺すだけでは、すまなかったはずだ」

遺体が発見されたとき、全員が全裸だったということは、三人でそういう行為に及んでいたからだろう。それは犯人にだって容易に想像がついたはずで、例えばセックス惚けした若者たちへの怒りに駆られての犯行だったのだとしたら、羽染要一の首だって切り落とされていなければおかしい。

「まとめると、犯人は特に蜂須賀美鈴と桑満到のふたりに対して害意を抱くような人物だった、と。共通の知人かなにか、といったところでしょうか？」

「それがよく判らない。蜂須賀美鈴はその年の四月に、東京から〈丘陽女子学園〉に転校してきたばかりだった。〈ハイツ船引〉には三月の上旬から住み始めていて、羽染要一とはすでに、その頃には知り合っていたらしい。友人たちの証言によれば、市内のゲームセンターで彼女のほうから羽染に声をかけたのがきっかけだった、という話だ」

「え？」図らずも、タカチとぼくの声がきれいなユニゾンとなった。

「ちょっと待ってください。これまでの話の流れからして、なんとなく」タカチは、ちらりとぼくを一瞥しておいてから、改めて佐伯さんに向きなおった。「本来、蜂須賀美鈴とカップルなのは桑満到のほうで、羽染要一はその後からくっついてきたオマケ、みたいなイメージを抱いていたんですが……ちがうんですか？　逆なんですか？」

「ああ、すまん。そういう誤解を与える言い回しをもしかしたら、していたかもしれん。関係者の話を総合すると、先に蜂須賀美鈴の部屋へ出入りし始めたのは、どうやら羽染要一のほうだったようなんだ。その後で桑満到がふたりに合流した。といっても、あまり間を置かずに、のことだったらしいが」

「そもそも、いったいどういう経緯で、そんな変な三角関係ができたんですか」

「桑満到はその頃、同じ暴走族のメンバーと揉めて、チームを追い出されるかたちになっていたそうだ。そのことでむしゃくしゃしていた桑満は、なにかスカッとするような、おもしろいことはないか、と友人の羽染に相談を持ちかけた。このふたり、外見や性格も含めて互いに正反対のタイプなんだが、なぜか昔から妙にうまが合ったらしくて、周囲が不思議に思うくらい、仲が好かったという。なにせ羽染は、蜂須賀美鈴と知り合ってから生活が乱れたとはいえ、それまでは真面目な専門学校生として世間には認知されていたんだからね」

「で、なにかおもしろいことはないかと桑満に訊かれた羽染は、どうしたんですか。まさかとは思うけど、もしかして」

「羽染はこう答えたそうだ。ちょうどいい、最近知り合った女子高生がなかなか可愛いうえに、けっこうな好き者なんだ、相手がおれだけじゃものたりないみたいだから、おまえにも紹介してやるよ、たっぷり気晴らしをしようぜ、と」

「その科白だけ聞くと、とても真面目な性格だったとは思えないけどな。だいいち、いくら仲が好いとはいえ、彼女まで共有してしまえる神経が理解できない」しらけたようにそう呟いたタカチ、ふと眼を細めた。「桑満到には生前、特定の彼女はいなかったんでしょうか？　もちろん蜂須賀美鈴以外で、という意味ですが」

「若い娘にちょっかいをかけることはよくあったそうだが、深い交際にまで発展した相手というのは、どうやらいなかったようだ」

「さっき、男女関係を妬んでの犯行だったとは考えにくいという話が出ましたけど、もしも桑満到に特定の親密な交際相手がいたとしたら、その女の犯行ということもあり得なくもないかもと、ふと思ったんですけど」

「その線は我々も検討した。というか、当初はむしろ、それしかあるまいとすら考えていた。桑満到と蜂須賀美鈴の関係を知り、嫉妬に狂った女の犯行ではないか、とな。もしもそうならば、ふたりだけが遺体を損壊されていたことも、ある程度は納得がいく。しかしあいにくと、そういう女の存在はまったく確認されていない」

「逆に蜂須賀美鈴の交際相手の男が嫉妬に狂って凶行に」と、またもや、あまり深く考えずに口にしたぼくは、すぐさま自分で否定した。「って、そんなわけはないですよね」これでは先刻の議論の蒸し返しである。「だったら、羽染の首も切られていないとおかしいわけで」

「例えば痴情のもつれとか、そういう類いの事情の絡まない、なにか特殊な接点が蜂須賀美鈴と桑満到のあいだには、ある……としか考えられないが、これがまるで見当がつかない。なにしろ、ふたりが羽染を通じて知り合ったのがその年の三月で、殺害されたのは七月二日。厳密に言えば七月一日だった可能性もあるが、いずれにしろ実質、四ヵ月弱の短期間だ。そんな短いあいだに、重大犯罪にまで発展するほどの接点となり得るような人物が、はたして存在するんだろうか」

「なるほど。問題は蜂須賀美鈴と桑満到、ふたりの接点か」

「接点の問題といえば……実は、もうひとつあってね」ふと、ある種の自虐的な、見方によってはおもしろがっているともとれそうな微笑を浮かべた佐伯さんだったが、すぐにもとの、しかつめらしい表情に戻った。「これと同じ人物による犯行ではないかと疑われている猟奇事件が、もうひとつ、市内で起こっているんだ」

え？　ちょうど水割りを口に含んだばかりだったぼくは、危うく噎《む》せそうになった。だがタカチの様子を窺うと、眉根を寄せてこそいるものの、軽く顎を引いてみせたり、なにやら佐伯さんの爆弾発言を予想していたかのような面持ちである。

「同じ一昨年の、四月のことだ。四月十三日の月曜日の早朝、船引町のゴミ集積所で、若い女性のバラバラ死体が発見された」

「船引町。ということは〈ハイツ船引〉と同じ町内で……」

「実際、すぐ近くなんだ。その地区のゴミ集積所は神社の前の歩道で、〈ハイツ船引〉の住人たちもゴミはそこに棄てるようになっている。問題の四月十三日は、月いちの資源ゴミの収集日だった。朝の六時頃、分別作業当番の近所の住民たち数人が、揃ってそのゴミ集積所へやってきた。するとと、すでにいくつか並べられている資源ゴミを覗き込むようにして、ひとりの初老の男が前屈みになっている。その男は急に、ひゃっとか、ぎゃっとか意味不明の奇声を発するや、その場で跳び上がった。そして、呆気にとられている住民たちのほうへ、血相を変えて走ってきた。そのまま住民たちを蹴散らさんばかりの勢いで、男は一目散に走り去っていった」

誰あれ？　なにしてたんだろ、嫌あね、変質者かしらと口々に囁き合う住民たちのなかに、問題の初老の男の顔に見覚えのある者がいたのだが、そのことを言い上げる暇はなかった。別の住民がふいに「え。なにこれ?」と頓狂な声を上げたからだ。

「新聞・雑誌と記された分別用タグが掛けられたコーナーに、古本もまとめて出されていた。そこに大量の文庫本や新書が、まるで雪崩《なだれ》を打ったかのように散乱している。もともとはしっかり結束して積み上げていたのが、ビニール紐が千切れ、山が崩れてしまったんだな。だが、当番の住民が驚いたのは、そのことが原因ではなかった」

崩れた文庫本と新書の山の陰から、若い女性のものとおぼしき生首が覗いていたというのである。透明のポリ袋に包まれて。

「それだけじゃない。空き瓶や空き缶、その他の粗大ゴミの陰から、被害者の両腕、両脚や胴体など、バラバラにされた遺体が次々に発見された」

「それは全身が同じ場所に遺棄されていた、ということですか?」

「ああ。こちらのケースは、首と手首だけじゃなかった。全身が揃っていた。すべて透明のポリ袋に、分けて入れられて」

被害者が生前、身に着けていたと思われる服と下着一式も衣類分別コーナーに、これまた透明のポリ袋に詰められ、まとめて棄てられていたという。

「透明の……でも、なぜわざわざ?　中味の見えない黒いポリ袋を、どうして使わなかったのかしら」

「そりゃあ、だって」ぼくはタカチのグラスにウイスキィとミネラルウォーターを足し、コーヒー用のスプーンで掻き混ぜた。「たしか一昨年の段階ではもう、市の条例で、ゴミ出しのときには中味の見える透明か、半透明のポリ袋の使用が義務づけられていたんだし」

「つまり犯人はそのとき、黒いポリ袋の手持ちが全然なかった、ってこと？」

「多分ね」

「ふうん……」

釈然としない、とでも言いたげなタカチの呟きの後、しばし沈黙が下りた。

「被害者の海野早紀《うみのさき》さんは……」と言いかけた佐伯さん、ひとつ咳払いして、仕切りなおした。「被害者の名前は海野早紀。当時、三十二歳で、鴨谷郵便局に勤めていた」

ふと違和感を覚えた。いま佐伯さん、被害者のことをさん付けで呼ぼうとして、明らかに意識的に言いなおした。なぜだろう？　些細なことかもしれないが、一旦引っかかると別の疑問も湧いてくる。

佐伯さん、どうしてこちらの事件の詳細を後回しにしたのだろう？〈ハイツ船引〉事件は七月。こちらは同じ年の四月だったのだから、もしも双方の事件に関連性があると考えているのなら、海野早紀事件のほうを優先するのが自然な流れのような気がする。少なくとも、時系列に従った説明にこだわるならば、だ。事実さきほど佐伯さんは、蜂須賀美鈴の首と手首発見の経緯から話そうとして、やりなおし、発見順序に従って桑満到の件のほうを優先したではないか。

それはともかく「鴨谷郵便局、ですか」船引町、城所町に続き、第三の町名の登場であるが。

「えと、その海野早紀の自宅が船引町か城所町だった、とか？」

「いや。両親と住んでいたのは郷原町だ」

船引町や城所町より、だいぶ西のほうである。〈アイ・エル〉や〈安槻大学〉のキャンパスに近い。

「海野早紀はその前夜、友人たちと繁華街の中華料理店で食事をした。アルコールにはそれほど強くなかったが、勧められるままに、かなり飲んだそうだ。紹興酒は初めてだったが、よほど口に合ったのか、本人もだいぶ調子に乗っていたらしい。それでも別れるときは、喋り方や歩き方もわりとしっかりしていたものだから、友人たちもさほど心配していなかったという」

午後九時過ぎ、西部方面行きの路面電車に乗り込んだ彼女は、運転士や他の乗客の証言によれば、シートに腰を下ろすなり、眠り込んだという。

「いま言ったように海野早紀の自宅は郷原町なんだが、酔っぱらっていたせいだろう、どうやらそのだいぶ手前、船引商店街前で電車を降りたらしい」

船引商店街、か。ここでもまた、つながってくる以上、船引町という場所はかなり重要なポイントになりそうな予感がする。

「午後十時頃、すでに全店舗のシャッターの下りた船引商店街のアーケード内で、地べたに座り込んで眠っている若い女性の姿が通行人に目撃されている。服装や歳恰好からして海野早紀にほぼ、まちがいない。生きている彼女が確認されたのは、それが最後だ」

「そして翌朝、船引町のゴミ集積所で、バラバラ死体になって発見された……」

「海野早紀を殺害したのが、蜂須賀美鈴たちを殺したのと同一人物かもしれないと考えられているのは、やはり現場が同じ船引町だからですか？」

「それももちろんあるし、なんといっても、わざわざ手間をかけて遺体を解体するというその手口が、な」佐伯さん、水割りを飲み干した。「厳密に言えば、蜂須賀美鈴たちのケースとはちがい、海野早紀の殺害現場は特定されているわけではない。ひょっとしたら船引町以外の場所で殺され、遺体が運ばれてきたという可能性もゼロではないんだ。が」

「まあ、普通に考えれば」佐伯さんから空のグラスを受け取ると、ぼくは新しい水割りをつくる。

「商店街で眠り込んでいる姿を目撃されている以上、船引町近辺で殺害されたんでしょうね」

「でも、その四月の事件と七月の事件とでは相違点もありますよね」気分を変えようとしてか、タカチは水割りのグラスをテーブルに置くと、冷蔵庫から缶ビールを取り出してきた。「海野早紀は全身を解体されているけれど、蜂須賀美鈴と桑満到は首と手首だけ」

「うむ。羽染要一に至っては、遺体を切断しようとした痕跡すらないわけで」

「その相違点にこそ、なにか重要な意味があるような気がしてならないんだけど……」タカチは、ぐびりと喉を鳴らして缶ビールを呷《あお》った。「そういえば、ゴミの分別作業当番の住民たちが海野早紀の遺体を見つけたとき、現場から走り去った、不審な男がいたという話でしたが」

「そうそう、それを説明するのを忘れていたが、しかしこれは、あまり事件には関係ないんじゃないか、と」

「というと、その男の素性などは判明しているんですか？」

「ああ。飛田《とびた》光正《みつまさ》、六十歳。船引町や電車通りを挟んで向かい側の城所町、その他、複数の界隈で、ちょいとした有名人だった。といっても、悪い意味で、なんだが」

「分別作業当番の住民のひとりが、その男の顔に見覚えがあったんですよね。集積所で怪しい素振りを見せていたということは、ゴミの不法投棄でもしていたのかしら」

「鋭いね。だが惜しい。逆なんだ。飛田はゴミを棄てにきていたんじゃなくて、拾いにくる常習犯だった」

飛田光正は、資源ゴミの収集日には早朝からあちらこちらの集積所をこまめに回り、リサイクルとして出されている書籍や雑誌を漁っては、自分が気に入ったものを勝手に抜いていくのだという。

「結束している古本の紐を切って外し、さんざん物色した挙げ句、辺りに散乱した本や雑誌をかたづけもしない。それに気づいた住民に注意されても、いっこうに悪びれなかったそうだ。一度なぞ、船引町の住民が出したばかりの文庫本の紐を、なんとその眼の前で切って、堂々と品定めを始めたというから呆れる。さすがにその住民は怒って、なにやってんだ、ちゃんともとに戻せと、かなり感情的に抗議したが、飛田はどこ吹く風。だって、これゴミだろ？　もう要らないものなんだろ？　などと言い放って平然と物色を続け、数冊の文庫本を選ぶや、さっさと立ち去ったんだそうだ」

飛田光正の顔に見覚えがあると言った分別作業当番の住民はたまたま、そのひと幕に居合わせていた、ということらしい。

「そうか。それで、海野早紀の遺体が発見されたとき、文庫本や新書が辺りに散乱していたんですね」

「いつものように古本を漁っていたら、ふいにゴミの山の背後から、透明のポリ袋に入った海野早紀の頭部が転がり出てきた。眼が合った瞬間、飛田は恐怖でなにがなんだか判らなくなり、慌てて逃げ出した。そのときのことはよく憶えていない、なにか叫んでいたような気はするが、はっきりしない……というのが本人の主張だ」

「その主張が嘘ではない、という裏付けはとれているんですか？」

「気になることが、ないでもない。この一件の後、飛田はあらゆる地区のゴミ集積所に出没することを、ぴたりと止めているんだ。好意的に解釈するなら、海野早紀の生首を見たショックでその残像が頭から離れず、どこに限らずゴミ集積所には近寄れなくなった、ということなんだろう。が」

「事件の関係者だと疑われたくないから、めだたないよう、変な真似は慎んでいるだけ、かもしれませんね」

「そういうことなんだが、まあ、飛田は無関係なんだろうと結論せざるを得ない」

「それは」タカチ、二本目の缶ビールを取り出してきた。「どういう根拠で？」

「血液型だ」

「え？」驚いたのか、プルタブを開けようとしていたタカチの手が止まる。「犯人の血液型が判っているんですか？」

「海野早紀の遺体を調べたところ、生前情交の痕跡が認められた。この体液の血液型が飛田のものとは一致しないんだ。あと、精度のほどはまだまだ保証の限りではないという注釈付きなものの、一応DNA鑑定もやってみた。が、これまた飛田のものとは全然、一致しない」

「でも、生前情交の相手と、殺人犯が同一人物だとは限りませんよね」

「もちろん。別人だという可能性だってゼロではない。ゼロではないが、最後に目撃されたときの海野早紀が泥酔していたという事実に鑑みるに、彼女との合意のうえで、ことに及んだとは考えにくい。ことが終わった後で、その男とはまったくの別人がそこへやってきて、海野早紀を殺し、遺体を解体したとするのは、状況的にも時間的にもいささかむりがある。十中八九、同一人物の仕業だろう」

「たしかに……」

缶ビールを一気に飲み干したタカチは、腕組みをして考え込んだ。そんな彼女の前に置かれているペットボトルを、ぼくは手に取った。自分用の水割りをつくろうと思ったら、ミネラルウォーターは空になっている。

「あ。なくなったんだ」とタカチ、目敏くこちらを見ると、立ち上がった。「ちょっと待ってて。買ってくるから」

「なんなら水の代わりにビールでウイスキィを割って、ボイラーメイカーという手もあるけど」と提案するぼくをタカチは「ばか言ってんじゃない」と一蹴。「事件の考察は、まだまだこれからでしょ。飲んでもいいけど、最低限の思考力はちゃんと残しておくこと。いいわね」

財布を摑んだタカチ、すでにけっこうな量を飲んでいるはずだが、酔いは微塵も感じさせない足どりで客室を出ていった。

「……どうも、その、匠くん、すまなかったね」

ふいに佐伯さんからそう声をかけられ、ぼくは、きょとんとなった。「えと。なにが、ですか？」

「てっきり、きみひとりだとばかり思い込んでいたものだから。時間をもらえないか、なんて気軽に頼んでしまって。高瀬さんが安槻へ帰ってきていると知っていたら、なにもわざわざこんな血腥い、艶消しな話なんかしなかったんだが」

「いや。いやいやいや。だいじょうぶですよ。全然だいじょうぶ。彼女、こういう話、全然平気ですから。ご心配なく。むしろ、好んでとまでは言いませんけど、一般人は普通知ることのできない事件の詳細を聞かせていただけるのならば、じっくりと自分なりに考えてみたい、というタイプなんで」

「そういう意味じゃなくてだね、我ながら、ほんと、野暮な真似をしてしまった。だって高瀬さんも東京で勤めがあるから、そうそう長くはこちらに滞在できないだろ？　交通費や宿泊費だって、ばかになるまい。きみとふたり、水入らずで過ごす貴重な時間を、こんなつまらないことで邪魔してしまって、ほんとうにもうしわけない、と」

「はあ」そういう発想は正直、まったくなかったが、佐伯さんの気遣いは理解できるし、ありがたくもあった。「でも彼女、佐伯さんにお会いできて嬉しいと思いますよ。それこそお仕事でご多忙の身ですから、こちらからお願いしてお時間をいただくというわけにはいかない。それが思いがけず佐伯さんのほうから、こういう機会をいただいて、むしろ喜んでいますよ」

なにか言いかけた佐伯さんを遮るようにして、客室のドアが開いた。タカチだ。手に提げているポリ袋をぼくたちのほうに向けて、掲げてみせる。「自販機コーナーで、氷も売ってた。最初から買っておけばよかったね」と各人のコップに氷を放り込み、手早く三人分の水割りをつくる。

「で？　話はどこまで進みましたか」

「新しい情報は、なにも。タカチが戻ってくるのを待っていたから」

「ほんとに？　こっそり切り札を取っておいて、あとでぬけがけなんてのは、なしにしてちょうだいね」

「なんだよ、ぬけがけって。なんでわざわざそんなこと、しなきゃいけないの」

「いちばんの問題は」と佐伯さん、心なしか執り成すような口調だ。「犯人像を、まったく絞り込めていないことだ。被害者たちを結ぶ接点が、どうしても浮かんでこない。唯一はっきりしているのは羽染要一と桑満到のふたりが、いささか尋常じゃないと言っていいほど仲が好かった、ということくらいか。しかし、肝心の彼らと蜂須賀美鈴との関係はといえば、知り合って四ヵ月弱と、ごくごく短いものだったし」

「その三人組と、海野早紀のほうとのつながりは、なにかあったんですか？」

「四人の生活圏や出身校など、いろいろ調べてみたが、特にこれといった接点は見つかっていない。全員に共通する関係者がいたとも思えない」

「でも、被害者全員になにか接点があるはずだというのは、あくまでも」と、ぼくは今度は少し慎重に言葉を選んだ。「四月と七月の事件が両方とも同一犯の仕業である、という前提に立っての話ですよね?」

「もちろん、そのとおりだが、すると匠くんは……」グラスのなかの氷を佐伯さん、からからと鳴らした。「匠くんの見解としては、ふたつの事件は互いに関連はない、と? それぞれ別の犯人がいると言うのかい?」

「そう断定していいかどうか判りませんが、どうもお話を聞く限りでは、ふたつの事件の様相というか、手ざわりみたいなものが異なるような気がするので」

「手ざわりって、なに?」タカチが、こちらへ身を乗り出してきた。「具体的には? なにが、どう異なっているの?」

「いろいろあるけど、なんといっても、わざわざ手間をかけてまで遺体を切断した、その理由だ」

どこかしら、さあてお手並み拝見しましょうか、とでも言わんばかりの彼女の表情に気づき、ぼくは、あれっ? と思った。どうやらタカチは、同一犯説に傾いているようだ。はて、なぜだろう?

たしかに、わずか三ヵ月以内に同じ町内で手口の類似性の認められる解体殺人事件が続けて起こったばかりか、それぞれ別の犯人がいるというのは確率的にかなり厳しいんじゃないかと、ぼくも思わないでもない。思わないでもないが、だからといって積極的に同一犯説を唱えられる根拠も見当たらない。少なくとも現段階では。

「まず四月の事件に関しては、なぜ海野早紀の遺体が解体されたのか、その理由は明々白々だ。パーツごとに解体し、運びやすくするためだった」

「犯人が遺体を、わざわざ運ばなければならない理由は？」

「ずばり、殺害現場が犯人の自宅だったからだろうね。だからできるだけ迅速に、どこか余所へ遺棄して、処分しなければならなかった」

椅子の肘掛けを指でこつこつ叩いて、佐伯さん、ぼくに大きく頷いて寄越した。

「そもそも犯人は海野早紀と面識があったのか？　可能性としては五分五分だろうけど、ぼくなら、なかったほうに賭ける。いずれにしろ、船引商店街で泥酔して眠り込んでいた彼女と犯人がその夜、遭遇したのは純然たる偶然だったんだと思う。あられもない姿で、といってもぼくは実際に見ていないけど、ともかく完全に正体を失っている海野早紀に気づいた犯人は、つい出来心を起こした」

「介抱するふりをして、彼女を自宅へ連れ込んだ、と」佐伯さん、再び頷いた。「そんなところだったんだろうな、おそらく」

「性的暴行に及んだ後で殺害に至った経緯は想像するしかないけれど、途中で正気に戻った彼女に騒がれて、慌てたんじゃないかな。佐伯さん、海野早紀の死因は判明しているんですか？」

「窒息死だ。首の切断面の上部にわずかに残されていた痣《あざ》などからして、扼殺《やくさつ》だったのだろうという所見が出ている」

「抵抗する彼女を黙らせようと犯人は、つい首を絞めてしまった。彼女が息をしていないことに気づいて、さぞ焦っただろうが、もう遅い。ちなみに佐伯さん、海野早紀の体格については、どんな感じでしたか」

「身長が一六〇センチ、体重が六〇キロ近くあったから、小柄とは言えないだろうな。たとえ屈強な力自慢の男でも、独りでその遺体を自宅から運び出そうとしたら、かなり難儀したんじゃないか」

「このまま自宅内に放置しておくわけにはいかない以上、もはや遺体を解体して運びやすくしたうえで、余所に遺棄してくるしか方法はないと、犯人は覚悟を決めた。もしかしたら最初は小分けにして、少しずつ処分するつもりだったかもしれない。が、たまたまその翌朝が船引町の資源ゴミの収集日だったことを憶い出し、この際、一気にかたづけてしまおうと決めた。ほんとうなら資源ゴミではなく、可燃ゴミに混ぜるかたちで、もっと細かく、時間をかけて出していれば事件の発覚をなるべく遅らせるためにも、なにかとよかったんだろうけれど、思わぬ殺人を犯してしまって頭に血がのぼり、急いでいた犯人はそのとき、そこまで知恵が回らなかった、ということだろうね。それと、もうひとつ。さっきタカチが疑問を呈していたじゃないか」

「どれのこと？　って、はいはい、なにを言いたいのか、よく判ってるわよ。透明のポリ袋のことね」

「まさしく。犯人は解体した遺体を自宅から運び出すとき、なぜ敢えて中味の見える透明のポリ袋を使うというリスクを冒したりしたのか？　その答えはひとつ。ゴミ出しに関する市の条例が変わっていたため、そのとき自宅には黒のポリ袋が一枚もなかったから。これひとつをとっても、この犯行が計画的ではなく、突発的なものだったことは明らかだろ」

どこか満足げにタカチは微笑んでみせた。その表情からして、ここまでは異論はない、ということか？　それとも、すでにこちらの論証に、なにか穴でも見つけたのか。

「結論。四月の事件については、不可解な点はなにもない。通りすがりに海野早紀に出くわした犯人が、乱暴目的で彼女を自宅へ連れ込んだ。その挙げ句に、殺してしまう。遺体の処理に困り、解体して遺棄する方法を選んだ。つまり、やむにやまれずにそうしただけで、こちらのケースの遺体切断の理由は至って合理的に説明がつく」

「なるほど。それに反して、七月の事件の遺体切断については、そういう合理的な理由は見当たらない、というのがあなたの考えなのね？」

「それ以前に、それぞれの犯行の本質が、まったく異なっているじゃないか。いま言ったように、四月の事件は純然たる偶然の遭遇による、突発的な犯行だった。それとは対照的に、七月の事件のほうには明らかな計画性が認められる」

「あらかじめ凶器を、しかも複数、用意しておいてから、蜂須賀美鈴の部屋へ押し入ったと考えられるんだものね」

「ゆきずりの犯行などではなく、なにか明確な動機があったんだろう。殺害そのものに関しては、ね。ただしそれは、あくまでも蜂須賀美鈴と桑満到に向けられた害意だった。羽染要一はたまたまそのとき、ふたりといっしょにいたせいで巻き添えを喰らってしまっただけで」

「そう考えられる根拠は、なに？　羽染要一だけは首と手首を切られていないから？　ひょっとして、それだけ？」

「それだけで充分だと思うけどね。そもそも犯行後、犯人には三人の遺体を処分する必要なんか、全然ないじゃないか。現場は蜂須賀美鈴の部屋なんだから。三人を殺した後は全部、そのまま放置してゆけばいい。事実、首と手首を切られた蜂須賀美鈴と桑満到の胴体にしたって、そのまんま部屋に残されていたわけだ。つまり、七月のほうの事件の犯人にとっては、遺体を切断しなければならない必然性なんてなかった。なにひとつ。にもかかわらず、敢えてふたりの首と手首を切り落とし、わざわざ別々の場所に遺棄していった。しかも現場から移動することで、もしかしたら誰かに自分の姿を目撃されるかもしれないリスクを冒してまで、だよ？　そんな猟奇的なだけの行為に、合理的な理由なんかあるはずがない。犯人をそんな支離滅裂な行為に駆り立てたのは、これはもう、被害者たちに対する強烈な怨念とか、そんな次元のことしか考えられない」

「ねえ、佐伯さん」タカチは妙に、はぐらかす口調で冷蔵庫から缶ビールを取り出すと、まあいいから水割りばかりじゃなくてこっちもお飲みなさい、とでも言わんばかりに、ぼくの眼の前に差し出してきた。「蜂須賀美鈴と桑満到の首と手首は、どういう状態で発見されたんです？」

「ん。どういう状態、とは？」

「例えば、透明のポリ袋にくるまれていた、とか。そういうことは？」

「いや、全然。両方とも剝き出しのまま、それぞれ歩道と公園の長椅子に置かれていた。もしかしたら運ぶときには、なにかにくるんでいたかもしれないが、少なくとも発見現場から袋や毛布の類いは、ひとつも見つかっていない」

「四月の事件では、バラバラ死体をポリ袋に分けて詰めて遺棄したのに、七月のときは、なにも被せたりせずに、剝き出しで放置した。なぜかしらね？」

「なに言ってるんだ。なぜもなにも、ふたつの事件の犯人がそれぞれ別にいるとしたら、手口がちがっているのは当然で……」

ぼくは思わず口をつぐんだ。あなたのおやつをこっそり盗み喰いしてやったわよ、と北叟笑んでいるかのような、彼女にしてはめずらしく底意地悪げな眼つきからして、やはりタカチは同一犯説に相当自信があるようだ。が、その思考の手筋がどうしても読めず、戸惑う。我知らず、とりつくろうような口調になった。

「そりゃぼくだって、こんな事件を起こすやつが同じ界隈にふたりも三人もいるっていうのは、あまり現実的じゃないとは思うよ。思うけど、これだけ犯行の様相が異なっている以上は、やっぱり……」

「四月の事件のほうは、泥酔している海野早紀を見て、つい出来心を起こした犯人による突発的で、計画性のない犯行だった、と。そこまでは、わたしも同じ意見よ。でも、その犯人が七月の事件とは無関係だと、どうして言い切れるのかなあ、と思って」

「いや、別に断定しているわけじゃなくて、関連があるとは考えにくい、と言っているだけであって」なんだか我ながら言い訳がましいな。「逆にタカチが、どうしてそんなに同一犯説にこだわるのか、そっちのほうが不思議なんだけど」

「例えば、こういうことは考えられない？　図らずも成り行きで殺人犯になってしまった人物が、その後、精神的に道がついてしまった、と」

「道がついてしまった？　というと、なにかい、うっかり海野早紀を殺してしまった男がその後、再び殺人を犯してみたいという衝動にかられるようになった、とか？　そういうことかい？」

「もしもそうなら、次に殺害して遺体を損壊する相手は、どこの誰でもいい、ってことになるでしょ」

「つまり、最初の犯行をきっかけにして無差別殺人鬼に変貌してしまった、と言うのかい？」と佐伯さん、ぼくにしてみれば意外なくらい興味を示した。「なるほど。だとしたら蜂須賀美鈴と桑満到の接点となりそうな、共通の関係者をなかなか探し出せないのも道理で……いや」途中でむりを感じたのか、首を横に振った。「いや、だったら犯人は、羽染要一の遺体も切り刻んでいったはずじゃないか？」

「そうしようと思っていたけど、時間がなくなったんじゃないですか？　なにしろ、いっぺんに三人も殺しちゃったわけだから。体力的にも限界があっただろうし」

「あり得ないよ」おいおい、それはとっくに否定ずみの説じゃないかと内心ツッコミを入れつつ、さっきタカチから受け取った缶ビールを飲み干したぼくは、今度は自分でもう一本、冷蔵庫から取り出した。「切断した蜂須賀美鈴と桑満到の首と手首をわざわざ運び出し、互いにけっこう離れている別々の場所に遺棄する、なんて手間隙《てまひま》をかけたやつだぜ。もうひとり分くらい、時間も体力も余裕だったと思うけどな。それに」缶のプルタブを開け、くいっとビールをひとくち。「仮に殺人という行為をきっかけにして人体切断の血の陶酔に目覚めたのだとしたら、そんなやつにとって人間の死体は、言わばお宝みたいなものじゃないか。だろ。なのに、せっかく殺した羽染要一の遺体にだけはまったく手をつけずに立ち去るなんて、不自然きわまりない」などと喋っているうちについ、生々しく血みどろの図を想像してしまい、気分が悪くなった。慌ててビールをがぶり、大量に胃へ流し込む。「無差別殺人に淫するサイコキラーの仕業にしては少々ちぐはぐだと思うし、もしもほんとうにそんな怪物みたいなやつが実在するのなら、いまごろとっくに第三の事件が発生しているはずさ」

「どうなんですか、佐伯さん。一昨年の七月以降、類似した事件というのは？」

「一件も起こっていない。我々が把握していないだけという可能性もなくはないが、もしもそんな狂気に染まった殺人鬼が存在するのなら、己れの犯罪の成果を世間に対して誇示しないというのはちょっと考えにくいから、まあ、普通は発覚しているだろうな」

もう反論の余地はあるまい。と思いきや、タカチは依然として自信に満ちた表情を崩していない。少なくとも自説を修正しようとするような気配は、微塵も感じられない。

「最初の殺人をきっかけにして、犯人は目覚めた。うん。それはまさに、そのとおりなんじゃないかと、わたしは思う。ただし」急になんのつもりか、タカチは二本の缶ビールを同時に開けて、一本ずつ佐伯さんとぼくの前に置いた。「ただしそれは、血の陶酔とか、そんなサイコサスペンス的なものなんかじゃなくて、もっと……」

「もっと？」と、佐伯さんとぼくは、まるで示し合わせたみたいに声を揃えて、タカチを促した。

「もっと、なんていうか、こう、うーん、目覚めた、じゃなくて、学習した……とでもいうか。

あ。ごめんなさい。もったいぶってるわけじゃないの。どうも適当な言葉が思い浮かばなくて」

ちょっと躊躇いがちにタカチは、佐伯さんとぼくを交互に見やっておいてから、息をととのえた。「ねえ、千暁さん」

〈安槻大学〉在学中は、ずっと「タック」というボアン先輩命名による通り名でぼくに接していたタカチだが、社会人になってからはときおり、特に第三者が同席しているときには下の名前で呼んでくる。「佐伯さんから事件の概要を聞いていて、わたしがなににいちばん引っかかったか、判る？　というか、あなたはその点に全然引っかかっていないのかなと、ちょっと不思議なんだけど」

どうやらぼくは無意識に、助言を乞うような表情を晒していたようだ。佐伯さん、まるで見当もつかんよ、といった態で、肩を竦めてみせる。

「なにが……なにがそんなに、タカチは引っかかったの？」

いっぽう、ぼくはといえば未だに、ひと前では彼女のことを「千帆」とは呼べないでいる。それどころか、ふたりきりでいるときでさえ、たまに「タカチ」と呼んでしまったりもする。

「それはね、七月のほうの事件の発見者の素性」

「発見者？　というと、えーと、女の先生だったっけ。蜂須賀美鈴が通っていた〈丘陽女子学園〉のクラス担任の」

「そっちじゃなくて、ふたりの被害者の首と手首を発見したほうのひとたち」

「首と手首を？　桑満到のほうが、たしか上山由利というひとで」

「蜂須賀美鈴の首と手首を発見したのが、戸沼加奈恵。佐伯さん、このふたりって互いに面識があったんですか?」

「上山由利と戸沼加奈恵が?　いや、そういう話は、まったく聞いていない」

「なるほど。ところが、このふたりには、ちょっと見逃せないくらい興味深い共通点がある。しかも、いくつも」

「共通点というと、ふたりとも女性で、それから比較的ご年配の方々、と言ってもいいのかな。上山由利が当時、七十二で」

「戸沼加奈恵が六十五だった」タカチがなにを言おうとしているのかと、佐伯さん、興味津々といった様子だ。「共通点、か。もしかして、ふたりとも独り暮らしだった、という点もカウントされるのかな?」

　まさか、それはあるまいと思っていたら、予想に反してタカチが重々しく頷いたものだから、ぼくは驚いた。「え。ちょ。待った。ちょっと待った。ふたりとも独り暮らしだった、って、そりゃあ共通点にはちがいないけど、それが事件とどういう関係があるの?　たしかに上山由利は自宅の真ん前で首と手首を発見したけど、戸沼加奈恵の場合は城所公園の阿舎という、公共の場所だったわけじゃないか。それが、独り暮らしか否かと、いったいどういう関……」ん、まてよ。

「もしかして戸沼加奈恵も船引町在住だったとか、そういう……?」

「いや、ちがう。戸沼加奈恵の自宅は城所町よりもさらに北の、雫石町だ」

「そこから毎朝、城所公園までウォーキングに来ていたんですか。でも、だったらなおさら、独り暮らしがどうのって、なんの関係もなさそうな……」

「独り暮らしの年配の女性は孤立しがちで、寂しいものだ、なんて決めつけるのはもちろん、偏見よ」どこか噛んで含めるような口吻《こうふん》のタカチであった。「でも、少なくともこのふたりは、おそらくは日々の寂しさを少しでもまぎらわせるために、こういう習慣が身についていた」

「習慣？　というと」

「ふたりとも日常的に、野生の動物の餌付けをしていたでしょ？」

「餌付け……」

「上山由利は野良猫に、戸沼加奈恵は公園の鳩に、それぞれ餌をやろうとしていたまさにそのときに、被害者たちの首と手首を発見している」

「それが……？」

「蜂須賀美鈴と桑満到を殺害した犯人については、同一人物ってことで、いい？」

「そりゃあもちろん、そうだろ」

「同じ犯人に殺されたふたりの被害者の首と手首は、ちがう町に別々に遺棄された。にもかかわらず、それぞれの発見者となったふたりの女性は互いに面識のない、赤の他人同士だったにもかかわらず、妙に共通点が多い。まるで鏡像のように、ね」タカチは、じっとぼくを見つめた。

「わたしがいちばん引っかかったのは、まさにこの点なの。これって単なる偶然なんだろうか、と。千暁さんは、どう思う？」

「いや……それは」

恥ずかしながら、正直そんなこと、考えもしなかった。時間帯が時間帯だから、ともに早朝の散歩やウォーキングを日課としている女性たちが被害者の首と手首の発見者となったと聞いても、さほど不自然には感じなかったのだ。しかし。

「しかし仮に、それが偶然じゃなかったのだとしたら、どういうことに……どういうことになるんだ、いったい？」

「なんらかのかたちで犯人の作為が、そこに働いていた、と。そういうことになるのかもね、もしかしたら」

「犯人の作為……って」

「どうもよく判らないんだが」ぼくに負けず劣らず佐伯さんも困惑しきりだ。「つまり犯人は、共通点の多い女性ふたりを作為的に発見者に仕立て上げた、と。高瀬さんはどうやらそう言おうとしているようだが、そういう理解でいいのかい？」

「まさしく、そういうことです」

「なぜわざわざ、そんな真似をしなきゃならん？　なにかメリットでもあるのか？　皆目見当がつかん。というか、なんの意味もないとしか思えないんだが」

「そもそも、どうしてわたしが発見者の女性ふたりの共通点に引っかかったのか。それは被害者たちの首と手首の置き方について佐伯さんが、ある印象的な表現をされたからなんです」

「わたしが？」佐伯さん、きょとん、と眼をしばたたいた。「え。どんなふうに？　なんと言ったんだっけ？」

「まるでオブジェをディスプレイするかのような趣きで首をきれいに立たせて、その顎に手首を添えていた、と。あたかも遺体が自分の顎を撫でるポーズに見立てているかのように、と」

そんなふうに描写したっけ？　と確認を求めるみたいに佐伯さん、こちらを見てくる。しばし記憶を探ってから、ぼくは頷いてみせた。

「まるでオブジェをディスプレイするかのように、です。これみよがしに。己れの犯した大罪を世間に見せつけるかのように。ただ、これだけだったらわたしも、さほど不自然には感じなかったかもしれない。この手の猟奇殺人を犯す人物が、ある種の歪んだ自己顕示欲にまみれていることは充分にあり得るからです。どうだ、オレはこんなことまでできるんだぜ、と誇示する、みたいな。しかし、どちらのケースも発見者が、妙に互いに共通点の多い女性たちだと知って、あれ？　と思ったんです」

あっ、と佐伯さん、低く唸った。「もしかして……もしかして犯人の目的は、上山由利と戸沼加奈恵に被害者たちの首と手首を見せつけることだったのか？　いや。い、いや、しかし……」自分の言葉に惑乱してか、しきりに指で眉毛をこする。「しかし、なんのために？　なんのために、そんなことを？　だいいち犯人は、ただその目的のためだけに蜂須賀美鈴たち三人を殺した、とでも言うのか？　まさか、そんなことって」

「桑満到の首と手首は、上山由利の自宅の玄関前にわざわざ置かれていた。それは、その時間帯に彼女が出かけることを犯人は知ったうえで、そうした、と？」

「もちろん。犯人は、戸沼加奈恵の習慣も把握していた」タカチは立ち上がり、冷蔵庫から缶ビールを三本、取り出してきた。「だからこそ、城所公園の阿舎に首と手首を置いておけば、彼女が第一発見者になるだろう、ということも容易に予測できたんでしょうね、きっと」

「すると犯人は、上山由利と戸沼加奈恵の両方と、なんらかの関係のある人物だ、と。首と手首をそれぞれの場所に放置したのは、彼女たちへの嫌がらせかなにかが目的で……いや、し、しかし、そのためだけに蜂須賀美鈴たちを殺した、だなんて。そんな馬鹿な。どうにも納得がいかん。それともやっぱり、単に頭のおかしなやつだった、という結論になるのか？」

「蜂須賀美鈴が住んでいた〈ハイツ船引〉というワンルームマンションって」タカチは悩ましげに腕組みする佐伯さんに、ちょっと意表を衝く質問をした。「何階建てです？」

「ん？　えと、あれはたしか」こめかみの辺りをひと掻きするあいだ、宙に視線をさまよわせた。

「四階建てのはずだが」

「蜂須賀美鈴の部屋は二〇四号室、つまり二階だったんですよね。各階には何部屋ずつ、ありま す？」

「さて。五部屋。いや、六部屋あったな、そういえば」

「第一発見者である〈丘陽女子学園〉の教諭は、隣りの部屋に助けを求めたんですよね。それは二〇三号室、二〇五号室のどちらだったんでしょう」

「二〇三号室だ」ここで初めて佐伯さん、内ポケットから手帳を取り出した。当時の捜査メモを記した古いものを、わざわざ持ってきていたらしい。「女性教諭に二〇四号室の惨状を知らされ、自分の部屋の電話で警察に通報したのは池本直也《いけもとなおや》、当時、四十一歳。記録によると通報があったのは七月二日、午後十二時五十五分になっている」

「その池本直也というひと、職業は？」

「繁華街で小さなバーを経営している」

「独身ですか」

「成人した娘がいるそうだが、離婚しているみたいだね。こいつのことが気になるのかい？」ぱらぱらと手帳を捲る。「だけど、池本直也にはアリバイがあるよ。蜂須賀美鈴たちの死亡推定時刻はだいたい前日の、つまり七月一日の午後十時から七月二日の午前二時までのあいだと見られているんだが、その間、彼が自分の店にずっといたことは複数の常連客が証言している」

「夜勤明けみたいな恰好で、あくびを連発していたとか」

「明け方、いろいろ店の雑用をかたづけているうちに普段より帰宅が遅くなってしまい、中谷邦子《なかたにくにこ》が助けを求めにきたときは、まさに寝入りばなだったようだ」

「中谷邦子。それがくだんの女性教諭の名前ですか。彼女、どうして二〇三号室にだけ助けを求めたんでしょう」

「どういう意味だい、二〇三号室にだけ、というのは？」

「何度ドアチャイムを鳴らしても、激しくドアをノックしても、池本直也はなかなか応答してくれなかったんですよね。もしかして留守かもしれないと思った、とも中谷邦子は言っていたそうじゃありませんか。じゃあ、そんなとき、どうして彼女は二〇五号室のほうには助けを求めなかったのかなと、ちょっと解せなくて」

「いや、一応は二〇五号室にも助けを求めていたんじゃなかったかな」一旦閉じていた手帳を再び開いたが、どうやら該当するメモが見当たらないようだ。「仮に求めていなかったとしても、パニックのあまり、そこまで頭が回らなかっただけじゃないかな。どのみち二〇五号室の住人はそのとき、留守だったというし」

「そちらの住人の名前は？」

「作長京太《さくながきょうた》。当時、二十四歳の大学院生だった」

「さすがに、ちゃんと調べているんですね、現場周辺の住人たちのことは」

「そりゃあ、もちろんさ。なにしろ蜂須賀美鈴たち三人の傍若無人な狼藉ぶりは有名だったから。昼夜を問わない乱痴気騒ぎにたまりかねた住人の誰かが、彼らに害意を向けなかったとも限らない」

「でも、その口ぶりからすると、作長京太も事件とは無関係だと、確認されているわけですか？」

「二〇三号室の池本直也同様、アリバイがある。蜂須賀美鈴たちが殺害されたと推定される時間帯、作長京太は友人たちといっしょに居酒屋で飲んでいたんだが、居合わせたサラリーマンと些細なことで口論となり、殴り合いの喧嘩になったそうだ。ずいぶん酔っぱらっていたのか、それともよほど虫の居所が悪かったのか。普段の温厚な文学青年というイメージの彼しか知らない友人たちは驚いて、仲裁に入ろうとしたが、なかなかおさまらない。結果、作長京太は店を追い出された挙げ句、警察の世話にまでなっている」

「ふむふむ。なるほど。それは完璧ですね、アリバイとしては」

タカチの声音には若干、皮肉っぽい響きがないでもない。ひょっとして作長京太を疑っているのだろうか?

「二〇四号室の階下の一〇四号室と、それから上階の三〇四号室の住人についても、調べてあるんですか?」

「三〇四号室には武市志摩子《たけちしまこ》という、キャバクラ嬢が住んでいた。当時、二十九歳。仕事柄、やはり複数の同僚や常連客の証言というアリバイがある。ちなみに一〇四号室のほうは当時、空室だった」

「すみません、佐伯さん、あとふたつだけお訊きしたいんですけど。船引町のゴミ集積所から逃げ出すところを目撃された飛田光正って男、事件以前にも勝手に文庫本を持ち去ろうとして、それを出した住民とトラブルになったんですよね。その住民というのは誰だったのか、判ります?」

「いや。そこまでは調べていないが」

「あとひとつ。事件当時、中谷邦子はどこに住んでいたんでしょう。それと、彼女の家族構成とかは?」

「さて、と」手帳を捲りながら、首を捻るばかり。「どうだったかな」やや諦念混じりに溜息をついた。「だいじなことなのかい?」という問いに、じっとまばたきもせずに見つめてくるタカチに気圧《けお》されたかのように、佐伯さん、立ち上がった。「ちょっと電話を借りてもいいかな」ダブルベッドの枕元のキャビネットに置かれている電話の受話器を取って、外線につなぐ。「誰か残ってるかな」そう独り言ちるのとほぼ同時に、応答があったようだ。「ああ、すまん。佐伯だ。いま中越《なかごし》班の者は、そこに誰かいないか。野本《のもと》さんがいる？　ちょうどいい。代わってくれ」

電話を代わった相手に佐伯さん、タカチのふたつの質問の内容を伝えた。「というわけなんですが。え。いや、いろいろ思い返しているうちに、ちょっと気になったもんで」さすがに某一般女性に調べてくれと頼まれたので、などと正直に告げるわけにもいかないよね。「どうでしょう。当時の担当で、誰か知っているやつ、いませんかね。え？　ああ、はい」腕時計を覗き込む。「だいじょうぶです。もうしばらくは、ここにおりますんで。はい、待ってます。いえ、自宅じゃありません。〈ホテル・ニュー・アツキ〉の」ここの客室番号を告げる声音が、ややぎこちない。「フロントを通して、そこへかけてください。ちがいます。泊まっているわけじゃなくて、ちょっと知人を訪ねてきているだけです。はい。はい。では、よろしく」

受話器を置くと、簡易応接セットのところへ戻ってくる。「調べてみて、折り返し電話をくれるそうだ。ただし、判明するかどうかは保証の限りじゃないが。結局メモも残ってない、知っている者も誰もいない、なんてオチになってしまったら、もうしわけない」

「いいえ、とんでもない。ありがとうございます」

「そうか……」佐伯さんに確認を頼んだ質問事項を反芻しているうちに、ぼくもようやくタカチがどういう仮説をたてているのか、朧げながら見当がついてきた。「そうか、きみは別に、同一犯説に固執していたわけじゃなかったのか」

「ん」佐伯さん、怪訝そうにタカチとぼくを見比べた。「なんの話だい」

「ぼくはてっきり、彼女が四月の事件と七月の事件の犯人が同一人物だという前提で推論を進めているものとばかり思い込んでいたんですが。まったくの、かんちがいでした」

「すると、やはり犯人は別々にいる、ということなのか？」

「それぞれの実行犯は、という意味では、はい、別人です。が、ふたつの事件は決して無関係ではありません」

「どういうふうに、つながっているんだ」

「共犯というと、ちょっとニュアンスがちがうかも。さっきタカチが言っていたように、四月の事件によって、あることを学習した人物が七月の事件を起こした、という構図なんで。って、すこぶる曖昧な言い方ですみません。決して、もったいぶっているわけじゃないんですが」

「判っているよ。いま問い合わせた高瀬さんの質問の答え待ち、ということなんだろ。その答えによって、きみたちの仮説の裏付けがきっちりとれる、と。そういう段取りなわけだ」

「あるいは、その答えの内容次第では」どこかしら、のほほんとした仕種でタカチは、空になったらしい缶の縁を親指と中指でつまみ上げ、ぷらぷらと揺らしてみせた。「仮説が完全に否定されるか。そのどちらか、でしょうね」

「完全否定っていうのは、どうかな。まずあるまいと思うが。それに、期待していた答えが返ってこなかったらこなかったで、すぐさま自説をうまく軌道修正するだろうしね、きみたちは」なんだかすっかり肩の荷が下りたかのように、快活な笑い声を上げる佐伯さんであった。「いずれにしろ、わたしは大船に乗ったつもりでいるよ。あとは、きみたちの口から真相が語られるのを待つばかりだ」

いかにも、これはただの軽口だけどねと強調するような雰囲気ではあったが、普段は滅多に他人と冗談など交わしそうにない佐伯さんの口から発せられると逆に、奇妙な本気度を感じてしまうこともたしかだ。

「なにしろ匠くんの洞察力は七瀬と平塚の折り紙つきだからな。最初は平塚が入れ込んでいただけだったが、いまや七瀬もすっかり、きみの信奉者だよ。この前なんか、匠くんの意見を聞きたいと、現場検証をしているところへわざわざ呼び出したりしたほどだから。いや、大したものだ、ほんとに」

「へーえ」タカチは、からかうようにぼくの頭を撫でた。「わたしがしばらく安槻を離れているあいだに、またずいぶんと熱心に人脈を拡げていらっしゃるわね」

「そんなんじゃないよ。あのときは、たまたまぼくが事件の第一発見者だったから、というだけの話で」

「それはそうと、面白半分にプライベートを詮索するつもりはないんだが」冷蔵庫から新しい缶ビールを取り出そうとしていたタカチを手振りで止めた佐伯さん、自分で水割りをつくった。

「きみたちふたりは、いま遠距離恋愛中、という理解でいいの？」

さて、どこまで詳しく説明したものかと迷うぼくを尻目に、タカチはあっさりと「ま、そういうことですね」と答えた。驚いた。やっぱり今日のタカチは普段とテンションが全然ちがう。

「すると、いずれは高瀬さんが安槻へ戻ってくるとか、それとも匠くんのほうが東京へ引っ越すとか、そういう予定なのかな」

「いいえ、当分ないですね、どちらも」

またもやあっさりとそう認めるタカチに、ぼくは困惑とも感動ともつかぬ、なんとも不思議な気持ちに囚われた。どうやら彼女、単に再会を喜んでいるだけじゃなくて、ぼくの想像を遥かに陵駕するほど佐伯さんのことを信頼しているらしい。これほど積極的に、他人に対して自ら胸襟《きょうきん》を開こうとするタカチを見るのは、少なくともぼくは初めてだ。

そういえば、ひとつ思い当たる節がある。大学三回生のとき、ぼくたちが間接的にかかわった某事件を担当していたのが佐伯さん、そして七瀬さんだった。その際、タカチは佐伯さんと、かなり深い、個人的な話をする機会があったらしい。その過程でいろいろ迷いが吹っ切れた、という意味のことを、いつか言っていたっけ。詳細は彼女が自ら語る気になるのを待つしかないが、察するに、よほど重みのあるアドバイスかなにかを受けた、ということなのだろう。あのタカチをして「吹っ切れた」と言わしめるのだから、彼女にとって佐伯さんは、もはや恩人と称しても大袈裟ではないレベルなのかもしれない。

「千暁さんは千暁さんで事情があり、わたしはわたしで事情がある。詳しく説明するのはなかなかむずかしいんですけど、要するに、いまわたしたちがいっしょになると、周囲を巻き込んで波乱を起こしてしまう。ざっくり言うと、いろんな意味で差し障りがあるんです。だから当面はこうして、時間の都合がつくときに、こっそりふたりで会って、様子見をしている。そんな現状ですね。なんとも具体性に欠ける説明で、すみませんが」

「いやいや、とんでもない。聡明なきみたちのことだ、考えに考えた末に出した結論なんだろう。どうかふたりにとってベストなかたちで状勢が変わってくれることを祈るばかりだよ。それにしても」ばつが悪そうに佐伯さん、グラスのなかの氷をやたらに、からから鳴らす。「てことは、ますますもっておれは今夜、きみたちの貴重な時間を邪魔しちまったってことだよなあ。面目ない」

「とんでもない。佐伯さんのほうから会いにきていただけて、わたし、ほんとうに嬉しいんです。ご多忙でしょうから、こちらからご連絡するのもはばかられるし」

口をつけかけていたグラスを離すと佐伯さん、まじまじとタカチを、そしてぼくを順番に凝視した。と思ったら、「きみたちは……いや、恐れ入った」急に憑きものが落ちたみたいに椅子の背もたれに身をあずけ、愉快そうに脚を組んだ。「ほんとに、きみたちときたら、まったく」

佐伯さんがその後、どう続けようとしたのか、タカチのひとことで遮られてしまい、ぼくにとっては永遠の謎となる。

「ときに、奥さまはお元気ですか」

「ああ、もう、うるさいくらいに。って。きみ、女房に会ったこと、あったっけ」

「いいえ。でも佐伯さんて見かけによらず、恐妻家だというお話なんで」

「誰が言ってたんだ、そんなこと。おおかた七瀬あたりなんだろうが。ったく」

「さあ、どうでしょう。でも、とっても仲の好いご夫婦だ、とも」

「そうそう、夫婦といや」と佐伯さん、仏頂面で強引に話題を変えた。「平塚のやつ、例のお嬢さんとは籍を入れただけで当分、挙式も披露宴もなし、なんだってな」

例のお嬢さんとは、ぼくたちと大学で同期だった羽迫由起子《はさこゆきこ》のことだ。通称ウサコ。現在、〈安槻大学〉の修士課程に在籍している。

「そうらしいですね、ウサコの、って、もうウサコなんて気安く呼んじゃいけないかもしれないけど。ともかく当面、学業は続けたいという彼女の意向で」

「そうそう。その話、もっと詳しく聞きたいと思ってたんだ。なんと、千暁さんがふたりの恋のキューピッドだったんだって?」

「まあ、そう言ってもいいのかな」昨年、平塚さんの実家で起こる怪奇現象について個人的に相談を持ちかけられた一件を、ぼくは簡単に説明した。「てわけ。で、よく知っているとは思うけど、そんなオカルトな物件、ぼくのいちばん苦手なジャンルだから、ボアン先輩にいっしょに来てくれるように頼んだんだ。でも、そんな暇があるか、今度こそ卒業するんだ、おれは忙しいんだ、つって、けんもほろろ。で、たまたまそのとき時間の都合のついたウサコに」

「いっしょに平塚さんの実家へ行ってもらうことになった、と。なるほど。運命だったんだね。もしもそのとき、ボンちゃんが千暁さんといっしょに行っていたら、ふたりは巡り逢わなかったかもしれないわけだ」

ちなみにボンちゃんとは、ボアン先輩という通り名の短縮形である。この脱力系の呼び方をするのが許されているのは、顔の広さが尋常ではない先輩の無数の知り合いのなかでもタカチのみ。

「そういえばボンちゃん、今度こそ卒業できそうなの？」

「もう目処はついたみたいだよ。ただ、問題は就職のほうで」

「そりゃあ七年だっけ、八年だっけ、ともかくそんな長いあいだ大学に居座っていたひとが、そうすんなり仕事にありつけるほど、世のなか、甘くないって」

「あ。そういえば、憶い出した。ウサコの結婚のこと、まだ先輩に話していない」

「えーっ？　どうして」

「だって昨年の夏からこっち、おれは忙しいんだおれは忙しいんだの一点張りで、飲みに誘うのもなんだか、はばかられる雰囲気だったし。それに、こんなおいしいネタ、どんなに忙しかろうと、あの先輩が放っておくはずないだろ？」

「うーん、まあね。たしかにボンちゃんのことだ、うっかりウサコが結婚するなんて伝えたりしたら、よし、飲むぞ、気合いを入れてお祝いするぞと怒濤の宴会モードに突入するのは眼に見えてるもんね。んで、連日連夜、自分で仕切りまくった挙げ句に卒業しそこねたりしたら、こんなことになったのは暇なおまえらの飲み会に付き合わされたせいだとかなんとか、わけの判らない文句をほざいて逆恨みしかねないし」

　さすがに長い付き合いだ、ボアン先輩の困った性格をタカチも熟知している。

「きちんと就職が決まるまでボンちゃんには伏せておくよう、ウサコにも言っておいたほうがいいかもね」タカチは佐伯さんに笑顔を向けた。「その平塚さんに、わたし、まだお会いしたことがないんですけど、どんな方なんですか」

「ひとことでいや、世間知らずのお坊っちゃんかな。そのせいなのか、ときどき捜査会議でとんでもない発言をして、周囲を呆れさせる。ただ、それが後になって、けっこう的を射ていたことが判ったりするから、油断ならんが。ま、変わり者だよ。刑事としては、かなり異色の部類だ」

「ウサコが選んだひとだから、まあ、あんまり普通じゃないんだろうな、とは思っていましたけど」

「はは。それにしても」佐伯さん、腕時計を見た。「ずいぶん遅いな、返事が」

あれこれ雑談しているうちに、気がついてみれば佐伯さんが安槻署に電話をしてから、すでに一時間以上、経過している。

「まさか、忘れられているわけでもないとは思うが」

という佐伯さんの声に被さって、客室のドアチャイムが鳴った。続けてドアが、こん、こん、こんと軽くノックされる。

「誰かしら、こんな時間に」と立ち上がり、魚眼レンズを覗いたタカチ、「あら、これはこれは」と華やいだ声を上げて、ドアを開けた。

「こーんばんは」

現れたのは三十前後の女性だ。髪形や顔の造作にはこれといった共通点がないにもかかわらず、パンツスーツ姿や長身痩軀でマニッシュな印象のせいもあるのか、不思議とタカチと似通った、相似形的な雰囲気を醸し出している。なんと、これが噂をすれば影というやつか、七瀬さんではないか。

「ははーん、やっぱり」七瀬さん、タカチの肩越しに、佐伯さんとぼくに向かって皮肉っぽい流眄をくれてきた。「こんな時間に、泊まっているわけでもないのにホテルにいるなんて、どうもおかしいと思ったら。こんな絶世の美女と密会中とは、佐伯さんもなかなか隅に置けませんね。奥さんに言いつけてやろっと」

「小学生並みの戯言《ざれごと》はたいがいにして、さっさと入ってこい」

「だいたい佐伯さん、ずるいですよ」七瀬さん、タカチに促され、それまで彼女が座っていたライティングデスク用の椅子に腰を下ろした。「いつもは平塚くんやあたしが匠くんに助言を求めたら、やれやれ、シロートを頼ったりして困ったやつらだ、みたいな眼つきでバカにするくせに」

なるほど。こっそりぼくと会っていたと七瀬さんにバレたら冷やかされかねない、と佐伯さんが心配していたのは、こういうことだったのかと納得。

「バカにした覚えなんかない。困ったやつらだと思っていることは否定せんが」

「そういう自分だって難問にぶつかったら、こうしてちゃっかり匠くんと高瀬さんに。あーっ、おまけにこんな、美味しそうなもの食べたり、お酒まで飲んじゃったりして。ずるいずるい。職務怠慢だ」

「あいにくおれは明日、非番でね」

「よろしければ、どうぞ」

「おっと。ありがとうございます」タカチから缶ビールを受け取った七瀬さん、まるで許可を求めるかのように順番にぼくたちを見回した。「よし。あたしも明日は非番だ。あ。冗談てわけじゃないですよ。だからこそこうして野本さんに言われて、佐伯さんの酔狂に付き合ってやりにきたんじゃないですか……あ」七瀬さん、なぜか慌てて自分の口を掌で覆った。「すみません、酔狂は言い過ぎでした」

急に、らしからぬ緊張が走って、戸惑ったのだろう、ダブルベッドに腰を下ろしたタカチ、もの問いたげにこちらを見てくるが、ぼくにだって、なんのことか判らない。

「えと。もしかして、おふたりには話していない……？　そうですよね。佐伯さんが自分から言うわけないですよね」

「いいんだ、もう。すまなかったな、気を遣わせて」佐伯さん、ますます恐縮の態の七瀬さんに、ぎこちなく笑いかけた。「四月の事件の被害者、海野早紀さんは、わたしの高校時代の柔道部の顧問だった恩師の娘さんなんだ。といっても、なにしろ向こうはまだ小学生の頃だから、こちらのことなんかは全然憶えちゃいないだろうが。先生の自宅へ招かれたとき、言葉を交わしたことはある」

「そうだったんですか……」

タカチの痛ましげな声音の残響とともに、長いのか短いのか判然としない沈黙が室内にわだかまった。

「誤解して欲しくないが、いかなる事件であろうともわたしは捜査に私情を挟んだりはしないよ。ただ……ただまあ、なんていうか、こういうときはどんなに言葉を選んでも、言い訳がましくなりそうだな」

　そうだったのか。なるほど。なんとなく理解できたような気がした。佐伯さんはさきほどの説明の途中で、海野早紀をさん付けで呼びかけて慌てて言いなおした。他の事件の関係者たちは全員呼び捨てなのに、ひとりだけ例外なのは不自然だと自戒したのだろう。それに、時系列的に詳細を説明しようとするのならば四月の事件のほうを先にして当然なのに、敢えて後回しにしたのは、ほんとうはそちらが自分にとっての本題であることを、できれば悟られたくないという心理の裏返しだったのだ。

「えーと、それで、ですね」七瀬さん、ショルダーバッグからクリアファイルを取り出した。「例の飛田光正とゴミ出しの際にトラブルになった相手の名前を、一部始終を目撃していた住民は知りませんでした。ただ、メガネをかけた、いかにも線の細そうな学生っぽい青年だったので、多分〈ハイツ船引〉の住人ではないかと思う、とのこと。どうやら相当本好きのようで、蔵書数も多いらしく、資源ゴミの日はいつもけっこうな量の古本を出していたと言うんですが、実はこの外見的特徴と合致する人物がいました。当時〈ハイツ船引〉の二〇五号室に住んでいた、作長京太という男です」

　やや躊躇いがちながらも、満足げに、何度も何度も頷くタカチであった。「で、中谷邦子のほうは？」

「当時、彼女が住んでいたのは城所町の一戸建てです」

「もしかして、その家って城所公園の近くにある、とか？」

「近く、というより、敷地同士が隣接している」

「公園の阿舎にも近い？」

「阿舎のある公園の出入口は、中谷家のほうに面してはいないけれど、距離的にはそれほど遠くはない」

「中谷家の家族構成は？」

「本人と夫、ふたり暮らし」

「子どもはいないんですか？」

「中谷夫婦のあいだには、ね。ただ邦子のほうは一度、離婚を経験していて、たしか前の夫に引き取られた息子がいる、という話だったけど」

「何歳くらいの？」

「えと。当時、もう成人しているとかしていないとか」

「その息子の名前、判りますか」

「さあ、そこまでは、ちょっと。あの……」急に不安げに七瀬さん、タカチとぼくから視線を外し、心なしか縋るような眼で佐伯さんを見た。「えーと、これって、そんなに重要なこと？」

ぼくがタカチに眼で促されるかたちになった。「調べてみていただけませんか。もちろん今夜中にはもうむりでしょうけれど、もしも作長京太が中谷邦子の実の息子なのだとしたら、もうほぼ決まりです」

「作長京太と中谷邦子が親子……？」佐伯さん、七瀬さんと顔を見合わせた。「だとしたら、それでなにが、どう決まるんだ？」

「まず、一昨年の四月に起こった事件の犯人は作長京太です。彼が海野早紀さんを殺害するに至った経緯は、さきほどみんなで検証したとおりだったのだと思います。酔い潰れ、船引商店街のアーケード内で眠り込んでいた海野早紀さんを介抱するふりをして、自分の部屋、〈ハイツ船引〉の二〇五号室へ乱暴目的で連れ込んだ。そして行為の途中で正気に戻った海野さんに抵抗され、無我夢中で彼女の首を絞めてしまった」

佐伯さんと七瀬さんは、まばたきもせず、じっくり静聴のかまえだ。ぼくは、そっとタカチを盗み見たが、どうやら説明を引き継いでくれるつもりはないらしい。

「突発的な殺人を犯してしまった作長京太はどうしたか。途方に暮れ、同じ市内に住む実の母親、中谷邦子に助けを求めた。そう考えられる根拠は、ふたつ。まず、決して小柄とは言えなかった海野さんの遺体を、線の細そうなと評される作長京太が独りでは処理できなかっただろうと思われる点。彼は急いで実母に連絡をとり、遺体の始末を手伝ってもらったのでしょう。ここで重要なのは、仮に中谷邦子が海野さんの遺体の処理に直接は手を貸さなかったのだとしても、どのみち彼女は実の息子がどういう罪を犯したのか、本人の口から聞かされていたはずだ、ということです。だからこそ、第二の事件が起こった」

それほど長くは喋っていないのに、もうすでにひどく疲れた。こちらの喉の渇きを察知したのか、タカチがなにかを手渡してきた。缶ビールかと思いきや、新しい氷を入れた水割りのグラスだ。どうやら缶ビールは全部、なくなってしまったらしい。

「四月に東京から〈丘陽女子学園〉に転校してきた蜂須賀美鈴は、中谷邦子が担任のクラスに入った。もちろん、これは偶然だったんでしょうけどね。蜂須賀美鈴が問題児であることは当然、前の学校からの内申書や申し送りによって、最初から中谷邦子も把握していたでしょう。が、そんなことよりもなによりも、中谷邦子がもっとも驚いたのは蜂須賀美鈴が〈ハイツ船引〉で独り暮らしをしていることだった。しかも、よりによって彼女の実の息子である作長京太が住んでいる二〇五号室のすぐ隣りの、二〇四号室で」

ひと息ついて、水割りを飲んだ。すると、ずいぶんウイスキィが濃くて、ちょっとびっくり。水割りというより、ロックに近い。もしかしてタカチ、気付けのためにわざとやったのかな。

「思わぬ偶然に驚きはしたものの、もちろん中谷邦子だってわざわざ蜂須賀美鈴に、実はあなたの隣りに住んでいるのはあたしの息子なのよ、なんてことは言ったりしなかったでしょう。息子の作長京太が忌まわしい殺人を犯してしまったと知らされたときも、その段階ではまだ、海野早紀殺しという事実と蜂須賀美鈴の存在を関連づけて考えたりもしなかったはずです。そんな余裕なんか、到底なかった。ただただ息子の罪を、なんとか隠蔽しなければと必死だった。見ず知らずの女性に乱暴して死なせてしまった、なんてことが世間に知られたら、息子のみならず、自分の人生も終わりだ、と。海野早紀さんの遺体をバラバラにして処分することを決めたのは、あるいは作長京太ではなく、中谷邦子のほうだったのかもしれません」

濃いと思っていたロックもどきの水割りの味にもすぐに慣れ、くいくい進み出す。

「ふたりで協力して、バラバラにした遺体をゴミ集積所に遺棄し、なんとか処分した後、中谷邦子は息子を問い詰めたのでしょう。どうしてこんな愚かな真似をしたんだ、と。母親には隠し立てができず、作長京太はことの次第をすべて打ち明けた。実は三月から隣りの部屋に住んでいる女子高生が、しょっちゅう若い男たちを連れ込んでは、淫《みだ》らな行為に耽っている。その声と音がずっと壁越しに聴こえてきて、悩まされている。勉強や読書もできないし、夜も眠れない。なにも手につかず、毎日まいにち悶々としていたんだ。そんなとき、商店街のアーケードで、ひとり酔い潰れている若い女を見つけてしまったものだから、もう欲望を抑えることができなかったんだ、と」

「すると、それが動機……なのか？」このまま最後までひとりで喋り続けるんだろうかと危惧していたら、ようやく佐伯さんが口を挟んでくれた。「蜂須賀美鈴たちが殺されたのは結局、それが理由だったのか」

「たいせつな息子を暴行致死という大罪に駆り立てる原因をつくった蜂須賀美鈴たちのことを、中谷邦子は深く怨んだでしょう。もちろん殺意も抱いたでしょう。が、蜂須賀美鈴たちを懲らしめるという目的のためだけならば、なにか別の、もっと穏便な方法を考えていたかもしれない。結果的に中谷邦子を殺人という極端へ走らせたのは、もうひとつ、大きな要因があった。それこそが飛田光正という男の存在だったのです」

「飛田が……？」佐伯さん、せわしなく、みんなを見回した。「どういうことだ？」

「最初に気づいたのは、息子の作長京太のほうだったのでしょう。彼にとって飛田は、いちばん我慢ならないタイプの男だったにちがいありません。本が好きで、あれこれ買っていると、どうしても置き場所に困るようになる。なにしろ狭いワンルームマンションだ、ある程度文庫や新書が溜まったら処分せざるを得ない。やむなく資源ゴミの収集日に出している。なのに、あの飛田という男は自腹を切ろうともせず、自分が泣く泣く棄てたものを勝手に持ってゆく。本くらい自分で買え、と苦々しく、いえ、憎々しくさえ思っていたことでしょう」

我ながら見てきたような嘘を言いながら、度が過ぎるかなとも思ったが、いろんな材料を基にトレースすると作長京太の心理は、まさにこんな感じだったのではあるまいか。

「ところが、海野早紀さんの遺体が発見されて以降、五月、六月と続けて、月いちの資源ゴミ収集日に飛田がゴミ集積所に姿を現さない。あんなにしつこく古本をかっぱらってゆくやつだったのに、どうしたんだろう、やっぱりバラバラ死体を目の当たりにしたことが相当ショックだったのかな、と」

たちまち佐伯さんと七瀬さんの顔に理解の色が浮かんだ。

「それを聞いて、中谷邦子は閃いたのでしょう。そうだ、と。この際、息子の復讐のために蜂須賀美鈴たちを殺してやろう、そしてその遺体を、とことん利用してやる、と」

「利用……か。なるほど、それが例の餌付けのご婦人たちと結びついてくるわけか、野良猫と鳩の」

「ええ。これは改めて調べてもらったほうがいいかもしれませんが、中谷邦子は多分ずっと以前から、城所町の自宅で鳩の糞害に悩まされていた。同じ近所の住民ともども、餌付けしている戸沼加奈恵に何度も抗議したことでしょう。しかし、いっこうに事態は改善されず、苦々しい思いを持て余していた」

「切断した被害者たちの首と手首を、それぞれ餌付けに現れそうな場所に放置し、びびらせてやろうとしたわけか。怖じけづいた彼女たちが、もう二度と近寄ってこないように、と。たしかにその目的のためなら、遺体の全身は必要ない。首と手首で充分なわけだ。なるほど。なるほどな。ようやく判ったよ。どうして羽染要一の遺体だけ切断されていないばかりか、その痕跡すらなかったのか、その理由が。中谷邦子にしてみれば、上山由利の自宅と城所公園の阿舎へ持ってゆく首と手首は、別に誰のものでもよかったんだ。特に蜂須賀美鈴と桑満到のものでなくても、ただ、ふた組、揃ってさえいれば」

「二〇四号室へ押し入って計画を実行する時間帯、息子の作長京太には居酒屋でわざと喧嘩をさせることでアリバイを確保させた。なにしろ現場のすぐ隣りの住人だから、万にひとつも疑われないように、と」

「でも、七月の事件の犯人が中谷邦子だとしたら、自宅の周辺から鳩の餌付けを排除するべく城所公園の阿舎に首と手首を遺棄するのはいいとして、船引町へも別の首と手首を持っていったのは、なぜです?」七瀬さん、佐伯さんからぼくへと視線を移した。「複数の場所へ遺棄することで、捜査の攪乱を狙ったとか、そういうこと?」

「ひょっとしたら中谷邦子本人には多少その意図もあったのかもしれませんが、実際にはその効果はあまりない。もしも捜査の攪乱を狙うのなら、桑満到の首と手首は、船引町でも城所町でもない、まったく別の、第三の町に遺棄するべきでした」

「あ、なるほど。なるほどね。そうか。攪乱効果がない、どころか」七瀬さん、今度はぼくからタカチへ視線を移した。「船引町に遺棄したら、四月の海野早紀さんの事件と関連づけて考えられる恐れすらあるわけで。実際こうして佐伯さんが最初から、両者は無関係ではないと、勘づいていた」

「確信があったわけじゃないが……」

「〈ハイツ船引〉に住んでいた作長京太も野良猫の鳴き声や糞害には悩まされていただろうから、中谷邦子にしてみれば、ついでに息子のために便宜を図っておいてやろうとか、そういう軽い気持ちだったのかも」

「でも、そういえば上山由利は桑満到の首と手首を発見した後も、わりと落ち着いていたという話でしたよね？」ちょっと複雑そうに顔をしかめるタカチであった。「ということは中谷邦子の思惑に反して、船引町の野良猫の糞害は、その後も続いてたんじゃ……」

「中谷邦子にしてみれば、船引町のほうは、ほんとについでで、あまり深い関心はなかったかもしれないね。息子だって大学院を修了すれば、いずれ〈ハイツ船引〉からは引っ越すだろうし。どうせ一生、住むわけじゃないんだから、と。自宅のある城所公園の鳩の糞害さえおさまれば、それでよかった。実際そちらは、おさまったんじゃないだろうか。蜂須賀美鈴の首と手首を目の当たりにした戸沼加奈恵の恐慌狼狽ぶりからして。もしも、おさまっていなかったとしたら、もしかして第三の事件が起こっていたかも……なんていうのは、さすがに想像過多かな」

死は天秤にかけられて

「おい、おまえ、ふざけんなよ。いい加減にしろ」

トイレから出た途端、そんな男の怒声が聞こえてきて、ぼくは反射的に足を止めた。

「だいたい、おまえ、自分で勝手に転んでおいて……」

通路の隅に置かれた台座の上のピンク電話の受話器を握りしめているその男の声は、極限まで低く圧し殺されているため、ぼく以外の店内の客や従業員たちの耳には届いていないだろう。ぱっと見、三十前後といったところか、ポロシャツに短パンというラフな恰好で、アフターファイヴのサラリーマンという感じではない。

ぼくはしばし、その場に立ち竦んでしまった。男の声音がやや上擦り気味に殺気だっていたこともあるが、きれいに撫でつけたオールバックとメタルフレームのメガネという、ちょっとインテリやくざっぽく眼光鋭い風貌に見覚えがあるような気がしたからだ。

「あ。い、いや、すみません。言葉が過ぎました」と、ぼくに気づいたのか、急に男の口調が一変した。「はい。判りました。善処いたします。善処いたしますから、しばらく待ってください。え、いや、今月はむりです。むりですってば。かんべんしてくださいよ。はい。はい。来月には必ず。約束します。はい。では」

男は、そっと受話器を戻した。できれば思い切り電話機本体に叩きつけたいのをかろうじてこらえたかのように見えたのは、ぼくの思い込みか。

そのまま、ぼくから眼を逸らし加減にしてレジのほうへ直行する。「お勘定」

「はいよ。まいど、ありがとうございます」と、カウンターの向こう側の店のご主人、愛想笑いを浮かべた。「センセー、今日はずいぶんと早いお帰りで」

「ちょっと急用ができてね。それから、この前も言ったけど、そのセンセーというのは、そろそろやめてくださいよ」

「おっと、そうでした」

ははは、と至って平穏な笑い声を交わしておいてから、男は店を出ていった。

「どうしたんだ、タック？」

もとのテーブルの傍らに佇んだまま、男が後ろ手に閉めた出入口の引き戸をじっと見ていると、ボアン先輩こと辺見《へんみ》祐輔《ゆうすけ》が怪訝そうに、ぼくにそう声をかけてきた。

「いえ……」ぼくは先輩の真向かいに腰を下ろした。「いまの男のひと、どこかで見た覚えがあるなあ、と思って」

「ひょっとして、お客さんも」と、店のご主人が耳聡く、こちらの会話に割って入ってきた。

「〈海聖学園〉のご出身なんじゃありませんか？」

「海聖？　いや、ぼくはちがいますけど。どうしてです？」

「梅景さん、先生をされてたんですよ、そこで」

ウメカゲとはどういう漢字を書くのか訊いて、改めて記憶を探ってみたが、なにも思い当たらない。

「もっとも、この三月にお辞めになったそうですけどね。家業を継がれることになった、とかで」

なるほど、それでセンセーという呼び方はそろそろやめて欲しいと言ってたわけか。

「どこで会ったんだっけ……つい最近だったような気がするんだけど」

「おい、タック。せっかくの祝いの席で、無駄な努力はやめとけ。相手が可愛い女の子っていうんならともかく、野郎のことなんかで頭を悩ませたって仕方なかろうが」

学生時代から相も変わらぬ先輩の軽妙、軽快、軽薄な口吻に、ぼくは思わず苦笑して、飲みかけだった生ビールのジョッキを一気に干した。

一九九四年、八月某日。午後七時。

タックこと、ぼく、匠千暁《たくみちあき》は先輩と〈とがり〉という居酒屋にいた。ふたりでいっしょに飲むのは、ほんとうにひさしぶりだ。

〈とがり〉って「尖り」なのかと思ったら、ご主人の苗字が「外狩さん」というらしい。昨年の夏からこっち、いったいぜんたい何年越しの懸案なのか、もはや誰にも判らない大学卒業と就職活動に本腰を入れていた先輩に全然付き合ってもらえなかったぼくが、独りで飲むために新規開発したお店のなかの一軒である。

この三月、ぼくやタカチこと高瀬千帆《たかせちほ》、ウサコこと羽迫由起子《はさこゆきこ》たち後輩陣から遅れること丸一年、ようやく卒業に漕ぎ着けた先輩だったが、案の定、就職が全然決まらない。無事に卒業式を終えた後も、なんとなく飲みに誘いにくいムードが漂い続けること半年弱、先輩、ちゃんと生きているだろうかと案じていたら、今日の夕方、バイト先である喫茶店〈アイ・エル〉へ、いきなりやってきて「おい、タック。今夜は、ひさびさに飲みにいくぞ」と高らかに宣言。

聞けば、やっと就職が決まったというではないか。やれ、めでたや、めでたや。どうせならお祝いに、これまで行ったことのない店で飲みたいという先輩のリクエストにお応えして、こうして〈とがり〉へ連れてきたという次第。

「そういえば、先輩」店内もだいぶ混んできて、忙しそうにしている外狩さんを横眼で見つつ、ぼくは心持ち声を大きくした。「肝心のことを訊いていなかったけど、どこに決まったんです？会社は」

「企業じゃねえよ。学校だ、学校」

「がっこう？」

「公立じゃなくて、私立な」

「学校で先輩が、なにをするんです」

「あほ。教師に決まっとるだろうが」

「教員免許、取ってたんですか。あ、そういえば昨年の夏、教育実習で忙しいとかなんとか言ってたけど、あれって、ほんとうのことだったんだ」

「なんでおれが、そんなことで嘘をつかなきゃいけないんだよ。正直、いろいろ不安だったからさ、保険をかけるつもりで取っておいたんだが。まさか、ほんとうに教職に就くことになるとは思わんかった」

「私立って、どこです。ひょっとして、さっきも話に出た海聖とか」

「いや。〈丘陽女子学園〉」

「きゅ……って」思わず喉が、げっと変な音をたててしまった。「せ、先輩、女子校の先生になるんですか?」

「みなまで言うな、みなまで。おれがいちばん驚いてるよ」

「しかし、なんでまた急に。しかも、こんな中途半端な時期に?」

「よく知らんのだが、この夏休み中、丘陽でなにか不祥事を起こして、連絡がつかなくなった先生がひとり、いるんだってさ」

「連絡がつかなくなった……って」

「なんでも、なんの前触れもなく一方的に辞職願いが学校へ送られてきたらしい。いったいどういうことかと問い質そうにも、本人をなかなかつかまえられない。どんな不祥事だったのかは知らんが、警察の事情聴取も受けたとか受けなかったとかで、かなりの大騒動だったみたいだな。場合によっては懲戒処分もあり得るという、すったもんだの挙げ句、最終的には依願退職というかたちに落ち着いたようだが」

「あのう、もしかして、それって国語の先生ですか? 若い男の」

「そうだよ。よく知ってるな」

「い、いや……」

　ほんの先月のこと。ひょんなことがきっかけで、ぼくはある事件に巻き込まれた。その騒動に絡んで、職務もなにもかも放り出し、安槻《あつき》市から逃げ出してしまったという元国語科教師に心当たりがあるのだ。が、そんな事情をいまここで説明しても、ややこしくなりそうなので、敢えて触れないでおく。少なくとも今回の物語にはまったく関係ないので、詳細はまた別の機会に。

「いや、だって、先輩が取得した免許なら多分、国語だろうから、と思って」

「あ、なるほどな」

「じゃあ先輩は、そのお辞めになった先生のピンチヒッターってわけですか」

「そういうこと。ほんとに予想もしない緊急事態で、そう簡単に代替教員も見つからず、学校側もかなり困っていたらしい。そこへ、丘陽の校友会と理事会に伝のあるおれの伯母さんがしゃしゃり出ていってさ、なんとも出来の悪い甥でございますが、一応持っている免許がたまたま国語ですし、これもなにかのご縁ということで、ひとついかがでしょう、みたいな感じで紹介してくれたって次第」

「へーえ。そうだったんですか」

「結局あれだけ、あっちこっち飛び回って、どたばた奮闘しておいて、最後は身内のコネに頼らざるを得ませんでした、ってオチさ。あー、なさけねえ」

「コネがあって、よかったじゃないですか。そうですかあ。先輩が、ねえ。あの伝統と格式のあるお嬢さま学校の先生に、とはねえ。いやはや」

「びっくりだよ、ほんとに。自分でも未だに冗談だとしか思えない」

「もう二学期が始まるから、来月から早速、授業をしないといけないんでしょ？　たいへんですね、年度の途中からというのは、なにかと」

「うん。だから当面は臨時講師扱いなんだ。来年度には本採用してくれる約束に一応は、なっているが」

「一応は、って、なんです。そんな、反故にされるかもしれないような、頼りない約束なんですか？　あんな有名校なのに」

「い、いや。決して、そういうわけじゃなくて、だな。その、つまり」

「あ。まさか先輩、とりあえず臨時だけは務めておいて、本採用は断ろうとか思っているんじゃないでしょうね？　だめですよ、そんな、血迷ったりしちゃ。せっかく真人間になれるチャンスなのに」

「だってさあ、おま、考えてもみろよ。女子校なんだぜ。女子校。右を向いても左を向いても、この世でいちばん扱いにくい、思春期真っ盛りの十代の女の子しか周囲にいないんだぞ。そんな異常きわまる環境下で、このおれが何年も何年も、まともな精神状態を保てると思うか。想像するだに恐ろしい」

　よもや先輩の口から「恐ろしい」なんて言葉が出てくるとは。「女の子大好きな先輩のことだから、てっきり、うはうは喜んでいるものとばかり思っていましたが」

「なんでもそうだが、仕事となるとまた話が全然ちがってくるんだよ。女の子がいっぱいの職場でラッキー、なんて本気で考える男がいたら、そりゃよっぽどの世間知らずか、大馬鹿者さ。十代の女の子ってのはな、個人ならばともかく、集団となると、向かうところ敵なしになるんだよ。傍若無人を絵に描いたような、怖いもの知らずどもがうじゃうじゃ群れる女の花園の内情に比べたら、この世のあらゆる百鬼夜行も魑魅魍魎も、まだまだ生ぬるい。嘘だと思うのなら、女子校出身者にでも実態を訊いてみろ。タカチは、えと、あいつはちがうか。ウサコはどう……」口角泡を飛ばしていた先輩、そこで、ふと真顔になった。「あ。そういや、ウサコと全然、連絡がとれなかったんだが。どうしたんだ、あいつ？」

そりゃまあ、連絡がとれるわけはない。ウサコならとっくに平塚さんと入籍をすませ、新居に移っているんだから。

しかし、困ったな。先輩に、どう説明するべきだろう。

ウサコと平塚さんの劇的な出会いと入籍に至る過程については、当分のあいだ、先輩には知らせないでおこうと、みんなで相談して決めたのにはちゃんと理由がある。大学でいちばん親密だった仲間の結婚なんて、これ以上、絶好の飲み会の口実も、他にふたつとないではないか。ただでさえいつも宴会を仕切りたがる先輩だ、一旦知ったが最後、エンドレスな怒濤のお祝いモードに突入してしまうに決まっている。

別に飲み会をやること自体はいい。が、その結果、先輩の卒業や就職活動に支障をきたしては困るのである。先輩本人が困るだけではなく、周囲の人間、特にこのぼくなどは確実に迷惑をこうむる。お祭り騒ぎから一転、鬱屈モードになった先輩、おれが卒業も就職もできなかったのはおまえらの飲み会に連日連夜、付き合わされたせいだ、どうしてくれる、とかなんとか筋違いな恨み言を延々垂れまくりかねない。念のためにお断りしておくが、これはぼくの被害妄想などではない。タカチもウサコもまったく同じ意見なのだ。とにかく、すべてが落ち着くまでは黙っていたほうがいい、と。

本来ならば、無事に大学も卒業し、ちょっと時期がずれたとはいえ、こうして就職の目処もたったのだから、いまここでウサコの結婚について先輩にも、ようやく報告できるはずだった。実際、ぼくも〈とがり〉へやってくるまではその気満々だったのである。が、憂いと屈託の籠もった表情で、ぐだぐだと女子校の恐ろしさを説いてくる先輩を見ていると、新たな不安が拭えない。

だいじょうぶかなあ。こんな不安定な精神状態のとき、うっかりウサコのことを打ち明けたりしたら、果てしない現実逃避のネタに利用されかねないんじゃないかしら？　まさかとは思うんだけど万一、飲み会のやり過ぎで臨時講師の職を失うような羽目に陥ったりしたら、洒落にならない。もう少し様子を見ることにしよう。

「ウサコも忙しいんですよ、論文とかで。なにしろ院生だし」

「いや、マンションに何度、電話しても、この番号は現在使われておりません、とかって無味乾燥な音声が」

「あー、そ、そうそう。そうだった。引っ越したとか言ってたっけ。今度、会ったときにでも訊いときますよ、新しい番号」

いつもの先輩なら、ここら辺りで「どうも変だな。タックよ、おま、なにかおれに隠してないか？」と鋭く突っ込んできて、ぼくの口を割らせるべく質問攻めに突入しそうなものだが、やはり女子校で講師を務めることに対する不安で頭がいっぱいなのか、当方の挙動不審に気づく様子はない。

「それにしても先輩、えらく女子校というものに対して偏見を抱いているんですね」

「偏見なんかじゃないぞ。おまえはなにも知らないから、そんなお気楽なことが言えるんだ」

「先輩だって、それほどよく知っているわけじゃないでしょ？　だって、実際に勤めるのはまだこれからなんだし。女子校に在籍した経験があるはずもない。なのに、いまからそれほどネガティヴにならなくても、いいじゃないですか」

「大学に入学したときのおれの同期生で、なったやつがいるんだよ、女子校の先生に。県外在住で、いまは独り暮らしだというから、この前、就職活動で近くまで行ったとき、泊めてもらったんだ。そしたらそいつ、教職はとっくの昔に辞めて、運送会社で経理の仕事をしているって言うじゃないか」

「その方、もしかして女子生徒に手を出したのが発覚して懲戒免職になったとか、そういうパターンですか」

「おいおい、そう先走るなよ。ま、当たっているけどさ」

「まさか、ほんとにそんな、テレビドラマみたくベタな？　冗談で言ったのに」

「教師と生徒の恋愛そのものは、よくある、と言っていいかどうか判らんが、まあ、さほどめずらしくもないだろう。が、ひさびさに会って、じっくり話を聞いてみたら、ノッシーの場合はまた特殊というか、もてるがゆえに起こったトラブルって感じでさ」

その先輩の同期生の名前は熨斗谷《のしたに》さんというらしい。だから愛称がノッシー。もちろん名づけ親は先輩であろう。

「ノッシーは、おれほどじゃあないが、ま、引けをとらないくらいの、いい男なんだ。すっきりした男前で性格もよしとくれば、女にもてないほうがおかしい。大学のときも、彼のことを憎からず想っていた女子学生は少なくなかったろうよ。が、ノッシーは真面目なやつだから、自分がもてるのをいいことに次々と女に手を出して遊ぶ、なんて不誠実な真似は決してしなかった。そこら辺りも、おれに似ているというか、互いにうまが合ったところなんだろうな。うん」

先輩の、もはや犯罪レベルで見当ちがいな自惚れにいちいちツッコミを入れるのもめんどくさいので、なるほどねえ、そうでしょうねえ、と棒読みで相槌を打っておく。

「それは、やつが問題の女子校に勤め始めて二年目のことだった。担当教科が英語だったノッシーは、ちょっとしたボランティア感覚だったんだろう、受験生限定で、問題集の答案の添削をしてやるようになった。個人的に」

「なんです、個人的に、って?」

「だから授業や補習以外で、もっと受験に備えたいと希望する者は個人的にも指導してあげますよ、ってこと。もちろん無償で」

「そりゃあ、でも、たいへんなんじゃないですか？　希望者が多かったりしたら」

「だから、そう先走るなっつーの。だが、まさしくそのとおり。ノッシーは見通しが甘かったんだ。しゃかりきな進学校って感じじゃなくて、わりとのんびりした校風だったそうだから。ただでさえ受験用の補習はコマ数が多いのに、まだそのうえ個人的な添削も希望するほど勉強熱心な生徒なんてそんなにいるまい、いてもせいぜい数人だろう、と。本気で受験に備えたい生徒はそもそも塾に行くだろうしな。そう思ったからこそ気楽に、やり始めたわけだが、ノッシーはひとつ、重大な事実を忘れていた。そう。そこは女子校だ、ってことをな」

「ご自分がたいへん、女性におもてになるというファクターを全然考慮していなかった、ってわけですか」

「最初はそれこそ、ひとりかふたりだったそうだ、添削希望者は。だからノッシーも熱心に、丁寧に指導してやっていた。添削用に預かったノートを生徒に返すとき、普通なら、よくできましたとか、もう少しがんばりましょうとかって定型の判子を末尾に捺して終わりなところを、やつは細々とコメントを直筆で書くわけだ。前回と同じミスをしているねとか、着眼点がよくなったよ、とかな。これが後々、祟ることになるとも知らずに」

「ひょっとして、生徒さん側でもだんだん、ノートを熨斗谷さんにわたすとき、前回の彼のコメントになにかひとこと、付けるようになったんじゃありませんか？　そしてそれに対しても彼のほうから律儀に返事をする、というキャッチボールみたいなことをくり返しているうちに……」

「おま、ほんとに鋭いな。そうなんだよ。もちろんノッシーが意図したことでは全然なかったんだが、そうやって問題集の答案添削ノートのやりとりをしているうちに、なんだか交換日記みたいな様相を呈してきたんだってさ。そしてこれが、他の生徒たちの耳にも入ってしまうわけだ」

「熨斗谷先生から個人的なコメントをもらえるのなら、あたしもやりたい、と添削希望者が殺到してしまった、と」

「我も我も、とな。それでも当時ノッシーは若くて情熱もあったから、時間と体力が許す限り、希望者全員に応対していた。しかし、さすがに十人を超えたあたりから限界が近づいてくる。具体的に十何人目だったかは憶えていないそうだが、ある日、ユミちゃんという生徒がノッシーのところへやってきた。そして添削希望の旨を伝えたんだが。さて。はたしてノッシーはこのユミちゃんに、なんと答えたか。タック、判るか？　あ、ちなみに断っておくが、ユミちゃんというのは仮名だから、そのつもりでな」

「もうしわけないが、添削は引き受けられないと断ったんでしょうね。ただ断ったんじゃなくて、別の英語の先生に頼んで、そちらでやってもらうように伝えた。そんなところじゃないですか」

先輩、仏頂面で諸手を挙げた。「お見事だよ。そんな細部まで読み切れるとは、たいしたもんだ。ついでに残りの説明、全部おまえがしてみろ」

「想像がつく範囲内でなら。おそらくそのユミちゃんにとって、別の英語の先生に添削を頼むようにと熨斗谷さんに言われることは屈辱以外のなにものでもなかったでしょう。ユミちゃんは別に受験勉強をしたかったわけじゃない。熨斗谷さんから個人的なコメントをもらって、擬似的な交換日記を体験したかっただけなんだから」

「まさしく、そういうこと。で、そこから先が、女心の不可解さというか、怖さというのか、おれにはなかなか理解できない領域に入っちまうわけだが」

「仮名とはいえ、ただひとり名前付きで登場する以上、このユミちゃんが熨斗谷さんの不祥事の相手で、懲戒免職の原因となる生徒だったんですね」

「大当たり。ユミちゃんは、どちらかといえば地味で、おとなしめの女の子だったそうだが、それが急に執拗にノッシーに迫ってくるようになったらしい。しかも学校ではなく、校外で。どうやって調べたのか、やつの自宅の前で、じっと待ち伏せしたりして。じわじわと、かつ確実にノッシーのプライベートに喰い込んできた」

「いくら真面目な性格とはいえ、熨斗谷さんだって男の端くれですもんね」

「そんなふうに女のほうからぐいぐい押しまくられたら、そりゃあ最後まで理性を保つのはむずかしかったろうよ。やつがユミちゃんとそういう関係になったという噂は、あっという間に学校中に拡がって、校長に真偽を問い質されたノッシーは結局、辞めざるを得なくなった。ただ幸い、懲戒免職ではなく、穏便に依願退職というかたちにしてはもらえたらしいが」

「熨斗谷さんの性格からして、向こうから誘惑された結果とはいえ、一旦関係をもった以上は責任をとってユミちゃんと結婚しようとしたんじゃありませんか？」

「ふふん。それくらい先走られても、もう驚かんぞ。そう。やつは、ユミちゃんの卒業を待って、ちゃんと結婚しようとした。ところが……」

「ところが、ユミちゃんのほうは全然そんな気はなく、あっさりと熨斗谷さんから離れていった」

「……恐れ入ったな。まさか、このオチが予想できるとは思わんかった。しかし、どうしてだ？

タック、おまえに理解できるものなら説明してくれよ、ユミちゃんがいったい、どういうつもりだったのかを」

「これって、そんなに驚いてもらえるほど予想外の結末でもないですけどね」

「なんでだよ。ノッシーの話を聞いていて、おれはこの部分でいちばんびっくりしたぞ。だってさ、ユミちゃんはノッシーのことが好きだったわけだろ？　擬似的交換日記を拒否されたのがきっかけで、その恋心がさらに暴走し、実力行使に打って出たわけだ。なのに、そこまでやっておきながら、ノッシーの、卒業を待ってちゃんと結婚しようという申し出を、なんの躊躇いもなく、あっさり袖にするって、いったいどういう了見なんだ。いきなり熱が冷めてしまったとか、そんなことでもないようなんだが」

「意外だな。先輩、ユミちゃんの心理がそんなに不可解ですか？」

「不可解もなにも、支離滅裂としか思えん。おまえはそうじゃないのか？」

「そもそも先輩は、女子校の恐ろしさというものを語るための具体例として、この話を持ち出したんじゃなかったんですか？」

「もちろんそうさ。あんなに誠実な男が、職を失ったうえに、けじめをつけようという気持ちまで踏みにじられるなんて。なんで、そんなひどい目に遭わにゃならんのだ。女子校って、なんて恐ろしいところだろう、としか言いようがあるまい」

「先輩、さっき自分で言ってたじゃないですか。個人ならともかく、集団となると女の子は怖いものなしだ、って。そう。まさしく、そうなんです。もしも女子校が恐ろしいところであるとしたら、その所以《ゆえん》はまさにこれ。集団心理ってやつですよ」

「集団心理？　いや、おれが言っているのはユミちゃん個人の言動の不可解さであって、だな」

「ユミちゃんは別に、熨斗谷さんのことが好きだったわけじゃありません」

「あ？　な、なに、なんだって、タック、おまえ、いったいなにを……」

「熱烈な恋心を抱いていたとか、そういうことでも全然ない。いいですか。この点を押さえておかないと、ユミちゃんの言動は到底、理解できません」

「し、しかしだな、ノッシーのことを好きでもないっていうのなら、そもそも彼女は、なぜ……」

「もちろん魅力的な男性だ、くらいは思っていたかもしれませんけどね。が、彼に恋をしてしまったとか、個人的に親しくなりたいとか、そんな気持ちはまったくなかった。にもかかわらず、熨斗谷さんとの擬似的交換日記を希望したのは、それがそのときの学校のトレンドだったからです」

「と、とれんど？　って……」

「流行ですよ。ファッションと同じです。いま流行っているのはこのデザイン、この色だとなったら、みんな我も我もと飛びつくでしょ。その感覚と、まったく同じ。ユミちゃんも、そのときの生徒たちの時流に乗り遅れまいと、熨斗谷さんの添削を希望した。単に、それだけの話だったんです」

「しかし、彼女はノッシーからそれを断られて……」

「頭にきた。さぞ屈辱だったでしょう。他の娘たちにはみんな、やってあげているのに、なんであたしだけ、と。もちろん熨斗谷さんには、なんの他意もなかった。単に時間がないからに過ぎなかったんだけど、思春期の女の子はそんな事情、忖度《そんたく》しちゃくれません。ユミちゃんにとって、添削を別の先生に回されるのは、自分の存在価値を全面否定されたにも等しかった。だからこそ、過激な実力行使に出たんです。自分は決して他の娘たちと比べて劣っているわけではない、と証明するためにね」

「証明するために……って、いったい誰に対して、だよ」

「まず、熨斗谷さんに添削をしてもらっていた他の生徒たちに対して、でしょうね。あたしたち、みんな熨斗谷先生と問題集のノートを交換してもらっているのに、ユミちゃんだけ断られたんだって、彼女は先生のお好みじゃなかったのね、と。他の生徒たちが実際にそんな陰口を叩いていたかどうかは判りませんが、きっとユミちゃんにはそう聞こえていたことでしょう、はっきりとね」

「そ、そんな、被害妄想にもほどがある」

「自分だけが除《の》け者にされ、嘲笑われているような、ある種、追い詰められた心境で最後の手段に訴えたわけです。あたしは決して、他の娘たちと比べて劣っているわけじゃないんだ、と。誰よりも自分自身に対して証明するために、ね。ユミちゃんにとっては己れの女性としての価値が最優先なのであって、言ってみればそのとき、熨斗谷さんのことなんか、彼女の眼中にはなかった」

「もうやめてくれよ。おれ、ますます怖くなってきた。来月から、ちゃんと教壇に立てるのかなあ」

「先輩は、だいじょうぶですよ。それほど女の子たちから、きゃあきゃあ騒がれるタイプじゃないし」

「そうだなあ。って、うおい。失敬な。おれだってノッシーに負けちゃおらんわい。それに真面目な話、臨時講師の辞令を受け取りにいったとき、校長に釘を刺されたんだ。新任の男性教師が若くて独身だと知ると生徒たちは必ず興味を抱きますから、くれぐれも自制心をお忘れなきように、そのあやまちに関してだけは組合も絶対に味方にはなってくれませんから、そのおつもりで、だとさ。いかにも冗談半分みたいな軽いのりだったんだが、眼がもう、ぜんっぜん笑っていなくて、怖かった」

「なんだか社会人になった途端、怖いものだらけになりそうな雲行きですね。学生時代は向かうところ敵なしだった先輩が」

「ほんと。できれば学生に戻りたいよ。思えば寂しくなったもんだ。タカチも卒業して、東京へ行っちまったし」

不景気な面持ちで、かぱかぱ、なんとも無造作に冷酒を呷る。ひょっとして先輩、女子校の恐ろしさ云々が問題なんじゃなくて、ひさしぶりに羽を伸ばせる飲み会に付き合ってくれる相手がぼくしかいないのが、つまらないだけなのかも。

「もう一年半近く、経っちまったんだな。タックよ、おま、ちゃんと彼女と連絡、とってるのか?」

　まあ、手紙のやりとりくらいは、と適当にごまかすつもりが、喋れば喋るほど先輩の悄然とした表情が際立ってきた。そんなつもりはなかったのだが、結果的に女子校への恐怖感を煽ってしまった手前もあって気の毒になり、つい正直に口走ってしまった。

「今年のお正月、ちょこっと安槻へ来ていましたけど」

　さすがに先輩、正気に戻ったかのように眼を剝いた。「おいおい、そうならそうで、おれにも声をかけてくれてたら……」

「そうしようと思ったんだけど全然、連絡がつかなかったじゃないですか」これは嘘ではない。「多分、就職活動のためにあちこち飛び回っていたせいだと思うけど、まったく姿を見かけなかったし」

「うん、まあな。場合によっては県外での仕事も視野に入れなきゃいかんかも、と思って……タカチは、こっちへは、いつ？　正月ってことは、三が日に来てたのか」

「さすがに大晦日と元日は、ちゃんと実家へ里帰りしておかないと、まずいので。二日の夜に、飛行機で」

「で、おまえんとこに泊まったのか?」

「まさか。風呂もないのに。ホテルの部屋をとったんですよ。〈ホテル・ニュー・アッキ〉の……」

　あッ、と思わず大きな声が出た。

「なんだなんだ、どうしたんだ、おい？」

「お、憶い出しました。さっきの……さっきのオールバックでメガネの、元〈海聖学園〉の先生だという、えと、梅景さん、でしたっけ。どうも見覚えがあると思ったら。そうだ。そうだった。〈ホテル・ニュー・アツキ〉で見たんです。タカチを待っているときに」

「タカチを待っているときに？」

「正確に言うと、タカチの乗った空港連絡バスの到着を待っているときに、です」

一旦、その一月二日の情景が脳裡に浮かぶと、芋蔓式に記憶が甦ってくる。

「二日の午後五時頃だったかな、おれ、アパートを出て、路面電車に乗って、県庁前で降りて、〈ホテル・ニュー・アツキ〉のロビーに入ったんです」

「バスは五時に到着予定だったのか」

「いえ。タカチの乗った便の安槻空港到着予定が午後五時で。そこからすんなり連絡バスに乗れたら、ホテルへ着くのが早くて五時半頃。遅くても六時には着くだろう、って感じだったんですけど」

「なのに、五時にはもうホテルへ行っていたのか」

「え、ええ、まあ、なんというか、その、気が急いていたものだから」

「ほほう」さっきまでどんより血走っていた先輩の眼が、急に活きいきしてきた。「気が急いて、ね。朴念仁《ぼくねんじん》で昼行灯《ひるあんどん》のタックが、なんと、気が急いて、とはね。ひさしぶりにタカチに会えると思って。なるほどなるほど。けっこうけっこう」

失言だったかなとも思ったけれど、それで先輩が元気になってくれるのなら、これまたけっこうなことである。実は来月、今度はぼくのほうが東京へタカチに会いにゆく予定なのだが、そのことを言ったら、もっと元気になるかな？

「ホテルのフロント前のロビーから、正面玄関のガラスの扉越しに、バス停が見えるんですよ。なので椅子に座って、小一時間も待っていれば、バスがやってくるだろう、と思っていたんですが」

「その言い方だと、さてはタカチは六時には着かなかったんだな」

「六時どころか結局、タカチが到着したのは午前零時を数分回ってからでした。日付が変わっていた」

「って、うおい。なにがあったんだ」

「当初、彼女が乗るはずだったフライトが、原因はよく知りませんが、整備不良かなにかで欠航になった。それで、そのひとつか、ふたつ後の便に乗らざるを得なかったんですって。一応タカチも空港からホテルに連絡を入れてくれて、予定よりもだいぶ遅れそうだということはフロントを通じて知らされていたので、覚悟はしていたんですけど、まさか、そんな時刻になるとは」

「ふうむ。で？　ホテルのロビーでタカチを待っている、そのあいだに、おまえはさっきのオールバックの梅景氏を目撃した、というわけか？」

「そうなんですよ。さすが先輩、察しがいいですね」

「あのなあ。察しがいいもなにも。この話の流れで、そうならなかったりしたら、そっちのほうがびっくりだわい」

「あれは、えーと、午後六時くらいだったかな。椅子に座って、なんとなくロビーを往き交うひとたちを眺めていたら……」

ひとりの男が正面玄関からホテルのロビーへ入ってきた。それが梅景氏だった。そのときも上はポロシャツだったが、下はスラックスを穿《は》いていた。フロントのほうには眼もくれず、エレベータへ直行する。

「呼び出しボタンを押して、エレベータに乗ったのは梅景氏ひとりでした。なにげなしに階数表示ランプを見ていたら、九階で停まった」

「九階は客室フロアなのか？」

「そうです。二階から四階はレストランやショッピング街、宴会場などで、たしか五階から上が客室フロアです。で、九階で停まったから、ああ、九階のどこかの部屋に泊まっているひとなんだな、と思った。それだけで終わっていたら、あんまり印象には残らなかったと思うんだけど……」

待てど暮らせど、空港連絡バスはいっこうに現れない。さすがに疲れて、一階のティーラウンジでビールでも飲みながら待とうかなあという誘惑にかられかけた、そのとき。

午後九時だった。エレベータの階数表示ランプが点灯した。九階だ。そのまま、するするすると淀みなく、フロント階へと降りてくる。

「ドアが開いて、エレベータから出てきたのは、さきほどの梅景氏で、今度も彼、ひとりでした。

そのままフロントの前を通り過ぎ、ホテルから出ていった」

「一旦客室へ引っ込んでいたのが、なにか用事でもできて外出した、ということか？」

「そんなふうに見えました。で、ここからが少し不可解というか、記憶に残った所以でもあるんですが……」

ようやく空港連絡バスがホテル前のバス停に到着した。時刻はすでに午前零時を数分、回っている。フロントでチェックインするタカチを待ちながら、ぼくはなんとなく正面玄関のほうを向いた。すると。

偶然にも梅景氏がホテルへ入ってくるところだった。やはりフロントには寄らず、エレベータへ直行する。呼び出しボタンを押し、函のなかへ消える。当然、九階へ行くんだろうなと思って階数表示ランプを見ていたら、なぜか七階で停まったではないか。

あれ？　と思って改めて階数表示ランプを注視したが、七階に停まった後は消えてしまい、点灯しなかった。

「するとなにか？　九階に泊まっているだろうと思われていた男が、ホテルへ戻ってきたら、なぜか七階の部屋へ行った、と？」

「そうなんです。もちろん、なにか事情があって七階で降りた後、二階分、階段を上がったとか、そういうことだったのかもしれませんが。なんだか気になって」

「真っ先に考えつくのは、自販機コーナーが九階にはないが、七階にはある、というパターンだが」

「おれもそれ、考えましたけど、後で調べてみたら、あのホテル、自販機コーナーがあるのは偶数階の客室フロアでした」

「ほう。ほうほうほう」先輩、俄然、興味を抱いたようだ。声に張りが出てくる。「つまり、本来九階に泊まっていると思われる男が七階で降りたのには、自販機コーナー以外の理由があるはずだ、というわけだな」

「それだけじゃありません。実はいま、喋っているうちに、いろいろ憶い出したんですけど……」

チェックインを終えたタカチといっしょにエレベータに乗り込んだぼくは、十二階の客室フロアへ向かった。するとそこで。

「なぬッ」と、説明を続けようとするぼくを唐突に遮る先輩であった。「おま、タカチが泊まる部屋まで付いていったのかよッ。なんちゅう不埒な真似を」

「いや、あのですね、七時間も待った挙げ句に、到着したらそこで、はい、さよなら、なんて。そっちのほうがおかしいでしょ、いくらなんでも」

「そりゃそうだ。いや、まったくもって、そのとおりだわな」にやにや、悪戯っぽく笑み崩れながら、かくかくと音が聞こえそうなほど何度も何度も眉を上下させる。だいぶ普段の先輩らしくなってきた。「で？　十二階へ上がってみたら？」

「エレベータから降りたら、タカチの部屋の近くでなにやら、ざわついた雰囲気なんですね。見ると、数人の従業員と、バスローブを羽織った宿泊客とおぼしき中年女性が押し問答している。

そのときはわざわざ物見高い真似をする余裕もなかったんで、さっさとタカチの部屋へ引っ込んだんですが。後でタカチが、滞在中に顔馴染みになった女性従業員から聞いたところによると、その中年女性、うっかりバスルームで転んで、顔面を強打したらしい。しばらく意識が飛んで起き上がれなかったのが、ようやくフロントに電話して、応急処置をして欲しいと訴えた。眼もとに痣ができていたそうです。ホテル側としては、頭を打っていたりしたらたいへんだからと、病院へ行くよう、彼女を説得していた」

「それが、おまえたちが目撃した押し問答のひと幕か」

「ところが彼女は、いろんなひとに迷惑がかかるから、どうか、ことを大袈裟にしないでくれと抵抗し、結局は救急車も呼ばなかったそうなんです……が」

「ふうん。で？　それって九階でも七階でもない、十二階の話なんだろ？　梅景氏と、どうかかわってくるんだ」

「それが、ですね。さっき、この店のトイレから出てきたら……」

ピンク電話で梅景氏がなにやら剣呑そうな会話をしていたことを、ざっと説明する。

「……おまえ、自分で勝手に転んでおいて、か。なるほど。そりゃあ、ちょっと気になる符合だな」

「もちろん、さっきの電話の相手があのとき十二階に泊まっていた中年女性なのかどうかは判りません。でもその梅景氏が滞在していたホテルに、しかも同じ日に、まさしく自分でうっかり転んだ宿泊客がいたというのは、ただの偶然なのかな、と気になって」

「ま、単なる偶然なんだろうな、普通に考えれば。ただ、もしも偶然ではないとしたら、どうなるのか」先輩、すっかり元気になり、杯を干すペースも緩やかになってきた。「例えば、仮にそのマダム・トゥエルヴが梅景氏と知り合いで、なおかつ、さっきの電話の相手だったとして、だ」

「マダム・トゥエルヴ？　ああ、その十二階の宿泊客のことですか」

こういう、へんてこりんな符丁を使い始めたら、いよいよ先輩、のりのりの証拠だ。

「梅景氏はマダム・トゥエルヴに、おまえ、勝手に転んでおいて、と怒ってたんだよな。つまり彼女、ホテルの客室で怪我をしたのは自分の不注意が原因ではなく、梅景氏のせいだと電話で責めていたんじゃないか？」

「梅景氏のせい、って、具体的にはどういうことです？」

「例えば、彼女がバスルームで顔を洗うかどうかしているとき、不意に背後から梅景氏に声をかけられて、慌てたから、とか。あるいはもっと直接的に、彼に殴られたから、とかな」

「すると梅景氏は、ほんとうは十二階の、そのマダム・トゥエルヴの部屋に泊まっていたってことですか？」

「とは限らんさ。泊まっていたのは九階か七階のどちらかで、十二階にはたまたま知り合いの彼女がいたから、寄ってみただけ、なのかもしれんだろ。そのとき、ふたりのあいだでなにかトラブルがあった、と」

なるほど、と言いかけて、まてよ、と思いなおした。「でも、先輩、それっておかしいでしょ」

「おかしい、って、なにが？」

「不意に声をかけて驚かせたのか、それとも暴力をふるったのかはともかく、梅景氏がマダム・トゥエルヴの怪我の原因をつくれるわけはありませんよ」

「なんでだ？」

「だって、午後六時に一旦、九階のどこかの客室に入ったと思われる梅景氏は九時頃、どこかへ外出しますよね。彼がホテルへ戻ってきたのが午前零時。今度は九階ではなく、七階で降ります。そして、タカチとおれは、七階で降りた梅景氏とほぼ入れ替わりのタイミングで一階へ呼び出したエレベータに乗り、十二階へ上がったわけだから……」

「タカチとおまえが十二階へ着いたとき、すでにマダム・トゥエルヴは従業員たちと押し問答の最中だったんだものな。なるほど。ということは」

「マダム・トゥエルヴが十二階の客室内で怪我をしたとき、梅景氏はホテルにはいなかった。仮に七階で降りて、すぐさま階段で十二階へ駈け上がったとしても、到底まにあわない。彼女がどれくらいのあいだ気絶していたかは判りませんが、いずれにしろマダム・トゥエルヴの怪我の原因をつくるなんて、梅景氏にとって時間的に不可能です」

「だがそれは、梅景氏が午後九時から午前零時までのあいだ、ホテルにいなかったとしての話だろ。もしかしたら彼、タックが気づかないうちに一度、ホテルへ舞い戻ってきていたかもしれないじゃないか」

「おれがそれを見落としただけじゃないか、って言うんですか？　そりゃあね、タカチの乗ったバスを待っているあいだ、何度かトイレにも行ったし、ずっとエレベータのほうばかり見ていたわけでもないですよ。でも基本的に、おれはずっとロビーにいました。もしも梅景氏が午後九時から午前零時のあいだに一度ホテルへ戻ってきて、また出ていったりなんかしていたら、絶対に気がついていたはずだと思うけど」

「判らんぞ。少なくとも、絶対に、とまでは言えまい。例えば、きみがトイレへ行っているあいだに、梅景氏はホテルへ戻ってきていた。そして彼がホテルから出てゆくとき、たまたまおまえは再度トイレに行っていたのかもしれないじゃないか。だろ？」

「まあね。絶対には、たしかに言い過ぎですけど。でも、うーん。見落としてはいないと思うんだけどなあ」

「あるいは梅景氏はたまたまそのときだけ、エレベータを使わなかったのかもしれない。あのホテル、おれも何回か行ったことがあるけど、たしか非常階段を使って客室へ上がれば、ロビーからは目撃されないんじゃなかったっけ？」

「非常階段を使えば、ね。でも梅景氏が、なんのためにわざわざ、そんなことをしなきゃいけないんです？　まさか、おれの眼をはばかったから、なんて言うんじゃないでしょうね。あり得ませんよ」

「まあな。ではとりあえず、梅景氏がマダム・トゥエルヴの怪我の原因をつくるのは物理的に不可能だった、としようか。となると、仮にさっきの電話で彼女が梅景氏を責めていたのだとしたら、それは完全に言いがかりだということになる」

「ですよね。だから梅景氏も、あんなに怒っていたんだ。おまえ、自分で勝手に転んでおいて、と」

「いや、どうかな。それは逆なんじゃないかという気がする」

「逆？　というと」

「マダム・トゥエルヴは純然たる己れの不注意が原因でバスルームで転び、怪我をした。そして、いっぽうの梅景氏はそのとき、ホテルにはいなかった、と。仮にこれが事実だとすれば、彼女と彼、どちら側の立場にとっても、歴然たる了解事項以外のなにものでもないじゃないか。そうだろ。議論の余地なんかないわけだ。なのに、あたしが転んだのはあんたのせいよ、どうしてくれるの、みたいな無茶を言われたって、梅景氏にはどうしようもない。なにをばかなことを、と軽くいなすのならまだ判るが、そんなに激しく怒ったりするかな？」

「なるほど」言われてみれば、ごもっともではある。が。「でも、最初は本気で相手にしていなくても、彼女があまりにもしつこく喰い下がってきたら、梅景氏だって、つい感情的になったりしたかも」

「いや、それは、まずあり得ないんじゃないかな」

「え」てっきり先輩が、そういう可能性もあるだろうがな、くらいの柔軟性を示すものとばかり思い込んでいたぼくは、ちょっとびっくりした。「ど、どうしてです？」

「電話をしていた梅景氏だが、タックに見られていることに気づいて、急に口調を改めたんだろ」

「ええ。粗暴だったのが、打って変わって敬語に。まさに豹変という感じで」

「第三者の視線に気づき、冷静になった。だから敬語に変わった。ということは、つまりそれがふたりの、本来の関係性なんだよ。梅景氏よりもマダム・トゥエルヴのほうが目上なんじゃないかな。あるいは梅景氏が言っていたという、善処するという表現からして、彼女は仕事上のクライアントとか、そういう関係なのかもしれない」

ぼくもだんだん、先輩がなにを言わんとしているのかが判ってきた。

「梅景氏にとってマダム・トゥエルヴは、たとえどれほど癇《かん》に障るものいいをされても、そうそう簡単に激昂していい相手ではない、と。そう考えられる。にもかかわらず、タックもちょっと引くくらい怒っていた、ということは……」

「梅景氏は、よっぽど痛いところを衝かれたってことですかね？　あたしが怪我をしたのはあんたのせいよと理不尽に責めたてられても、なかなか有効な反論ができないような、なにか強力な根拠を突きつけられたとか、そういう」

「ひょっとして、ホテルにいなくても彼女に影響を及ぼせる、遠隔操作の類いかな」

「遠隔操作？」

「例えば、まあこれはあんまり真面目に聞かないで欲しいんだが、事前にマダム・トゥエルヴに、これはプレゼントですとかもっともらしく言い繕って荷物を手渡しておく。客室でひとりになった彼女がそれを開けてみたらば、なんと、びっくり箱だった」

「ははあ」

「で、仰天した拍子に転んでしまった、と。そういう悪ふざけの結果、怪我をさせてしまったのなら、こりゃ反論できんわな、いくら責められたって。ただ、もしもそうだとしたら梅景氏は、彼女に平謝りしこそすれ、逆ギレするっていうのは、ちょっとちがうんじゃないかって気もするが」

「それはまあ、双方のいろんな立場、いろんなシチュエーションが想定し得るから、一概には言えませんけど」

「午前零時に七階で降りた梅景氏がその後、どうしたのかも気になるな。七階のどこかの客室にずっと、いたのか。再び九階へ移動したのか。それとも十二階のマダム・トゥエルヴの部屋へ行ったりしたのか」

「さあ。午前零時以降のことについては、特にこれといって目撃したりしていないので、なんとも」

「そういやおまえ、タカチの部屋までのこのこ付いていって、それからどうしたんだよ。え。え。え。どうしたんだよお。なーんて、訊くだけ野暮だが」

「あいにく、おもしろい話なんか、なにもありませんよ。なにしろ予定を六時間もオーバーして、やっと到着したんだから。タカチはタカチでたいへんだったろうし、おれももう待ちくたびれて、くったくたですよ。交替でシャワーを浴びて、備え付けの冷蔵庫の缶ビールで乾杯したら、ふたりとも、ことっと寝入っちゃって」

「飯はどうしたんだ。つってもその時間、どこも開いていないか」

「一応、どこか深夜営業の店でも探しにいこうかと相談もしましたけど、ほんとうに一応の、かたちばかりで。そんな体力なんか、これっぽっちも残っていなかった。ぐっすり眠り込んだ後は、ふたり揃って空腹で目が覚めて、なにはともあれ食……あッ」

「なんだなんだ。どうしたんだ。今日はおまえ、やけにでかい声ばかり出して」

「お、憶い出したんですよ。翌日の三日の朝のことです。午前六時に、タカチとおれ、なにはともあれモーニングだと、一階へ駈けつけたんですが……」

「一階？　レストラン街は二階から上じゃないのか」

「吹き抜けになっている二階へ上がるエスカレータの横に、ブライダル相談室があるでしょ。知りません？　その奥にティーラウンジがあるんです」

「だって、おれ、あのホテルへ行くのって夏のビアガーデンのときだけだもん。専用エレベータで屋上へ直行だから、一階になにがあるかなんて、全然」

「モーニングは、そのティーラウンジで六時半からなんですが」

「営業時間を知らなかったのか、六時にはもう行っていたということは」

「いえ。ちゃんと知っていました。知ってはいたけど、いちばん乗りで出入口にぴったり張りついて、いかにも空腹そうな顔を晒して待っていれば、気の毒に思った従業員の方が一分でも早く開けてくれるかもしれない、と期待して」

「んなわけ、あるか。なにやってんだ、ふたりして。欠食児童じゃあるまいし。タックひとりならともかく、タカチまで」

「ひとりだったら絶対にそんなこと、しませんよ。ふたりだからこそ、お喋りとかして、間がもつんじゃないですか」

「なんかおまえ、さりげなく、のろけていないか。まあいいや、そんなことはどうでも。ティーラウンジへ三日の午前六時に行って、それでどうしたんだ」

「開店を待ちながら、ふと、なにげなしにエレベータのほうを見たら……」

「梅景氏が出てきたのか」

「なんで知ってるんです」

「だから、おまえなあ。この話の流れで普通に考えたら、それしかあり得んだろうが」

「それもそうか。ともかく、ふと、なにげなしにエレベータのほうを見たら、五階の階数表示ランプが点灯して……」

「え。まてよおい。五階？」

「そうなんですよ。五階で誰かが乗り込んだんだなあと思って見ていたら、そのまますると、淀みなく降りてきた。ドアが開き、出てきたのは梅景氏だった」

「おいおい、タックよ。その前の晩に九階へ行ったり七階へ行ったりしていた男が、翌朝になったら五階から降りてきたのを見て、変だとは思わなかったのか」

「そりゃもちろん、思いましたよ。なんなんだろ、あのひと、って」

「あっちの階へ、こっちの階へと頻繁に移動して、いったいなにをやっているのかと、タカチといっしょに考えてみたりはしなかったのかよ」

「そんな余裕はありません。とにかく腹が、ぺこぺこで」

「おまえの奇妙な目撃談、タカチに言っておけば、彼女のことだ、たちまち空腹も忘れて飛びついて、さぞやおもしろい仮説をあれこれ披露しただろうに」

「かもしれませんが、あの段階では、まだまだ判断材料が足りなかったと思いますよ。だって、さっきの電話の一件に接して初めて、梅景氏の名前や元の職業、そしてなによりもマダム・トゥエルヴと関係があるのかもしれないということが判ったんだから」

「まあな。しかしこれは俄然、珍妙なことになってきたな。二日の午後六時にホテルの九階へ入った男が、午後九時に一旦外出する。午前零時に戻ってきたと思ったら、なぜか九階ではなく、七階へ入った。そして朝になったら、今度は五階から降りてきた……か」

コップに注いだ冷酒のことも忘れたかのように先輩、テーブルに頬杖をついて、考え込んだ。セメントかなにかで塗り固めたかのように無表情だったのが、ふいに眼を細めた。と思ったら、なにか悪戯を思いついた子どもみたいに喜色満面になる。

「なあ、タック。午前零時にホテルへ戻ってきた梅景氏が、そのときは七階のどこかの客室へ入ったとするよな。そしてその後、五階へ移動したのだとしたら、それって夜中の何時頃のことだったと思う?」

「そんなこと、判りませんよ。夜中だったとも限らない。朝になってから、階段で七階から五階へ降りたのかもしれないし」

「いかんなあ。どうもおまえの考え方は後ろ向きで、いかん」

「なんですか、後ろ向きな考え方って。意味が判らない」

「もっと攻めなきゃいかん、ってことだよ。これがタカチなら、おれらの度肝を抜くような、もっと大胆な仮説をたててくるぞ」

「大胆ならいいってもんでもないでしょ。でも、その言い方からすると先輩、かなり型破りなことを思いついたようですね」

「おう。攻めの姿勢だよ、攻めの姿勢。なあに、どうせおれたちが、ああだこうだと推理して結論らしきものを出したところで、それが当たっていることを証明する手だてはないんだ。同じ空論を重ねるのなら大胆で、ぶっ飛んでいて、おもしろい仮説のほうがいいじゃないか。な」

まあ、ごもっともである。ぼくたちは別に警察でもなければ、探偵でもない。ただ酒席の馬鹿話のついでに、ああでもないこうでもないと無責任にロジックを捏ねくり回しているだけだ。正解を導き出さなければならないという義務なんかもないわけだから、そりゃあ多少の整合性を無視してでも意外性があるに越したことはない。そういえば、これと似たような、謎解きにあたっての基本方針を、いつか誰かが述べていたことがあったな。タカチだったっけ？

「梅景氏が七階から五階へ移動した時刻、それはずばり、三日の午前三時だったと、おれは思う」

「はあ？　なぜです。実際にその場に居合わせて見たわけでもないのに。いったいどこから、その時刻が出てきたんですか？」

「だってさ、梅景氏ってなんだか、三時間ごとにスケジュールを組んでいるような気がしないか?」

「三時間ごとに?　って……」軽く鼻で嗤ってやろうとして、ふと思い留まった。「二日の午後六時から九時までは九階にいて、九時から午前零時までは、どこだったかはともかく、ホテルの外にいて……」

「午前零時に戻ってきたと思ったら、今度は九階じゃなくて、七階へ入る。そして朝の六時には七階ではなく、五階から降りてきた。これって、午前零時から三時までは七階にいて、三時から六時までは五階にいた、って感じ、しないか?　もちろん、きっちり三時間ずつの滞在だったっていうのはなんの根拠もない、当てずっぽうなんだが、こうして全体的に見渡してみるとあながち、あり得ない話でもないんじゃないか、と」

「ひと晩かけて、三時間ごとに四ヵ所、別々のところを回る……」突拍子もない仮定なのに、なぜだか奇妙なリアリティが、どっしりとぼくの胸に根付いてしまった。「三ヵ所はホテルの客室で、あとのひとつはホテルの外……いったい、なんのために?」

「さあなあ。そういうタイムテーブルを組まないといけない、なんらかの事情があった、ということなんだろうが」先輩、とんとんと指でテーブルを叩く。「どうやら鍵は、タックが聞いた梅景氏の電話の相手と、一月二日の夜にホテルの客室で転んだというマダム・トゥエルヴが、はたして同一人物か否か、だろうな」

「うーん。同一人物ではないと思いますね。さっきのくり返しになるけど、マダム・トゥエルヴが客室で怪我をしたとき、梅景氏はホテルにいなかったんだから」

「どうかな。おれは逆に、マダム・トゥエルヴが怪我をしたときに梅景氏がホテルにいなかったというその事実こそが、電話の相手とマダムが同一人物であることを裏付けているような気がする」

「え。え、え？　どういうことです？」

「三時間ごとに移動するように組んだスケジュールのことなんだが。午後六時から九時までが九階。九時から午前零時までがホテルの外。午前零時から三時までが七階。そして午前三時から六時までが五階。だいぶ想像を交えているから、このタイムテーブルの存在自体、確定しているわけではもちろん、ない。が、仮に梅景氏がこの時間割どおりに動いていたのだとしよう。だとしたら、どうして二番目だけ移動先がホテルの外なんだろう？　ちょっと不思議に思わないか」

「え……と、それはつまり」

「ひょっとして梅景氏は、本来の二番目のスケジュールとしてはホテルの十二階、つまりマダム・トゥエルヴの部屋へ行くことになっていたんじゃないか……なんだか、そんな気がするんだよな」

「たしかに、四ヵ所のうち一ヵ所だけがホテルの外というのも、なんだかアンバランスな感じですよね。すると、梅景氏はそのとき、なにか予定外のハプニングの連絡でも受けたため、外出せざるを得なくなった、とか。そういうことなのかな」

「それは判らんが、仮にこの想像が当たっているとして、問題は十二時間もかけて九階、十二階、七階、五階と四部屋も順番に回らなければならない理由だ。なんだと思う？」

「さあ。でも、それって、それぞれの部屋に梅景氏以外の宿泊客がいたかどうかにもよりますよね。つまり十二階のマダム・トゥエルヴのように、九階、七階、五階にも誰かが泊まっていたのか。それとも、その三部屋については全部、梅景氏がひとりで過ごすために確保していたのか」

「素直に考えれば、各部屋に梅景氏以外の誰かが泊まっていたんだろうな。いくらなんでも自分ひとりだけのために三部屋も押さえておく理由なんて、およそありそうにない。それに三日の朝、五階から降りてきた梅景氏はそのままホテルを出ていったんだろ？　フロントにも寄らずに」

「そういえば、チェックアウトする様子は全然なかったな。それは同室の者に任せた、つまり各部屋に梅景氏以外の宿泊客がいた、ということですね」

「多分な。梅景氏はひと晩、十二時間もかけて、四人の宿泊客を順番に訪問する。厳密に言えば、各部屋の宿泊客がふたり以上の可能性もあるわけだが、とりあえず普通に四人ということにしておこう。さて。この四人は、一月二日に偶然、同じホテルに泊まっていたんだろうか？」

「それはないでしょ。梅景氏に指示されて、部屋をとっていたはずです。当然、梅景氏が時間差で各部屋を訪れる時刻もそれぞれ指定されていた、と考えられる」

「そのとおり。だとすると、ここに梅景氏と四人の重要な関係性が見えてくる。すなわち四人とも、特定の日にわざわざホテルに部屋をとり、なおかつ指定された時刻に待機しているよう梅景氏に命じられても、それに従わざるを得ない立場にある、ということだ」

「従わざるを得ない、か。なるほど。四人は時間を拘束されるだけじゃなくて、お金まで負担させられるんですもんね。あ。でも宿泊費は梅景氏が出していた、という可能性もあるのかな？」

「それはあるまい。なにしろ一月二日という日付が日付だ。家族がいる者は、よりによって三が日に自分だけ外泊する口実をひねり出すだけでもひと苦労だぞ。しかし、やらざるを得ない。つまり四人は明らかに、梅景氏になんらかの弱みを握られている立場の人間、ということになる。しかも甚大な。そうでなければ、こんなむりめのセッティングは不可能だったろうさ」

「甚大な弱みを握られていた……か。もしかして梅景氏、強請《ゆすり》でもやっていたんでしょうか？」

「それはおれも考えた。要するに一月二日というのは、梅景氏の集金日だったんじゃないか、と」

「強請っている相手を四人とも同じ日に、同じ場所に集めて、集金をいっぺんにすませようとした、ってわけですか。でも仮に、集金をいっぺんにすませないといけない事情がなにか梅景氏にあったのだとしても、ひとりあたり三時間という割り振りは、ちょっと長すぎませんか」

「だから梅景氏には、集金以外の目的もあった、ということだろうさ。たまたまなのか、それとも狙ったのかはともかく、強請っていた相手は四人とも女性だったんだ。行きがけの駄賃じゃないが、金をもらうついでに身体の関係も迫った。そう考えれば、集金にホテルという場所が指定されたのも頷ける」

「しかし、そんなこと、あるのかなあ。ひと晩に四人というのは、いくらなんでも」

「タックよ、なんでもかんでも自分を標準に考えちゃいかんぞ。世のなかには、そういう精力絶倫の男だっているんだ」

「かもしれないけど、ひと晩で四人って、腎虚《じんきょ》で死にそうな気が」

「おいおい、オーバーな。梅景氏って、まだ三十くらいなんだろ？　まだまだ若い。余裕だよ、余裕」

「いくら若くて余裕でも。あ。まてよ。もしかしてそれが、マダム・トゥエルヴの部屋へは行かなかった理由なのかな？」

「ん？　ああ、なるほどな。トップバッターのマダム・ナインを抱いたら思いの外、疲れたんで、二番目のマダム・トゥエルヴは、すっぽかすことにした、と」

今度はマダム・ナインときたか。九階の宿泊客という符丁としては、これ以上ないくらい判りやすいから、別にいいんだけど。

「多分、マダム・トゥエルヴは四人の女性のなかでいちばん、すっぽかしても惜しくない相手だったんだろうな」

「いや、でも、それはおかしいでしょ。だって、梅景氏の本来の目的は強請の集金なんだから」

「もちろん、マダム・トゥエルヴからも金だけは毟《むし》りとったろうさ。で、あとは、ぱっくれる、と」

「もしもそうだったのなら、二日の午後九時におれが目撃したとき、梅景氏は十二階から降りてきたはずじゃありませんか？」

「あ、そうか。それもそうか。じゃあ、マダム・トゥエルヴの集金だけは後回しにしたのかも」

「で、タカチの部屋へ引っ込んでいたおれはそれを目撃していないだけ、って言うんですか？マダム・トゥエルヴの分だけ後回しって、梅景氏にそんなことをしなきゃいけない理由なんて、ないと思いますけどね。だって各人の待機時刻は指定されていたと考えられるんだから。マダム・トゥエルヴの身体に用はないっていうんなら、九階から十二階へ移動して、金だけとって立ち去れば、それですむ話でしょ」

「たしかに、な」

「なんとなくですけど、おれ、梅景氏は一度も十二階へは寄っていない、つまりマダム・トゥエルヴからは集金すらしていない、って気がします」

「うむ。てことは、マダム・トゥエルヴとの約束だけはキャンセルせざるを得ない、なにか緊急事態が梅景氏には起こった、と。そう考えるべきかな」

「マダム・トゥエルヴはマダム・トゥエルヴで、自分がすっぽかされることになるとは思っていなかったんでしょうね」

「そうだろうな。バスルームで転んで顔面を強打したと知ったホテルの従業員に、だいじをとって病院へ行くように説得されても、あくまでも拒否したのは、それが理由だったんだな。その時点ではまだ梅景氏がいずれ現れると思っていたから、自分が救急車で搬送されたりして、客室がからっぽになるのはまずいと判断したんだ」

「で、怪我の痛みを我慢してまで待っていたのに、梅景氏は現れなかった。さすがにマダム・トゥエルヴも頭にきて、そもそもあんたにホテルへ呼び出されたりしなければ怪我もせずにすんだんだ、責任とってくれ、と。そう梅景氏に詰め寄っていたのが、さっきの電話だったんですね」

「いや、それはちがうだろう。マダム・トゥエルヴが梅景氏にあれこれ無理難題を突きつけられても断れないほど大きな弱みを握られているのだとしたら、立場的にそんな抗議なんか、とてもできないよ。たとえ勢いに任せて文句をつけたとしても、梅景氏のほうで、まともに取り合ったりするもんか。まして、責任とれと彼女にしつこく詰め寄られるあまり逆ギレする、なんてあり得ない。何度も言うようだが、立場的には彼のほうが圧倒的に有……」

はっと先輩、顔を上げた。まるで天井から雪でも降ってきたかのように、視線を虚空にさまよわせる。「まて……まてよ、ちょっとまて」

「どうしたんですか、先輩」

「逆……逆なんじゃないか？」

「え？」

「強請《ゆす》られているのはマダム・トゥエルヴじゃない。梅景氏のほうなんじゃないか？　なんか……なんだか、そんな気がしてきた」

「梅景氏のほうが？　マダム・トゥエルヴにですか」

「電話中に思わず激昂した梅景氏、タックが聞いていることに気づいて冷静になったんだろう、口調が一変する。しかも打って変わって敬語で、善処いたします、と相手に約束する。今月はむりだからかんべんしてほしい、来月には必ず……って。これって、おい、これってもろ、なにかをネタに脅迫者に強請られている者の典型的な科白以外のなにものでもないじゃないか」

「つまり、今月はお金の工面ができないが、来月にはなんとかするから待ってくれ、と。梅景氏は脅迫者にそう訴えていた、と言うんですか」

「なんだかそんな気がしてきた」

「でも、もしも梅景氏が強請られている側なのだとしたら、一月二日の集金日のことは、どうなるんです？　マダム・ナイン以下四人は梅景氏に呼び出されてホテルに集結していたわけではなく、逆に梅景氏のほうが彼女たちに呼び出された、とか。そういうことだったんですか？」

「いや、そういうことではなくて、おそらく……」先輩、指で自分のこめかみを、ぐりぐり揉んだ。「おそらく一月二日の時点では、まだ梅景氏のほうが四人を強請る側だった。ところがその後、立場が逆転した。そういうことだったんじゃないか」

「立場が逆転？」

「そうなったきっかけこそ、他でもない、マダム・トゥエルヴが十二階の客室で転んで怪我をしたことだった……んじゃないか、という気が」

「えと、どういうことです、いったい」

「まて。ちょっと待ってくれ」先輩、眼を閉じて、眉根を揉んだ。「多分こういうことだったんじゃないか、という全体的な構図は朧げながら浮かんではいるんだが、どうも……どうも細かいところまで詰め切れない」

眼を閉じたまま先輩、腕組みをした。沈思黙考のかまえというか、こんな真剣な先輩の姿も滅多にお目にかかれない。

「やはり……」先輩、眼を開けた。「やはり一月二日から三日にかけて、四人の女性をホテルへ呼び出したのは梅景氏のほうだった。が、その目的は強請じゃない」

「じゃあ、なんだったんです？」

「ずばり、彼女たちに肉体関係を迫ったんだろう。だからこそ各人、三時間ごとの密会という順番を割り振った」

「何度も言うようですけど、そんなこと、あり得ますかね。いくら精力絶倫だからって、わざわざひと晩のうちに四人もの女性を一ヵ所に集めて、ひとりずつ密会しなくてもよさそうなものですが」

「だから梅景氏のほんとうの目的は色ごとではなかったんだよ。ただ四人の女性に対しては、そのふりをしていただけで」

「そのふりをしていただけ？」

「四人の立場になって考えてみてくれ。彼女たちはみんな、梅景氏に誘われたのは自分だけだ、と思い込んでいたはずだ。つまり、あと三人も別の女性が同じ日に、同じホテルに呼び出されているなんてことは、まったく知らなかった」

「えーと。うん。そうだったんでしょうね、多分」

「しかし後になって、梅景氏に呼び出されていたのは自分ひとりではなかった、と彼女たち全員が知ることになる」

「梅景氏の思惑が外れて？」

「いや、ちがう。それは織り込み済みの展開だったのさ。誘われたのが自分ひとりではなかったと四人全員が知ることになることこそが、梅景氏の計画の肝だったんだ」

なんだか、聞けば聞くほど、わけが判らなくなってきた。

「具体的に説明する前に、この四人とはいったいどういう素性の女性たちなのか。ちょっと条件を絞って、考えてみよう」

「どういう素性って。まあ、あたりまえすぎて気が引けますけど、全員が梅景氏と知り合いのはずですよね」

「そのとおり。そしてここが重要だが、この四人はお互いに顔見知りでもある、ということだ」

「どうしてそんなことが判るんです」

「そうじゃないと意味がないからさ」

ますます、こんがらがってきた。まさか先輩、わざと意味不明なことを羅列して、ぼくをからかっているんじゃあるまいなと一瞬、本気で疑ったが、その表情は相変わらず真剣そのもの。ほんとうは内心、舌を出してふざけているのに、それを隠してお芝居をしているというわけでもなさそうだ。まあ先輩、そこまで器用なひとじゃないし。

「ただ顔見知りなだけじゃない。おそらく全員が、ある種の共通のコミュニティに属している」

「コミュニティって、具体的には？」

「例えば、私立学校のＰＴＡとか、な」

一拍遅れて、その言葉の意味と重みがじわじわと効いてきた。「つまり……つまり〈海聖学園〉の？　四人の女性は〈海聖学園〉の生徒の保護者たちだ、と言うんですか？」

先輩、頷いた。「単なる想像だが、彼女たちはみんな、似たようなタイプなんじゃないかって気がする。ＰＴＡの活動に熱心に参加し、役員なども積極的に引き受ける。そして彼女たちはお互いに、いろんな意味でライバル意識を抱いているんだ。学校関係の活動実績はもちろん、なによりも自分たちの容姿に関して、な」

ようやくぼくも少しずつ、先輩の仮説の主旨が見えてきた。「つまり、梅景氏は意図的に、そういうタイプの女性の保護者ばかりを選んで、ホテルへ呼び出した」

「誘惑すれば、多少のむりをしてでも不倫に応じそうな女性ばかり、四人をな」

「そうやって梅景氏は自分のアリバイを偽装しようとした……」

やっとこちらの思考に追いついてきたな、とでも言わんばかりに先輩、ちょっと芝居がかった仕種で、ひとさし指を、ぴんと立ててみせた。「ここでいきなり殺人という言葉を持ち出すと短絡的とか、飛躍しすぎだと思うかもしれんが、これだけ手の込んだアリバイ工作をしたんだ。梅景氏が計画していたのはそれ相応に、重大な犯罪だったにちがいあるまい」

「では梅景氏は、強請はしていなかったんですかね。強請の材料になり得る弱みを握っていたからこそ、四人を呼び出しやすかった、という面もありそうですが」

「前言撤回してもうしわけないが、梅景氏は強請などは全然やっていなかったはずだよ。それは彼女たちが、脅されたからではなく、むしろ自ら積極的にホテルへやってきたという構図があってこそ、梅景氏の計画は成立するからだ」

「なんだかいろいろ、互いに相反しそうな仮説が百出して、混乱しますね」

「そうだな。少々とっちらかってきたから、ここらで一度リセットしようか。そもそも梅景氏はどういう思惑で四人の女性を同じ日に一ヵ所に呼び集めたのか。彼の計画とは、どういうものだったのか。そして、もしもそれが成功していたら、どうなっていたか。そこら辺りから検証してみよう」

「もしも成功していたら、って、いや、そりゃあ、ちゃんと成功しているでしょう。だって現に……」

 ああして逮捕もされずにここへ飲みにきていたじゃないですか、と指摘しかけて、はっと思い当たった。そうか。そういうことか、と。

 梅景氏の計画は成功してはいないんだ……少なくとも全面的には。

 だからこその、さっきの電話のやりとりだったわけで……などと考えを巡らせているこちらの胸中を読み取ったかのように、先輩、にかっと笑った。

「梅景氏は、ある人物の殺害を計画する。仮にAさんとしておこう。このAさんとは、もしも不審死を遂げたりした場合、梅景氏が関与しているのではないかと疑われる事態を免れない、そういう人物だ」

「そこで梅景氏は、Aさんを殺害するにあたり、自分のアリバイをうまく偽装する必要があった」

「なぜ決行日を、わざわざ一月二日にしたのか。三が日なんて休日は休日でも、家族との予定があったりして、それほど調整しやすい日とも思えない。その日でなければならない理由が、なにかあったのかとも思ったが、存外、その日しか都合がつかなかったから、かもしれないな。なにしろ標的のAさんの居場所がはっきりしている日でないといけないうえ、アリバイ工作のために集める女性たち、四人全員が同時に身体を空けておける日でなければならないから」

「事前にいろいろ調整してみたら、たまたまその日になった、ってことですかね」

「四人の女性が〈海聖学園〉のＰＴＡの役員だというのはあくまでも想像だが、とにかく梅景氏とはけっこうな頻度で顔を合わせる身近な存在であり、普段から機会さえあればあたしだって、と彼に色眼を遣っていた面々なんじゃないかな」

「さっき先輩が言ったように、四人とも梅景氏と密会するのは自分だけのつもりで、あとの三人も同じ日にホテルへ誘い出されていたとは、まったく知らなかった。が、Ａ氏殺害事件発覚後、嫌でも知ることになる。そこがミソなんですね」

「二日の午後六時、梅景氏は先ず九階の客室へ入る。が、午後九時にはおいとまするつもりだとは、このときまだマダム・ナインには伝えていなかっただろう」

「そうか。そうですよね。ご休息じゃあるまいし。せっかくシティホテルの部屋をとったのに、たった三時間で、はいさようなら、じゃあマダム・ナインも不審を覚えるでしょうし。彼女のほうは、ひと晩中、ふたりで過ごすつもりでいたんですね、きっと」

「午後九時になったら梅景氏は、たいせつな用事を忘れていたとかなんとか、うまく言い繕ってホテルを出る」

「どれくらい時間がかかるかはともかく、その夜のうちに梅景氏は戻ってくるだろうと思い込んでいるマダム・ナインは結局、その後は朝まで、すっぽかされることになるわけですね」

「次のマダム・トゥエルヴは、梅景氏が何時頃にホテルへやってくると伝えられていたかは判らないが、結果的に彼女は、ひと晩中、すっぽかされることとなる」

「マダム・トゥエルヴを放置した午後九時から午前零時までのあいだに、ホテルを出た梅景氏はA氏を殺害しにゆく。そして犯行後、再びホテルへ舞い戻ってくる」

「三番目のマダム・セヴンも、おそらく午前零時ではなく、もっと早い時刻に落ち合えるというふうに言われていたんじゃないかな。ここでも梅景氏は遅れてきたことにもっともらしい言い訳をしておいてから、午前三時まで七階の客室で過ごす」

「そしてその後、適当な口実をつけて七階から出て、マダム・ファイヴの部屋へ移り。って。あれ。でも、四人も証人を揃える必要が梅景氏にあったんですかね。このアリバイ工作なら、マダム・セヴンまででも、つまり三人でも充分、成立すると思いますが」

「三人でも成立する。が、証人の数が多ければ多いほど効果的なんだ、この作戦は」

「え。どういう……あ。なるほど」すとんとなにか、こちらの腑の型にぴったりおさまるものが降りてきたかのようにきれいに理解したぼくは、思わず手を打った。「そうか。たしかにそうですね」

「A氏の遺体が発見され、他殺だということで梅景氏も関与を疑われる。警察にアリバイを訊かれた彼は、一月二日の午後六時から三日の午前六時まで、ずっとホテルにいたと主張する。それを証言してくれるのが四人の女性たちだ」

「このアリバイ工作、さわりだけ聞くと、ものすごく危ない橋を渡っているんですよね。ひと晩に四人もの女性と同じホテルで順繰りに密会していた、だなんて。いかにも、でっち上げくさい、と疑われかねない」

「それでいて梅景氏みたいなタイプの男が、四人には以前から色眼を遣われていた、ひとりひとり相手にするのもめんどうで、全員の都合がついたのをさいわい、まとめてかたづけることにしたんだ、もてる男もなかなかたいへんなんですよ、とかって滔々《とうとう》と自慢したりしたら、妙な説得力が生まれそうな気もするけどな。なんといっても梅景氏にとってリスキーだったのは、警察の事情聴取を受けたマダム・トゥエルヴがどんなふうに証言するか、だ。なにしろ事前に、彼女に口裏合わせなどは頼んでいなかっただろうからな。しかし、にもかかわらず……」

「彼は自信があったんですね。梅景氏は二日の午後九時から午前零時までのあいだ、たしかに十二階の客室で自分といっしょに過ごしていましたとマダム・トゥエルヴは必ず証言する、と。見栄を張って」

「彼女のプライドの高さ、そして同じPTA役員たちに対するライバル意識を逆手に取ってのアリバイ工作だったわけだ。梅景氏の供述を受け、四人のところへ事情聴取に行った警察が、当事者である彼女たちにどの程度、詳しく状況を説明するかは微妙だが、これだけ型破りなアリバイだ。自分以外に三人もの女性が同じホテルに集められていたことは早晩、全員の耳に入ることになる」

「ただひとり、ひと晩中、放置されたかたちのマダム・トゥエルヴは、そのことを正直に認めるわけにはいかなかったんですね。四人のなかで、よりによって自分だけが梅景氏に約束を反故にされるなんて、そんな己れの価値の全面否定にも等しい恥辱を自ら曝《さら》すなんてことは断じて、できなかった。だから警察には嘘をついた。あの夜、梅景氏はちゃんと自分ともいっしょにいました、と」

そこにはちょうど、熨斗谷先生から唯一、問題集の答案添削を断られたユミちゃんが、過激な実力行使に打って出た心理に通じるものがあるにちがいない。

「あのひとたちの部屋にはちゃんと行っているのに、なんでこのあたしだけが、すっぽかされなきゃいけないの、あの三人と比べてあたしのどこがどう劣っているって言うのよ、と。そんなふうに他の証人の数が多ければ多いほどマダム・トゥエルヴのプライドは、より傷つけられて、ますます依怙地に偽証を貫くことになるだろう、と。梅景氏はそう見越していたんですね。三人の証人でアリバイ工作を成立させるより、四人揃えたほうが、もっと効果的だ、と」

「マダム・トゥエルヴだって馬鹿じゃない、自分がアリバイ工作に利用されたことは、すぐに察した。普通の男ならこういう場合、彼女に弱みを握られることに不安を覚えそうなものだろ。偽証を翻されたくなければ金を出せとか、恐喝のネタにしようと思えばいくらでもできるわけだからな。しかしマダム・トゥエルヴはそんな真似はせず、あくまでも己れの自尊心を優先して、梅景氏は自分といっしょに十二階の客室にいたという嘘を貫くだろう、と」

「ほんとに自信があったんですね、彼は」

「実際、あと少しで梅景氏の思惑どおりのかたちに落ち着いていたはずなんだ。予想外のアクシデントさえ起こらなければ、な」

「そのアクシデントこそ、マダム・トゥエルヴが客室のバスルームで転んで怪我をしたことだった」

「いくらプライドと他の三人へのライバル意識が邪魔して正直に証言できないとはいえ、まんまと自分をダシにした梅景氏に対して癪な思いをマダム・トゥエルヴは抑えられなかっただろうさ。彼を困らせてやるだけなら、簡単だ。てっとりばやくアリバイの証言を翻せばいい。が、その結果、自分はほんとうは梅景氏にすっぽかされていたんだという事実をあとの三人の女性たちに知られたら、面子が丸潰れだ。どうしても警察に、ほんとうのことを打ち明ける気にはなれない。なんとか証言は変えないで、彼に一矢むくいられないものかと知恵を絞ったんだろう。そして、ふと妙案を思いついた」

「それが、彼女が転んだときにできた、眼もとの痣だった」

「そのとおり。マダム・トゥエルヴはその痣を、実は転んでできたのではなく、梅景氏に殴られたんだと供述を変えたんだろう。堂々と警察に相談して、な」

「それならば少なくとも、午後九時から午前零時まで梅景氏は自分といっしょに十二階の客室にいたという証言を変える必要はありませんものね。ホテルの従業員に病院へ行くよう説得されているあいだ、体裁が悪いから梅景氏はバスルームに隠れていました、という設定にでもしたのかも」

「警察は多分、医師の診断書をとって、被害届を出すよう、彼女にアドバイスした。マダム・トゥエルヴもそれに従ったんだろう」

「この三月に梅景氏が教職を辞めたのは、それが直接的な原因だったんでしょうね。教師が生徒の保護者を殴るなんて、殺人事件ほどじゃないかもしれないけれど、一大スキャンダルだ」

「どっちみち梅景氏は最初っから辞めるつもりだったんだよ。A氏殺害事件のアリバイが成立したはいいが、それは複数の生徒の保護者とホテルで密会していたという、とんでもない内容だ。それが世間に暴露される前か後かは知らんが、学校には自ら進退伺を出していたんだろう。転職することも含めて、すべて織り込み済みの計画だったのさ」

「しかし、ホテルの客室で密会中、梅景氏に殴られたとマダム・トゥエルヴに訴えられてしまった。それが唯一、彼の計算ちがいだったんだ」

「彼女が転んで眼もとに痣さえつくっていなければ、なにもかも梅景氏の思惑どおりになっていたんだ。いびつな自尊心に呪縛されたマダム・トゥエルヴは自分を告発するような真似は絶対にできないし、それをネタに強請られる恐れもない、とな」

「万一、彼女が恐喝してくるようだったら、真実を暴露できるものならすればいい、と開きなおるだけですもんね。女としての矜持《きょうじ》と金、天秤《てんびん》にかけられたマダム・トゥエルヴがどちらを選ぶか。まちがいなく女としての矜持のほうだ、と。梅景氏は自分の見立てに自信満々だったんだ」

「それだけに、まさかアリバイの偽証そのものを楯にして、傷害で訴えられることになるとは夢にも思わなかったんだろう」

「自分は彼に殴られたんだとマダム・トゥエルヴに主張されても、梅景氏はなかなかそれを否定しづらいでしょうしね。そのときおれはホテルにいなかったんだから、彼女を殴れるはずがないじゃないか、なんて自ら認めるわけにもいかないし」

「マダム・トゥエルヴにしてみれば、自分をアリバイ工作に利用してうまくやったんだから、治療費と慰謝料くらいはたっぷりはずめという気持ちが強かろう。あくまでも殴っていないと言い張るのなら、プライドもなにもかなぐり捨ててアリバイ証言を翻してやる、という彼女の覚悟を、梅景氏のほうで勝手に感じ取っているかもしれんしな」

「本来ならば女としての矜持か、金か、どちらかを諦めなければならなかったはずのマダム・トゥエルヴ、眼もとの痣のお蔭で両方を手に入れられる立場になって、さぞや強気に出ているでしょうね。さっきの電話で、おまえ、自分で勝手に転んでおいて、と梅景氏が怒っていたのは、しつこく治療費と慰謝料を吊り上げようとする彼女の態度にいらいらして、つい堪忍袋の緒が切れたんだ」

むろん、先輩とぼくの見解がどこまで当たっているかは保証の限りではない。むしろ、まったくの的外れかもしれない。

よくよく考えてみれば、これらの仮説が多少なりとも的を射ているとしたら、四人の証言者は主婦である可能性が高いわけだ。そんな彼女たちが、いくら子どもの先生のアリバイを立証してやるためとはいえ、そうすんなりとは不倫行為を認めたりはしないんじゃないか、という気もする。それとも梅景氏、そのリスクを回避するべく母子家庭の保護者ばかりを選んだ、とか?

そもそもアリバイを確保したいのなら、こんなややこしい計画を練ったりせずとも、信頼できる相手に口裏合わせを頼めばそれですむ話じゃないか、と指摘されたら、しょせんはしろうとの推理ごっこの悲しさ、ひとたまりもない。あるいは梅景氏は知謀策略を巡らせる己れに酔い痴れるタイプなのかもしれないけれど、そんな補注をいちいち付け足していったらきりがない。

まあ、ぼくたちの推論空論もここらあたりが限界だ。あの梅景氏に会うことも、もう二度とないだろうし……などと思っていたら後日、新聞にこんな記事が出た。

『保険外交員の女性、殺害される。

保険会社に勤める井手窪《いでくぼ》絹子《きぬこ》さん、四十四歳が自宅で死んでいるのを、帰宅した井手窪さんの息子が発見、警察に通報した。

井手窪さんの首には紐のようなものが絡みついており、警察は絞殺されたものとみて、捜査本部を設置。現在、重要参考人として、井手窪さんの息子が通っている私立学校の元教諭から話を聞いている』

これって……いや、ま、まさか。

まさか、な。いくらなんでも……と落ち着かない気分を持て余しているところへ、さらにこんな後追い記事が出た。

『保険外交員殺害容疑で、男を逮捕。

安槻署は、保険会社に勤めていた井手窪絹子さん、四十四歳を殺害したとして、市内に住む会社経営者、梅景丈地《じょうじ》、三十一歳を逮捕した。容疑を否認しているという。

同容疑者は以前、井手窪さんの息子が通っている私立学校の教諭だった関係で被害者とは一時期、個人的に親しくしていたとされ、男女間での、なんらかのトラブルがあったのではないかと見られている』

あとがき

これまでずっと学生だったタックこと匠千暁《たくみちあき》、タカチこと高瀬千帆《たかせちほ》、ウサコこと羽迫由起子《はさこゆきこ》、そしてボアン先輩こと辺見祐輔《へんみゆうすけ》の四人組もついに（厳密にはボアン先輩だけ一年遅れで）安槻《あつき》大学を卒業いたしました。

タックはいわゆるフリーター、タカチは東京で就職、ウサコは修士に進んで院生（プラス電撃結婚）、ボアン先輩は女子校講師と、その後の各々の境遇に絡んでの事件を扱ったのが本書です。ウサコの結婚相手である平塚《ひらつか》刑事のみならず、七瀬《ななせ》刑事、佐伯《さえき》刑事もすっかりレギュラー化した感がありますが、シリーズの原点回帰の意味も込めて、今回収録されている四編は、すべてタックの一人称で統一しました。

作中、思わせぶりに触れられながらも詳細の語られないエピソードが幾つかあります。本書で初めてタックたちのことを知ったという読者の方々のためにも補注を付けておこうと思いますが、その前に、本シリーズの既刊書を、刊行順ではなく作品世界内の時系列に沿って、少し整理しておきます。

①『彼女が死んだ夜』幻冬舎文庫（二〇〇八）

②『麦酒の家の冒険』講談社文庫（二〇〇〇）
③『仔羊たちの聖夜』幻冬舎文庫（二〇〇八）
④『スコッチ・ゲーム』同（二〇〇九）
⑤『依存』同（二〇〇三）
⑥『身代わり』同（二〇一二）
⑦『解体諸因』講談社文庫（一九九七）
⑧『謎亭論処』祥伝社文庫（二〇〇八）
⑨『黒の貴婦人』幻冬舎文庫（二〇〇五）
⑩『悪魔を憐れむ』幻冬舎（二〇一六　本書）

いずれも四六判やノベルス版の親本、及び一次文庫版は現在入手困難と思われるため省略し、いちばん新しい版元とその刊行年のみを記してあります。

①から⑥までは、タックたち四人組の学生時代の事件を描いた長編作品です。①から④が二回生。⑤と⑥が三回生です（ただしボアン先輩は除く）。

⑦から⑨の三冊は短編集で、タックたちは各エピソードでまだ学生だったり、すでにフリーターや社会人になっていたりして時代設定がばらばらなため、便宜的に（文庫版ではなく）親本の刊行順に並べてあります。

⑩の本書も短編集ですが、第一話「無間呪縛」が一九九三年の八月、第二話「悪魔を憐れむ」

が同年十二月、第三話「意匠の切断」が一九九四年の一月、第四話「死は天秤にかけられて」が同年八月と、統一された時代設定順に進行しますので、あるいはこちらを⑦の位置に据えるのが適当かもしれません。

さて。初めての読者の方々のために補注を幾つか。

本シリーズの通奏低音とも称すべき、タカチとタックが遠距離恋愛を選ばざるを得なくなる、それぞれの事情に関しては主に④と⑤をご参照ください。

第一話「無間呪縛」で平塚刑事が言及するバラバラ事件とは、⑦に収録の短編「解体出途」のことです。

七瀬刑事と佐伯刑事のふたりは③ですでに登場していますが、その段階ではまだ脇役。タックたちと深くかかわるようになったのは⑥からです。

第四話「死は天秤にかけられて」でボアン先輩が臨時で女子校講師の職にありつくことになるきっかけとなった某男性教諭の不祥事については、⑨に収録の中編「スプリット・イメージ」または避暑地の出来心」をご参照ください。

同じく第四話でのタックの、来月上京する予定とのモノローグは同⑨に収録の短編「夜空の向こう側」で実現します。

ちなみに「夜空の向こう側」は、すでに女子校講師として働き始めているボアン先輩がウサコとふたりで飲む話なのですが、このときも彼女は自分が結婚したことについて、まったく触れようとしません。どうやらボアン先輩、まだまだタックたち三人に信用されていないようです。誰か早く彼に教えてやってくれ。

冗談はさて措き、作者がきちんとした年表を作成せずに長年、無計画にシリーズを書き進めてきたため、実はウサコの結婚問題のみならず、特に時代設定がばらばらな短編のなかでの互いに相反する記述が、いろいろ細かい矛盾を発生させています。ずっとシリーズを追っかけてくださっている読者の方ほど、「これって結局、どっちやねん」と惑乱されるのではないかと心配ですが、既刊書に重版でもかからない限り修正の機会も、ちょっとありそうにない。これからの新作のなかで、できる範囲内でのフォローはしてゆくつもりですが、大手術が必要な矛盾は、もうどうにもならないかもしれません。どこかの版元さんが『西澤保彦全集』を編んでくださるというなら、もう死にものぐるいでシリーズ全作を大幅にリライトするんですけれど。いや、冗談ではなく、本気で。

なにをどう述べても虚しい言い訳にしかなりませんが、読者諸氏におかれましては、どうか細かい矛盾はご容赦、ご放念のうえ、各短編をそれぞれ単体のパズラー作品としてお楽しみいただければと、切に祈ります。

二〇一六年九月　高知市にて

西澤保彦

「無間呪縛」PONTOON（小社）二〇一五年四月号、六月号
「悪魔を憐れむ」PONTOON（小社）二〇一五年八月号、十月号
「意匠の切断」digital PONTOON（小社）二〇一六年九月号
「死は天秤にかけられて」　書き下ろし

悪魔を憐れむ

二〇一六年十一月二十五日　第一刷発行

著者　西澤保彦
発行者　見城徹
発行所　株式会社　幻冬舎
〒一五一-〇〇五一　東京都渋谷区千駄ヶ谷四-九-七
電話〇三(五四一一)六二一一(編集)
〇三(五四一一)六二二二(営業)
振替〇〇一二〇-八-七六七六四三
印刷・製本所　図書印刷株式会社

Printed in Japan　ISBN978-4-344-03030-5 C0093
幻冬舎ホームページアドレス http://www.gentosha.co.jp/
この本に関するご意見・ご感想をメールでお寄せいただく場合は、comment@gentosha.co.jpまで。